U0107166

NEOCOGITO

阅读即行动

Le roman
modes d'emploi

Henri Godard

小说
使用说明

[法] 亨利·戈达尔　著

顾秋艳　陈岩岩　张正怡　译

北京联合出版公司
Beijing United Publishing Co.,Ltd.

图书在版编目（CIP）数据

小说使用说明 / （法）亨利·戈达尔著；顾秋艳，陈岩岩，张正怡译 . — 北京：北京联合出版公司，2023.11

（新行思·谈文学）

ISBN 978 - 7 - 5596 - 7200 - 1

Ⅰ . ①小… Ⅱ . ①亨… ②顾… ③陈… ④张… Ⅲ . ①小说研究－法国－20 世纪 Ⅳ . ① I565.074

中国国家版本馆 CIP 数据核字（2023）第 179390 号

LE ROMAN MODES D´EMPLOI by Henri Godard

© Editions Gallimard, Paris, 2006

Simplified Chinese translation edition copyright ©2023 by Neo-Cogito Culture Exchange Beijing, Ltd.

北京市版权局著作权合同登记　图字：01-2023-3507

小说使用说明

作　　者：	［法］亨利·戈达尔
译　　者：	顾秋艳　陈岩岩　张正怡
出 品 人：	赵红仕
出版统筹：	杨全强　杨芳州
责任编辑：	高霁月
特约编辑：	唐　珺
封面设计：	彭振威

北京联合出版公司出版

（北京市西城区德外大街 83 号楼 9 层 100088）

北京联合天畅文化传播公司发行

北京启航东方印刷有限公司印刷　新华书店经销

字数 268 千字　1092 毫米 ×870 毫米　1/32　15.125 印张

2023 年 11 月第 1 版　2023 年 11 月第 1 次印刷

ISBN 978 - 7 - 5596 - 7200 - 1

定价：68.00 元

在我看来，法国文学的特殊性就在于这种叙述实验，这是我们在英美小说中很难见到的。

OÉ KENZABURÔ: Entretien avec Philippe Foret

大江健三郎与菲利普·福雷斯特的访谈

目录

引　言

　　二十世纪的整整七十五年中，法国小说不断向先前的小说提出挑战。十九世纪的小说尽管颇为多样化，也有个别的例外，但依然可以被归为同一类型，只不过要给这个类型命名并非易事。"巴尔扎克式"（Balzacien）过于简单；"传统式"（traditionnel）或"经典式"（canonique）不够准确，因为这传统和经典仅限于十九世纪——与十八世纪的情况大相径庭；"现实主义式"（réaliste）也不可靠，因为它涉及的是这场争议以外的另一个问题。"摹仿式"（Mimétique）虽不够专业，却更能凸显这场辩论的核心，因为它关系到由小说产生的幻觉，有些人以创造这种幻觉为目标，有些人则排斥它。幻觉使我们在想象中构建一个与自己所处世界相仿、但又不会与之相混淆的世界，让我们"在真实时间中"体验故事的发展和人物的生活，这种悖论的"现在"与真实现在的空隙相交织，又不会令后者消失。

　　那一刻，我们发觉自己从一个世界进入了另一个世界，于是感到无限惊喜，就像飞机从加速滑行到终于起飞之前，乘客感觉到机轮离开地面的那个瞬间。接着，经过一段时间的阅读，随着人物的频繁出现，我们还会惊讶地发现自己正与其中的某个角色有着相同的期待或恐惧之情。这种感受用十七世纪的"关心"（s'intéresser）一词形容最为贴切：

　　　　我已经感觉到我在关心他。

　　《波利厄克特》（*Polyeucte*）中的波利娜这样说。

　　同样，我们也在"关心"着小说中人物的命运，尽管我们始终都没有忘记这是虚构的。因此，哈姆雷特每每看到有观众为了演员表演的悲剧而落泪时都会疑问："赫卡柏对他而言意味着什么？"

　　十九世纪的小说使这种虚构效果成为小说的首要和必要条件。到了二十世纪，批判派的全部工作就是指出，小说可以省去虚构，甚至不含虚构的小说才更加接近小说的本真。

　　十九世纪的小说家不厌其烦地发明和结合各种方法，使读者产生更直接和更彻底的幻觉。为此，他们建造了一座叙事手法宝库，包括叙述视角、自由间接体等等。这些手法的运用使读者能与小说人物有更亲密的接触，遗忘叙述者的存在。同样不屈不挠的是二十世纪的反叛者，他们热衷于摧毁前人的这套纯熟技艺。

不过，这并不意味着二十世纪的小说家自己没有创造新的叙述手段：他们从电影艺术中借鉴了取景和蒙太奇的技术，打乱和交叠叙事时间以迫使读者重构故事顺序，变换叙述角度，不一一回答叙事过程中提出的每个问题，甚至还有大量的内心独白。然而这些方式并未触及本质。它们依然为虚构服务：比如读者越是努力将散乱的片段重新排序，就越是会投入到故事中。这些技术革新尽管从定义上来看具有现代化的特点，可以被视为那个时代的大胆创新，却并不属于与之同时进行的批判事业的范畴。

为了将批判和纯技术性的革新区分开，幻觉是最好的试金石：这些新的手法加深幻觉，而反抗派则极力削弱幻觉，企图破坏它，如果可能的话完全禁止它。区分二者的唯一标准就是：拿蒙泰朗（Henri de Montherlant）或阿尔贝·肯恩（Albert Cohen）来说，他们都以作者的身份部分介入到小说中，尽管这种介入是讽刺的、保持距离的，但问题的关键在于它是否真正使人物不复存在。这才是与他们同时代的批判派所关心的。

被虚构欺骗并不值得我们每次都感到惊叹，即便对小说本身而言，这有利也有弊。所有读者都能隐约感觉到小说并不只是虚构，它还为我们准备了许多同样惊人的体验，而阻碍我们获得这些体验的就是虚构，因为它的固有原则要求隐藏一切非虚构的东西。对于虚构赖以存在的语言来说不也是如此吗？词语以及词与词之间的连接越是直白和中性，它们所表达的意义就越是能完全渗透进读者的思维中。

十九世纪摹仿小说正是在这一点上遭遇了瓶颈。最早流露出迹象的是摹仿小说的代表人物福楼拜（Gustave Flaubert）。他认为文学的最大价值还是在于风格。而他创作《包法利夫人》（*Madame Bovary*）时发觉，虚构——这一"主题"——会妨碍读者理解和品鉴作品的风格。之所以持这个观点可能是因为他认为读者的注意力是有限的，一旦被投向某处就会从别处收回。他从中得出一个愿望式的结论："我认为美的、我希望创作的，是一本不关于任何事物的书，它就像一块无须支撑的土地悬浮于空中，不依靠外界，只凭内在的风格存在，它几乎没有主题，或者主题几乎不会被发觉，如果可能的话。"尽管句中的语气不断削弱，但这个观点的提出足以预示摹仿小说的衰落。

这句诞生于1852年1月的话语注定会成为二十世纪小说革新者的宪章。"风格"这个迷人的名字对于小说中隐藏着的许多其他组成部分而言俨然一面旗帜。在此之后，小说家们开始探索小说中除了虚构之外的东西，并试图压制虚构而令其他被其掩盖的东西崭露头角。于是各种探索和尝试层出不穷，一时间吸引了所有目光。福楼拜心中的愿望甚至可以说空想，如今却成了一种新的小说诗学的基础。

但并不是说这一时期不再有继承传统的小说家。上个世纪遗留下来的叙述模式卓有成效，所以自然有些小说家予以沿用，以此实现自己的想法或讨论新的现实和问题。甚至这类小说家才是占多数的。但从艺术的角度来讲，形式革新比题材革新更为明显。对小说的形式史而言，反叛要比继承更有意义。可以看出，反叛越来越成为二十世纪的特质，至少在法国是如此。

打破小说主流模式的形式革新绝不完全归功于法国小说家。有不少法国以外的小说家也参与其中，甚至比他们更早，比如最早的乔伊斯（James Joyce），还有伍尔夫（Virginia Woolf）、布洛赫（Hermann Broch）、穆齐尔（Robert Musil）等等。不过在法国，小说形式的革新持续了很长一段时间，并且几乎没有间断过。起初只是作家们不约而同的尝试，虽不集中但殊途同归，不是刻意为之却表现出前赴后继、不断补充之势，到后来这些尝试渐成系统并产生了一定的集体性。甚至，只要我们从某个角度观察就能发现，这种倾向在被明确表达之前就已见于某些作品中，只不过当时未被察觉。综观小说之后的发展可以看出，这些作品一部接一部地朝着同样的目标摸索前进。它们从一开始就标新立异，从一个更高角度来看的话，就像是出于同种意愿所实现的多重成果，并且都焕发着同样的生命力。摹仿小说在历史上甚至到今天依然非常强势，以至于需要许多人长时间的努力才足以挑战它并使人们相信还有其他小说形式的存在。

　　这些作品虽表现出批判倾向，却不等同于全盘否定。所以，如果从逻辑上考虑这些长期各自进行的探索实践，我们看到的不仅仅是为了消除或削弱故事/主题而进行的各种类型、各种程度的尝试。这些反抗因素同样也是小说的组成部分。批判其实也是一种发掘行为，人们习惯于只考虑小说这个复杂对象最引人注目的一面，而批判就是要发掘它被隐藏的那一面。

　　本书并不是要讲述二十世纪法国小说史，文中所讨论的小说家可能不是一部二十世纪法国小说史会提到的小说家，或者他们被提到的缘由可能会与小说史中不同。本书的目的是摆脱年代顺序的限制，从逻辑上理清二十世纪大约前七十五年的小说作品所呈现出的发展趋势，而不排除历史上一些重大危机的影响。根据这一逻辑逐个找出并揭示传统上公认的全部节点，证明其中除了长期以来被视为唯一和必然的趋势之外，还存在其他的可能。

　　早在二十世纪到来之前的 1895 年，纪德（André Gide）就最先以小说的关键问题为主题创作了一部小说——《帕吕德》（Paludes）。在他之后，普鲁斯特（Marcel Proust）在《追忆似水年华》（À la Recherche du temps perdu）中也以其特有的方式撼动了虚构这座宫殿。紧接着在二十世纪二十年代，受超现实主义影响，第一轮集体进攻开始了，最早由德尔泰伊（Joseph Delteil）、苏波（Philippe Soupault）、阿拉贡（Louis Aragon）等作家同时发起。而《捍卫无限》（*Défense de l'infini*）这样一部未完成且仅存片段的神秘小说便足以证明这样一种任性的批判在此到达了顶点。

如果我们稍微系统地思考摹仿小说最易受批评的方面就会发现，首当其冲的就是叙述者的问题。为了最大程度地产生对现实的幻觉，摹仿小说几乎无一例外地使用了无人称叙述方式，目的是避免将叙述者等同于故事的编造者，从而暴露虚构的形成。在这个方面，普鲁斯特实现了一次飞跃，他以第一人称叙事的方式将叙述者再次引入小说，略去名字和其他具有身份标识的元素，令读者混淆叙述者与小说家。不过这一权宜之计并不牢靠，并且，正如塞利纳（Louis-Ferdinand Céline）的《茫茫黑夜漫游》（*Voyage au bout de la nuit*）所示，它容易使读者产生更强的代入感，从而引出了一组新的问题：比如，出现在文中的所谓小说家可以将自己的现实处境转化为文学，例如吉奥诺（Jean Giono）在马诺斯克城、热内（Jean Genet）在巴黎桑代监狱的生活——他们能借此展示自己是根据这些处境中的哪些元素、经历了怎样的过程才创作出小说。从根本上说，令读者相信以此种方式产生的虚构或许是更伟大的成就，但这必须长期或永远牺牲读者对于这些处境转变的关注。尽管可能还有些作者断言他们并不是在编造故事而是在讲述自己的生活经历。直到后来虚构也受到质疑时，这种所谓的真实故事就成了可以满足叙述需要的解决办法。

在叙述者和作者之间的模糊界限被逾越之前，小说家们习惯通过一个虚构的叙述者来讲述故事。这一惯例广受认可，小说家因而找到了虚构与相对现实的世界之间的媒介，与此同时，读者也找到了可靠的保障，从而能更加容易地相信故事的真实性。然而惯例注定是要被打破的。许多小说家开始以各种各样的方式破坏读者无意中对叙述者产生的信任，比如吉奥诺在《坚强的灵魂》(*Les Âmes fortes*)，德福雷 (Louis-René des Forêts) 在《絮叨者》(*Le Bavard*)，萨洛特 (Nathalie Sarraute) 在《一个陌生人的画像》(*Portrait d'un inconnu*)，克洛德·西蒙 (Claude Simon) 在《弗兰德公路》(*La Route des Flandres*) 中所做的一样。这样一来，叙述者不论曾经被作为读者的依靠还是保障，都有可能成为令读者感到不适的源头。

摹仿小说第二个最易受抨击的方面是，它的叙述总是沿着时间顺序展开的。这种叙述方式的成功之处在于能够在读者脑中建立另一种时间，这种时间虽是虚构的，有时却与真实时间并无二致，或者说十分相似。抨击这种既伟大又天真的愿望无疑是瞄准了小说的红心。在这方面最早的尝试应该是在二十世纪中期，一些小说家重新提起了一个起源于古罗马的概念——"逸事"(ana)。小说通常是按照时间顺序、通过情节的曲折来展现人物的生活，从而使读者在脑海中塑造出人物形象。但读者难道不可以借助时间以外的限定来了解这个人物吗？比如一种简短但足以揭露本质的描写，而非循序渐进的刻画？在生活中就有这样的情况：一个人只因一句话、一个举动、一个反应就暴露了他最本质、最难改变的真相，而在他人生中说出的其他所有话，做出的其他所有举动、所有反应都只会淡化或者掩饰这个真面目。罗马人正是收集了名人身上发生的此类事件及其说过的具有揭示性的"言论"，编纂成所谓的"逸事"，这些逸事并不是完整连贯的故事，每一条都是尽可能简练的陈述，几乎没有上下文。二十世纪三四十年代，一些法国小说家诸如儒昂多（Marcel Jouhandeau）、热内等就是利用了这种方法来塑造虚构的人物，他们仅凭"逸事"就足以全方位地表现一个维度的人物形象。不过这种脱离时间的方法仅仅是昙花一现，就连最先尝试的小说家们也很快便弃用了。

二十世纪法国小说家开始越来越关注空间而不是时间，这二者分别通过描写和叙述来表达，而之前的小说往往更加重视时间。在摹仿小说中，我们对时间和空间的感知是紧密联系的，不过时间才是根本，其余的东西都必须服从于它。一个故事要在某处发生，首先一点是"发生"，也就是说对"某处"的描写不能过度地牺牲时间因素。描写固然必不可少，但它只能作为附属。一旦故事背景中与人物相关的定位和细节交代清楚，描写就要让位于叙述。

这是对小说另外一个组成部分的忽视，因为描写同样给予我们乐趣——不仅是在阅读中，更是在写作的意义上。描写的意义并不只是功能性的。小说的使命也不仅是讲故事，它还描述这个世界。这种乐趣并不在于它所描述的世界本身有多么可爱、多么生动或"富有诗意"：单单描述世界这件事就是一种乐趣，就算世界本身没有什么吸引力，或者换句话说，并没有什么值得"描述"的特别之处也无妨，只要将世界作为描述的对象就好。而更加取之不尽的乐趣是，当我们已知这个世界的某个形态或某个片段时，我们还可以在这个形态中发现新的形态，在这个整体中发现新的部分，对此我们永远有新的表达，因为，与帕斯卡尔（Blaise Pascal）的寄生虫[1]不同，它们的面貌是可见的，而这些部分虽然微小却是具象的。这里所指的并不是故事所需要的对空间布局及其容纳物的描写。1924 年，阿拉贡（Louis Aragon）在作品《巴黎的乡人》（*Le Paysan de Paris*）中示范了描写和叙述的比重不仅可以重新分配，甚至可以彻底颠倒。这是战后小说寻求革新的方向之一，随之而来的还有其他问题：读者的想象力可以发挥到什么程度？细节刻画到什么程度时读者会丧失想象整体的能力？读者的想象力同眼睛一样是有调节能力的，但也

---

[1]　参见帕斯卡尔《思想录》，何兆武译，商务印书馆，2009 年，第 32 页。本书注释较为复杂，如注释完全为译者所加，我们会特别说明。——译者注

正如眼睛一样是有局限的。在这个临界点上，描写为虚构提供了背景框架，与此同时，想象力也为描述世界的需求提供了演练场。还有，小说更关注空间而牺牲时间的趋势可以持续多久？其实在塞利纳和克洛德·西蒙的作品中——两人都更重视描写，尽管出发点不同——我们可以看出，他们的目的不是将时间逐出小说，而是通过小说提出另一种时间性。

在小说中，一切都是尽在掌握的。当叙述者／作者重新介入到文中时，相对地他也呼唤着读者的出现。如果小说家承认自己在文中扮演叙述者的角色，也就是承认了他的叙述是有对象的，他考虑读者的反应，对读者说话，并引起读者的宽容或挑衅。这种或友好或敌对的对话关系取代了第三人称叙述所基于的那种排斥关系。自此，这种本质上真实、形式上虚构的对话关系揭开了小说这种文本一直以来被摹仿小说精心隐藏的另外一面——游戏性。狄德罗（Denis Diderot）之后，这在法国几乎无人提起了。

小说的这一面可以通过各种方式重新呈现。比如作者可以根据某一既定的模式来构思小说，然后让读者去猜想或发现其中的细节。小说家可以预先提出一个由数字或种类组成的体系，然后根据这些数字和种类的规律组织章节并构成故事，格诺（Raymond Queneau）就是其中之一。作者可以尽量在某一章节中侧重于表现一种色彩、一门科学、一个符号、一种修辞手法等等；如果他在发表小说的时候特意以某种方式提醒读者这种体系的存在，那么读者在追随故事情节的同时，将会留心搜寻和辨认符合提示的细节。读者会思考他正在阅读的这一章节与整体中其他按数字编排的章节有何联系。这些疑问足以和虚构相提并论。而虚构若要占据绝对主导地位，就必须吸引全部的注意，就像气体永远占据空间的每个角落一样。写故事的不二法门是模仿现实世界的因果关系体系，并照搬形成故事的世界。而另一种性质的体系的叠加则结束了这种将因果关系简单融入故事的传统。在一页页的阅读中，读者不禁会想，这里或那里是不是藏着作者预先提出的问题的答案。读者通过人物和故事之外的东西与作者博弈。他无法确定哪一个产生的乐趣更多，是游戏性还是虚构性。乔伊斯的《尤利西斯》（*Ulysse*）便为小说开辟了不止一条新的道路。

因为，如果要使这种游戏不断推陈出新，合适的土壤不可或缺。比如文化就能为此提供各种各样的思路。小说家本身也具备学识，因此在写作过程中，他的脑海中会出现无数他曾读到的韵文、诗句、歌词、对白或格言。他可以将这些记忆写入小说，可能是原文也可能经过改写，可能很明显也可能很隐晦，可能是为了致敬也可能是滑稽模仿，游戏正是由此开始。接下来就要看读者的反应了：他知道这些诗句或格言吗？他能识别出来吗？他知道它们的出处吗？他明白作者的用意吗？

二十世纪二十年代末至三十年代，历史对法国小说的发展产生了巨大影响。两种可能取代自由资本主义的新的社会制度出现，人们必须在它们之间进行选择，同时也迫切需要逃避战争的威胁，这些因素的共同作用催生出了新一拨出色的小说，它们不同于普鲁斯特式的分析小说，而是追求形式以外的革新。1914 至 1918 年的那场战争让人们的信心和信仰轰然倒塌。二选一的时局使得存在的边界拓展了一倍，也因此要求着人们的立刻投入。由于非凡的远见卓识，新一代伟大的小说家在这样的情况下诞生了。二战之后，小说越来越远离虚构并重新转向其他道路。虚构遭遇质疑并不完全是因为文学界有所保留。历史（Histoire）刚刚暴露了全面战争和灭绝集中营的双重面孔，在这个特殊时期，小说家又怎能继续编造故事（histoire）呢？用"histoire"这个词来表达历史和故事这两种含义足以打消拿小说的伪现实与最赤裸的现实相比较的念头。

从两次世界大战之间的这一代小说家开始，不少小说家们与虚构疏远之后纷纷将自传作为折中方案。自传体文学可以调和拒绝虚构和叙述之乐之间的矛盾。因此，这种文体吸引了一些没有像纪德那样早早被公众熟知个性的作家：包括萨特（Jean-Paul Sartre）、加缪（Albert Camus），甚至马尔罗（André Malraux），而且自传这个文体中与之最不相干的东西——时间延续性和内心活动也被去除了。

但自传和小说的联系不止于此。自传不仅是摆脱虚构的途径，还为叙事提供了革新的平台。莱里斯（Michel Leiris）和德福雷这两位放弃小说转向自传的小说家证明了，不论是自传还是小说都不局限于线性叙述。在历史大环境和文学界形式革新的双重影响下，自传遭遇了与小说相同的十字路口。

因为，控诉虚构的结果可能有两种。首先是构想并逐步实现一种没有人物和故事情节的小说。在这一点上，鲁塞尔（Raymond Roussel）一直是走在前面的开拓者。在他的作品中，读者所感知的人物和情节只是作者给自己提出的复杂约束的偶然和后发产物。而在人物和情节的逐渐退隐方面，我们不得不提起战后时期的贝克特（Samuel Beckett）。照这种趋势发展的结果是，小说只剩下某个无名氏的话语或关于某个无名氏的文字，其中空间和时间都不确定，读者的想象力无处施展。同时，产生摹仿式幻觉的各种要素被排除在小说之外，从而引发了更加有意识、成系统的探索。二十世纪七十年代，克洛德·西蒙在他的三部小说中就一直推崇与故事相关的另一种范畴的动力，而这些故事能够依据开头所交代的信息而自行展开。

不过还有另外一种可能。在贝克特和克洛德·西蒙的作品中，福楼拜是否能看出风格对主题的胜出？福楼拜认为风格是反映在语言中的个人印记，它让作品的每个笔触都变得有辨识性。它是作者内心最深处无法名状的东西，超越故事所表达的内容，是作者写作中的"最后手段"（ultima ratio）。然而，如果要使这种个人印记反映在语言中，除了要遵循语法和词法之外，还要考虑含义的合理性和优先性，这是被所有书写语言置于首位的要素。于是我们可以得知，这种合理性和含义不会损害我们的语言活动。在生活中我们很容易发现，使思想具有逻辑的并不只有含义，还有其他因素可以使我们心里想的或口中说的词语相互连贯。这些词语展现了我们思维中非意识的部分，它们虽然在意识之外，却同样具有影响力，甚至可能发挥着控制思想的作用。无意识以语言符号和我们的部分记忆为逻辑依据，使词语一节节、一串串地编织在一起，从而得出一个完全不同于故事叙述的文本，从此后者似乎只是昙花一现的一种可能，或是像渐渐消失的地平线。也正是通过这样一种文本，小说家得以形成自己的风格。

对于战后面向虚构的这种抵触心情，还有些小说家有不一样的反应。为了继续讲述故事，他们把自己的个人经历当作故事，其中一些有知名度的作者则利用了之前已经被读者了解的经历。但是，由于不愿放弃想象，他们将想象植入自己的回忆，于是自传偏离了原来的模式。从 1945 年开始，塞利纳也将这种大势所趋的方法运用到自己的小说中，并赋予这些作品一个模糊的名称——"编年休"（chronique）小说。同样以各种各样的方式参与到这股潮流中的还有二十世纪六十年代中期之后的阿拉贡，体裁自成一派的热内，以及不那么知名的卡莱（Henri Calet），他给自己创造了自传的素材，以便之后在作品中使用。

　　小说探索新形式的几十年间，自传始终扮演着重要角色。二十世纪八十年代初，好几位探索小说新形式的代表人物再次萌发了重新讲述故事的欲望，每个人讲述的都是自己的故事，以一种重新成为叙述中心的形式——虚构。

　　虚构是所有人都无法避免的需要，这种欲望必须得到满足，就算是曾对它产生反感的作家也不例外。于是，佩雷克（Georges Perec）发表于 1978 年的《人生拼图版》（*La Vie mode d'emploi*）成为小说史上的转折点。在这本书中，形式的各种限制和虚构之间找到了某种平衡。以这本书为标志，追求小说革新的系统性探索从此告一段落，虚构重新得到了许可，甚至还找到了被接受的方法。

　　以上提到的这些就是法国小说在这几十年间先后发生的重要革新，它们虽然没有形成系统但是持续而连贯。这段时期的法国小说作品将革新发挥到了极致。随着这些作品不断接近极限，它们似乎偏离了小说。尽管造成了一些阅读困难，甚至有时让习惯虚构小说的读者感到有些枯燥，但当我们努力将这种逻辑重塑为小说的逻辑时，这段革新历程看上去仍然是令人满意的。

　　如果倡导这段探索的某些作家没有从一开始就因为他们的理论和学术心态将探索转化为一场斗争的话，那么我们或许本可以更容易对这些新形式有所觉察。他们将不同形式的小说归类为"新小说"(Nouveau Roman），这个命名本身就能帮助我们辨别出革新的迹象。这个名称用定冠词和单数形式将一些各具特色但又具有共同点的作品整合起来，形成一股能与其他类型相抗衡的集中力量。"新"这个形容词反过来指出了它的对立面。为新形式的探索辩护的论点本身就是对旧形式的指责：如果新形式顺应如今分散的、丧失整体意义的新局面而出现，那么人为编造并用虚假记叙使人感到安慰的旧形式还有什么继续存在的必要呢？它不仅仅是陈旧这么简单，而是一种倒退，甚至是反动的，因为它拒绝面对世界的变化。年轻小说家们并不是没有感到被禁入的压力，因为他们要么会显得与时代脱节，要么就得投入他们并不一定感兴趣的探索之中。《人生拼图版》之后，小说的视野中又有些东西回归了。

因此本文所讨论的仅限于二十世纪七八十年代以前的作品，也不排除有个别在这之后甚至将近世纪末发表的作品，它们同样能够代表之前那段时期。本文的目的是从整体上重新理顺一个多样化但在时间上连贯且有限制的演变过程，从而得出它的发展逻辑。在这个演变过程的每个阶段，也就是对于摹仿小说的每一个特点所受到的挑战，本书都会在一些典型的作品中挑选一部来支撑文本的分析，并以此总结出更具普遍性的观点。选择的无一例外是最能加深我们对小说这个概念的理解的作品。因此，本文并不会提到所有小说家的名字，而对于其中被提到的小说家，也只是选取了某一部有论证价值的作品，而不是这个作者的所有小说。尽管有些作家——比如塞利纳、贝克特、克洛德·西蒙、萨洛特——的几部作品在文中的不同地方重复出现，那是因为我认为他们的创作轨迹本身有某种普遍意义：比如塞利纳从《茫茫黑夜漫游》到 1945 年之后的小说，阿拉贡从《捍卫无限》和《巴黎的乡人》到《处死》（*La Mise à mort*），贝克特从《徒劳无益》（*Bande et sarabande*）到《静止的微动》（*Soubresauts*），萨洛特从《向性》（*Tropismes*）到《童年》（*Enfance*）。其中被提到最多次的克洛德·西蒙，在其作品演变的各个阶段中，我们作为旁观者就像是一台地震仪。从《风》（*Le Vent*）到《弗兰德公路》（仅这部小说就具有各个层面的意义）、二十世纪七十年代的三部曲、《刺槐树》（*L'Acacia*）再到《植物园》（*Le Jardin des Plantes*），他的作品反映了整个法国小说叙述革新运动的轨迹。克洛德·西蒙在 2005 年 7 月的逝世标志着这个在二十世纪七十年代末就已经完结的时代彻底与我们告别。

　　本书只探讨参与了跨越这场演变的作品，如今仍在完善中的那些作品将不会出现在这里。我们无法预估一个仍在创作的小说家最终将在文学舞台上扮演怎样的角色。因此，本书将范围限制在《帕吕德》到《人生拼图版》这八十五年左右的时间里。我想这个范围已经足以为思考小说的本质和命运提供丰富的素材。

第一章　拉开帷幕

纪德,《帕吕德》

对于《帕吕德》这样一部可从多角度理解的著作，根据读者不同的个人喜好和思考立场，至少存在两种不同的解读。一种是从纪德写作这个故事的生平背景出发，形成对其全部作品的展望。另一种则倾向于突出《帕吕德》在其所处时代小说史中的地位。这本书是批判性小说在与传统小说的博弈中走出的第一步棋。

第一种解读关注的是叙述者在他讲述的五天生活中所发生的事实、动作和话语：他的生活近乎空白，只有三件事——写作或者说试图写作一本书的片段，拜访一个与他只有精神关系的女人，以及周旋于一个文人小团体。但他并不觉得自己的生活不如意，还将这种生活与两个朋友的生活对立起来，这两人一个为了各种事务忙得不可开交，另一个不得不为生计奔波。任何人问他正在做什么，都会得到相同的回答："我在写《帕吕德》。"这句名言包含了各种嘲讽：嘲讽专注于写作却几乎没有作品的生活，嘲讽叙述者因为这样的写作而获得的重视，嘲讽给予他这份重视的社交圈，嘲讽让他受到重视的手段——文学。如果结合纪德创作《帕吕德》的时间——1894 年，这种嘲讽就显得更加意味深长了。这一年纪德刚刚在阿尔及利亚发现了一种快乐刺激的生活，但他还不能放任自己沉浸其中。《帕吕德》对巴黎文人的讽刺是他在后一部作品《人间食粮》（*Les Nourritures terrestres*）中大胆追求享乐刺激的对立面和必要前提。有趣的是，一个如此微不足道的主题便足以让纪德在散文中表现出精湛的讽刺技巧。这使得《帕吕德》，尤其是其中的某些表达方式和罕见用语，成为某种文学品味的标志及其爱好者之间的暗号。

但如果我们不再把叙述者当作角色，而是认为他为了写作而选择这个角色；如果不再区分对话和写作，而是把它们看作被书写或被引用的内容；如果对纪德散文中的抒情和幽默同样敏感的话，那么我们就会产生不一样的解读。因为这样一来就可以将《帕吕德》与它之前和之后的小说做比较。

往前看：一个牧羊人每天从早到晚唯一的事情就是观察羊群吃草的沼泽地，这样的故事正如福楼拜所愿，几乎找不到甚至根本不存在主题，那它究竟是怎样的一个故事呢？在这第二种解读视角中包含了更多的嘲笑和讽刺——一种故意的不修饰。纪德拒绝有后续的情节［尤其表现在几页关于打猎的饶有趣味的叙述中，纪德很从容不迫地证明了他并不是不会叙述情节（108—111）[1]］，甚至在牧羊人观察的风景中不需要有生动、壮观或其他迷人的东西来吸引他的注意。相反地，书中蒂提尔（Tityre）只描写风景的那一页（57—58）很有价值，按照福楼拜的说法，这得益于风格的内在力量：句子成分的分割，语句的停顿，标点符号的运用，恰当的节奏，一些罕见的、过时的或有细微变动但仍然非常明显的句法结构。相较之下，就算不知道牧羊人因为怎样一连串情节才会在这里观察风景又有什么大不了？就算没有人物心理描写来获知他观察风景的乐趣又何妨？"沼泽！谁会讲述你的魅力呢？"（58）真正有魅力的其实是文本。关于这种魅力，最好的见证者非克洛岱尔（Claudel）莫属，他在当时还是纪德的朋友，他说"《帕吕德》中的宣叙调就像中国人用半透明玛瑙制成的小玻璃瓶，用来装各种雾的样本：江雾，海雾，

---

[1]　André Gide, *Paludes*, Gallimard, Folio, 1973, p.108-111.(纪德，《帕吕德》，伽利玛出版社，1973 年。) 译文为译者所加。本书引用的文学作品有些没有已正式出版的中文版本。译者尽可能找到已出版的中译版本提供给读者，在无此类中译版本的情况下，译文为译者自己译出。为方便阅读与研究，在初次涉及作品时，我们会添加脚注，说明法语版及中文版（如有）的版权信息及页码，此后会直接用文内夹注形式提供著作页码。此外，译者还会在书末附录中提供参考作品信息的法中对照。下面不再具体说明。

阳光轻洒时的晨雾"（46）[1]。在这些宣叙调中，纪德开始执行福楼拜的计划，他还借叙述者之口说："我的审美原则与小说创作背道而驰。"（143）在这里，主题被弱化到了极致，它的唯一作用就是将作者和读者之间仅靠风格相联系的那些时刻串联起来。纪德将叙述者和他朋友十分空虚的五天生活写成了一部优美精妙的讽刺佳作，这的确很令人钦佩。不过读者必须要先从叙述者的文学表达中看出他是故意选择了风格而不是故事。

　　也就是说，这种解读不再是对文学的贬低。尽管纪德对那些可能介入个人和生活之间的小说嗤之以鼻，但文学在他看来依然是有价值的，甚至可能是一种信仰，就像他的前辈福楼拜和他之后那些想要从小说中剔除虚构的小说家一样。如果没有这种信仰，那么嘲讽文人也不再重要了。《帕吕德》的叙述者的确因为在做人、写作和性上面的失败而显得可怜或可笑，但这丝毫不影响他志向的伟大，尽管在他心里这始终是个遗憾："我们难道不能提出任何外在于时间的东西吗……某个不需要我们就可以经久不衰的作品？"（132）

　　往后看：要确定《帕吕德》这本书对二十世纪法国小说史的影响，我们只需以贝克特为例。他的作品中有两部可以作

---

[1]　Paul Claudel, André Gide, *Correspondance*（1899—1926）, Gallimard, 1949, p. 46.（克洛岱尔、纪德，《书信集（1899—1926）》，伽利玛出版社，1949 年。）

为证据，第一部和最后一部。1934 年创作的《徒劳无益》一书中同样包含对一个文人团体的讽刺。贝拉夸（Belacqua）和《帕吕德》的叙述者一样，在一个文学聚会上被要求朗读或背诵他正在创作的作品中的片段。不论在都柏林还是在巴黎，1930 年还是 1890 年，越信仰文学的人就越能感觉到，以从事文学为傲的那群人，他们的行为和言论让文学变得多么可笑。

这部未出版的小说在写成五十年后才终于被鉴定为贝克特之作，书中描写了一个被幽禁在无人之境、偶尔会观察世界的人。贝克特之前的作品中也曾表现出向往隐居、闲散甚至完全不活动的倾向。但由于种种原因，这种愿望受到了局限，尤其是性欲让书中的人物不得不选择出门、活动甚至工作。因而出现了新的场所，发生了一系列邂逅和情节。而如果将这些次要元素逐渐去除，那么本质就会一点点被还原，这正是《帕吕德》的叙述者对他作品中人物的设想——一个在空间某处活着并说话的人的纯粹在场——目的是构思一个只以这个本质和这种无修饰为基础的语言作品。

贝克特有关这个主题的巅峰之作《静止的微动》出版于他去世的 1989 年，书中的"他"是匿名的，并且被尽可能地去个性化（《帕吕德》中的牧羊人叫作蒂提尔，与维吉尔诗中的牧羊人同名，单这个名字就已承载许多文化记忆，足以讲述一段故事，因此削弱了作品无主题的特质）。《静止的微动》中的"他"被封闭在四壁之间，通过一个气窗窥探外界。不过不难发现他所看到的风景与《帕吕德》中的十分相像：虽然不再是沼泽地而是辽阔的干草原，但从其他方面看，二者都是平淡、单调、乏味的风景。除了同样无聊之外，这两部作品还有两个不同之处。《帕吕德》的叙述者所构思的人物以别人眼中的无趣为乐趣。他的眼睛能在千篇一律中分辨出细微差别。他喜爱这些细微差别，于是寻找词汇为它们命名，而他精湛的语言功力令他有能力找到恰当的词。不论他的乐趣来自这些细微差别还是来自寻找词汇，这种乐趣是肯定存在的。谁会来讲述沼泽地的魅力？而在《静止的微动》中，泛白的大草原是一幅令人悲伤的风景。没有任何一种乐趣让主人公从与自身存在的对峙中分散出注意力。

不过，语言还存在。与《帕吕德》中一样，语言是构建的一种手段，只是这种构建有所不同。《静止的微动》也做到了仅靠语言赋予作品价值，不过这里是体现于文本而不是风格。这里的语言不再像《帕吕德》中的语言那样，带有个人印记，作家可以将内心无法名状的部分寄于其中，从而使其能够凭借史上独一无二的风格而从众多作品中被辨识出来。在《静止的微动》中，文本由完全属于文本内部的要素组成，不以任何突出它的新颖和个性的那种传统为参照。在风格到文本的过渡中，法国小说又朝着摘掉小说以往标签的愿望迈出了一步。从福楼拜到贝克特，《帕吕德》发挥了承前启后的作用。

　　因此我们并不意外，各种叙述和写作手法逐渐产生并最终成为二十世纪的一笔伟大财富。它带来的首要好处就是将一个从酝酿到开始写作的作家作为角色。这相当于将读者的兴趣从故事转移到故事的形成上。经过那么多让读者通过各种方式惊叹于虚构的小说作品，《帕吕德》的出现让人们开始想要了解这个能够抓住思绪、引发悬念的机器究竟由什么组成，通过怎样一系列想法而来：小说家本人在生活中是什么样的？他基于私生活、周围人、时事、阅读中的哪些元素来创造人物、场景、情节？他选择运用这些元素是出于对小说和故事的哪方面的考虑？《帕吕德》中的叙述者记录下可以作为他小说人物原型的朋友的有关信息，去植物园搜集有关沼泽地植被的资料，甚至写下他的小说人物与他自己的共同点，他做的这些完全是为了呈现小说怎样形成。他甚至还从另外一个层面来延续这种现象：记录对同一句话的几次修改。《帕吕德》是第一部关于小说的小说，这类小说在接下来的一整个世纪始终是挑战摹仿小说的途径之一。

　　另外，这个叙述者角色往往是带有嘲讽色彩的，以便我们将之区别于作者。对搜寻资料过程的呈现，不仅展示了小说的形成，还将一个写作活动嵌套进另一个写作活动。在《伪币制造者》诞生的三十年前，纪德已经被这种手法吸引并成为这方面的大师。文中叙述者创作的那本书与纪德的这本

《帕吕德》同名，这更加深了嵌套的程度。此外还有另一个更细微的嵌套运用：在叙述者正在创作的小说中，主人公跟纪德本人一样会写日记（还不算是小说），因此这本书中还有第三层作家，尽管他只是业余的。通过这种构思，自我反射的平面可以无限增加，仿佛置身一座镜面宫殿。这种原动力可以产生眩晕效果，因此它与虚构效应并不是没有联系。但它的发展必然以损害虚构为代价。为了让虚构世界与个人的真实世界并驾齐驱，它必须是唯一与之平行的世界，必须保持独立性。一旦平面增加了，它们就会同时运转并相互联系。那么它们表现出的真实将不再能够取代永恒真实的世界，哪怕仅有一刻都不可能。当小说变得越来越难以捉摸直到它以自身为游戏对象时，小说便不再是摹仿式的。

在《帕吕德》中还有另外一种方法涉及福楼拜提出的"主题"，即提出从现实的片段中"抽取"主题：作者本打算写一部摹仿小说，但开始写作时却选取现实中的某个部分或某个方面。《帕吕德》中的叙述者在突然发现自己做了这样一个选择时产生了疑问：于是他将这种选择定性为"狂妄自大"（119）。所有的"主题"都来源于这样一种"狂妄自大"，正是这种"狂妄自大"促使小说家选择了他自己认为有趣并能引起读者兴趣的元素作为现实的替代品。在通过霸占读者的注意力使小说这个游戏扭曲之前，虚构本身就是一个欺骗游戏的产物。

对付这种狂妄自大的方法就是拒绝做选择，也就是说，保留所有选项原有的样子。还是在《帕吕德》的这个章节中，通过改变动词来掩藏惯用表达，纪德成为二十世纪第一个拒绝用句子作描述的小说家。他甚至不满足于采用逗号分隔的方法来列举各个并列的词组。他所提出的方法是，分行列举各个词组，每个占一行，每一行以短横线开头（119—120）。在他之后有不止一位小说家采用了这种方法，他们与保持原位的小说的决裂已经延伸到了印刷设计上。纪德与福楼拜的承袭关系使他顺理成章地成为小说革新的先驱，指引二十世纪批评流派将这种革新不断寻回并且系统化。

第二章 普鲁斯特的革命

普鲁斯特对小说革命的第一个贡献并不涉及文本本身，而是关于文本的形成。对《追忆似水年华》这样一部重量级作品的形成而言，其最大的影响莫过于普鲁斯特从《让·桑德伊》(*Jean Santeuil*) 到《追忆似水年华》的转变。因为这种转变并不在于故事的构思——故事的主要部分在未完成的《让·桑德伊》中已经成形，而在于叙述形式上选择了第一人称而不是第三人称——或者更确切地说是普鲁斯特做出这个选择所产生的效果。不知是他的坚定直觉还是严谨态度更令人佩服：一个而立之年的男人从少年时期就梦想成为"作家"，却放弃了已经写成的几千页文字，只因为他觉得这并不是一部真正前所未有的作品。

这场叙述形式的革命从何开始，有何意义？毫无疑问，十九世纪的小说极少使用第一人称叙述。但这并不是因为第一人称叙述无法满足小说实现摹仿式幻觉的终极目标。甚至可能正相反，这种叙述模式反而能更轻松地催生幻觉：还有什么比一个人讲述自己的故事更容易让读者感到身临其境呢？每个人都有自己的故事，都偶尔会讲述自己的经历，或者至少是一些片段；每个人都希望将自己的"我"与叙述者的"我"融为一体。鉴于人们的这种本能倾向，普鲁斯特尽其所能地将这个"我"维持在匿名状态（除了三处例外），十分谨慎地避开年龄和外貌描写，使"我"的社会身份尽可能模糊。从起源的角度来看，第一人称叙述是谋方便之举；运用第三人称叙述达到幻觉效果的巴尔扎克式表达才是真正的伟大，它从外部呈现人物，却使我们从内部体会到人物的生活。与之相比，第一人称叙述就像是硬塞给读者的一张牌，不管他愿不愿意，都得自行代入角色／叙述者，从而感觉他"活着"。

要充分阐述人称变化的影响，还需结合考虑这部小说所呈现的人生经历层面上的变化。从《在斯万家那边》（*Du côté de chez Swann*）的第一部分——"贡布雷"（Combray）开始，全书的基调和节奏就已确定。普鲁斯特从一开始就没有按照事件、人物性格、特殊情感等故事的惯用套路来描写这段经历，反而是从最稀松平常、最不足以构成故事的细节入手：若干次的入睡、醒来，入睡和醒来的不同房间，散步，等等。这些经历都是我们生活中最微不足道的事情。如果说它们有什么值得注意之处的话，那也只是相对"当事人"

（l'intéressé）而言，如果有人要把这些事情写成小说，也只有他能够做到，并且是以"我"的口吻。

但是契合主题并不是作者考虑的唯一因素。普鲁斯特这样一位饱览十九世纪优秀小说的作家之所以萌生从第三人称过渡到第一人称的想法，是因为他已经预感到小说诗学的新纪元即将打开，这种可能性已经存在，不过途径有很多种。其中第一个途径就是在小说中重新引入一个虚拟的叙述者，这起源于福楼拜曾经在《包法利夫人》第一章中使用过的"我们"，尽管这个词很快就在后文中被遗忘，但还是有许多十九世纪的小说家想尽办法抹除作品中叙述者的痕迹，希望读者感觉不到自己与虚构世界之间的那层屏障，从而更直接、更彻底地进入其中。第三人称叙述与简单过去时结合得更为紧密，简单过去时意味着故事的叙述不会牵扯到叙述者的存在，这点与复合过去时不同。用语言学家本韦尼斯特（Émile Benveniste）的话说，这就是为什么事件看起来像"自己讲述出来的"一样的原因。经多方考证，《在斯万家那边》的第一句话也是出于这个目的。但普鲁斯特反其道而行之，故事并不是在一个上帝式意志的操控下开始，而是由一个自称"我"的人（也就是读者的同类）对读者讲述出来的，他会提起自己生活中的某一件事，就像我们每个人记忆中都曾有过的事情一样。经过这一转变，十九世纪法国小说不断朝着更加彻底的改革方向发展，一直发展到仅凭叙述者所讲的话就足以构成叙事而无须去描述的地步。从这一点来看，普鲁斯特只是微微开启了一扇门。他作品中的叙述者没有名字、外貌、身份，这个叙述者也从不在写作时谈到自己所处的年龄、地点和环境。最多会提及叙述者讲述的当下与事情发生之间的时间跨度，不过也从来不明确具体的差值："如今我明白了"，"我多半某天会发现"。其余的就只有他的话语。正是在这一条件下，读者才能在脑中确定这些心理分析的合理性和敏锐性，不过作为叙述者的这个"我"只是一个幻影。

从另一个层面上说，这种方法又是完全革命性的。选择第一人称叙述还有另一个含义，这是包括小说家和读者在内的所有人都没有意识到的，甚至连普鲁斯特本人都没想到，因为它太显而易见，同时也因为它会抑制我们内心对小说的渴望。如果叙述者讲述的故事是他记忆里的一件事，严格意义上我们应该——或者可能应该——姑且认为他在开始讲述时就已经知道整个故事；他以一种回顾的视角来看待这件事，一下子掌握了所有的期待，不管是已实现的还是未实现的，所有的努力和它们的结果，所有的缓慢演变，所有的困境和出路，所有的起起伏伏，总的来说，所有东西相互抵消，但一切都曾在它们的欣喜或苦涩中度过。

如果一定要坚持这种回顾视角的话，可能会对小说造成致命打击并将其扼杀在摇篮中，因为它会将后者变成一个概述：浓缩到一页纸、一个段落或一句话。"我一辈子都想写部小说，我一直怀疑自己写不出甚至一度放弃这个念头，不过最近多亏了一件令人高兴的事情，我意识到我并不需要努力寻找小说的主题，因为它就在我被疑虑、消遣和激情填满的生活里。"回顾视角对小说的威胁显而易见，因此不论在哪个时期，以第一人称叙述的小说，其作者无一例外都本能地想摆脱他们已经知道全部故事的视角，回到他们"当时"作为故事主人公而不是叙述者的视角。这两个视角之间的时间差越大，这种做法就显得越有必要，尤其是关于童年的叙述。为了回到展望视角，也就是尚不了解未来的视角，就必须回到童年的世界和生活中去，并且如果可能的话以当时的话语来描述，否则它就不能成为通常意义上的小说。

　　普鲁斯特选择采用第一人称叙述时认真考虑了回忆的这层含义，至少在小说的一开头是如此，而这正是这部小说的关键。尽可能还原事件发生的顺序和联系并不是回忆的唯一作用。在回忆里，几乎所有事件都像平铺一样同时出现，因此回忆也可以忽视时间顺序而用另一种顺序来代替。如果叙述者讲述的所有事实都是回忆里的事实，那么也可以按照逻辑顺序来排列。普鲁斯特在《追忆似水年华》的开篇六页就是这样操作的，尽管这短短六页的篇幅并没有引起读者的注意，但并不影响其在策略上的决定性意义。他以避开时间顺序的方式同时提到了整个人生而不再是其中的某一阶段，因此他可以说是在西方小说的主流叙事法中打开了一个缺口。

在作品开头，他看似沿袭了小说的惯用手法，即提出一个时间标志："在很长一段时期里，我都是早早就躺下了。"这里的时间副词引发了读者对下一个时间标志、另一个习惯动作的期待。但事实上，这只是普鲁斯特设下的圈套。他并没有给读者一个后续，也就是故事，而是开始讨论一系列事件，然后是另一系列，以及由此延伸出的小系列。第一组情形是关于夜里醒来的不同场景：有些是尝试入睡不久后发生的，这种时候思绪仍然沉浸在睡前阅读的内容中，所以入睡的过程会持续一段时间——"有时候，蜡烛才灭……"[3—5 (3)] [1]；有些则不会持续——"有时偶尔醒来片刻"；还有一些是由梦引起的，于是他又很自然地谈起各种各样的梦：有噩梦——"还有的时候，我在梦中……重新体验到我幼时的恐惧"，也有好梦——"有几次，就像从亚当的肋叉里生出夏娃似的……我在她的怀抱中感到自己的体温，我正打算同她肌肤相亲，正巧这时我醒了"。这种种刚入睡就醒来的情形又引发出了与之相对的、入睡很久之后醒来于是意识模糊的一系列情况。这类情况也有各种各样的可能：比如在错误的姿势中入睡——"睡意袭来……

---

[1]　Marcel Proust, *Du côté de chez Swann,* Gallimard, Folio, 1988, p.3-5.(普鲁斯特，《在斯万家那边》，伽利玛出版社，1988年。中译文出自李恒基、徐继曾译《追忆似水年华》第一卷《在斯万家那边》，译林出版社，1989年，第3页。) 为了方便研究，我们在文中夹注里提供了两个页码，前者为法语版页码，后面方括号中为中译本页码。下面不再具体说明。

那时他正在看书，身体的姿势同平日的睡态大相径庭"；"那姿势同睡眠时的姿势相去更远"；有时睡得很深——"但是，我只要躺在自己的床上，又睡得很踏实，精神便处于完全松弛的状态"，这两种情况都会使睡觉的人忘记身处的房间。叙述者以"举例"的形式忆起他幼时在"乡间住宅里"睡过的房间，还有"很多年过去"之后睡过的房间。初读《追忆似水年华》的读者在阅读过程中会渐渐发觉——而重读的读者则会马上发现——这些例子并不是随意列举的，因为它们其实分别对应这本书第一部和最后一部里（在贡布雷和当松维尔城堡）的房间，因此也是叙述者最远和最近的经历。在这期间，他还经历过许多其他的房间。他又以不止一种分类方法将这些房间一一列举："冬天的房间""夏天的房间"[7—8（7—8）]——立马让人觉得舒服的房间（"有时候，我想起了那间路易十六时代风格的房间。它的格调那样明快，我甚至头一回睡在里面都没有感到不适应"）或者一开始让人有些反感的房间（"有时候正相反"）——这种反感的原因也有多种，同样用地点关联词引导："我一进去就被一股从未闻到过的香根草的气味熏得头昏脑涨"；"一面怪模怪样、架势不善的穿衣镜"；"我一连几小时竭力想把自己的思想岔开，让它伸展到高处，精确地测出房间的外形"，等等。在这个开头的最后，叙述者列举的各种内容又以简单的地名被重新提起——贡布雷，巴尔贝克，巴黎，董西埃尔，威尼斯，初次接触这部小说的读者可能还不知所云，而熟悉它的读者却会感到趣味无穷。

普鲁斯特在作品开头做出这样的选择，其实相当于对时间顺序——也就是对那个时代的主流小说提出挑战。他在六页的篇幅里介绍了接下来三千页内容所围绕的经历，并且他所参照的并不是时间顺序，而是另一种性质的顺序，关联依据包括同一个事实的不同变形、相似性、对称性或者对立性等，这些关联不再（或暂时没有）为构成故事服务，而是为了分类。神圣不可侵犯的时间性无疑是小说与生俱来的要素，普鲁斯特却在他小说的开头就用逻辑性取代了它。

如果从这个角度重读这六页文字，我们会很自然地思考一个问题：有没有可能根据这种原则写出一整部小说，以及这样的作品还能不能被称作小说。其实这类作品在十一世纪初的日本文学中曾出现过。作者是一位生活在京都皇宫的贵族女子，叫作清少纳言（Sei Shônagon），其作品名为《枕草子》（*Notes de chevet*），1940 年被译成法语，1966 年大规模出版。[1] 在当时的日本文学中，《枕草子》属于日记类作品，只有当时认识作者的宫内人才能读到。然而法语译作的读者认为，由于没有某种自传体公约性质的东西，这部作品相当于一部以第一人称写作的小说，并且写作原则颇具特色。《枕草子》被译介到法

---

[1]　Sei Shônagon, *Notes de chevet*, Gallimard-Unesco, Connaissance de l' Orient, 1966. (清少纳言，《枕草子》，伽利玛－联合国教科文组织出版社，1966 年。)

国——尤其是被再次出版时，恰好触及了许多致力于打破西方摹仿小说传统的法国作家所关注的问题。清少纳言提供了两种可能，一方面是用归类代替叙述来呈现一个"故事"，另一方面是在这个故事中颠倒了关于人和关于自然世界的描写所占的比重，因此《枕草子》的形式与西方追捧为唯一范式的小说形式十分不同，甚至可以说是一种真正的反范式。

　　早在公元一千多年，清少纳言就一步到位地实现了普鲁斯特小心翼翼的尝试。她并不想按小说模式慢慢介绍一系列逻辑片段，也不追求文本的连贯。《枕草子》被切分为162[1]个单元，其中有些相当于一个章节的篇幅，有些则只有几行甚至一行，这些单元并不是"章节"，因为它们并不代表故事的某一个明确的时刻。它们的标题通常是某个复数的名词，没有冠词，其实更像是一个栏目，只用系列的名称把后面的词语集合到一起。这些名词许多都是世界尤其是自然界中的组成物（"山""池""树木的花""鸟"等等），也有些是人类的创造（"桥""村""市""弦乐器"等等）。这些标题下面的内容往往是通过专有名词列举的形式，用几行文字描写的系列中的组成元素。它们可能只是对栏目的客观描述。但不难发现，这些栏目中的回忆样本也是一个女人一生中可能遇到的、因为这样那样的原因留存在记忆中的事情。它们并不算

---

[1]　《枕草子》原书分为305篇，法译本选取了其中162篇。——译者注

是一部百科全书，而是侧面反映出来的人生经历。因此，这两百五十页随笔似乎就是史上第一部没有叙述的小说。

另一系列标题则更接近西方读者熟知的小说形式，因为它们都提到了对世界的组成物或对社会生活中的事件所产生的情感反应。不过这些标题形式独特，是将自然界的东西或社会事件放在前面，而不是个人的情感，如："令人讨厌的事""使人惊喜的事""使人愉快的事""不凑巧的事""画起来看去较差的东西""画起来看去更好的东西"等等。

这些栏目下面列举的每一件"事物"都很可能使西方经典小说家联想到一幕情节，他们或许会用时间和空间信息的交织将这种愉快或不快具体化，并且还可能由这个情节衍生出后续，即故事。根据这些空间和时间信息，他们可能会想到一些人们都会在生活中经历的状况。清少纳言也常常用"我"来表达她的个人情感。但即便是在这种情况下，栏目所涉及的也只是人生中某个完全独立的时刻：其前因后果都没有被提到。写作的出发点是栏目，而不是遭遇。在某个时刻发生的经历对主体而言是独特的瞬间，但在这里仅仅是因为与其他"事物"有共同点就可以脱离时间性。就算有时间性的话，也只可能是自然界的时间性，即季节，因为其中提到的许多"事物"都与自然界的不同形态有关。

在这样一种归类的写作原则下，作者自然会提及生活中所有有意义的事物（只需要找到恰当的栏目然后视需要填充即可），她可以随心所欲地运用想象力改编经历，也就是写出一部小说供读者阅读。这便是清少纳言的做法。她通过放弃叙述的形式赋予了小说以新的变体。

在七个世纪后的西方小说界，普鲁斯特还未达到这样的境界。在《追忆似水年华》彻底脱离时间的惊艳开头之后，他渐渐向西方古典小说靠拢，不过并非完全回归传统，可能是因为有最初的大胆创新作为抗体。在这种以普鲁斯特为代表的叙述形式中，时间顺序和逻辑之间有种微妙的结合，一系列事件先是被一股脑讲出来，然后又在特定的一段时间里逐一或者说几乎是逐一再现（专业术语叫作"反复叙事"）。这里的时间顺序并没有日期标志，而是通过这段时间在整个故事中的位置来体现的；而逻辑是指一系列事件或情节之间的关联、重复或变型。从反抗时间顺序对小说的操控这个角度来说——二十世纪小说批判派的主要方向之一——这种叙述形式是一种折中办法。《在斯万家那边》的第一部分"贡布雷"用二百页的篇幅一下子讲完了在姨祖母家度过的每一次复活节假期，其意义相当于从小说开篇的惊人反抗之举到余下部分普鲁斯特又重新回归叙述的一个中间过渡。无论这个回归是否出于情愿。

小说开始不到二十页，在未完成过去时动词的巧妙运用中，他悄悄地、仿佛无法避免地又使用起了简单过去时——摹仿叙事的主要时态："但是，有一次我的外祖父从报上得知"[20（22）]。前文重复叙述了斯万来贡布雷的外祖父母家吃晚餐的那些晚上之后，紧接着是对其中一个夜晚的描述。甚至这个夜晚的特殊性已事先交代过，以便叙述的时间轴得以回归，再插入几个更次要的简单过去时动词，然后才像戏剧里一样响起敲门声，不过这里只有两下，直到此处才标志着小说的真正开始："门铃怯怯地响起丁冬两声，那时我们都在花园里休息"[23（24）]。接下来，通过将叙述者视角隐藏在人物视角之下的惯用技巧，普鲁斯特完全投入了对人物情感关系的叙述，尤其是这第一个夜晚所造成的心理创伤，并且由于作家的使命，这种叙述变成了激发读者好奇心的展望式叙述。

小说别具一格的开场尽管只有短短几页，却依然十分有影响力，以至于后文都无法比拟。从叙事到分类列举的转变满足了普鲁斯特内心深处长期以来的愿望，所以，即便小说又转向了叙事模式，我们依然可以时不时地从字里行间感受到相反的倾向。

在日常动作的反复叙事之间往往会夹杂一些次要的活动，这些活动通常只以列举的方式呈现。比如天气变化不定的时候去梅赛格利丝散步，因为那里有一片树林可以避雨 [148—151（151）]。云彩"经常"让天空阴晴变幻。"不过有时候"会下起雨，这时便有两种可能："我们跑到林中去避雨"，或者"我们还经常……跑到圣安德烈教堂的门廊下……避雨"。从那里可以远远地看到鲁森维尔，"有时"树林里的雨停了，那儿却还在遭受暴雨侵袭，"有时"则相反，远处的阳光重现在

鲁森维尔上空。不过"有几次"天气坏得无以复加时只能回
家，也有些时候"天气从大清早就很坏"，只能就此放弃散步
了。在《追忆》中，这些经历都是自然地在时间中先后发生，
这样的一种叙述逻辑模式往往就可以取代记叙。

　　普鲁斯特在小说开篇就以非时间顺序的写作方式轻松自
如地呈现了整部小说将要讨论的素材，好像一劳永逸地摆脱
了摹仿小说的重要法则之一。这样的开头相当于一篇独立宣
言。尽管后来他转而记叙有时间限定、展望视角以及简单过
去时的动作，从而恢复了传统小说所需的一切条件，但他内
心始终保留着自由的本质。就算正在记叙一个动作，他也可
以立马中止，只要他想插入分析、议论、描写或者仅仅是纯
粹的一小段文字。这里的中止与"悬念"不同，悬念是小说
家用来激发读者好奇心和期待感的写作技巧。而对于普鲁斯
特来说，这些插入的段落仅仅是为了自身而存在的。它们与
正在叙述的故事一样甚至更能满足作者的需要。它们同样能
激发读者的共鸣，然而不是通过虚构产生的幻觉，它们甚至
有损这种幻觉，因为由分析产生的思维上的乐趣、对议论中
流露的幽默感产生的欣赏以及文笔优美带来的享受都是与幻
觉不同质并且显然不相容的东西。可能在某一句话中，普鲁
斯特又回到了故事叙述的大框架中，不过他像寄居蟹一样对
待自己的"房子"：用"陌生的身体"填充它大部分的空间。

　　普鲁斯特的写作手法最显著的特色在于，他看似运用了

摹仿小说中最有效的技巧。尤其在某些时刻（某些"场景"），当他完全遵循情节本身的时间节奏从而使读者在真实时间（en temps réel）中"经历"这个情节时，由虚构产生的幻觉达到了顶峰。在普鲁斯特的作品中，这样的场景通常发生在晚餐和会客时。不过，他对这些场景的叙述并不完全与情节本身的进展一致，相反，他总是用同类型的文段打断对情节的叙述，甚至这些文段还会干扰幻觉的生成。尤其是在两段对白之间甚至一问一答之间插入其他文段，最能体现他这种不守成规的态度。《追忆》的开头有力地撼动了摹仿小说的地位，这种影响甚至延续到了《在斯万家那边》的第二部"斯万之恋"中，而这恰恰是普鲁斯特在《追忆》一书中最倾向于利用叙事的功能——以及优势——的部分，他以第三人称叙述往事，极少用第一人称，因此"斯万之恋"中充分使用了简单过去时。这一部分的故事是有关爱情的——萌发、获得、痛苦以及衰退，是一个出色的、极戏剧化的浪漫故事。不过，普鲁斯特在这里不仅像在其他部分一样频繁使用反复叙事，并且在这起起伏伏的情节之间同样插入了非叙事的成分。而当插入段落结束并重新回到叙事时，普鲁斯特并没有掩饰这种跳跃的意思，尽管这极大地影响了虚构产生的幻觉。

叙事和它所引出的插入部分之间的关系几乎逆转了，而且这种逆转也不单单体现在数量上。小说的框架仍然是故事，不过读者在阅读时会不止一次地感觉到：作者描写某个小波折或者逸事是为了阐释上文用抽象术语提到的某个心理学规律，或是为了引出下文的议论，又或是为了借此谈起一处风景，总之就是为了某个与叙事无关且游离于故事范畴之外的先有需要。叙述仍在继续，但已沦为一个串联整部作品主干的线索，而这主干早在小说开篇就已经交代过了。普鲁斯特在他所处的时代还无法完全省略叙事，具体地说是无法完全避开时间连贯性和展望视角这两个构成传统小说的要素。不过，由于有了《追忆》在开头摆脱这两者的先例，不管是普鲁斯特本人还是在他之后的许多小说家从此都认为冲破这些限制势在必行。

普鲁斯特对第一人称叙述的运用又再一次阐明了他在第三人称叙述中觉察到的必然结果。向读者描述某个时间、某个处境中的某个个体，意味着在读者脑中引发无数的疑问并标记出某段特定时期的开始。将这个人与某个简单过去时的动词关联（"他打开门"），相当于开启了这段时期，并通过一些方法使读者立马将其转化为自己经历的时间，比如在第一个简单过去时动词之后毫不犹豫地推出第二个、第三个，以此类推。这样一来，小说家便一发不可收拾。他们感到有某种"继续下去的义务"。

很多人只看到或长期以来只看到其中的优点，并且他们认为尽可能多地让读者产生"后来呢"的疑问然后给出答案就是小说的本质。直到普鲁斯特突然发觉这种约定俗成的霸道，并且用第一人称叙述的方式，从人可以一次回想起全部过去这个角度找到了冲破限制的出路。

要回答"后来呢"的疑问，只能通过关于事件、行为、话语的叙事。按照这样的逻辑，其他文字也只能为回答"后来呢"而服务。然而普鲁斯特在《阅读的时光》（*Journées de lecture*）中忆起他童年阅读《弗拉卡斯船长》（*La Capitaine Fracasse*）时说，那个时候他就更喜爱每段情节后面叙述者的评论。等到他自己成为小说家时，起初在《让·桑德伊》中也曾效仿同时代的优秀前辈，不过后来他发觉相对他真正想写的东西而言，这种模式实在是削足适履。回避这种模式的方法就是回忆视角。普鲁斯特从小说一开始就表明了这个立场，并且一直践行到小说的结尾，尽管在文中也有许多叙事的部分，但他从未完全受制于叙事的原则。

《追忆》让我们时时刻刻都不得不承认：这种对叙事原则的随性态度实际上为读者况且还是小说读者带来了极大的快乐。尽管叙述者如此向我们描述巴尔贝克海堤上经过的少女们："此刻她们就在我面前中断了她们那轻巧的篱笆般的流动线"，从而引发我们思考接下来将会发生什么（他会与她们开始一段交往吗？什么时候？怎样开始？），这种好奇心依然比不上一个简单的逗号之后的这句话带给我们的享受："这篱笆就像一丛宾夕法尼亚玫瑰，是悬崖上一处花园的装饰品。一艘轮船驶过的整个大洋航线均映其中，这轮船在蓝色平面上滑行得那样慢，相当于从一个茎到另一条茎。一只懒惰的蝴蝶在花冠深处滞留，船体早已超过这只蝴蝶。可是蝴蝶确有把握能比轮船先到达目的地，那船只正向花朵驶去。蝴蝶可能还要等到轮船的船首与玫瑰花的第一个花瓣之间出现一片蓝色才起飞呢。"[364（355—356）][1]

　　而在下一行，也是另起一段的第一行，作者又恢复了叙事："我回房间去了，因为我要与罗贝尔一起去里夫贝尔共进晚餐。"不过就在这两个时间标记之间，小说的乐趣发生了质的变化。它不再拘泥于故事或时间，此处的时间指的是叙述者和其他角色所处的时间，也是读者与他们共同经历的时间。这种乐趣是随着句子的延续越来越偏离起点的那种乐趣，不以叙事为目的，但同样是出于某种不可避免的需要。在《追忆》中我们可以频繁地读到这样的段落，这不禁让人联想起福楼拜在半个世纪以前将风格作为小说价值的愿望。普鲁斯特在自己的小说中也传达了与福楼拜相同的观点——通过改变时间定位来避开叙事的约束，从此以后，展现风格逐渐成为某些小说家有意识的行为甚至有时是必须达成的目标，以期赋予自己的小说除摹仿小说以外的更多可能。

---

[1]　Marcel Proust, *À l'ombre des jeunes filles en fleurs,* Gallimard, Folio, 1988, p.364. （普鲁斯特，《在少女们身旁》，伽利玛出版社，1988 年。中译文出自桂裕芳、袁树人译《追忆似水年华》第二卷《在少女们身旁》，译林出版社，1991 年，第 355—356 页。）

第三章　二十年代的攻势

德尔泰伊，苏波——

阿拉贡，《捍卫无限》——

纪德，《伪币制造者》

二十世纪二十年代初，早在萨特谈起萨洛特的"反小说"（anti-roman）二十五年之前，在罗伯－格里耶（Alain Robbe-Grillet）喊出新小说口号三十年之前，一轮同样矛头直指摹仿小说（或"传统小说""经典小说""巴尔扎克式小说"等）并且同样持久的攻势已经被触发。可以说，这群人的目的不仅是摆脱十九世纪发展到鼎盛时期的小说，也是在迎接新时代的到来，在这个新世纪，1914 年的那场战争从不同角度展现了灾难的后果。而我们之所以对这轮攻势有些淡忘，首先是因为它的时代局限性。1930 年的转折点到来以前，一部分可能成为小说家的作家就已表现出朝着一个比文学体裁批判更为紧迫的方向发展的态势，我们大抵或者至少在某种程度上可以将其称之为存在派。还有一个原因是，参与这轮攻势的许多作家都属于超现实主义作家，就他们本身而言，对小说的排斥只是其更远大的超现实主义理想的附带效应。其中一部分人的后续作品令他们沦为二流作家，不过这丝毫不影响他们早期作品的标志性意义。

德尔泰伊：句子与小说的对抗

德尔泰伊一开始就顺着福楼拜的想法提出了小说的问题。不过他认为关键并不在于风格，这个概念已经过时。要打破幻想的作用，用句子就足够了。

读者要感知风格，必须先对文章有足够篇幅的、连续的阅读。只有随着一句接一句、从第一句到最后一句的阅读，才可能从中分辨出风格。风格是通过累积逐渐增强的。文本的特征在首次出现时顶多给予读者直观感受，只有经过重复才会逐渐引起读者的注意。所以，不论是否愿意，风格与主题（也就是正在进行的故事）有一定的联系，而后者表现得更为突出，因此读者的注意力始终处于偏向故事而忽略风格的不平衡中。

为了使读者的注意力从故事上转移开，有一个更直接、更彻底也更可靠的方法——将语言所承载的效果集中到句子这个单位里。使这些效果在每个句子中得到出其不意的发挥，而不依赖漫长的适应过程。这一主张在德尔泰伊 1923 年出版的"小说"《肖莱拉》(*Choléra*) 中最为鲜明，在这部作品中，他使自己的这个观点上升到了理论层次。在前一年凭借《在爱河上》(*Sur le fleuve Amour*) 获得成功之后，德尔泰伊继续通过每个句子效果的累积来逐步地摧毁小说。他讲述叙述者和三个女孩（其中一个叫肖莱拉）之间的游戏和爱情故事，以此名义尽情发挥达达派精神，有时出于狂妄和挑衅，有时源于超现实主义的独特发现，根据不同情况运用混杂的列举、讽刺类文字游戏和具有冲击力的图像，让小说的阅读过程像是五彩斑斓的烟火接连迸发。因此，我们也并不惊讶文中还会通过呼应或直接的方式提起洛特雷阿蒙 (Lautréamont)、兰波 (Arthur Rimbaud)、阿波利奈尔 (Apollinaire) 等人的名字。

其实在感知风格之前，单就理解小说中所讲的故事就是一个循序渐进的过程：逐一理解句子，在脑海中再现其所指，并将这些反映在想象的时间中组成故事。德尔泰伊的诗学希望将这个漫长的领会过程用一个瞬时的、直接的并且可能是令读者出乎意料的动作代替。为了描述这种动作，他有时说它是突然闯入思维的，有时说是突然产生的一种化学反应。这对读者而言是一种暴力，使他无法安然脱身，使他一旦进入句子就无法摆脱。这个句子就是真理的唯一所在。无须再更进一步像作者那样采取行动。德尔泰伊在《肖莱拉》中将上述实践与理论结合，在小说中插入了对几位小说家的成功所做的一系列评价。其中排在第一位的是福楼拜。不过，尽管福楼拜的角度与德尔泰伊所想一致——因为他也花了许多功夫在句子上——后者对他的评价还是暗含贬义。"福楼拜的句子就像一辆有故障的汽车。拥有一流的顶棚和坚固又灵活的底盘。就是少了发动机"[1]。同样地，他还评价季洛杜（Jean Giraudoux）的句子是"小把戏"，普鲁斯特的句子是"毒瘤"（46）。这几位小说家的共同点是都会遵循词法和句法，因此德尔泰伊用文字游戏将之批判为一种轻罪："啊！句子！希望你们的法则（correction）送你们到轻罪法庭（correctionnelle）！"（46）接下来德尔泰伊还要定义这些句子中所欠缺并且可能会在新式小说中出现的东西，哪怕他只能用隐喻来表达。"我称为发动机的，是句子让你大脑里的十二个气缸突然停止运作并在里面摔盘子的这种内在价值，还有文字与我的大脑结合成一个新主体的这种才能"（25）。不过他还说："我希望我的句子是一个陷阱。读者啊，我做猫，你做老鼠吧。"（46）德尔泰伊一直在说同样的话——句子是游戏进行的场所。它是一局不断重新开始的游戏，而小说的好坏只取决于胜局的多少。

---

[1]　Joseph Delteil, *Choléra*, Grasset, Les Cahiers rouge, 1983, p.25.(德尔泰伊，《肖莱拉》，格拉塞出版社，1983 年。)

由于其从属于整体的地位，句子成为唯一需要考虑的单位，相反地，小说的主题、故事、虚构都变成了引出句子的理由。这一最早的革新尝试一下子从根本上提出了以上两类侧重点的分歧，从而改写了小说的命运。

根据这种思路，德尔泰伊还进一步拆卸了叙事装置的零件，其目的只有一个，那就是阻止幻觉的形成。他重新审视了摹仿小说赖以形成的无数个机关（最先这样做的是《帕吕德》），我们对这些机关司空见惯以至于觉得它们是很自然并且无法避免的，但其实我们大可以说：这些都是可以替代的陈规。德尔泰伊发明了用警察的体貌特征卡（身高、瞳孔颜色、特殊印记等）的方法来破除肖像描写的神秘感（10）；类似地，他还用地理坐标（经度，纬度）替代动作发生地的地名（26）。不出意外地，他还效仿了十八世纪英国小说的做法，时不时地把读者拉出虚构世界，让读者明白这个世界的存在取决于作者的意愿和本事。不过这种提醒的形式也有很多种。可能是论战型的："我想一个合格的小说家在此处会提到她们（他的三个情人）父母的职业……但（所幸）我并不是一个合格的小说家。"（16）但他有时也会假装归顺主流："现在我要把笔交给一个匿名的'小说家'。"提醒读者接下来的几页他要假装依从传统，用第三人称和简单过去时来写作（124）。另外，这部小说中经常提到（或褒或贬）一些当代作家的名字［巴莱斯（Maurice Barrès）、纪德、雅姆（Francis

Jammes）、菲 利 普（Charles-Louis Philippe）、马 克·奥 兰（Pierre Mac Orlan）、科克托（Jean Cocteau）、里维埃（Jacques Rivières）等]，同样起到了强迫读者从虚构世界回到现实世界的作用。有时甚至只需在括号里面写两个词就可以了："她此刻正坐在一个南瓜的正中间，两腿分开；我们（谁？我们？）从她膝上可以看到热带。"（62）

那么人们长期以来心目中的那种小说还剩下什么呢？只剩下作为被批判的对象所必需的部分罢了。这块幕布之所以要一直存在，是为了让针对它的各种攻击继续发挥影响力。关键要使它保持在透明和有漏洞的状态，避免它产生对现实的幻觉效果。一直以来，小说都将语言作为工具或载体，然而至此它已沦为语言的陪衬。

年轻时代的德尔泰伊在写作《肖莱拉》时所流露的挑衅口吻使这部小说成为个例，况且就连他本人后来也没有继续在这条路上走下去。其实《肖莱拉》的真正意义在于凸显了那个时代整体的选择。二十世纪二十年代季洛杜、科克托、莫朗（Paul Morand）等人写作长篇或中短篇小说时不都是抱着让每一句话都有新意、出奇、有趣或反常的想法吗？他们虽没有像德尔泰伊那样在作品中旗帜鲜明地表达出来，但在他们的小说中角色和故事同样是处于次要位置的，前景则由一个接一个新奇的句子串联而成，它们的本质就像佳吉列夫（Serge Pavlovitch Diaghilev）对科克托发出的命令："让我惊奇。"

尽管他们希望运用语言引发读者脑海中的震动或者只是单纯的惊讶，但其产生的效果往往只集中在句子这个有限的范围之内，这就是那个时代的标志。后来的小说家则倾向于扩大文字所编织的整体，通过删除标点使之趋于一致，因为标点会起到强化句子独立性的作用。不过从叙事性角度来说，这两种截然相反的选择其实出发点是一样的，都是希望用语言对抗虚构。

无限与小说的对抗

德尔泰伊在超现实主义诞生之初也曾参与其中，但超现实主义的开创者要属苏波和阿拉贡。他们二人及布勒东（André Breton）让超现实主义找到了自己的定位。拒绝摹仿小说绝不仅是一个与主流文学划清界限的方法，它更是超现实主义的信仰中不可或缺的要素。但阿拉贡和苏波二人依然绕不开阿拉贡所说的"对虚构的渴望"。

1914年的那场战争揭示了整个文明的失败。延续数百年的理性主义、对科学的期望、白种人对世界的统治、资本主义社会以及犹太基督教伦理的结局不过如此。这些令欧洲一直引以为傲的文明要素在战争的洗礼下丧失了威信，沦为压在每个人心头的限制、禁忌和否定。人们要做的唯有拒绝这些否定，让自我的潜力从各方面得以发挥。有一个词最能形容这种潜力，因为这个词本身就在形式上否定了有限性，首尾两个音节的对称又使它完美得无与伦比，这个词便是"无限"（infini）。二十世纪二十年代，"无限"这个词团结了所有被文明的狭隘、局限和约束所折磨的人，战争过后，文明开始重新崛起，而那些人似乎被文明挟持了。对他们而言没有什么比结束这种自残行为更为迫切。阿拉贡为他们想到了一句口号，即 1923 年那部著作的名字——《捍卫无限》。

　　一个世纪以来，小说始终在不遗余力地复制由这个令人深恶痛绝的文明塑造而成的现实，那么战争过后，这种文学体裁又将何去何从？或许就连这些复制品都不再满足于模仿这样的现实；或许对现实的模仿也只是一种习惯性的延续。越是如此，就越有必要摆脱这样的现实。但话说回来，要怎么才能拒绝古老的权威，让想象力通过故事的形式绽放，然后把它们讲述出来呢？我们又怎能不梦想反传统而行，将想象力作用于现实：不再视小说为模仿的工具，而是作为创造新现实的工具，或者至少是启发的工具？其实早在 1923年，也就是在布勒东用《超现实主义宣言》（*Manifeste du surréalisme*）将小说从文学中排除之前——他在宣言里还转述了瓦莱里（Paul Valéry）关于侯爵夫人几点离开的话语作为依据[1]，苏波和阿拉贡就已经提出了这个问题，他们的出

----

　　[1] 1942 年，布勒东在《超现实主义宣言》中转述了瓦莱里的决定，即不再写"侯爵夫人五点钟出门"之类的话。——译者注

发点是对无限的欲望，这与他们对身边人生活的反感是相通的。不过这种欲望可强可弱，有时表现为反感，有时则是无法抑制的渴求，越是无法实现无限，他们对其的渴求反而越是加剧。尽管不能实现无限，至少可以对模仿世界的行为施加影响，而摹仿小说的唯一目的就是模仿世界。对无限的欲望越强，摹仿小说遭受的打击就会越大。如果这种欲望表现为遗憾，那么其对摹仿小说的打击则相对小一些。一旦欲望达到顶点，则足以产生毁灭小说的力量。这就是苏波和阿拉贡之间的距离。

苏波从 1923 年到 1927 年间发表的散文小说中，有四部作品充分体现了对无限的欲望：《瞄准！》（*En joue*!）、《伪君子》（*Le Bon Apôtre*）、《失控》（*À la dérive*）和《黑奴》（*La Nègre*）。甚至可以说对无限的欲望是这四部作品的唯一主题。不过确实只是"主题"。这些作品探讨和描述对无限的欲望，大多通过闪念、企图、失败来表现——只有一次是以积极的形式出现，不过是从他者角度出发，叙述者即一个因种族天赋和文化传统而被赋予绝对权威的黑人，仅仅只是远远地旁观着。并且这个主题在叙述中几乎只是以讽刺传统小说范式的形式表现出来。

作为一位 1923 年的小说家，苏波能轻松地找到反常规的做法或通过稍作改变来突出他的作品与传统小说的区别。比如，他将自己的名字"苏波"写入作品；在文后附上注释并统一编号，使读者感觉像在阅读一份档案或研究报告，而不是小说；在作品的第一页空白处清楚地写上"黑奴/活着"四个字以道出整本书的关键词；打破排版惯例，不按常规为小说章节分配编号和标题；先是在副标题页给出新一个单元的标题，类似短篇小说集里那样，然后在下一页才通过正文前的数字来标示这是小说的一个章节：对小说读者来说这些都是很细微的改变。最具颠覆性的改变或许还是文末最后那个献给达达主义运动的注释。苏波为达达主义运动的结束而惋惜，他以第一人称发言，用恰当的语气为这部小说的达达主义立场提供了证明："现在一切都结束了。我写小说，我发表作品。我忙碌着。加油吧！"[1]

　　尽管他作出了这些挑战和否认，但以此写就的作品仍然塑造出了角色，所以仍然有小说的影子。这与德尔泰伊作品中的角色是有差别的。《瞄准！》里的朱利安（Julien），《伪君子》里的让（Jean），《失控》里的大卫·奥布里（David Aubry），《黑奴》里的埃德加·曼宁（Edgar Manning），他们或许在心理上不具有一致性，但从另一个角度来看，他们身上都具有小说的可信性，这种可信性由那些从头至尾支持他们的人以及仰慕他们的旁观叙述者的存在感所带来。他们心

---

[1]　Philippe Soupault, *Le Bon Apôtre*, Éditions du Sagittaire, 1923, p.218.（苏波，《伪君子》，萨基泰尔出版社，1923 年。）

中放不下对无限的追求，又忘不了在这个删去无限的世界中无法得到满足的现实。他们身上显然带有其创造者的意图，但这些意图最终没有强大到足以产生一种相应的意志，即摧毁小说家们通常用以破坏这个世界及其本身存在的话语形式。在这里，无限与小说发生了些许碰撞，但最后以和解告终。

超现实主义流派对小说的禁忌使阿拉贡陷入两难，因为他心里始终怀有尝试叙事性写作的冲动，而这也引起了人们的议论纷纷。若细看 1926 年 11 月超现实主义流派的会议纪要，我们便可以知晓，阿拉贡在会议上朗读正在创作的"小说"《捍卫无限》的片段这一举动，究竟引发了以布勒东为首的一群成员何种程度的批判、反对、警醒、施压或仅仅是单纯的忠告。当他意图在 1934 年的《巴塞尔的钟声》（*Les Cloches de Bâle*）中对这一切是如何"开始"的作解释的时候，阿拉贡就已经拒绝履行长期抵抗小说的责任，从而与他的老朋友们分道扬镳。表面上看，他对这种责任的摆脱只与艾尔莎（Elsa）[1] 的帮助及其本人政治立场的转变有关。但其实他内心一直煎熬，因为他此前已经意识到小说的虚构力量以及摹仿小说削弱、扭曲这种力量的最根本原因。造成阿拉贡内心矛盾的，是他既感受到虚构中不可替代之要素，又

---

[1]　即艾尔莎·特丽奥莱，阿拉贡的妻子。——译者注

意识到与强烈的写作欲望相悖的东西。在这样的矛盾和痛苦中，他耗费四年时间创作出一部追求无限的作品，不过无论如何它仍然算作一部小说。

阿拉贡在二十世纪六十年代写下的间接回忆录和一些半揭秘的作品为《捍卫无限》披上了神话色彩。这些文字提到他原本计划写一部六卷本的作品，已经完成了一千五百页，包含几百个角色，但是在某些像小说自身一样传奇的情况下，他又自愿地亲手销毁了所有手稿。我们只能通过这些数字来猜测，这部作品的规模或许能与当时的几部鸿篇巨著相提并论，相当于夸张版的小说，它也因此为超现实主义者所诟病。让这一切更加扑朔迷离的是一部叫作《伊蕾娜的私处》（*Le Con d'Irène*）的作品，从标题看像是色情小说，由一家出版社匿名发表，后人推测这应该是那批手稿中唯一幸存的作品，但阿拉贡本人否认该书出自他手。这些迹象无疑使阿拉贡最初的欲望和他已经实现甚至是可能实现的成就之间的矛盾激化。直到 1986 年，阿拉贡离世四年以后，《捍卫无限》才得以出版，但这仍非完整版。随后在 1997 年，散落在世界各地的经鉴定为阿拉贡手迹的残篇才得以汇总[1]，此为迄今最完整

---

[1]　Louis Aragon, *La Défense de l'infini,* édition renouvelée et augmentée par Lionel Follet, Gallimard, Les Cahiers de la NRF, 1997.（阿拉贡，《捍卫无限》，莱昂纳尔·福利特增订版，伽利玛出版社，1997 年。）

的版本，收录了四篇作品（《伊蕾娜的私处》是其中之一）和几个孤立的片段。这些作品的问世使得阿拉贡未完成的写作计划被赋予了一个新的视角，因为它们触及了二十世纪法国小说的核心问题。但令人无法理解的是，有关这个核心问题的最早、最深刻的表达竟然直到二十世纪后期都鲜为人知。

在被视为阿拉贡最早保存下来的文本"1926 年计划"中，我们就可以看到他鲜明的发声。不出意外，他首先对老一辈和新一代的法国小说代表人物发起了猛烈攻击。他将矛头指向三位公认的十九世纪法国最伟大的小说家：首先是巴尔扎克（Honoré de Balzac）["有个穿着旧长绒棉睡衣的人开始烦扰我"（170）]，然后是福楼拜["我写，我说，像从没福楼拜这个人一样。我不相信文学救世主"（168）]，普鲁斯特["普鲁斯特让我烦得要命"（168）]。接着他又毫不留情地抨击了当时取得成功的同代人：莫朗["他不是品质坏，而是小市民"（172）]，季洛杜["屁用不值"（169）]，以及一些早已销声匿迹的名字。此类无礼言论在当时是阿拉贡的一大特色，除了让人感到肤浅甚至幼稚之外，人们唯一能得出的结论是，他极其希望与法国此前所有小说名义下的作品划清界限，几乎到了不顾一切的地步。

对于阿拉贡来说，不管怎么样他都要与曾经让自己误入歧途的所有作品为敌，重新以发挥虚构的古老力量为己任。不过此处虚构这个词的含义有待推敲，况且阿拉贡本人对这个词的使用也并不能帮助我们理解它。在《放纵》(*Le Libertinage*) 的一篇出版序中，他混用了"对虚构的渴望"和"对小说的渴望"[1] (31、15、35)，这两者的混淆正是摹仿小说的基础，曾被所有反对摹仿小说的人质疑，包括阿拉贡自己，此处他似乎又推倒重来了。而且，他使用"对小说的渴望"这个表达时语气时而否定，比如有关传统小说家的部分；时而肯定，比如在《巴塞尔的钟声》的序言中就是如此，因为这是阿拉贡转向现实主义之后写作的一部遵循现实主义的"小说"。其实《捍卫无限》的理想或说空想反而恰恰是在其被一个世纪以来名为小说的机制抓住以前，从虚构中剥离出它自身最为纯粹的部分。

《捍卫无限》用实际行动激发了这股纯粹的力量，这一点主要体现在以下两个时刻：每个新人物因作者的灵光乍现而突然出场的时刻以及几个人物之间相遇的时刻。当阿拉贡因为某段回忆、某个欲望或想象而突然想写下一个人物的名字，也就是想要在他之外的存在中具象这个人物的时候，他会有选择性地关注他脑中闪过的念头。比如《捍卫无限》中的伊蕾娜 (Irène)，她是小说中某个最连贯的故事的线索人物。"我的句子牵引着我。它们足够丰富，所以有些名字可以藏在

---

[1] Louis Aragon, *Le Libertinage*, Gallimard, L'Imaginaire, 1977.(阿拉贡，《放纵》，伽利玛出版社，1977 年。)

它们的褶皱中被一带而过，然后以不那么低调的方式苏醒。我就是这样……遇到了伊蕾娜。她就那么突然出现"（271—272）。让我们回顾一下小说的第一页：夏天，一个风雨大作的午后，在农场的厨房，因为看到农场的男孩们从院子里走过，出场的每个女性都被欲望填满。接着话锋一转："伊蕾娜，当你渴望已久的身影走过院子，不要把灼热的嘴唇贴在窗户上。"（12）还需要期待这个名字再次出现吗？它从第一次出现起，就自发地为这种性幻想提供了新的载体，从而为阿拉贡打开了新的视野。这个名字在将性幻想与唤起开篇情景的幻想分离之后，又赋予作者推演或创造的无限自由。随着这个虚构主体以名字的形式出现在文中，作者可以尽情地运用经验、发挥想象，并自由地使它们之间建立联系、发展演变。这就解释了为什么阿拉贡在1964年《放纵》的前言中把对虚构的渴望称作"抒情的基本形式"（31）。也就是说，超现实主义者们"不相信他们作品中存在虚构，不相信人物的创造"（35）其实是自欺欺人：事实上恰恰是通过虚构，他们才可以走得更远——至少在某些情况下。

　　阿拉贡赋予自己或者说自己身上某种东西的另一个自由是，人物和作者之间存在既相互独立又相互依附的关系，这种关系一直被小说家们提及，并且始终让作者和读者浮想联翩。如果说事先设计好的那些与阿拉贡本人尚有一段距离的人物都能令人感觉出这种联系，更不用提那些由于他内心某种情感而突然涌现出名字的人物了：他们与小说家之间的脐带从未彻底被剪断。关于其中一个出现在《捍卫无限》第一部分，在伊蕾娜后不久出场的人物，阿拉贡这样说道："我说到他的时候总是有些激动。他在我体内激动。"这个镜像和伴生现象会让读者感觉，此句比福楼拜那句过于笼统的"包法利夫人就是我"要巧妙得多。

在阿拉贡之后，二十世纪还有几位小说家像他一样痴迷于人物在作者脑中诞生的时刻，并尝试将之与读者分享。但他们的做法大多是为这个无来由的，仿佛维纳斯浮出水面般出现的人物构思一个上下文，或者说他们出现的前因后果、来龙去脉。也就是将这种灵感的闪现转化为故事的起源，并将这个起源告诉读者。这正是阿拉贡想要反对的做法。他坚信，人名闪现的魔力恰恰在于他当时并不知道其前因和后果。他践行这种与人物奇遇的逻辑，甚至任由他们自动消失。最理想的方式是让人名的出现停留在想法阶段，不让其发展为某个故事的起源，从而保持其影响力。他认为应该做到不"解释"（expliquer），从拉丁语词源来理解是不"展开"（déplier）。阿拉贡热衷于这种矛盾的想法：人名的浮现既潜藏着人们可以设想到的所有后续——一千种虚拟的故事起源，可是这些后续又不会实现，所以它们永远保有旺盛的生命力。

问题是，小说读者是否能接受这样的"中断"（interruptions）。阿拉贡在写作时突然引入一个新人物，并且仅仅描述其外表，这完全是向读者再现他脑海中产生这个人物时的经历。比如在一段有关几个曾在某个夜市中介绍过的人物段落中，一个陌生人出现在最后几行。"我所有的注意力都集中到这个静止的身影，她的眼睛因妆容显得格外大，目光疲惫又坚定，像是在疯狂期待着某件迟迟未发生的事。我清楚地注意到她左边太阳穴处有一个明显的星形小疤痕。她并不掩饰这个伤疤"（228）。然而这样一个富有小说特质的人物出现却只是为了消失，而她所期待的事件被提及也仅仅是为了不被讲述。在后一个段落的前几行，阿拉贡告诉读者："你们不会再见到这个女人。她为什么会出现在这里，我也不知道，但我可以确定你们不会再见到她。不过，不过：他们都失去了理智。啊，如果你们能放手让这只小小的红气球飞走就好了。这将是很好的结局，因为没有什么比致命的残缺更能解决丑陋的古典雕像了。"（229）正是通过残缺，这些雕塑才会摆脱阿拉贡所说的它们最初的平庸。阿拉贡没有按照读者的期待为首次出现的人物写作后续，正是为了提前实现这种残缺。如此一来，他便可以避免这些念头落入小说人物的俗套。他反对传统，无疑也反对虚构，作为新体裁小说家，他追求的是"无后续"（non-suite）的权利。

阿拉贡还坚决不遵循时间顺序。他让一切过去和未来都保持在虚拟的状态，使作品中一闪而过的人物可以脱离时间限制。《捍卫无限》这部特立独行的作品是二十世纪小说与时间论战的开山作之一。小说本身长期将时间线性作为其叙事原则之一，这不仅使其成为小说的标志，更成了感知时间的唯一途径。而那些试图摆脱这种模式的小说（比如《捍卫无限》），其很重要的一点就是提醒我们还可以通过其他方式体验时间。

时间并不是阿拉贡质疑的唯一要素。他还排斥那些不仅仅要遵循时间顺序的后续。鉴于人们的思维，这些后续还得遵循因果关系，这些因果关系还要能通过心理学、社会学或其他基于对现实的理解而形成的体系来解读。

正是这样的因果关系，实际上支撑了对于阿拉贡而言构成虚构意志的两种力量中的第二种，而它也是他所要极力限制的一种力量：在分别创造几个角色后，又再次令他们出现在彼此面前的因果联系。阿拉贡如此想要证明这种因果在类似的相遇中是不那么必要的，以至于他描述道："这种只属于我的某两个陌生人之间的联系，让我突然有种掌控世界的感觉。"（191）因为，在现实世界中，类似的相遇是各种因果关系共同作用的结果，而在他的虚构作品中，这一切都掌握在小说家的手中。并且为了突出他的控制权，文中并不提及角色相遇前的种种因缘，而这些因缘正是摹仿小说极力模仿的。因此这些相遇就像一种毫无预兆、毫无来由的隐喻在读者脑海中闪过——总之稍纵即逝，并且它们表面上无根无据而实际上却是必然发生的。小说寻求革新时，总是偏向于诗。

　　然而虚构的传统总是会重蹈历史的覆辙。阿拉贡在《捍卫无限》中不出意外地揭露了这两个陈规："故事"和"主题"。

　　在现代西方的语言体系里，时间顺序和某种因果关系的结合被称作"故事"（histoire），包括大写的"历史"（Histoire）和小说中的"故事"（histoire）。阿拉贡在《捍卫无限》一书中不停指责的正是这种"愚蠢的后续"["suite imbécile"（230）]。而他最尖锐的批判在他发表的唯一一部完整作品《伊蕾娜的私处》中："可以说，或者可以推测，这一切似乎最终会组成一个故事。是的，给傻瓜看的故事……这一切最终会组成一个给最顶级的、最先锋的、最纯粹的一等一的傻瓜看的故事。把一切编成故事是资产阶级的嗜好。只要有买主，你就能随心所欲。我说这些是希望大家明白，不论以何种名义，我都不会乖乖地像一枚子弹一样遵循弹道学定律和《日内瓦公约》，沿着固定轨道飞行"（306）[1]。为了与这种墨守成规的虚构作品划清界限，阿拉贡巧计百出，有时提到科学："就当我说的话是具有科学性的"（306），有时汲取生活中最微不足道的细节："你去观察一个打哈欠的人"，类似的例子有很多。"然而这对于一个严格意义上的故事而言毫无用处"（307）。

---

　　[1]　Louis Aragon, *Le Con d'Irène*, dans *La Défense de l'infini*, Les Cahiers de la NRF, Gallimard, 1997, p.306.（阿拉贡，《伊蕾娜的私处》，收录于《捍卫无限》，伽利玛出版社，1997 年。）

他跟福楼拜一样也会批判主题，不过方式不同。在阿拉贡这里，问题主要在于读者的反应。读者早已习惯了期待故事的后续，所以他们会十分惊讶于"1926 年计划"中某段叙述性文字之后的抒情性呼语以及紧接着的一段激情讲话："你会想我是不是跑题了。可是你知道我的主题吗，尖酸的法国人？可能我之后还会趁机把你带回宗教战争史咧。"（21）读者或许很快就能领会作者的游戏，并且这样认为："他在和主题玩捉迷藏呢！"在这一点上，阿拉贡比福楼拜稍逊一筹，因为他作品的主题不是与风格的感知相对立，而是仅仅排斥作者作为叙述者在文中出现并随意表态。不过他在重新定义虚构方面的尝试比福楼拜走得更远。"虚构"的一般含义是对世界、对生活以及对我们试图理解世界和生活所用方式的模仿，而阿拉贡围绕两种特殊的体验给出了这个词的狭义概念，即瞬间的情绪和写作冲动突然转化为人物的体验，以及自由安排人物之间意外相遇的体验。《捍卫无限》的最大张力正是体现在虚构的概念以及由此引出的小说的概念这两个方面。

对虚构概念的探讨在这样一部谈论无限的作品中达到巅峰并不偶然。从这本书现存的片段可以看出，它们（目前已为数较多）全都以两个想法为中心，而这两个想法又都明确或隐晦地与虚构的概念有关。

第一个想法是，每个人心中都会假想一个无限的人生，并且从这个假想的人生中看到他现实生活的合理界限。生活中那些完美的时刻就是人们感到最接近假想人生的时刻。而其他时候，这个假想人生只会让他感受到自己的各种局限。最悲哀的是，人不得不向时间屈服，因为生命终将消逝，然而同样悲惨的还有日常生活中平淡的悲与欢。不出意外，大部分人都想遗忘或放弃这个无限的概念，所以无限的概念要永远地与大部分人对抗。必须强迫这些人记住，只有追求无限的人生才是真正的人生。

阿拉贡在《捍卫无限》中的另一个想法有关无法磨灭的性欲，并认为这是追求无限的证明。它通常是不幸的。不论是哪种形式的性欲，异性的或同性的、男性的或女性的，除了极少数达到顶点的情况下，似乎都证明了它天生就是无法满足的这一定律。

尽管阿拉贡后来在"前言"中解释，选择《捍卫无限》这个标题"算是个偶然"（35），但"无限"这个词在文中随处可见，导致读者都不会在这个词上读出对指导性思想的反复阐释。"1926年计划"第二部分的主旋律就是歌颂"喜好无限"的乘客们，因为他们不停地寻找"就算要经历死亡的痛苦还是值得一活的场合"（16）。在小说的某些段落中，阿拉贡没有点名地指责了他的超现实主义朋友，甚至还谴责这种暧昧不明的友谊只是"一种磨灭（他）心中无限的企图"（324）。就算"无限"这个词没有直接出现，我们也可以在文中最精彩的几句话中发现其隐晦的表达，而这几句话分别对应每个主角。少年阿尔芒（Armand）有一天醒来发觉自己"处于完全未开化的状态"，因为他周围"没有任何人相信生命还有其他可能"（38），而费尔曼（Firmin）回想自己一生喜欢艳遇的爱好时辩解说：虽然人们认为这癖好很轻浮，但"全靠它我才能忍受一个总是比我的理想生活差一点的人生"（121）。

阿拉贡认为是欲望让生活成为生活，并使生活最终回归到对新奇的期待中。在费尔曼的那番辩解之前，他对这些过客作了波德莱尔式的形容：她们中没有一个不让我"见到第一眼就开始重新审视自己的过去和将来，并且期待自己命运的颠覆"（121）。因这个费尔曼而激发同性恋倾向的杰拉德（Gérard）也有相似感受："必须有个了结。杰拉德。有个了结。杰拉德。了结。杰拉德。无限。无限，杰拉德，无限"（80）。对欲望的追求并不总能实现。在"1926 年计划"完成不久之后发表但仍属《捍卫无限》系列的一篇文章中，阿拉贡特意提到："无限并不在于快乐，而在于那个有时带你找到快乐而有时又没的东西。"（410）在这篇文章的残篇中，还有个更加残酷的总结："在这里，所有人都输了。想象中的爱情和真实的爱情经历之间，存在无法避免的差距。无限的大门几乎永远不会对这些可怜的爱人们打开。"（219）但欲望这东西特别容易让人实现另一种活法，阿拉贡有个很妙的形容："每个时刻都燃烧着热情，每个时刻都在焚烧殆尽，并让我随之燃尽"，"人生中的每一分钟都像临终时刻一样珍贵"（57、365）。

要对这样的东西强行作如此评判，注定只能是一种心愿。他所要捍卫的无限，人们只能在很短暂的时间里体会到，这必然不会持久。捍卫无限，就是承认生命的真谛在于这些瞬间，并为了创造这些瞬间而活着。

人们认为一般的摹仿小说通过因果关系的串联，把一切都建立在一种贯穿故事始末的连续性前提之上，而事实上却恰恰相反。对《捍卫无限》的写作起支配作用的虚构意图，就完全以对立的方式指向了这些可以产生幻想的时刻，因为人的一生中感受无限的方式就是——或者有可能是——产生幻想。在阿拉贡写作这本书期间，布勒东就曾自己宣称，如果他放弃了小说，那是因为他不愿意关注"生活中无聊的时刻"[1]（315）。要是一本小说严格限于那些更加紧张、激动人心的时刻，那么它是否可以得到接受？而《捍卫无限》不就是这样的小说吗？时隔多年，我们重新找到了小说的一部分文稿，然而除了很少的几段连续叙述之外，它们都是以独立的小片段形式呈现的，也没有页码。出现这种情况的原因可能

---

[1] André Breton, *Manifeste du surréalisme(1924)*, *Oeuvres complètes*, Gallimard, Bibliothèque de la Pléiade, t. I, 1988, p.315. （布勒东，《超现实主义宣言（1924年）》，《全集》第一卷，伽利玛出版社，1988年。）

不仅仅是因为手稿被毁坏。这种不连续性其实与作者的创作计划也有关系，它导致人物的出场被简化，而且只能用小说家自己临时的、独断的要求来解释人物相见的理由。有一些小说家一开始就自然地以片段形式写作，例如普鲁斯特的第一本小说《让·桑德伊》，马尔罗也会把重要的大场景分开来写。但是，和阿拉贡不同的是，他们之后就沿袭传统，按照小说的规则重新恢复了作品的连续性。

而阿拉贡的作品与他们相反，无限战胜了这种小说的惯有形式。他想要写出一本只属于并且完全属于自己的小说，这一想法渐渐地阻碍了人物与故事的形成，使他的创作与连续文本完全背道而驰。在这一点上，《捍卫无限》最完整的一版中的倒数第二节片段却是个反例。这一节中，阿拉贡出人意料地用七张纸的篇幅来讲述了他所谓的"关于伊蕾娜社会背景的介绍。"（297）这就又回到了经典小说的写作中。从读者的视角来看，小说第一页中就已经初次出现了这个人物及其姓名。然而很久之后，阿拉贡才打算好好定位一下这个被周围农场里的男人的欲望所折磨的女孩形象，同时从他的"生命"中追溯她到底出现在什么时刻。为此，他从童年时期开始详尽地描绘这个人物的生平。在描写社会环境和前因后果的过程中，他也采取了小说家惯用的方法。然而，这一章节在这版中已经是倒数第二章。这章之后，阿拉贡在结论或者说结束语中又澄清这么做是为了报复那些拥护这种

"故事"体裁的人。可以说，这带有妥协色彩的一章打断了作者自开篇以来的冲动："自那以后，我或许是泄气了，再也没见到她。"（297）他所理解的虚构意图也由于这次重新陷入普通虚构——我们错与小说混淆为一体的概念——而遭到失败。

但是这种无限并没有促发一种全新的虚构方式的产生，这种新方式本应该能够持续地向读者传递震撼，真正地传达情感。在个人心灰意冷的情况下把手稿摧毁，这样的叙述可能仅仅是阿拉贡为了表现出这部作品的不完全失败而作出的，因为即使从残存的片段中我们依然能看到一部伟大作品的痕迹：它有相当的先进性，对时代的弊病有诸多思考，所以当我们试图从他那个年代的小说中找到一个连贯的视角时就不可能不注意到这部小说。

拒绝单一"主题"以及由此而获得的自由，可以让作者根据写作的喜好来选择小说接下来要谈论的内容，而不用受到时间的严格限制。因此阿拉贡的散文变得更加多样化，也更容易展开。在对爱情的渴望中——即使自己还没有经历过，在两个互相爱慕的人逐渐变成陌生人的过程中，在女性的睡梦中，在伊蕾娜的愚蠢和愉悦中，在鱼类远距离的爱恋中，在一张枯叶的叶脉纹理上，以及这张枯叶勾起的画面中（其中有对苏波的小说《失控》中一个章节的暗示），读者再次在阿拉贡的散文中得到了极大的愉悦，它们既高雅又通俗，既庄重又不乏小玄机，辞藻华丽又迂回深远，在读者还没有意识到时将其带入一段又一段抽象且富含隐喻的陈述之中。这种形式也顺应了历史上法国散文在这一时期的两种要求，一是将口头语言与书面语言结合起来，二是将长期被排除在外的通俗法语重新纳入文学之中。

至于作者的写作意图，我们就可以从小说的创新性和激进性中来掌握。在《捍卫无限》中，阿拉贡不满足于超现实主义对于小说的全面批判，也不满足于指责小说成为资产阶级的产物，即使这种情况在他身上也时有发生。在触及叙事性的本质后，他竭力挣扎，想摆脱这种作为唯一可能的叙事性，并且用无限与之进行对抗。

到了上个世纪三十年代初，除了对某些很快融入整体的颠覆性陈述效果持保留态度外，阿拉贡又开始转而支持这种叙事性，虽然他此前坚定不移地对此持反对态度。从《捍卫无限》现存的一些片段中可以看出，这种支持不同以往，不仅仅是从超现实主义的控制中解脱出来。结合 1923 年到 1927 年，小说形式由于如此深刻的原因而受到批判这一背景来看，这种支持更像是一种退让。

二十世纪的法国小说最具有新意的部分就在于对小说的批判。虽然《捍卫无限》中的文本本身并不完整、有所残缺，但它完全可以成为这段小说批判史上最重要的一道标杆。

作为游戏的小说

和这场无限与小说的对抗相比，纪德在同时期写作的
《伪币制造者》(*Les Faux-Monnayeurs*) 就像是一场游戏。但
这场游戏的玩家是一个经验丰富的作家，他天生对文学就有
一种确信的主张，以至于他在这一本书中就谈到了在未来几
十年间关于摹仿小说的几乎所有问题、所有异议，还有我们
试图寻找的所有回答的途径。在某一点上，他甚至已经超越
了所有的前人。当阿拉贡通过质疑小说中的时间来直接进行
主要的批判时，纪德用他自己的方式，提出了虚构可能性成
立的另一个条件，这也导致了两者在当时产生的影响大不相
同。《捍卫无限》的激进性在此后六十年中一直为人所忽视，
而出版于 1925 年——二十世纪二十年代攻势最猛烈的时期，
由一位声誉卓著的作家创作的《伪币制造者》，却被所有想要
继续思考和尝试批判小说的后继者所接受，并成为必不可少
的参考。

当纪德构思他的作品中唯一一本被他形容为"小说"的
写作计划时，所有他过去的经历和他作品中的故事都把他推
向了一个解构者兼开拓者的角色。他过着一种完全沉浸于阅
读和评论分析的生活，所以对一般通用的小说传统熟悉无
比。在他自己的叙述作品中，他会在两种完全不同的系列之
间变换：一种是评论性和讽刺性的"滑稽剧"[如《帕吕德》

《锁不住的普罗米修斯》(*Le Prométhée mal enchaîné*)、《梵蒂冈地窖》(*Les Caves du Vatican*)],通过这种语调来公开嘲讽严肃小说;另一种是"记叙"[如《背德者》(*L'Immoraliste*)、《窄门》(*La Porte étroite*)、《田园交响曲》(*La Symphonie pastorale*)],运用非强制性的第一人称叙事,让读者站在他的视角去看待那些萦绕在作者心中很久的道德问题。从它们本身来看,尽管纪德在这两种形式之间做出了很大的差异化处理,也就是说它们利用虚构的方式是完全对立的,但遗憾的是,这两者都不能令人满意,甚至作者自己也如此认为。这两种情况都太过于对自身有利。在滑稽剧中,作者一上来就排除掉虚构效果,也就放弃了重新思考虚构的方式。然而,如果对于虚构效果的质疑是从内部产生,也就是说如果这种质疑明确施加在它所需要的某个部分的虚构之上的话,那么它很可能会起到更大的作用,这个道理就跟康德的鸽子想要飞翔就需要空气的阻力一样。[1]另一方面,纪德在《伪币制造者》中,一直和他的读者分享他的观点,如对家庭的批判,爱情的二重性,和青年人同性恋的好处(因为同性恋会有助于道德和心智的成熟)。不过在这一点上,第三人称的"客观"(这个词经常用在第一人称所暗含的主观性的对

---

　　[1] 康德在《纯粹理性批判》中提到:"一只轻捷的鸽子分开空气自由飞翔,感觉到了空气的阻力,它或许会想象,它在真空里将飞行得更为轻快。"——译者注

立面上）虚构应该会更有力度，因为它能呈现更有说服力的人物和故事。而这部"小说"正好位于这些互相矛盾的研究的交叉点上。

这个时期，这些研究之间也许还没有发生碰撞。因此，如果缺少了两个启发者的影响，这本小说或许不会如此充满活力。不管怎么说，要是没有纪德和马丁·杜·加尔（Roger Martin du Gard）几年间的亲密往来，《伪币制造者》就不可能存在，或者说无论如何也不会是它现在的这个样子。从这一点来看，纪德找到的不仅仅是知己好友，更是小说传统在二十世纪二十年代的生动体现，而这种传统在十九世纪即使不能称为经典也算是一种模范了，虽然纪德本人从 1895 年的《帕吕德》开始就一直对这种传统持反对态度。马丁·杜·加尔在《蒂博一家》（Thibanlt）的商业部分中，非常巧妙地沿袭了这种他自称是"托尔斯泰式"的写作模式，展现了令人钦佩的才华。在这种情况下，他对于纪德自己写作计划的思考起到了非常积极的作用，因为他向纪德介绍了自己正在创作中而不是已经定稿的作品。两人定期的会面中，马丁·杜·加尔逐渐向他透露关于这部作品的思考进展并朗读一些片段［此外马丁·杜·加尔也在他的《日记》（Journal）中记录下纪德的口头评论］。事实上，《伪币制造者》的构思与创作和马丁·杜·加尔在同一时期写作的《蒂博一家》完全对立。从很多方面来看，纪德的这部作品是和读者的一场游戏，但在此之前，它更是和马丁·杜·加尔——这位与他私交甚好但审美选择相差甚远或者说截然对立的小说家——的一场游戏。马丁·杜·加尔和他的《蒂博一家》在《伪币制造者》中的存在绝不仅仅隐藏在字里行间，虽然他在纪德作品中的形象更像是一个不怎么具有参考价值的学者。我们可以从以下几个方面来验证：首先，非常明确的是，纪德在献辞中感谢了马丁·杜·加尔的友谊，但却没有提及他的《蒂博一家》在这本小说的创作中起到的作用；其次，通过再次运用同样的虚构素材，纪德向有经验的读者暗示两本小说之间的联系，比如说对普罗费当第和莫里尼哀两个家族的心理和社会描写，就类比了蒂博和丰塔宁两个家族，此外两部小说中都出现了父亲的死亡等等；最后，纪德还以一种加密的方式提到了两次和朋友"X"关于小说的争论，强调两人观点的对立。

　　然而，当纪德思考《伪币制造者》前言部分的写作时，一本十八世纪的英国小说又吸引了他的目光。在与《蒂博一家》相对的写作模式上，这本小说可以说早早地树立了典范。虽然，纪德最终也没有写作前言，但是在菲尔丁（Henry Fielding）的这部《汤姆·琼斯》（*Tom Jones*）中，他及时地认识到或者说重新认识到，小说家可以通过文本干预小说性质的构建，并与他本身讲述的故事形成竞争；与此同时，这些介入也有利于推动对小说本身的思考。以马丁·杜·加尔为代表的类型小说家为了更多地给人物留出空间，不遗余力地使作者本身"隐形";而作为小说家兼叙述者的菲尔丁,在他每本书的开头,都会再一次地强调,将他自己所处的世界与人物生活的世界并置,并且从这种反复中为读者带来新的乐趣。

这本十八世纪的小说之所以能够对《伪币制造者》的写作产生影响,是源于两者在思想上的某种契合。事实上,这种介入小说的方式一下子就为欧洲的小说史进行了划分,纪德之后的很多小说家就将这种划分视为理所当然的图解模式:二十世纪的小说在经历过十九世纪的严肃和呆板后,重新找回了十八世纪的娱乐性和灵巧性。从《伪币制造者》开始,短短两页纸的篇幅内,纪德就让他在文中的发言人爱德华(Édouard)一次又一次地与巴尔扎克以及自然主义的生活片段拉开距离,而这两者正是摹仿小说传统中最为纯正的代表(或者象征)。

我们通常认为《伪币制造者》中主要的文字游戏就是著名的"纹心结构"(mise en abyme)[1],但这并不意味着这本小说中只有一种游戏。纪德总是喜欢在一段叙事中插入镜像形式的象征,这种象征可能是指故事中的人物,也可能是至少看上去像作者本身写作计划中的人物(例如《帕吕德》中写作了《帕吕德》的叙述者)。从1893年开始,他就在《日记》

---

[1] 纹心结构,又称套层结构,可指戏中戏和画中画,有时也被称作"置于深渊"。它是一种将自身的缩小复本内置于自身的技巧。——译者注

（*Journal*）中为自己总结出一套关于这个方法的理论，并且用一个脱离了原意的纹章学中的表达将其命名（因为这个词原指盾形纹章中间的图案，和四周的图案相比是中空的，凹陷进去的，但并不一定是整体的缩小版）。《伪币制造者》在对此技法的运用程度上有所加深，这在书中相当明显，让这一点更明显的就是几乎与《伪币制造者》同时出版的《伪币制造者日记》（*Journal des Faux-Monnayeurs*）。书中的爱德华这个人物，作为一个小说家对于这本尚在酝酿中、被他提前命名为《伪币制造者》的小说，并不满足于仅仅自己记下或者向他人透露他的想法和选择：事实上这些想法和选择——尤其是其中最具个人色彩的部分，正是纪德在作品中所使用的。由此我们也可以看到小说在现实经验与写作这两种意义之间的不断来回。除此之外，爱德华在他所提及的小说中唯一一段由他"真实"写作的片段中放大了这种游戏效果。他以奥迪贝尔（Audibert）的名义出现在小说中，此人在写作一部小说时，以化名形式插入了一段他侄子行窃的逸事，然后马上让他的侄子阅读这一段故事，看他的反应以继续完成他小说中人物的故事。像这样可以不断重复直至读者头晕目眩的反射游戏，确实可以很好地集中小说引起的注意力，但也会让人感到厌倦（这和那些再矫揉造作一点、运用在广告海报或者瓶盖上的方法有什么不一样吗？后者也是一直重复出现越来越小的同一图像，直到看不见为止）。

　　作品套作品这一形式的丰富性还有可能体现在其他方面。在有了《伪币制造者日记》作为补充的条件下，它为纪德提供了一种可能，也就是将整部小说围绕纪德所处时代有关小说体裁的问题进行展开。这样一来，爱德华或纪德本人没有给这些问题找到完全具有说服力的答案就显得相对没有那么重要了。作者对这些问题的思考本身就是小说家专业能力的证明，因为他不仅从几个敏感的方面抨击了摹仿小说，而且也为后来更加深入的探究开辟了道路。

　　首先，纪德本人一直想探究小说的魅力所在。这种魅力已经展现在了福楼拜无主语的小说中，并且还会是许多研究将会讨论的神秘领域。那到底什么才是只属于小说的东西？从这样一个既深刻又简单的疑问出发，他把具有这种魅力的小说称为"纯粹小说"。在看到一份新型机械复制技术的报告时，纪德发现其中的三种技术即将与小说的三个组成要素构成竞争，并且占据更大的优势：照片的出现威胁了描绘，录音的出现威胁了对话，电影的出现威胁了动作描写。那么之后小说还剩下些什么呢？三十年之后，塞利纳在和记者的一次访问中谈到电影以及心理社会学调查类报刊的普及时，提出了同样的问题。对于这个问题的回答，他和福楼拜的观点不谋而合，甚至用词都是一样的："还有风格。"而纪德只是无法如此直接地指出这最后一个词。为了让《伪币制造者》拥有更持久的生命力，他用纯粹小说的模式清除了小说中常常出现，但却并不是必要的组成部分，这种意识在这部小说中体现得非常明显，甚至是从第一章就开始形成，比纯粹小说模式的出现甚至还早。在第一章中，另一位有抱负的小说家透露了他的小说写作计划，那是一段关于某个地点的回忆，例如卢森堡公园里的一段林荫道，所以这里一定会借助描写的手法，但却不会包含任何一个个性化的人物或故事（在 1925年，这些概念已经被默认为是"过时"的了）。

除此之外，对于摹仿小说在当时渐渐明确的几个方面，纪德也是第一个进行研究的人，而后来这几个方面本身却成为摹仿小说体系中的断点。纪德宣称，和希腊悲剧或者法国古典悲剧的固定形式相比，小说是最没有章法的文学体裁［爱德华说它是"无法无天的"（lawless）[1]］，其实这也暗示了小说本身以及他自己，是可以遵从读者容易察觉到的那些形式限制的，而不仅仅是服从伪自然的要求。格诺在 1933 年出版的《麻烦事》（Le Chiendent）就是受到了这一启发。

如果小说中第一次提到朋友"X"是为了凸显两人各自在小说风格上的对立（95），那么在《伪币制造者》结尾部分第二次出现的 X 便绝不是偶然，它也表明了一种对立，但是是小说家本人所持的立场与故事结尾的对立："X 坚持认为一个

----

[1]   André Gide, *Les Faux-Monnayeurs*, Gallimard, Folio, 1972, p.182.（纪德，《伪币制造者》，伽利玛出版社，1972 年。）

好的小说家应该在开始写作之前就知道他的书将会如何结尾。而我自己，却让我的书写到哪儿算哪儿……"（322）纪德必然预感到了，虽然这看起来只是方法选择的问题，实际上发生的情况却完全不同，因为这真正涉及了所有小说事业的关键点，也就是让读者体验到的时间经验的本质。

事实上，只要我们从小说家的视角转向读者的视角就不难发现，在这一方面前者立场的转换对后者而言意味着根本性的颠覆，它让读者之前在小说中的经验都失效了，而且还无法找到替代。对读者而言，从最初的几行文字开始，小说就把他带到了某个特定位置，这通常是不言而喻的。一开头用未完成时的这几句或几页可能仅仅是为了交代背景，或者描述一种等待的场景，而当熟悉的"某一天"或"某一次"首次出现的时候，又或者当文中第一次出现简单过去时的时候，一些事情就开始了：例如一个谜团，一段遭遇，而且它只会随着其中一个的解决或另一个的实现而结束。诚然，这种一步步的探索激起读者阅读的兴趣，并为读者创造出一段时间中的时间，但是它却建立在一开始就有人已经知道这个解决办法或完成办法的假设之上。不过，这种思路在中途改变也并没有什么要紧，重要的是，它的存在具有一种磁力。只要我们相信小说家在写作的时候是有这个思路的，我们似乎就应该毫不怀疑地为所有读到的细节找到它在整篇小说中的合理性，不管它是不是从客观上来说显得多余或无用。实际上，从我们阅读小说的经验中，我们已经确信这些细节会在将来得到验证，在那时，没人会觉得任何一个细节是多余或无用的。作为读者，我们下意识地或至少凭直觉就相信小说家预先知道故事的走向，然后自己再以一种探索的、持续的模式，逐步走向那个和论证过程一样重要的结论，逐步走向一个未知但是又让人觉得已经筹划好的结局，而且对于构思和写作这本小说的人来说，结局[1]这个词一直是有双层含义的。

后来萨特在《恶心》(La Nausée) 中借主人公罗冈丹 (Roquentin) 之口概述对小说幻觉的批判时，他就抨击在这种颠倒视角下创作的小说是没有稳固的基础的：读者在虚构的时间里去寻找小说家根据已经预先知道的结局而写出的各个故事要素。[2] 随着时间的推移，作者会让读者经历他创作出来的各种情节，而这些情节依据逆向的逻辑而发展，是在已有结局的基础上向前一步一步追溯，直到最初的一些细节（这种通过示意图就能解释清楚的写作机制也被运用在侦探小说中，其本质还是人造物）。但是，这一针对常用小说模式，也就是马丁·杜·加尔小说模式的指责分析却无法在《伪币制造者》

---

[1]　法语 fin，在这里有结尾的意思，也有终结的意思。——译者注

[2]　Jean-Paul Sartre, *La Nausée*, Gallimard, Folio, 1972, p.65.（萨特，《恶心》，伽利玛出版社，1972 年。）

的虚构方法面前生效。

纪德梦想着能写出这样一部小说，一旦在开头交代完基本信息，小说家就可以进入"探险模式"，等待现实生活给他提供的偶然，等待故事中问题的答案，等待可能引导故事走向的蛛丝马迹。因此我们无从知晓这个故事的结局："除了结局，我认为生活从未给我们其他可以被视为新起点的东西。所以我想以'未完待续……'作为《伪币制造者》的结尾"（322）。

事实上，如果读者提前预知了这种改变，那么最关键之处就不再是小说家的写作，而是这种做法的改变会给读者带来怎样的结果。与我们习惯认为的恰恰相反，小说家自己事先也不知道故事的结局，当读者带着这样的认知去阅读小说会是怎样的体验？我们既然可以在自己的生命中找寻答案，体验波折，那么我们生命中的时间是否也同样具有虚构时间的价值？纪德没有回答这个问题，因为这是爱德华关于另一本小说的幻想，而不是他自己的。他的《伪币制造者》从一些明显为后来事件（贝尔纳发现自己是私生子、爱德华回到巴黎等等）做铺垫的事件出发，然后根据无可挑剔的逻辑和时间顺序一步步发展，直到最后的"结局"（爱德华和奥利维耶之间的联系、鲍里斯的自杀），虽然这样的"结局"很早之前就肯定被预料到了［前者来自纪德1917年和阿勒格莱（Marc Allégret）的经历，后者来自1911年的一则社会新闻，他自己在《伪币制造者日记》中也讲述了这个故事]。小说的最后一句确实像一个简短的开放式结尾，但其实更像是一个突然的转变，而不是对小说中所叙述的、确实终结的故事的无限延长。

但是，就跟"纯粹小说"的概念一样，纪德通过幻想出一种"探险模式"小说，凭空创造了一个令人意想不到的界限并且将其延伸到了摹仿小说中。通过这种手段，他将摹仿小说中的另一个伪现实去除了，这样一来就为他将来所支持的研究准备好了条件。

纪德本人同时作为知识分子和文人，不仅仅格外注意所有具有弱点与不足的事物，并且他对于事物其他发展方向的可能性也有敏锐的觉察，与他同时代的大部分人则由于满足于现状而被遮上了双眼。当其他人都在赞美已经完成的著作时（甚至这些赞美有时是起负面作用的），纪德是最先关注到作品创作阶段的人之一。他凭借以往的经验知道，这种关注点的转移只有发生在小说中才会带来最大的成果，一旦成功，就肯定会为小说创造出一个独立的世界。不过，为了达到这一点，纪德就必须从由现实借鉴而来的因素出发，通过偶然效应或者根据可以重新构建起因果关系的内在规律来使小说得到改变。不管怎样，我们还是可以尝试着在小说家的工作簿中去领会这种变化（如果它们存在的话）："如果我们有《情感教育》（*L' Éducation sentimentale*）或《卡拉马佐夫兄弟》(Les Frères Karamazov)的写作日记就好了！关于作品的故事，作品构思过程的故事，那会多么引人入胜啊……比作品本身更有意思"(186)。当纪德在 1925 年借爱德华之口将这些话说出来时，他不仅仅宣告了一种新型研究的出现，这种研究致力于作品诞生方面的研究以及在此过程中有标志性作用的资料的出版（从《伪币制造者》开始，我们对有关福楼拜小说创作起源的资料和陀思妥耶夫斯基的工作簿都有了了解）；同时，他还为二级小说开辟了道路，这样的小说不讲述故事，而是以故事的起源作为主题，所以对故事内容的讲述几乎就是多余的。

在此次运动的推动下，之后越来越多的小说家将在小说中加入小说源起的痕迹。同样受此影响的《伪币制造者》，在以第三人称开头的叙述，也就是无人称叙述的语式中就出现了"我"，而且在第一章中就出现了两次。这种意外的第一视角在文中突然出现，让人想起了现实中的创作方法：必须要有一个"我"，我们才能读懂"他们"和"她们"的故事。确实，摹仿小说是不承认先时性的，但是它一直存在于读者的潜意识中。虽然我们对两种叙述制度（第一人称和第三人称）作出了精密的划分，但不管怎样，这两者的混合使用，从人物的"他"再回到创作这个故事的"我"时，不会引起丝毫的不快，因为即使是在我们被故事深深吸引，沉浸在故事中的世界的时候，也没有人会完全忘记这样的事实：在这个让我们感受到不同存在的故事背后，有个人一直在抹去自己在故事中的痕迹，但这个人也可以在任何时候介入到故事中来。许多读者心里非常清楚这个事实，以至于他们都不会对一开始便准时出现的提示（"我"）有所觉察。

纪德其实更像是一个挑衅者，但在小说中他依然还是叙述者的角色，当他去强调自己的举棋不定或者解释自己做决定的理由时［"我很犹豫要不要说"（130），"因为他们的谈话一直停留在精神层面，我在这里也没必要再重复了"（143）］，他就会说一些开玩笑的话。为了显得更加随意一点，他不会去讲述故事的某一时刻，而是遵循他在工作簿里就已经准备好的提纲；他不会去描写人物心理的变化，而是仅限于例如提及这种变化后续的几个阶段，当然它们是单独编好号的，"我想将它们指明以启发读者"（142）。

尽管这种类型的介入仅仅局限在叙述行为上，但是它在理论上也让两个世界相对峙。而这两个世界若想能够并存，就必须停留在特定的界限之内。在这一点上，纪德就会不自觉地试图一点一点模糊界限然后超越界限。采用第三人称叙述的小说家在必要时其实可以提醒读者他作为作者在这个虚构世界中的存在，但是他不能，除非是以僭越的方式，"亲自"重新进入到故事中。一旦他冒险这么做了，就会侵犯他自己身处的世界并干扰虚构世界中的时间性。一直以来，这种侵犯都以编码的形式作为小说游戏的一部分，因此也是读者乐趣的一部分。从理论上来说，它有叙述学上专门的定义，被称为"转喻"。而我们也要理解，这种方法本身应该让我们了解到虚构的大体地位。纪德在《伪币制造者》中很赞成通过游戏、也可能不仅仅是游戏的方式，一步步将这种转喻的手法运用得越来越广，直至这种游戏变得令人不适。纪德并没有像阐明其他的挑衅手段那样去阐明这种转喻的方法，但是他凭借着不会出错的直觉将其完美地运用，一点一点地攀登直至完全施展出它的颠覆性力量。比起通过纹心结构的形式，纪德更主要是通过了这个方式才成功使虚构受到冲击。

小说中的"我"属于纪德虚构的世界，这一意图与"我"在空间与时间中并存的暗示是一起开始的。纪德为了表示他会在叙事中从一个人物转到另一个人物，经常使用类似这样的惯用语："我们先不管它""让我们先离开那儿""我们先走开一会儿""是时候找回贝尔纳了"等等。这些惯用语并不是新出现的，而且对摹仿小说几乎没有颠覆作用。至于它们为什么早在纪德使用之前就已经变得很常用了，可以用两个理由来解释:首先，这些惯用语所使用的动词实际上是很模糊的，它们在空间或时间上都有既抽象又具体的含义：我们先"不管"，我们先"离开"某个人物，其实就像我们在生活中离开某个人一样。此外，第一人称复数形式也把叙述者和读者结合了起来。对读者来说，他同时很好地生活在两个世界中：一个是想象中的虚构世界，另一个就是他现实生活的世界，这也可能是小说家生活或者曾经生活的世界。不过，这两者之间不稳定的关系只需轻轻一推就会变形。而总是被这种游戏吸引的纪德当然很快就为此作出了改变。其实只需要在空间上、时间上或者两者兼有的情况下补充明确性的说明就可以。在空间上："我们先把普罗费当第夫人留在她的房间"（31）；在时间上："我们先离开贝尔纳和奥利维耶一会儿"（258）；同时包含空间和时间，就通过动作来引导："虽然他（文森）走得很快，我们还是跟上他吧"（43）。还有一种可能是回归到"我"，以此来揭示"我们"的语义含糊："更确切一点来说因为我们恐怕见不到它（帕萨旺父亲的尸体）了，所以我长久地注视着它"（49）。

接下来的步骤将会由两种属于转喻原则范围内的干预来实现，不过，这样的干预也可以说是有点令人恼火的。纪德在解释他小说中人物的反应时，以第一人称的方式多次"招认"了他的犹豫，其实这也就表明了小说家在他的小说中还是他自己，就像我们在他人的生命中还是我们自己一样。"有人本来可能觉得爱德华是喜欢他（贝尔纳）的。但我不这样认为"（182）；"这是出于冷漠吗？我不知道"（296）。甚至，他还针对这些同样的人物进行通常只发生在个人与个人之间的评价："莉莉安太孩子气的时候我有点不高兴"（59）。为了更好地突出像这样的评价已经有点过分，纪德最后还一条一条收集了所有针对主要人物的评价，将它们精心地放在小说正中的一个章节小结里（第七章，第二部分）。这时我们就会发现，这些相当接近的评价或多或少都是负面的。在他眼里，没有任何一个人物得到了完全的宽恕。不过，小说家来为他的人物救场，以提醒读者人物固有的品质［对司汤达（Stendhal）来说是在人物创造阶段就有的品质］的方式，防止读者对他的这些反应作出不利的评价，这一过程虽然看起来很自然，就像司汤达经常做的那样，但我们不能忘记那些负面评价也是因为真的有人在批评才会产生：如果小说家自己都觉得他的人物"令人失望"，那么他又何必将这个人物保留在小说中呢？

从特定的逻辑来看，这另外的两种转喻增强了人物真实存在的假设。但是，从小说自身的逻辑来看，它们实际上是有反面效果的。叙述者越是肯定自己就站在人物面前，就像在现实世界的人面前一样，他反而就越是提醒读者这些人物都是虚构的产物，是他自己小说中的产物。这一切的发生好像都是由于某种天真——可我们还能把天真这个借口给纪德吗？通过这种过度的证明，他已经越过了那个临界点，所以想要让人相信人物真实存在的意图已经反过来对它本身造成不利了。这种意图剥夺了人物身上全部或者部分的可信度，而这种可信度是由对人物生活经历的单纯关注以及人物命运和设定好的对话之间的交织所赋予的。

另一方面，对于之前只满足于和读者保持暗中联系的叙述者来说，这些转喻又重新开始侵占读者特定的位置，换句话说，也就是把不同的角色混淆起来。叙述者又转回去向读者询问人物作出举动或反应的理由，在必要时坦承他的不确定，或是在读者面前忍不住对人物作出评价。但是，只有作者在自己的位置上明确地这么做了，叙述者才能这么做。为了让小说发挥它的作用，也就是说为了让读者在不完全离开自己的世界的情况下，能够觉得自己身处于小说假设的世界，小说家必须要把读者和小说紧密地放在一起。

摹仿小说的目的是创造出与现实世界对应而又和它不同的世界。对摹仿小说最小的一点干扰都会产生无异于用任何一种固体去触碰肥皂泡的效果。只有读者可以同时身处小说之中，又身处小说之外。不过，二十世纪的小说家一直担心的问题之一，就是重新回到这一最基本的禁忌。一旦平行世界的魅力耗尽，就需要探索在平行世界与我们的经验世界之间到底可以构建起怎样的联结点。同时使两个世界并进的设想有可能实现吗？

纪德在这一方面做了尝试，一半是出于他革新小说的愿望，另一半是因为他深知超越自我的困难。为了达到这样的目的，这些转喻已经非常明显地超过了游戏的界限，所以我们说纪德在写作它们时也是非常严肃认真的。同时，这也是爱德华想要用来替代由"X"代表的摹仿小说的写作方法背后所隐藏的原则：不是朝着一个提前设计好的结局去写出一系列像是真实的事件和行动，而是要一步步构建起故事，考虑那些突然出现在小说家生活中的意外和相遇；故事中也不需要一个规划好的结局，而是一个终点，它隐藏在生命中的某个事件里，在它出现的那一刻，它就是一个可能的结局，当然这也不是必然的。

爱德华没有写出自己的小说。而纪德的《伪币制造者》在虚构和质疑虚构之间摇摆不定，小说里的游戏也变为了诡计。但是纪德投身研究的方向却成为后继者们进行研究所围绕的轴心之一。

第四章　三四十年代的存在主义小说插曲

马尔罗，塞利纳，吉尤，吉奥诺

贝尔纳诺斯，巴塔耶，萨特，加缪

　　拒绝制造虚构，甚至一步步开始反对虚构，这就是和上世纪小说进行决裂的最为激进的方式，不过也不是唯一的方式。因为即使采用和传统小说不一样的创作方法和角度，还是有可能继续创作出让读者"相信"的人物和故事。不过这样的方法已经足够与传统的拥护者之间划出第一条分界线了。二十多年的时间里，当其他人努力想创造出一种有别于先前的叙述体，并且希望它们之间的差别有如 1918 年之后的世界和 1914 年之前的世界那么大时，同时代的小说家们却在全新的小说创作中相遇，而且同之前的模式拉开了另一种形式的距离。用我们现在的眼光来看，这种我们可以称之为存在主义的小说就是这一时期的法国作品在体裁史上带来的第二次贡献。

十九世纪伟大的欧洲小说可以说都是现实主义的，因为它们遵照了那个时期正在发展的对现实作出理性解释的伟大体系：心理学、社会学、遗传学等等。在这样的框架下，人物和故事的原则都是让读者相信它们所说明的不同因果关系，不管是以明确的还是暗示的方式，单独的还是联合的方式。有了这些解释，人物就会变得相当"生动"，因为他们不断被洞察，就像被 X 射线穿过身体一样。不过，从我们实际的经验来看，我们真的能这么清楚地了解我们自己，了解他人吗？甚至，最重要的部分难道不是那些经过解释之后依然还存在的难题吗？伍尔夫把这些问题变成了一则道德故事的内容。当她一个人在列车的隔间里，面对一个没有任何特别之处的陌生女人时，她很好奇这个女人身上有什么东西能让她的同行本涅特（Arnold Bennett）——这个被认为是上一代的典型小说家——产生兴趣呢？这个女人使她着迷。在这个布朗夫人身上，本涅特关心的是她思想上所有的决定，这些决定能够用来分析她的外形，她的衣着，以及她其他的特征——而在伍尔夫看来却恰好相反，她整个人生中的秘密都在这些特征中显露。[1]纪德其实也说过类似的话，在《伪币制

[1]　Virginia Woolf，《Mr Bennett et Mrs Brown》，*L'Art du roman*, Le Seuil, 1962.（伍尔夫，《本涅特先生和布朗夫人》，收录于《小说的艺术》，瑟伊出版社，1962 年。）

造者》中进行了无数形式颠覆的他，借爱德华之口说出了另一个层面上的思考："直到现在我还觉得文学中几乎缺少了一种悲剧性。我们的小说关注命运的挫折，关注好运厄运，关注社会关系，关注情感的冲突，性格的冲突，然而却一点也不关注存在的本质。"（125）

在行为的解释上，自十七世纪的伦理学家开始，法国文学就有着悠久的重心理学而轻其他阐释性解读的传统。在这里其实只需要摘下自尊心的面具，不再拐弯抹角，就能使人相信人物各自的真实性。随后，因为在小说中做出变化、赋予写作动力以重要性而深受我们喜爱的普鲁斯特，在二十世纪二十年代首先作为这种分析传统，尤其是在爱情心理方面——分析传统一直以来的康庄大道——最为先进的代表出现。而那个时代的新小说家们正是为了与普鲁斯特对抗才开始创作，并且他们将会主导接下来的两个十年。

这种对立才刚刚在第一部作品中显露出来，就如它意料中的结果一般立即被辨认、定位、感知出来了。自从 1929 年贝尔勒（Emmanuel Berl）第一次读到马尔罗 1927 年发表的《征服者》（*Les Conquérants*），他就从中看出了小说史上一条新路线的开端。他的抨击性文章《资产阶级思想之死》（*Mort de la pensée bourgeoise*）比萨特的《什么是文学？》（*Qu'est-ce que la littérature ?*）早出现了 15 年，但两者的效果却可以说几乎一致。这种法国文学继续热衷的心理学，虽然更加清楚明晰，更加观察入微，更加便于理解，但是在贝尔勒看来，它只不过是小说家们在对人类认知进步的幌子下给自己找到的主要借口罢了，目的是不再面对有可能牵涉到的更加困难和棘手的问题。是否每一个人在历史和形而上学两个层面上都清楚地知道并且表明自己接受和不接受的东西？他对于自己生活的社会等级以及总体的世界秩序是否感到满意？在贝尔勒看来，这些延续到他那个时代的小说家的解释和分析传统，构建起了——不管小说家们愿意与否——一种接受流派，而这正是马尔罗开始用一种拒绝流派来对抗的东西。

从历史的角度来看，让人对现实的政治问题保持沉默，就像这些小说家做的那样，有利于维护已建立的秩序。沉默就代表了默许。普鲁斯特在《追忆似水年华》中对德雷福斯（Alfred Dreyfus）事件[1]丝毫不关心，只在意其对盖尔芒特家（Guermantes）社会地位的影响；他也不关心 1914 年的战争，只从夏吕斯（Charlus）男爵生活习惯的角度看到战争的影响。而贝尔勒却为那些关注现实中冲突的小说做出辩护，认为小说家通过谈论历史的方式也参与了历史。

与此同时，小说家在满足于分析个人在生活中的反应和

---

[1]　1894 年法国陆军参谋部犹太籍的上尉军官德雷福斯被诬陷犯有叛国罪，被革职并处终身流放，法国右翼势力乘机掀起反犹浪潮。此后不久即真相大白，但法国政府却坚持不愿承认错误，直至 1906 年德雷福斯才被判无罪。——译者注

动机之后，又重新开始掩盖生活中抽象疑问的方面。只要一个人依然保有这种疑问的意识，那么这种疑问就可能来自他身处的许多情境和众多经历中。在事情如何发生这样一件无限复杂的事上花费太多时间，就相当于忽视了事情为什么会发生，就好像所有的东西——生命、死亡、我们遇到的各种限制，都是理所当然存在的。对此，单纯的震惊（甚至还达不到反抗）就已经是一种超越事物通常发展之外而不是满足于解构其机制的方式。这种震惊本身，对人类生命在宇宙中的意义作出了假设，同时又坚定地预测到我们永远也找不到这种意义。但是这种在最本质的难题中重新找回的直觉，以及这种注定会失败的、不可能逃避的搜寻，就是能够让生命变得值得一过的东西。这也正是萨特在 1948 年他自己的《什么是文学？》中对马尔罗小说的评价："在每一页纸、每一行字中，谈论的完全都是人本身（305）。"[1]也就是说，小说家成功地为他人物的行为或思考赋予了永恒的存在价值。

　　而对于普鲁斯特，如果只在《追忆似水年华》中看到心理分析的胜利，就不免有些误解或者不公正的地方。除了那几条像心跳间歇性停顿或爱情唯我论的"主要规则"之外，普鲁斯特的作品中还有其他占据好几页篇幅的心理分析

---

[1]　Jean-Paul Sartre, *Qu'est-ce que la littérature ?*, Gallimard, Folio essais, 1985, p.305.（萨特，《什么是文学？》，伽利玛出版社，1985 年。）

吗？为了"解释"人物这样的举止或那样的反应，作者提出一连串十个或十二个假设（"可能是……可能是……也可能是……"），这时候还算有解释吗？因此，若想要完成心理分析这个功能，这些假设就必须停留在一个系统的框架内。而这些假设的数量一旦超过两个或三个，它们就可能像烟花一样令人头晕目眩。每一束烟火都有它自己的吸引力，不过最终它们还是会不留一点痕迹地消散。由于缺乏一种整体性，它们也不去追求达到一种认识论的地位。所以，就算心理分析到达十分精湛高超的程度，它还是会反过来对自身造成不利。而二十世纪三十年代那些想要绕开心理分析来创作人物的小说家，就可以在普鲁斯特的作品里找到他们所需要的反面案例了。实际上，普鲁斯特将这些话语的逻辑不断推后直到一个空虚的尽头，在此过程中，他就已经开始在破坏它的合理性。通过这些非但不缺少反而显得过多的分析（虽然这是法国人的兴趣），普鲁斯特即使不至于使这种话语完全无效，至少也可以说遏制了它的发展，虽然这有可能违背了他的本意。他在这条排斥心理分析的道路上作出了最初的尝试。在他之后，像莫朗、科克托或季洛杜这样的小说家，他们自己在分析人物的事件和行为时也保留了心理分析法的外壳，但是却去除了其中的内容。不过，虽然普鲁斯特以及一些二十世纪二十年代的小说家与先前的心理分析法拉开了一定距离——这个意义是非常深远的，但是又由于他们使用的方法太过巧妙，以至于这种距离几乎没有被人察觉。人们继续赞美普鲁斯特分析法无与伦比的精妙，与此同时，莫朗则打算一次又一次地描绘现代人的样貌。存在于这两者之间的不是断裂，而是一种有意识或无意识的颠覆。

当更年轻的小说家——在这种情况下是说那些不仅仅出生得更晚，而是出生于一个不同时期的小说家，他们不再去分析性格，不再去分析情感，而是把他们的人物建立在新的维度之上，这时情况就大不相同了。最先指出贝尔勒倡导的一项运动正在实现的是一位外国观察员。自 1936 年开始，用法语写作的埃及评论家赫楠（Georges Henein）在好几位作家的作品中发现了这个转折的征兆，而贝尔勒在《征服者》中捕捉到的就是这个转折的开端。在一次被他命名为"从巴达缪（Bardamu）到克拉皮克（Cripure）"[1]的讲座上，赫楠揭示了塞利纳的《茫茫黑夜漫游》、马尔罗的《人的境遇》（La Condition humaine）和吉尤（Louis Guilloux）的《黑血》（Le Sang noir）之间存在着一种联合关系，这种关系体现在个人对于他所生活的社会的评价，以及他对于人类、对于他自己在世界中的境遇所做的思考之中。

这些小说家在同一个视野上的重新集结也让我们更加相信赫楠的远见，因为这并非是显而易见的。这三本小说从不同的

[1]   1994 年 Géhenne 出版社以此为标题将其出版。

层面进行了对社会的揭露，并且每一次的揭露都开始显露于各自特有的视野之内。实际上，社会排斥也是同样的情况。它在《茫茫黑夜漫游》中发生在社会的底层，在《人的境遇》中体现于金融资本家和国家机构的勾结，在《黑血》中透过外省贵族的话语而折射出来。而且这种趋同性在 1936 年时看上去是否比现在更为明显？因为我们已经从这三位作家后续的作品中知道了他们在思想上和文学上显露出的观点分歧。

不过这并不是重点。巴塔耶（Georges Bataille）出于对我们刚刚提到的前两本小说同样的关注（这种关注甚至是从它们刚出版就开始的），以一种间接但是仍旧意义深远的方式揭示了这两本小说的相似性。在相隔几个月的时间里，这两本小说接连引起了他的注意，他根据自己的需要去解读，结果在每本小说里都找到了自己脑海中同样存在的疑问和一直挥之不去的念头。他还总结出了这两本小说中超出社会排斥范畴之外所强调的两点：第一点是人类对于自身死亡提出的无解的质疑，另一点是人类对恶的消极力量的怀疑。

如果我们还记得巴达缪在路途中那个特定环境下强烈感受到的直觉："人类最真实的欲望是杀死别人和自杀"（270）[1]，那么将《茫茫黑夜漫游》看作是"人与死亡之间关

---

[1] Louis-Ferdinand Céline, *Voyage au bout de la nuit*, Gallimard, Folio, 1972, p.270. （塞利纳，《茫茫黑夜漫游》，伽利玛出版社，1972 年。）

系的描写"(321)[1] 会更直接一点。这样的直觉在很早之前就已经开始酝酿，并且将会在接下来小说中出现的死亡场景中得到证实：从一开始上校和通讯员的垂危，到最后几页罗宾逊（Robinson）的死亡，中间还有年轻的贝倍尔（Bébert）难以控制地走向死亡的过程以及老昂鲁伊（Henrouille）被暗杀。在《人的境遇》中虽然没有那么明显，但我们还是可以合理地证明这种革命的狂热是产生于"一种死亡的氛围中"。尽管这两本小说有很多的不同点，甚至在某些观点上对立，但归根结底，它们还是有相同的一面，那就是通过小说所述故事期间死亡的不断出现，把对人类的所有疑问与对生命不同时期意义的质询交织起来。巴达缪说，大多数不去设想自己的死亡，而且越来越少面对他人死亡的人，是不愿意向自己问出"我为什么在这里"(199) 这个重要问题的。像《茫茫黑夜漫游》和《人的境遇》这样的小说之所以存在，就是为了提醒这些人死亡的存在。

　　而一旦涉及一个人导致另一个人死亡，或者一个人赞成杀害甚至可能有杀人的想法，那么问题就从谁在场转移到了谁是作恶的人上。塞利纳一直努力让人相信这个假设，甚至

---

　　[1]　Louis-Ferdinand Céline, *Voyage au bout de la nuit, La Critique sociale,* janvier 1933, repris dans *Oeuvres complètes*, Gallimard, t.I, p.321.（塞利纳，《茫茫黑夜漫游》，《社会批评》，1993 年 1 月，收录于《全集》第一卷，伽利玛出版社。）

在谈到它时把它作为不争的事实。而马尔罗却相反，他看出了人类身上最美好的方面并且选择在它身上打赌。但是他也没有把全部的希望都压在这个赌注上，因为与此同时他能意识到一些相对力量的存在会让人性中的一部分走向黑暗。《人的境遇》中指出的第一个黑暗之处就是最初的谋杀让陈（Tchen）感受到了死亡的吸引力。而在另一种没有那么引人注意的情况下，科（Kyo）也在自己面对酷刑场面时无意感受到的骚动中辨认出了这种黑暗，他觉得自己似乎是出于讨好的心态才对此感到恐惧。而巴塔耶受到心中执念的驱动，甚至察觉到了小说中非常明显的革命的消极倾向，他写道，这种消极倾向恰恰赋予了小说以吸引力。

巴塔耶在塞利纳和马尔罗的小说中有选择地关注了死亡和罪恶的奥秘。这两者可以在那些，用巴塔耶的原话来说是"拒绝把他们的生命限定在徒劳活动中"（374）[1]的人身上激起最本质的思考。《黑血》中也有这样的描述，例如克拉皮克就一直用这种疑问来与他周围贵族的狭隘和卑鄙作对抗；他在目睹一场巴黎露天的私刑处决时，忍不住疑惑到底是什么力量在推动他的同胞做出这样的事。

---

[1] André Malraux, *La Condition humaine, La Critique sociale,* novembre 1933, repris dans *Oeuvres complètes,* Gallimard, t.I, p.374.（马尔罗，《人的境遇》，《社会批评》，1933 年 11 月，收录于《全集》第一卷，伽利玛出版社。）

　　通过开辟出一条从巴达缪，经由陈或者科，到克拉皮克的道路，也就是通过他发现的这三个主要代表人物，赫楠定义了一种新型的小说。在他看来，心理问题和道德问题至少一下子就失去了它们的完整性，如果不能说失去了它们的合理性的话。为了理解我们目前所处的位置，其实只需要去问一个重点之外的问题，就像人们时常会问的那样，例如巴达缪是不是一个懦夫，陈是不是一个神经病，克拉皮克是不是一个优柔寡断的人或其他类似这样的问题。即使这里看起来是在讨论人物的行为，但实际上涉及的还是人，也同样是读者。心理分析或伦理分析的时代已经过去。读者和小说家之间观点的一致性再也不是建立在人们对于自己的设想与自己的实际作为之间的对立上，而是建立在存在与生命中的奥秘对两者而言所具有的共同意义之上。

　　除了他眼中的这三位新的小说运动的代表人物外，赫楠本来还可以再在其中加入一些其他的小说家，第一个就是吉奥诺。当我们说到对于当代社会的揭露时，会不由自主地将它和城市背景联系起来，而很难意识到它也会发生在别的地方。事实上，贝尔勒在《征服者》中归纳出的两个特征同时也可以在吉奥诺的小说中找到。和塞利纳、吉尤的书一样，吉奥诺写作《人群》（*Le Grand Troupeau*）的首要目的就是揭露战争是社会的必然产物。从吉奥诺这个时期其他的小说可以看出，他和其他小说家唯一的不同就在于，比起抨击社会的经济、阶层架构，他更多批判的是社会与土地、自然这样的第一现实之间的疏离。在这些小说中的谴责意图是从一种误解之中推断出来的，这种误解主要源自吉奥诺对农民生活的歌颂。实际上，在我们把这种生活称为农民生活之前，它其实更像是和自然世界的一种持久性对抗，然后通过这种对抗向过着此种生活的人提出问题，并且这些问题也与其他人在思考死亡或人类的行为时产生的问题相似。面对这个在他出生之前就已经存在，在他死后也将继续运转的世界，哪怕是最不爱空想的人也难免会对自己的存在提出疑问。就是上一代人的这种基本的直觉为拉缪兹（Charles-Ferdinand Ramuz）的小说提供了基础，也让他成为存在式小说的先驱。二十世纪三四十年代主要小说家的标志就是这种存在式小说，不过在他们笔下，它也许诞生于停战时期。在看到满是星星的天空或是鸟类的迁徙时，马尔罗小说中的飞行员常会断断续续地感受到一些东西，而对于吉奥诺作品中的人物而言，这是一种持续性的体验。确实，借助于各种感觉带来的快感，吉奥诺作品中的人物有时真的能觉得自己融入了这种宇宙生活中，并且自己也由于这种宇宙生活而变得更加高大。但是，宇宙露出其真面目——一个实质上与人类敌对且陌生的场所——的时刻总会到来。我们发现了宇宙生活中各种陌生的东西，以及它和人类敌对的本质。生活在这个宇宙的中心，我们无法长期回避"我们为什么在这儿"这个问题，不过巴达缪观察到纽约人已经成功地无视了这个问题，因为他们处于非常紧密的人际关系组织中。

　　甚至我们都根本不需要提出这个问题，就已经能感受到关于存在的这种忧虑了。吉奥诺特意让小说中总是无忧无虑的某些人物体会到抽象意义上的，也就是帕斯卡尔式的烦恼。这样的烦恼在他们中间甚至达到了这样的地步，他们为了摆脱困境采取了一些行动，而这些行动反过来又提出了人性的问题。在小说《再生草》（*Regain*）中，一个孤独的、好心肠的农民，再也不想把整个手伸进他刚刚用套索捕捉到的狐狸温热的腹中，他对这种乐趣感到厌倦了，就像科一样。在《愿我的欢乐长存》（*Que ma joie demeure*）的手稿中也有这样一段：一个人物从小说一开始就为身边所有事物所烦恼，并把这种烦恼看作是"麻风病"。然而除了通过夜里去杀害路上的行人，他根本找不到其他可以治愈这种烦恼的办法。当时，吉奥诺没有把这段放在出版的文稿中，有可能是因为它和公众对吉奥诺的印象很不一样。但后来，《郁郁寡欢的国王》（*Roi sans divertissement*）就是以此作为写作出发点，而且吉奥诺也跟马尔罗在《人的境遇》中一样，通过书名公开地显示出他对帕斯卡尔的参考，而这也正是这一群小说家的共同点，因为这个参考本身就是一种迹象，它既指明了小说家所处的位置，又显示出他们为小说带来的新变化。

　　这场运动的规模可以通过这样一个事实来衡量，即它也包括了一些和贝尔纳诺斯（Bernanos）、巴塔耶截然不同或者更确切一点来说是对立的小说家。

　　贝尔纳诺斯被贴上的天主教小说家这一标签，尽管其本身没有什么不合理之处，但同样招来了很多误解。首先是因为要成为一个天主教小说家不仅仅只有一种方式。我们只需要把贝尔纳诺斯和莫里亚克（François Mauriac）放到一起就能比较他们两者之间的差距。在贝尔纳诺斯的作品中，不再出现家庭问题或世俗的物质问题，也不再涉及强烈的性欲驱使下对天主教会教义的违背。如果说他的小说中还存在罪恶的话，即便是从这个词的帕斯卡尔式意义来看，它也属于另一种性质和几乎另一种范畴。与此同时，这两位小说家在论述伪造信仰这样一个相同的主题时，也有明显的不同。他们一个写出了《法利赛人》（La Pharisienne），另一个写出了《诈骗》（L'Imposture），而且两本书之间毫无共同点可言。此外，天主教这个修饰语还会带来另一种麻烦，它有可能会把贝尔纳诺斯的受众限制在和他拥有同样信仰的读者之间。天主教本身是一个世界，有着自己的人物，对于它的教徒来说这些人物就和现实的血肉之躯一样真实；有着专属的概念，虽然在不可知论看来这些概念完全没有意义或者意义完全不同；也有着自己的逻辑，这种逻辑在很多方面是对普通逻辑的颠覆。但是，撇开那些奇奇怪怪的理由，贝尔纳诺斯的基督教教义依然保有打动那些不信教读者的力量。虽然他在书中作出的回答可能只针对某一部分人，但是他提出的问题却是最基础的，是面向所有人的。我们甚至可以说，比起基督教小说家他更像是一个存在主义小说家。那些与他同辈的非基督徒小说家心里也非常清楚：马尔罗专门为他写了一篇文章和序言，塞利纳在他身上看到了两人的志同道合（贝尔纳诺斯是1932 年最早写文章向《茫茫黑夜漫游》致敬的人之一[1]）。

贝尔纳诺斯的人物所感受到的基督教是一种双重存在主义的体验。和所有的宗教一样，基督教用我们能够想象到的最绝对的答案解除每个人的疑问和担忧。不论从整体上看还是从细节上看，世界以及个人生活都在其中获得了明确的意义，这种意义的依据存在于一个看不见的世界中，并且这个世界只由于信仰而存在。对于教徒而言，这个看不见的世界确确实实存在着，就像看得见的世界对于非教徒来说那么真实一样。不过，这些人物也不是一直有信仰的。人物可能会失去信仰，这样的情况发生在不止一个人身上，并且随之失去的是俗世生活与死亡的绝对意义。对于那些诚实面对自我的人来说，这种意义的跳转就像是一场孤注一掷的游戏，而他们永远也无法掌握这场游戏的主动权。信仰曾经给这样的问题带来过无与伦比的解答，但这些解答并不是永恒的。在

---

[1]　参见《费加罗报》（Le Figaro），1932 年 12 月 13 日。

那些我们所认为的令人满意的答案底下，严重的焦虑也随时可能重新出现，张开它的血盆大口将我们吞噬。

　　而即使是那些在他们的一生中没有经历这样悲痛时刻的人物，也还是要经历他们自己的死亡，这也是二十世纪三十年代的所有这些存在主义小说家之间相似性的最好证明，他们的小说中都多次出现临终的场景。在这一点上，相关的人物就不仅仅只有目睹了科和克拉皮克死亡的巴达缪，还有《骗局》中的修道院院长舍旺斯（Chevance），以及《维纳先生》（Monsieur Ouine）中的维纳先生。事实上，教徒的死亡并不一定比非教徒要来得更安详。对前者而言，关键点在于是会得到灵魂的救赎还是会被永远罚入地狱，因此这时他可能是有双重疑虑的：一方面是怀疑那个他一直相信到现在的另一个世界是否存在，虽然他在自己整个人生中都尽可能服从这个世界的要求；另一方面是不知道自己的人生将会受到何种审判。所以我们可以看到在贝尔纳诺斯的作品中，面临死亡这一真实时刻，所有的教徒和非教徒，包括神父，都被逼得走投无路。

　　同时，贝尔纳诺斯作品的独特性让他在这场跨世纪的虚构效果与拒绝虚构效果之争中拥有了一个特殊的地位，这是他自己万万没有想到的。他作品中人物所体验到的感动和痛苦，在失望和难以言喻的欢乐之间的摇摆，只有凭借超自然信仰的框架和美德才能存在和拥有意义。而当小说家成功让不信仰这一宗教的读者也感受到这些情感时，虚构的力量几乎可以说是加倍的。这是贝尔纳诺斯在他小说中最出色的几个场景中所冒险下出的赌注，特别是当他和马尔罗一样向持不可知论的读者描述一个教徒可能的内心生活时。在这里我们发现，虚构不仅仅放弃了合理的心理分析，用只能以信仰的形式找到答案的疑问来代替，而且还大胆地把所有的一切建立在这其中的一种信仰上。与他同时代的小说家努力想要摧毁虚构的力量，而贝尔纳诺斯的作品却用基督教教义的极端化为其找到了一种前所未有的形式。

　　这种意识形态光谱的另一个极端就是巴塔耶，他在随笔中公开主张无神论学，而且还在他的叙事作品中对此加以阐明。我们很难把像《天空之蓝》（*Le Bleu du ciel*）这样的小说列入它被创作的那个时期，也很难把它的作者，比塞利纳小三岁、比马尔罗大四岁的巴塔耶列入他的同代人之中。出版于1957年的《天空之蓝》实际上于1935年就已经完成，其基础就是巴塔耶为《茫茫黑夜漫游》和《人的境遇》所写的书评。而当我们将《天空之蓝》这部小说与为巴塔耶在二十世纪四十年代和五十年代带来声誉的理论写作联系起来看时，我们就能对《茫茫黑夜漫游》和《人的境遇》这两本小说做出不一样的解读。政治因素和形而上学因素这两者的衔接成为法国小说在这一时期的新特点，不过这两种因素又都是以几乎难以辨认的形式回归的。在《人的境遇》中，作者通过对话以及宏大的动作场面来凸显政治的干预；而在《天空之蓝》中，这种干预只体现在议论争论以及左翼知识分子优柔寡断的行为中，例如叙述者托普曼（Troppmann）和那些与他经常来往的人之间发生的那些交际活动。就托普曼个人来说，他常常左右为难，虽然他在原则上赞同工人起义的事业，但一旦出现行动的时机，他又表现出怀疑的态度。除了怀疑革命者的斗争能力和他们的斗争可能带来的结果之外，他还没有放弃去描绘战争的魅力，而这正是其他的小说家主要攻击的目标，因为在他们的作品中战争就是揭露社会的第一根导火索。更严重的是，托普曼还对战争不乏认同，这里的认同不是意识形态方面的认同，而是对于他在德国发现的纳粹主义强大动员能力的认同。在这些相对势力的掩饰下，拥护起义只不过是做出表面上的样子罢了；他在几个可以作为替代的政治模式之间的摇摆不定，也让这种对于资产阶级社会的揭露显得格外混乱。

　　和塞利纳或马尔罗笔下的人物一样，托普曼做出这些行为背后的另一大动机是对自身存在的不满。不过，这种不满既不表现在对世界和生命之意义的质询上，也不表现在对于绝对理性的向往上，虽然这种向往毫无希望却也难以消除。它只有一种表现方式，那就是一步步追求一种自始至终都自相矛盾的最高权力。实际上，这种不满来自他自愿进行的那些总是受到谴责的社会领域或性方面的活动，也正因为会受到谴责，所以我们通常都会将其和堕落联系到一起。不过，叙述者丝毫没有犹豫地选择了这些活动并且对它们感到十分满意。通过这样一种正面与负面象征的完全倒置，在别人看来的屈服在叙述者那里反倒成为一种控制能力的证明。这种禁欲苦行的彻底颠倒表现在三个方面：第一是展现我们的文化（基督教文化？资产阶级文化？）让我们习惯性认为"低级"或"羞耻"的身体部位和身体功能；第二是进行非正常且不是为了肉体享乐的性行为；最后是做出那些受道德谴责的行为。这么做的目的就是要让读者把这些选择看作是一种对抗的表达。其实，从本质上看，这些贯穿了整部小说的选择把注意力都吸引到它们身上，也让驱使人物做出这些选择的存在主义情感退到了次要地位。

这样一种诗学的第一个关键点在于它对小说家需求的满足。1957 年，巴塔耶在《天空之蓝》的前言中写道，只有那些让小说家觉得"受限制"（111）[1] 的小说才是真正有价值的小说。小说家应该要尝试通过书写对于一件不可能完成的事的情感来寻求解脱，显然我们在完成它的过程中会下很大的决心，强迫自己去完成，但是从更深刻的层面上看，它与人类对于自身条件限制的理解是分不开的。而第二个关键点是

---

[1]   Georges Bataille, *Romans et récits*, Gallimard, Bibliothèque de la Pléiade, 2004, p.111.（巴塔耶，《小说和叙事》，伽利玛出版社，2004 年。）

这种诗学在读者中产生的预期效果。在这一点上，巴塔耶并没有与他同时代的小说家站在一起，而是与阿尔托（Antonin Artaud）持同样的观点。其他的存在主义小说家都力图通过人物、人物的思考和话语，或者是对人物的话语进行评论的方式，让读者去思考他的存在在形而上学维度上的意义。而巴塔耶的目标和他们不太一样，他想要在读者心中激起隐秘的、和理智无关的反应，一些依靠动词"冒犯"（choquer）和形容词"令人震惊的"（choquant）（巴塔耶笔下经常出现这两个词，其含义并不局限于那种寻常用法）所传达出来的冲击。

这也意味着读者以两种方式进入到巴塔耶的游戏中。首先是通过将故事与理论写作做参照的方式，在两者之间建立起一种互相的往来。但是，为了让这种往来发挥作用，小说中的场景和表达就应该要让人觉得是建立在它们自己的逻辑之上，独立于理论之外的。读者对于巴塔耶的故事所做出的所有反应，都与这种自主的感觉或者是真实的感觉有关。如果读者心里非常清楚地将这些故事当作不可抗拒的创作产物，那么他也就准备好被故事所形成的旋涡卷走。不然的话，这些故事就仅仅成了一个又一个场景的排列，这些场景由于习俗和语言的演变而失去了令人感到震惊的力量。所以为了重新找回小说中有效的成分，就应该重新回到基本的、形而上学意义上的反抗中去。在这一要求的推动下才出现了与此相关的系统性研究，而巴塔耶也被列入其中，尽管他的小说在他那个时代仍旧是怪异的存在。

　　生存于世的震惊，我们天生的渴望与自身的存在之间无法弥补的差距，都是永恒的，就好像它们都是人的境遇的组成部分，如果不能说它们就代表了人的境遇，那至少也是其现实表现。它们一直以来都构成了，并且在将来也还继续构成所有称得上是描写人类境遇的文学作品的基础。不过，它们最常出现的方式还是透过字里行间的暗示。读者只能通过人物身上所发生的一系列事件所决定的命运以及人物对此的动作反应将它们觉察出来。二十世纪三十年代和四十年代的这些小说的创新之处就在于让人物有了自己的意识，可以对那些他们生命中不太可能出现的形而上学问题做出自己的解释。这种变化的发生也不是毫无根据的。

　　这些小说的作者都出生于 1894 年至 1903 年，也就是说在 1914 年至 1918 年的一战期间，他们中年龄最大的才 20 岁到 24 岁，最小的只有 11 岁到 15 岁。在死亡阴影的笼罩下，前者已经开始和他们青少年时期经历的与死亡相关的记忆做斗争（巴塔耶是唯一一个已经退役的），后者也已经经历了这些时刻：马尔罗在他的《反回忆录》（*Antimémoires*）中罕见地提及了他青少年时的一段回忆：他那时还在上小学，去参观马恩河战役的战场，孩子们在那里都不敢吃面包片，生怕尸体的骨灰已经飘到了面包上；也是在这一时期，吉尤在遥远的圣布里厄的每时每刻都接触着战争中的重伤患者，患者中就有加缪的父亲，那时他已经被送往由吉尤的中学改建的一所后方医院。

然而，战争伤害的不仅仅是那些有同情心的人，也不仅仅是那些直接在身上留下战争烙印的人。它留下的精神创伤是很抽象的东西。当人们再次回到正常的生活中时，会对他们自己，以及他们在宇宙中的处境产生一种与战前截然不同的意识。对于这一点，塞利纳凭借他异于常人的清醒，给出了最为精辟的概述。在他最早接受的采访中，他专门为一位记者总结了《茫茫黑夜漫游》的意义："人类被夺走了所有的东西，甚至是他的信仰，变得赤裸裸。这就是我的书。"（22）[1] 我们可以说，战争在人的精神层面揭开了属于二十世纪，以及之后更远的一个新时代的序幕，因为它让在欧洲好歹维持了超过四个半世纪之久的哲学乐观主义轰然坍塌。

为了全面地了解这一次战争，以及理解从此之后我们究竟被剥夺了什么，就不能仅仅停留在这次战争。文艺复兴最为深远的意义就是让欧洲人从此摆脱了基督教中罪的束缚，开始重新对自己，对自己的本质和能力有了信心。在此势头

---

[1]　Louis-Ferdinand Céline, *Céline et l'actualité littéraire*（1932—1957）, Cahiers Céline n°1, Gallimard, 1976; repris dans Les Cahiers de la NRF, 1993, p.22. [塞利纳，《塞利纳与文坛时事（1932—1957）》，塞利纳第一卷，伽利玛出版社，1976 年；收录于 NRF 系列丛书，1993 年。]

之下，人们最终认为完全可以通过理性来破译宇宙，而当时快速发展的科学及其带来的诸多实践上的可能性也将越来越清楚地表明这一点。从人的角度来看，个体应该有能力根据这种理性以及他自己的意识而行动。只有无知或者偏离社会才会导致自身的罪恶。所有人都可能共同拥有的这种理性打开了这样的视角，为了人类的幸福，就必须把理性的范围限制在它可以到达的地方。一直到现在为止都是由人类的不幸所构成的历史，最终也会遵循理性这一最高原则，直至终结。

从叔本华到尼采，从波德莱尔到弗洛伊德，十九世纪其实并不缺少对于相信理性以及由此产生的乐观主义的反对声音。在此之前，人类对于世界的控制和对自我的控制已经一点一点地不断减弱，但这时我们成功做出了改变。四年的时间内，战争就把这些分散的疑问全都集聚到了一起。从此以后，国王就变得赤裸裸了。他知道他的理性永远也不会告诉他宇宙的意义，他的科学也有可能反过来攻击他自己。他清楚自己能够做什么，却不再拥有思维体系或者是信仰，这两者本来可以为他的冲动或者不好的想法提供理由。对那么多不可知论者来说，帕斯卡尔或许就是一个参照：他们所处的位置与帕斯卡尔对人类学的悲观主义产生了一种共鸣。在帕斯卡尔看来，这种人类学研究会导致人们对信仰失去希望。在这样一种匮乏的状态下，那些久远的问题又找回了强大的力量，因为显而易见，这些问题将仍旧没有答案。为了使人承认这些问题，首先要做的就是以激动人心的方式去发现或是再发现这些小说家的写作意识，他们对于自己文明中精神基础的变化是最为敏锐的。这种发现或是再发现本身也是对小说革新的一种呼吁，如果小说确实一直与同时期的艺术创作一样表现了它所处的时代的话。从 1929 年起，马尔罗多次谈到一种"哲学的悲剧性概念，这种概念一年比一年更强大"，这一想法也许会导致"小说的一次深刻转变"。[1]

塞利纳和马尔罗的小说在公众范围内立即获得巨大反响，这正好为小说发生的双重改变提供了印证。由此带来的结果是那些一般的阐释性小说，尤其是心理分析小说一下子就变得过时了。拒绝心理分析的时代已经到来，这一特征也将成为现代性小说的一项准则。而那些继续固守分析之路的小说家就会被排除在外。在这一点上，蒙泰朗就是一个典型的例子。他属于经历过战争的那一代人，对与他同时代的小说家一直在进行的存在式质询一点也不会陌生，正如他的著作中所反复引用的一位天主教高级教士的话所表明的那样："您的错误在于相信人在这一生中有事要完成。"不过，他的作品中更根深蒂固的还是道德主义精神那一套，其中交织着对隐

---

[1]　Hermann Keyserling, *Journal de voyage d'un philosophe, La Nouvelle Revue française,* décembre 1929.（参见埃尔曼·凯泽林 1929 年 12 月在《新法国期刊》上发表的《一个哲学家的游记》一文的注释。）

藏动机的把握和肯定某些行为的渴望。因此，不管是小说还是戏剧的文学创作，对他来说直到最后还是停留在"认识人心"的层面上。现在看来，没有什么比这更能确定一部作品的年代了，不论它的风格和基调如何。相反地，那些主动拒绝心理分析，赋予个人或集体的命运以神秘意义的小说家，例如格林（Julien Green）、科恩（Albert Cohen）或西默农（Georges Simenon），则以每个人自己的方式走到了存在主义小说的边缘。他们的作品很多时候都会展现出人类生活中非常深刻的层面，而这一层面却是摹仿小说无法视为基础的东西，比如在格林的作品中，与其说性欲是作为一种心理现象，倒不如说它是作为一种命运而存在；在科恩的作品中，犹太人的境遇是作为人类命运的一种特殊折射或放大而存在；在西默农的作品中，凶杀案与之后的调查会因为人物突然的一个轻率但又无法抑制的想法而被忘却，这种想法要求人物停止当时的形势下他本该做的事情。除此之外，如果我们只把格拉克（Julien Gracq）的小说和超现实主义联系在一起——布勒东把他的第一本小说归入到了超现实主义——可能也会显得有些操之过急。在纯粹的情况下得到表现的如果不是同样的生命维度的话，那又会是什么呢？换个方式来问这个问题，抛开达达主义式的煽动性和弗洛伊德式的魅力不谈，是否超现实主义本身是一种重新发现奥秘的形式，虽然这种奥秘被战前文明和与此相对应的摹仿小说掩饰甚至否认过了，但是它在前两者盛行期间并没有受到破坏，因为这种奥秘和人类是不可分离的。对超现实主义来说，这种再发现是在战争的效应之下而产生，一种同样的愿望也由此形成，即为超现实主义的欲求找到一种相应的政治性表达。

《征服者》和贝尔勒的书评出版后大约十几年，萨特于1938 年创作了《恶心》，加缪于 1942 年创作了《局外人》（L'Étranger），这两本书都取材于个体与世界接触过程中突然感受到的面对自我存在的震惊，而这种震惊往往发生在生命处于缺陷之中时。不同的是，前者以厌恶的方式来看待它，而后者则是以不安和焦虑的方式。两本书的内容也不再像以前那样明确地和政治或社会忧虑联系起来。这种震惊是非常集中又精炼的，它占据了书中所有的位置，成为唯一的叙述对象。因而，作者不仅仅是提到或描述它，还会继续地深入，最终把它作为一种哲学的基础。每一阶段对此不同的理解也决定了整个叙述的进程。罗冈丹虽然并不是专业的哲学家，但是他时常会用到属于哲学范畴的词汇，像是抽象概念、哲学专有词以及通过大写字母来赋予新概念的词汇（例如"存在"），这是他在说明自己的不适时常用的手段。加缪倒没有用到这类词，不过单单是把《局外人》与《西西弗神话》（Le Mythe de Sisyphe）、《卡里古拉》（Caligula）归入"荒诞"三部曲，就足以让"荒诞"这个概念成为这本小说的关键。因此，在这些有很高哲学素养的小说家手中，存在的小说最终变成了存在主义小说。

从叙事诗学上来说，这些小说没有什么创新性，甚至都谈不上批判性。它们属于温和的现代主义，没有打破自十九世纪沿袭下来的模式，而是通过美国小说中的一些技法得到启发，变得焕然一新。在萨特的作品中，这种实践层面上的温和性质会更加引人注目，这是因为它还伴随着对最具创新性的小说家的方法的理解，虽然这种理解是理论层面上的。1947 年，萨特在为《一个陌生人的画像》写序言的时候，追溯了纪德的《伪币制造者》中家族谱系的建构，并且用了旧有的"反小说"的命名来称呼它。在他看来，那时萨洛特最早出版的两本书还是这种家族谱系影响下的结果。

这一系列小说对小说的共同基础提出了疑问，而它们本身也与那些针对传统叙述性的批评之间有着复杂的关系。在二十世纪二十年代就已经受到关注的小说家们一直致力于进行这样的批评，到了三十年代这些批评就不再那么引人注目了。与高调的拒绝虚构的声明相比，这些小说似乎标志着一种暂停。不过，在这两种不同的趋势之间也有不止一个的交汇点。一方面，这些存在式小说自己本身作为叙事创新的幕后载体，也参与了批判运动。在《茫茫黑夜漫游》中，我们能够觉察到最早的优先重视语言而不是讲述故事的意图，这也让塞利纳成为之后小说家的参考。在马尔罗自己的作品中，通过主人公代表的不同抽象层面和意识层面之间的对话，我们可以看出完整的一套场景和细节上的反复变化或者对立。通过这种方法就能产生另一种与原来的解释相对位甚至相平衡的解读，不管马尔罗自己有没有意识到这一点。再从理论的方面来看，像《恶心》这样表现手法相当经典的小说，当它通过罗冈丹之口揭示小说中那些看似渐进的时间性的不恰当之处时，实际上为其他人在他们的小说实践中提出的批评增添了一份力量。

但是反之，从另一方面看，某些似乎只考虑如何废除原来的叙述模式，并且用另一种模式将其代替的小说家，还是和他们的同代人有着同样抽象层面的担忧。阿拉贡一直寻求"无限"在小说中的体现，那到底什么才是"无限"，如果它不是巴塔耶所认为的小说唯一的视野"不可能性"的话？在格诺的《麻烦事》中，我们也同样看得到，在以数字为基础巧妙安排人物和场景的体系结构中，突然出现了一个并不是偶然提出的问题，而且这个问题很像是巴达缪的口吻。那是一个年轻的咖啡馆女服务员在新婚之夜被死神突然夺去生命之时发出的惊呼："我到底要在这儿做什么？"（301）[1]

此外，我们还可以看到罗伯-格里耶，这位新小说的开创者，也承认从萨特和加缪那里获得了启发，坦承自己在读

---

[1]　Raymond Queneau, *Le Chiendent*, Gallimard, Folio, 1974, p.301.（格诺，《麻烦事》，伽利玛出版社，1974 年。）

到《恶心》而且尤其是《局外人》时一下子在文学上有所醒悟（167）[1]，因为在所有能够讲述这种关于存在式震惊的方式之中，只有萨特和加缪的方式蕴含了一种新的诗学。这种新的诗学通过剥夺小说家用形容词或隐喻在世界面前说出他所经历的任何事情的权利，从而剥夺了小说中的自我意识。而一旦这种重要的特权被拿走，剩下的意识中就只剩下对于外表和感觉的天然记录，这就可以成为一种诗学，而这种诗学首要考虑的就是排除掉虚构效果，因为它常常与时间性和内在性错觉所串联。

　　然而到了二十世纪五十年代，在之前对于叙述性的批判基础上，一种新叙述性的构建也加快了自身的进程。它把二十世纪三十年代以人生之谜为主题的小说和心理或社会分析类小说融合到一种相同的叙述风格中，也就是拒绝在叙事中包含可以辨认的人物，拒绝讲述前后连贯的故事。有了《自由之路》（*Les Chemins de la liberté*）作为反衬，罗伯－格里耶同样也准备好承认《恶心》的优点。而克洛德·西蒙则否认萨特和马尔罗作为小说家的才能。1953 年，当他写道"在我看来，现代小说就是一种悲剧的高级表达方式，而并非对

---

[1]　Alain Robbe-Grillet, *Romanesques* I. *Le Miroir qui revient*, Le Seuil, 1985, p.167.（罗伯－格里耶，《重现的镜子》，瑟伊出版社，1985 年。）

个体的阐释"[1] 时，他自己也不知道这段本来具有纲领性价值的宣言将会成为悼词。巴塔耶在 1957 年《天空之蓝》的序言中也用了同样的词汇，他认为叙事把人类置于了"命运之前"（111）。到这个时期，所有阐明叙事这一定义的想法都将会受到怀疑。在二十年的时间里，它已经直接让一系列小说受到了存在式的质询，当时的历史背景和思想背景也宣告了这种质询的迫切性。此后，尽管这一派系将会自行中断，不过它也代表了二十世纪二十年代末至五十年代中期法国小说的又一大创新。

---

[1] Gaëtan Picon, *Malraux par lui-même,* Le Seuil, 1953.(参见加埃唐·皮，《马尔罗自己》，瑟伊出版社，1953 年，第 25 处注释。)

第五章　小说的另一极

出于同样的理由，摹仿小说都隐藏了它自己所有的创作模式和小说家在其中轮番呈现的不同面孔：创作出这个故事的人，他从哪里得到创作启发，叙述者如何一步步地做出他的选择，又是以怎样的顺序开始叙述的，没有这些东西也就不存在叙事了。不过，这些介入和它们产生的结果一样都是小说的组成部分。对于小说家和读者来说，即使他们不会一直清楚地意识到这样的隐藏，但还是不免会感到失望。

小说家可能最后也厌倦了制造一个又一个美丽的肥皂泡——同一时期其实不止一个小说家对此感到厌倦——好让作品看起来像是成功的小说，然而除了封面上作者的一个名字以外，根本没有其他方式可以彰显他的存在，他更无权就自己的身份说点什么，哪怕说得再少都不被允许。从定义上来说，虚构否认了创作者的存在，也否认了那些通过假装它是真实的以达成其目的的人。相对地，我们读者最后也会感觉到缺少了什么，因为在文本中永远都找不到有关这些人物创造者生活的哪怕一丁点儿蛛丝马迹，甚至也看不出他们对人物命运发展的关注，这种关注本来应该是我们读者与人物创造者之间还拥有共同点的证明。到底这个能预感到他自己可以从共同的好感、反感，共同的愿望、恐惧与幻想出发来创造出人物和故事，肯定自己能够给予这些人物和故事以"生命"，并且做出这种担保的人是谁呢？为了理解这个问题的意义，我们需要反过来去想一想在开始阅读一部我们还未进入（n'entrons pas）的小说时所感受到的震惊：小说家怎么能够想到用这种类型的故事引起我们的兴趣呢？现在各种各样关于过去小说家的传记，还有关于这些小说家的生活和笔下人物的文章，都足以证明我们对过去这些创造小说的人的关注，不论是在小说的文本之内还是文本之外。不过，这一问题要在当时的文本本身中得到解答。也正是在文本中，我们和小说家这个陌生人之间可以建立一种人与人之间的联系，这种联系存在于我们共同生活的世界，小说家在这里写作，我们在这里阅读，因而故事中那个虚构的世界对于我们来说只是一种媒介而已。

　　对小说本身而言，一种中性的、非人格化的语言就已经足够了，只要它拥有最起码的交流特性。只有对那些出版的小说，我们才会去关注它的语言，而且这些小说也不局限于形形色色的侦探小说或奇遇小说。不过，对于一个同时作为作家的小说家来说，如果为了让根本就是虚构的故事在读者的想象中变得更加生动，而不允许自己去选择一种不夺人眼球的语言，那岂不是因小失大吗？这种语言的文学化阐释是语言存在最根本的理由。不过它呈现的形式并不一定是语言中标志性的个人印记，这种个人印记就是福楼拜所谓的风格。它有可能隐藏在反复出现的意外效果中，二十世纪二十年代那么多的小说家利用它们所讲的故事，每一句都在追求这种小型爆发的效果。相对地，我们也可以选择发挥这种专属于语言的能动性，也就是通过一个词的意思或音素在人的记忆中抑或无意识中激发的联想来组织语言。因此，叙述一个故事的过程中有可能出现各种形式的加工。不过，一旦读者在一本小说中感觉到了其中的某种形式，那么他就会立即明白这种选择是小说家写作计划的核心。

事实上，希望小说家有存在感的想法以及将这种存在感付诸语言的实践是小说本质的组成部分，而且从来不会缺席。即使在十九世纪前四分之三的时间里，小说本身似乎快要终结的时候，这些组成部分都还依然存在，只不过存在形式变成了痕迹甚至暗示。而承认它们出现的合理性就意味着创新以及变革的潜在可能。因为它们从不同的层面上回应了小说家在小说中同样不可抗拒的表现需求。通过想象以及语言的书写来创造人物和故事一直是小说的核心，因为它们最深入地触及了小说的存在。但是，在这种核心的周围，聚集着更加外在，甚至娱乐性的表现形式，通过或多或少引人注目的叙述者、小说结构的设计者或单纯的游戏推动者来呈现。在小说的每一个面上，不论是故事、叙事还是叙述过程，小说家都有一个角色与之对应，虽然不久之前小说家的角色还只是理论上的，但之后它就有现实的字面意思了。与此同时，长期以来一直空泛的相应读者角色，也最终得到了明确的阐述：能够感知语言风格以及其他语言效果的接收者，亲切的 [司汤达和塞万提斯（Miguel de Cervantès），斯卡龙（Paul Scarron）也认为是"自愿的"]、有所保留或者抱有敌对情绪的叙述对象，辨认出结构痕迹的辨读者，抑或游戏的合作者。这些与小说密不可分的元素，为所有的角色都单独构建了一个极点，而这种极点至少与虚构为其本身构建的极点相对立。

这正是自二十世纪三十年代开始小说家们所试图阐明的另一极。和他们的前人不同，他们没有高喊着与摹仿小说发生正面的冲突，而是将那些在十八世纪之后读者不再主动想起的成分重新激活。经历过自二十世纪二十年代起的二十个年头，这场运动也将结束，此时表现出这另一极的虚构和叙事就几乎被纯粹的摹仿小说排除在外了，小说家和语言之间一直以来的关系也将被打破。所有的小说都可以通过这些极点找到自己的定位，就像地球上的任何一点都能通过经度和纬度的坐标确定一样。

　　二十世纪三十年代和四十年代，一些小说家做了最初的尝试，将虚构和那些只能通过限制虚构才能与它并存的元素双方做出了平衡。在他们中间，有几位小说家都是属于这一代人：历史的紧迫性与形而上学的疑问引导他们首先考虑的是其他方面的问题，而不是关心小说形式的变革。不过对他们来说，这两者并不相斥。因为在一些艺术家看来，对艺术之革新的忧虑也有其自身的紧迫性。

叙述者的回归

《茫茫黑夜漫游》之后的塞利纳

　　在重新转向第一人称叙述之后，我们必然不会继续停留在《追忆似水年华》中那类匿名的、没有年龄、没有面孔的"我"之上。对你说话的那个声音肯定来自"我"，随后我们自然而然就会想知道——哪怕稍微知道一点这个"我"到底是谁。

　　本雅明（Walter Benjamin）在 1936 年发表的一篇文章中[1]，将现代的小说家与传统上讲故事的人相对立。从此之后，小说家和读者在时间和空间上就被分隔开来。这两者，一个

---

[1]　Walter Benjamin, *Le conteur. Réflexions sur l'oeuvre de Nicolas Leskov*, Oeuvres, t. II, Gallimard, Folio essais, 2000.（参见本雅明，《讲故事的人：论尼古拉·列斯克夫》，《作品》第二卷，伽利玛出版社，2000 年。）

写作，一个阅读，每一方都是孤独的。在从前的口头叙述中，讲故事者和听众都属于同一个群体，而且两者直接面对面；对听众而言，故事是由讲故事人的嗓音和脸部表情所表现出来的；对于讲故事的人来说，只要他认为有必要，就可以经常去确认他和听众的联系，并在必要时通过一段故事评论或者回忆自己的叙述行为来暂停叙述，密切和听众的联系。

二十世纪三十年代，不同背景的小说家都开始试图在写作中寻找这种共同存在和这种往来关系的等价物或相似物。虽然缺乏与读者的实际接触，但我们无论如何都能给读者留下一点点提示，好让他想象出到底是谁在"说话"，然后相信这个人——当然他自己也是——确实属于这个独一无二存在着的世界，虽然这个人在表象上是一个退出了自己创作的神。值得注意的是，这其中的好几种尝试都和法国散文在历史上这一时期突出的特点相关，那就是意图在书面语中纳入口语的特征。拉缪兹小说中的叙述者以及吉奥诺在那几年写过的叙述者，甚至都不需要说"我"或者以别的方式将其个性化；只要他们说的那些话能够将其定位，或者至少暗示着叙述者就属于故事所发生的那个世界。

不过，在多数情况下，这些叙述者仍然是匿名的，也没有个人的特点。一直到塞利纳的出现，这次运动才得到了全面的发展。塞利纳赋予了叙述者一个越来越接近他自己、甚至和他本身重合的形象。而我们通常不会将这种情况作为虚构故事中的一个标志，因为它看起来非常特殊。它开创的其实是另一种并且多次出现非常重要的标志，那就是叙述者在小说中地位的典型提升。这种地位的提升是保证塞利纳所有作品在活力和统一性上不断推进的重要原则之一。从数量和性质两方面，也就是叙述者在文本中出现的次数和叙述者与作者本身形象的接近程度来看，这种推进都十分规律且清晰。

这条推进曲线的起点本身就为其提供了全部意义。因为这个在书中要完全承担作者兼叙述者角色的小说家，从他自己的喜好来看，起先是偏爱戏剧散文的，也就是那种在原则上把作者剔除在外、全部的对话由人物来完成的虚构形式。因此，塞利纳第一和第二本小说中很大一部分的叙述内容都来自两部在当时既找不到导演又找不到出版社的剧本。

我们从《茫茫黑夜漫游》第一版的手稿可以看出，在最初的对话中，塞利纳在两个有可能成为叙述者的人物之间犹豫不决。但是无论如何，在第一次的小说尝试中，他已经摒弃了他之前在写自己的医学博士论文——也就是赞梅尔韦斯（Semmelweis）医生传记时所尝试的第三人称叙述。作为写作小说的新手，他一上来就选择了以"我"来进行叙述。在已出版的版本中，这个"我"指的就是巴达缪，他讲述自己以及他的密友罗宾逊的故事，同时又严格限制自己对这些故事发表自己的看法。和《追忆似水年华》中的叙述者一样，他很少透露叙述的环境，也不提及叙述本身，或是他当时的生活，而是仅仅满足于强调"当时""过去""现在"之间的差异。唯一能够表明读者正在阅读的东西在本质上是一种叙事的，仍旧是一种虚构，而且更像是一种暗示的虚构：比如巴达缪在罗宾逊被谋杀后在警察局局长面前的那一段口供，解释从"事情就这样开始了"到罗宾逊通过故意去挑衅一个歇斯底里的女人从而有意地去自寻死路之间所发生的事。

而转折点发生在1933年到1936年之间。在《茫茫黑夜漫游》收获了巨大成功之后，塞利纳在一些人的眼中成了丑闻作家，而他在另外一部分人，尤其是那个时代重要的作家那里却得到了承认。那个时候他开始写作他的第二本小说，也就是将于1936年出版的《死缓》(*Mort à crédit*)。然而这一次，在还没有进入这本小说的主要内容即童年故事之前，他就预先想好要把叙述锚定在他现实的个人生活和当时的历史时事上。在序言中，他用了不下五十页的篇幅来谈他准备开始写作时的各种情况。而他所提到的方面之广，以及它们所表现出来的忧虑，实在令人震惊。他担心在没有足够详细地从各个方面了解他目前生活现状的情况下，读者无法真正进入到他的叙事之中。在回忆这些年的经济危机和社会危机的基础之上，他从两个方面来展现自己：一方面是他在一个问题频发的郊区当门诊医生的职业生活，另一方面是他各个角度下的作家生活。这样一来就非常完备了：通过在这第二本小说中提及第一本小说的书名来展现作家的身份；通过他和打印手稿的打字员之间的关系，甚至具体到他付给打字员每一页的价格，以及他和编辑之间的关系来展现生活的具体方面；通过他在为这本新书选择主题时的犹豫不决来展现其精神生活。因为塞利纳知道人们指责他在《茫茫黑夜漫游》中太过沉溺于黑暗，而这第二本小说还会更加黑暗，所以他必须提前为自己辩解，在一开始就说明自己确实试图用一种完全不同的笔调来写作一篇具有各种中世纪魅力的故事。但是，通过一次给听众读这篇文章的试验，他不得不清楚地意识到，在目前的形势下这样的叙事是不可行的。把之后所要叙述的故事与现实生活联系起来之后，这篇序言甚至还成功地做到了抹去作者身上所有的现实主义，最终将他的叙述变成了一种由疟疾所导致的发狂迹象。

　　写于 1937 年到 1939 年之间的《打仗》(Casse-pipe) 在《死缓》之后随即出版，但这本书几乎算得上是一次彻底的失败。如今，除了几个片段之外，我们还能读到的只有它的开头，而这点材料对于想要了解叙述者在文中出现的变化来说实在是太少了。不过，出版于 1944 年的《丑帮》(Guignol's band)，也就是《打仗》之后的那本小说，却和前面两本一起构成了三部曲。它同样也是以四个充当序言的片段为开头，同时提到了他在开始写作时分别处于人生和历史上的哪一时刻。塞利纳前所未有地感觉到了这种序言的迫切性，因为这是一个更为激烈和关键的历史时刻，整个国家经历了 1940 年的战败、政治变革和大轰炸，无数人都在逃难。这一次，世界的颠覆不再是像《死缓》中那样由幻觉所导致，而是实实在在地发生了。如何才能找到其他的出发点来讲述一个被现实遗忘的、发生在遥远过去的故事？而且这个故事就发生在一战期间的伦敦。这里的序言前所未有地发挥出了在小说家与读者之间建立联系的作用，因为它写于法国，而且正好写于小说家和读者的生活发生重合的大撤退时期。

在小说《死缓》中，小说家兼叙述者在序言之外就没有再对自己进行表露。但从逻辑上来说，接下来就应该是在叙事的过程中继续进行这种表露，小说《丑帮》就是如此。塞利纳从这本小说中得到了关于初始叙述选择的一个新结果。如果叙述者确实以第一人称讲述他过去的某些经历，而且他的叙述还完美无缺地贴合事件发生的时间顺序，就像《死缓》中的叙述一样，那么可能就会显得不怎么自然。这样的叙述必然依靠于记忆的突然闪现，而这种闪现是有它自己的规律的。因此，为了让读者能够理解自己所说的东西，叙述者就要随时回顾过去来弥补疏漏、改正错误、重新建立因果联系。在塞利纳的作品中，《丑帮》是第一本需要中途返回修改叙述的小说。

和《死缓》以及《打仗》一样，小说中的人物同时也是叙述者都叫作费迪南（Ferdinand）。这也解释了这三部讲述同样一段人生中关键的童年和青年经历的小说为什么被合称为三部曲。不过，从《死缓》出版到塞利纳写作《丑帮》（1940—1944），还有一段间隔的时间，而正是在这段时间里发生了一次改变塞利纳作品方向的事件。塞利纳觉得迫切需要加入当时的大众辩论，去探讨苏维埃共产主义、探讨和希特勒领导下的德国越来越可能的交战危险。他写了三本书来参与这次辩论，与其他书不同的是，他根本不把它们看作小说。从那时起我们把这些书称为攻击性小册子。他不再是以故事叙述者的身份，而是以作者自己的名义发表言论。为了方便进行质询，塞利纳这一名字被清清楚楚地印在了文章上。这种身份的表明必不可少，因为他的表态，即种族主义基础上的和平主义，是相当尖锐的。而他作为一个真实的人，能够为那些表明立场而进行的写作所负责，正如他以前一直做的那样，甚至一直到如今我们还认为这是塞利纳的特质，并且这一特质正好符合了"作者"一词最初的意思，那就是负责者。

《丑帮》最初的写作计划其实和《死缓》《打仗》的写作计划属于同一时代，都要追溯到1933年。在这本小说中，塞利纳保留了费迪南这个名字，而没有考虑到他已经通过小册子表明过自己的身份了。1945年，他想要回归小说的写作，而那时的形势下他不能仅仅再从身份的一致性出发了，他必须从各个方面来提取这种身份统一所得出的结果。而其中一个结果就反映在所要讲述故事的选择上，当然这也和1945年后虚构危机蔓延到小说有关。那时，整个欧洲大陆刚刚在肉体和灵魂上经历过历史本身，再去创造一些故事是令人难以接受的，因此身份的统一也同样会对作者兼叙述者对现实的呈现产生影响。因为他的种种境遇——先是被关进监狱，然后是被流放、生活窘迫，都让他产生了无限谈论自己的欲望，无论是为了抱怨或是控诉。而塞利纳写作的受众，也就是他的读者，即使还未成为一个实实在在的原告，那至少也是一个指控的幽灵，因为塞利纳经常不受控制地和他们开展论战。因此，他可以说是把几乎出现在每一个叙述者身上的两种趋势都推到了极致。

对于一个小说家而言，他所经历过的时刻，比起他想象的或者是搬移的历史时期都要更为集中和完整，仅仅只因为小说家自己经历过，这是后者无法比拟的。在战后的塞利纳眼中，眼前的生活也不是只剩下艰难和平庸，他甚至在小说开头的序言中花费越来越多的时间来讲自己的生活，其中《别有奇景》（*Féerie pour une autre fois*）的序言已经达到了可以单独出版一册的长度，后面那本《一座城堡到另一座城堡》（*D'un château l'autre*）的序言占据了整本书的前三分之一。而且，一旦进入到叙事的部分，他还会时不时地打断一下，再次谈论他写作时的具体情况。

塞利纳的这种表露也并非毫无理由。他经历的不管哪种形式的困难，物质上、经济上的窘迫也好，身体状况的恶化也好，还是表现在行动上的语言攻击也好等，其实都源自他从1945年开始就受到的起诉，并且在他看来这些起诉都是非正义的，因为他一直宣称自己无罪，唯一的过错就是想要避免战争。要是长篇大论地来谈这些起诉的实际结果，就很容易落人口实，所以他在书中一开头就为自己发声，笔战就是其中最有标志性的一个重点。

不过，除了笔战之外，这些冗长的关于自己现状的呈现，更像是为了不让他接下来要讲述的故事——当然在他眼里这些故事只属于过去——将他从现实中抹去。自从塞利纳本人在文章中表达自己的观点之后（正如他在那些抨击性小册子中所做的那样），他就没再想过回到幕后的可能。像这样的自我揭示需要不断进行，更确切地说是需要不断展开，把所有个人和生活中包含的方方面面都囊括进去。而塞利纳只需要过一种随性的日常生活，就可以在他一直存在的文本中进行全方位的、所有可能范围之内的表露。他几乎在小说的每一页上都找到了时机以把所有一切放到文本中，例如持续出现的他的身体、年龄、健康状况，每天的任务和烦恼，职业上的困难，更确切地说是在医学和文学这两种职业上的困难，包括作为医生和病人、同行的关系，诊断、出诊时遇到的困难，以及作为小说家和记者、编辑的关系（尤其在后者中还有和伽利玛出版社的关系，塞利纳甚至挑衅地为此做出了最令人震惊的一次注解）。这种日常生活建立在一种永恒的意识形态之上，不幸的是，自战前它就是如此，没有任何变化。而对于这种思想断断续续的重申——有时还只是暗示性的——其本身就是这种存在的模式之一，同时它也通过插入一些支配叙述和写作的诗学批评来进行解释。最后，这种广泛意义上的存在会趋向于写作当下时刻的存在，虽然有时这种当下时刻会被拜访或者电话引发的逸事打断，但更多的情况是被一些和写作本身相关的注释打断，例如为记忆中一些偶然事件所导致的叙事混乱而进行所谓的道歉。

这种对于当下的长篇大论还有另外的一个价值，或许也是最为深远的一个价值。它其中没有别的内容，只有一些事实。诚然，当事人对此非常用心，可是对于别人来说，这些事就只是一些琐事而已。而塞利纳花费这么长的篇幅对其进行展开，其实也是打算和自己打一个赌。除开那些效果含糊和无论如何都没有效果的挑衅之外，在没有任何专属于"主题"的意义时，如果这些篇幅"立住了"，那就只是由于"风格内部的力量"。就算我们放弃创造人物、创造他们的故事，我们也还是没有走出福楼拜提出的古老的困境。塞利纳在他的每一本小说中，都通过选择他过去某一存有疑问的时刻，给自己一个关于权威或者反权威的主题，而他也是凭借着适时依靠这一主题，才能长期维持读者的兴趣。不过，在进入主题之前，他提前对自己目前的生活做了一个小传式的展现来引起读者的关注，虽然这样的展现又是一种近乎非主题性质的"无意义的事物",只有在风格层面还有点意义。作者通过在一个全然不同的范畴之内所进行的表露,确保了他自身在读者阅读当下的永恒存在。

在这种叙述者的表露逻辑之下,小说一开头就必须准备进行展现,不过到这里还不算结束。一旦进入到故事本身的叙述,生活就会继续。叙述者虽然沉浸在另一个时空的想象和写作中,但他并没有离开一个由重复同样的任务和忧虑组成的当下生活,也没有离开一个由新的小事所不断组成的当下生活。在塞利纳战后的小说中,他越来越频繁地用完全是为了回到他现状的片段来打断主要的叙事。不过,即使这样的回归经常重复出现,它还是有相当的必要性,因为只有这样,作者的说明才能在文本中不断延伸,同样地,故事的叙事也需要继续进行。在这两种能动性之间,竞争无可避免。塞利纳通过两者之间的交替,保证它们之间的平衡,而且不管怎样还是保留了故事的优势。不过,英语中的"现在"被称为 actual(实际)也不是没有理由的。相较之下,想象从来都只是虚拟物。在塞利纳之后,由于两者性质上的变化,这种平衡也被打破了,渐渐简化为纯粹对话的现实书写开始变得更具优势。

不管是口头还是书面的叙事都总是专门为听众或读者而准备。摹仿式叙事只是假装没有遵守这一点。它甚至出于这个原因把读者和小说家兼叙述者放在了相对称的位置。而事件可以自己进行，如果有人来注意事件的发展就再好不过。但是，要遵循这种不在场的虚构——故事的虚构所带来的必然结果——并非如此简单。最早阐明了这一方法的小说可以追溯到十九世纪，早在福楼拜把这个方法整理得井井有条之前。在这些小说中，真正的、并且也是唯一的交流发生在与读者和小说家相对称的人物之间，他们通过故事，而且还通过超越故事本身，力求能够进入文本中。《高老头》（*Le Père Goriot*）就是开启这一传统的小说。巴尔扎克在这本小说的第二页就直接质问了他的读者，因为他本来就猜测读者在读到高老头的苦难之后还会像原来一样，什么都不会改变："你们读者大概也是如此：雪白的手捧了这本书，埋在软绵绵的安乐椅里，想道：也许这部小说能够让我消遣一下。"[22（188）][1]至于司汤达，他太喜欢以第一人称去评论他所讲述的故事了，以至于在叙事中都没给自愿去读他小说的读者留出一点位置。双重意义上的无人称规则最终占据了上风，并且盛行了一个世纪。

　　而塞利纳，出于种种原因，成了那个站在与此相对的另一极的人。这不仅仅是因为他自己的个性在展现他眼前事件

---

[1] Honoré de Balzac, *Le Père Goriot*, Gallimard, Folio, 1999, p.22.（巴尔扎克，《高老头》，伽利玛出版社，1999 年。中译文出自傅雷译《欧也妮·葛朗台·高老头》，人民文学出版社，1983 年，第 188 页。）

的过程中一步步得到确认，而且这也要求读者的形象成为必要的补充部分，更重要的是，这一形象的勾勒提前受到了当时政治形势的影响。1945 年之后，塞利纳知道他的读者很有可能属于那大部分谴责他的人，而他却认为自己只为这些不幸承担间接责任。因此，他与读者之间的交流就不再仅仅是从小说家到读者的交流，而是对手之间的交流。塞利纳一直在所有可能的地方找寻（chercher）着他的读者并且对其进行质问。不过，他也知道他对读者的敌意太强，无论如何最好还是要在文中假装给读者发言的机会，并且在回复读者之前，争取赋予这段发言以合适的措辞和语调。顺着这一方向，也是为了反驳读者，他甚至还用第三人称"重现"出他想象中读者谈论到他时应该会说的话。从《宿命论者雅克和他的主人》（*Jacques le Fataliste*）之后，我们就再也没在小说家与读者的明确对话中看到过这样的交流，它和虚构一道构成了所有小说的另一极，但同时这种交流又显得很平常，一点也不显眼。

在这一点上，就像在其他所有方面一样，塞利纳都是一个极端例子。但是，他不过是尽力使人关注到一种趋势，而这种趋势在他那个时代的很多小说家的作品中也得到了不同形式的呈现。在摹仿小说中，叙事通过拥抱故事事件的进程，不断地让段落、章节的划分与故事本身的关键点、转折点相重合，这样一来人们最终也忘记了叙述的存在。这么做的目的——从风格角度来看也一样——是为了将叙述变得透明化，并且让形式的赋予者不复存在。二十世纪小说所发生的一种变化，即通过使用第一人称，重新让叙述者发声以寻求与之前相对立的模式，却在事件顺序上遭遇了失败，随后它还是面临原先要消除叙述者痕迹的必然结果，也就是要否认叙述者的一切存在，就算这种存在一点也不具体、一点也没有特色，同时还要拒绝叙述中所有和故事本身相比多发挥出来的自主性和预见性。对于小说家而言，这是一个要探索或者说重新探索的全新领域，而对读者而言，这也是另一种乐趣的来源。

虚构的起源

热内，《鲜花圣母》——吉奥诺，《挪亚》

　　小说家想要在文中亲自展现自我，而读者想要知道最终是谁在对他说话。当前者意识到可以列入小说中的不再仅仅是他的叙述行为，而且还包括了他创造虚构故事的方式时——当然这些虚构故事来自小说家自己生活的现实的、日常的世界——那么这两者的意愿就都进入到了一个全新的场域内。在这种转变中，没有什么比小说家自己更为重要了。对于小说家和我们读者而言，如果这种转变不能说比虚构本身更吸引人，那至少也拥有和虚构同样的吸引力。同时，我们也希望有一天小说能找到第二个归宿，而这一愿望寄托在事物的本质中。为此，就必须至少通过几个要素把小说家自己的世界与虚构的世界并置到一起，以确保他在这两者之间的往来。没隔几年，两个各执一词的小说家也认识到必须要把握好这两个世界之间的过境点，虽然他们的意图相互对立，一个是想要削弱摹仿式虚构，而另一个是想要将其突出。

热内在其他所有方面几乎都做出过挑衅，然而我们没有意识到他是第一个通过《鲜花圣母》（Notre-Dame-des-Fleurs）而为小说开创了全新道路的人。这本小说写作于 1942 年至 1943 年之间，并几乎是以秘密的方式出版于 1943 年。纪德那个时候也通过把《伪币制造者日记》加入《伪币制造者》在这方面进行着探索，不过和小说中爱德华所做的事以及他的日记相比，这种探索则是事后的、单独的，并且是次级的。而热内展示出了他的三个主要人物：神女（Divine）、小脚宝贝（Mignon）和鲜花圣母（Notre-Dame-des-Fleurs）以及他们故事中、经历中的细节，这也正是他在介绍这些人物时，或者说开始讲述、开始虚构这个故事时所正在经历的东西。

这段一上来就提到的经历并不是不带感情色彩的，因为它是关于监狱的经历，没有哪个读者能对此感到无动于衷。巧合的是，《鲜花圣母》写成的两年之后，塞利纳也正好叙述了监狱里的情节，他在 1945 年的《别有奇景》中几乎用整卷前言描写了他在哥本哈根被拘留的经历。两者这么写的理由尽管有可能不同，但是从深层意义上来说，这样的呈现都含有对读者的一种挑衅，读者也被当作了他们攻击的对象，就因为读者属于那个将他们两者定罪的社会。不过那个时候的塞利纳已经不再写虚构小说了。

　　在"我"被拘留的时候，热内高密度地描写了这种情况之下有可能发生的事件。当他记录特定时间里的某个时刻时，他几乎把它们写成了私密日记："时值一月份……这天早上放风时，在监禁者之间，我们偷偷地互相问候新年好"[18(7)][1]，又或者会定期在文中记录他在预审法官面前出庭的情况，从而延伸到他接受诉讼、听候可能的宣判这一系列过程。他甚至还将这种关于拘留的呈现推动到最隐秘的性剥夺方面，把它与同性恋所构筑的挑衅联系到一起，因为他在这里不仅仅表明了自己是同性恋，而且公然炫耀此事。当叙述者以第二人称口吻和那位与他分离的情人说话，以更好地展现他们之间的爱情时，这一维度所表现出来的力量也到达了极点。

　　作者一开始就表明了他的计划，要把所有来自拘留这段期间的故事都讲述出来。叙述者在开头没多久就描述了那些

---

　　[1]　Jean Genet, *Notre-Dame-des-Fleurs*, Gallimard, Folio, 1976, p.18.（热内，《鲜花圣母》，伽利玛出版社，1976 年。中译文出自余中先译《鲜花圣母》，浙江文艺出版社，2006 年，第 7 页。）

他从报纸上剪下来的年轻杀人凶手的照片，还把它们贴在印有监狱戒令的硬纸板背面："靠着我那些陌生情人的帮助，我要写一个故事。我的主人公就是他们，贴在墙上的那些人，他们，还有被关在这里的我。"[16（5—6）] 实际上，这一计划将会在后面有条不紊地继续下去：没有哪一个进入到虚构中的细节在现实经历中找不到来源。关于这些照片，热内还提到其中有几幅用细细的小截黄铜丝钉在硬纸板上，而这些黄铜丝是发给关押者用来穿玻璃珠子，制作丧冠的 [14(4)]。再翻过六页，虚构世界中的神女刚刚死去，她的那些同性恋好友聚在她房子的脚下，头上还戴着"玻璃珠子的冠冕，恰恰就是我在牢房中制作的那些珠子"[20（8）]。这种对照可能还表现在更长的距离范围之内，由读者自己来建立，不过其本质还是相同的。神女奄奄一息之时有一种"高度的幻觉"，觉得她刚刚吐在床单上的一摊血"相当于那个黑洞看得见的对应物"，而且还是"在一个法官家里的一大堆乱七八糟的物证中，由一把破了肚子的小提琴"[17（7）] 所指出的。而在一百页之后，叙述者热内就真的在一个预审法官家里看到了"这把神女也看到过的破了肚子的小提琴"。细心的读者必然不会忽略这个"也"的模糊性。这种模糊性还多次出现在使用的动词时态上，以确保在现实的监狱世界与虚构世界之间的无缝过渡。在第一段作为前言的文字之后（9—17），越过一条白线所做的标记，读者就进入了由复合过去时所开创的虚构世界，而且这里复合过去时的标志只表现在从"神女昨天死了"开始的虚构故事的时间性上。但是在后面一段中，同样是在"还"这个字上做文章，描述监禁者的时态就是现在时："时值一月份，还是在监狱中"[18（7）]。那一天是元旦，比其他任何日子都更为空虚，更为阴沉，监禁者之间"偷偷地"互相问候新年好。热内就是在那天下午，带着酸楚的心情，陷入到回忆中，想起了那个离得不远又阴暗异常的巴黎街区。然而就是在这里，现实世界的现在时又变为了虚构世界的现在时："神女住了那么长久的阁楼就在这些房屋中某一幢的顶层上"[18（7）]。描述那些在楼下、在街上等待的同性恋好友以及遗体的下葬时，使用的也是现在时。但很突然的是，伴随着其中一个同性恋好友所做出的一个举动，叙事又自然而然地转到了小说最传统的时态——简单过去时："她学着贵妇人的样子，伸着下巴"[19（8）]。此外，在这样一种不断改变、不断在现实和虚构意义之间来回的叙事中，将来时也可能在人物预测的未来与小说家为他所准备的未来之间变得模糊不定。

热内随心所欲地把这种游戏复杂化。所有能够创造虚构的方式都被他放到一起使用。但并不是所有的方式都在同一层面上。在理想的情况下，它们需要有所不同，分门别类，有时甚至需要互相对立。但是热内却把它们都叠加到一起，从而模糊了它们，这样做比起引入一种只会背叛这种效果的理性和秩序来得更加有效。想要理解或者找到这种源动力的无限复杂性，特别是还要让别人理解这种复杂性，就无异于让他们去抓住一种诡计了。一个小说家如果不再简单地讲述故事，而是通过各种手段把这一目标置于次要的位置，那么他就必须以这样或那样的方式斜着切牌以接近这个目的。热内的手段在于非常快速、非常频繁地变换方式，以至于看得晕头转向的读者只留下了一种感觉，那就是这里的故事本身远没有故事的创作来得重要。

而事先描写的真实元素在虚构世界中的改编是这种创作中最为精彩、最容易为读者所理解，但也是最表面的部分。在这一方面，记忆比知觉能提供的要多得多。像玻璃珠子做成的丧冠这样的小细节，可以原封不动地从监禁者手里转移到神女的同性恋好友手里。不过一旦涉及人物，就总是会有记忆的插入，而且在记忆方面的创作也表现得更为自由。圣母在变为小说中的人物之前，一开始在现实世界中的原形，是我在牢房的厕所那里看见的一名年轻的犯人，"他的脸上还露着困意，在肥皂沫底下显出粉红的颜色，胡子乱蓬蓬的"[25（12）]。而宝贝这个人物的塑造就更为复杂。他一步步诞生于好几个真实而又分为好几个层面的形象。首先是某一天突然出现的牢房同伴，他好像一下子就出现在牢房门口那样，如此突然，以至于热内一秒钟之内就向他臣服了 [21（10）]。但是宝贝同样也是神女爱过的一个男人，她和叙述者说过这个人，甚至还提到过他的名字［59（37）］。在这个人物第二次出现的时候，由于热内之前也不认识他，所以只能想象出他的外形。这种想象以他从前在卡纳皮埃街上碰到的一个马赛姑爷仔为原型。而从这仅有的一次相遇开始，他就已经创造出一个名叫罗歇（Roger）的人物，并且虚构出和他在一起生活的时刻［45（27）］。更值得注意的是，作者每一次在创作宝贝及其连续的几个同位形象时，都凸显了一种模棱两可。说话的这个"我"（je）既是关押者又是小说家自己。所以对他而言，这里真的是像他一开始所说的对一个人物外形的描绘吗？根据后面很快就紧接而来的细节来看，这会不会是他给自己的一种象征，而这种象征也能够提供支持证明他喜爱孤独？在那些已经提到的原型之外，宝贝除了代表着每次热内想要心烦意乱时最能够"烦恼"［23（12）］他的那个人，还会是别的人物吗？由替代获得的满足与真正的小说创作之间的界限到底在哪儿？创作作品的渴望与热内提到的性欲是否有关系？通过运用想象，这些属于不同范畴的问题都开始走向真实的乐趣。但是热内还是要在其中做出选择。在热内的作品中，文学创世纪的实现正是以这些超越它的问题为地平线的。

当然，最强烈的暗示和最微妙的模糊性都和神女这个人物，以及热内和他之间的关系有关。作者对他的陈述一直在摇摆，一会儿说他是牢房里有名的囚犯，一会儿又把他当作自我的投射，尤其是在受到折磨和自发追求圣洁的经历中。而且这些自相矛盾的陈述还在人物分裂成两个不同名字的个体时得到了延续，一个是成年神女，另一个是少年库拉富罗瓦（Culafroy）。出现这种情况是因为，虽然神女这个人物是以热内的经历为基础创造的，但是其起源是不同路径之下的两种不同情况，将这两种情况叠加在一起就让这种起源具有了复杂性，而这种复杂性是单纯的写作者意愿投射所远不能及的。在牢房中，用来钉照片的黄铜丝让人有了独特的发现，想起了在神女下葬那天他的朋友们所戴的玻璃珠子的冠冕，而这些冠冕又令人突然想起"村庄墓地中的白石"[20（8）]。这一暗示在刚出现的时候没有什么意义，它的意义得到真正的展现是在四页之后，作者提到那个时候"神女浪荡儿还只是一个乡村小男孩"[24（12）]。不过热内自己也有一段在乡村度过的童年时光。通过这种方式，热内可以含蓄地实现以前仅以挑衅方式宣布的身份认同。不管是神女、神女的情人、还是小说中的其他人物，所有描写他们的细节所造成的干扰、分裂或是重叠，和他们作为一个整体想表达的主题相比都是次要的，这一点在文中一直很明显。小说家并不想把自传性的、现在的或过去的现实作为主题，也不想把通过虚构建立在现实之上的想象作为主题，而是在这两者之间不断来回，把它们之间由一方到另一方的独一无二的转变（passage）作为主题。

热内的作品十分致力于使用这一方法来反对虚构效果，而在他写作的那个年代，这种虚构效果还是所有小说自然而然去固执追求的目标（也是因为这个原因，热内还对小说的修饰语感到反感）。小说中没有出现表面上的挑衅，除了最开头的几页，热内带着悔意写下"这故事很可能并不总是那么虚假"[16（6）]。但是没有人比热内——这个声称自己在所有方面都被边缘化的人——更明确、更强烈地表明过逆向摹仿的意图，同时他作为犯人的境遇也让他迫切需要通过创作来逃避现实。

三到四年后，我们看到了一种近乎巧合的情况：明显对《鲜花圣母》一无所知的吉奥诺——这本书几乎以秘密的方式出版，在已经准备好写一部虚构作品的情况下，突然中断了此次创作，转而去写了另一部小说，他在其中不仅仅是讲述一段故事，而且还讲述这些故事如何从他的日常生活中产生。在吉奥诺那个世纪，他作品中的虚构可以说是展开得最为自然、最令人愉悦的了。不过，这种虚构的充分运用还是不应该掩盖住一个事实，那就是他自己本人也在好几本小说中意味深长地谈论过对贯穿整个世纪的虚构的质疑。

《挪亚》（*Noé*）中的故事从一个小说家刚刚写完一本小说那个时候开始，然后由于日常生活中偶然发生的一些意外，他又在想象中勾勒出更多其他的小说，最后到他真正开始写作一部小说的时候结束。吉奥诺一上来就用私人生活的具体细节进行了自我介绍：他那座俯瞰普罗旺斯小城马诺斯克所有屋顶的房子，还有像他的办公室、他的家庭这些已经通过记者的文章为人所知的东西。小说家又回到了镜子的另一面，也就是那个他和我们同样在其中生活的世界。大概四百页之后，到了书中的最后一行，这时他才觉得准备好写这本小说并且给它起了标题。而从开头到结尾期间，他已经在想象中拟出六本还是七本其他小说的草稿。因而小说《挪亚》除了在开头提到的吉奥诺的生活外，其余全都和这一系列虚拟的小说有关。

在小说家独有的幻想中，人物和他们的故事渐渐萌芽、不断发展。但是，在读者看来，这种幻想和真正的小说开头的写作没太大区别，例如在开头必然会用到过去时，因为是进行回顾，然后借助于几段叙述的现在时，飞快地转变为一种所谓即时创作的记录。吉奥诺发挥出他所有叙述的才能，就是为了让他的读者再一次"向前进"，虽然读者已经由于之前那些被放弃的故事而变得越来越警惕了。曾经，吉奥诺的作品中都是虚构的灭亡，现在却变成了虚构的全新胜利。不过，小说基本的创作还是没变，也就是要超越两种不相同，但又同样很稳定的乐趣，一种是从小说家自己的现实生活中去理解他本人的乐趣，另一种是持续融入一段已经完全构建好的虚构中的乐趣。而新型小说那种易消逝的乐趣则被取代了，用慢动作去体验这一刻简直是绝妙的把戏，而《挪亚》的好几份草稿都接受了这一挑战。可以随心所欲地描写现实并且把现实与虚构对立起来的小说语言，也对现实与虚构这两者之间的部分有所暗示。

11 月的寒风中，吉奥诺正在自己的果园里采摘橄榄。尽管采摘非常困难不便，或者说是因为如此，他觉得自己满脑子只想着不能失去任何一颗小小的果实，就算它们越来越难以够着。这样一次具体的经历，让他在想象中揭露了自己的一项嗜好，那就是他在生活中一直忽视的贪婪与吝啬。在那一刻，这种嗜好变成了一大群虚拟人物的实体，隐隐约约地向他走来，就像在《奥德赛》（*Odyssée*）中的尤利西斯（Ulysse）也一直被死亡的阴影所围绕，只因为一次牺牲的鲜血让死亡的阴影注意到了他。在此期间，采摘工作的进行似乎更为具体了。"透过那些被风吹过的橄榄枝，以及树叶的虹彩，我看到了不同形状的波动，就像透过火焰黏糊糊的光晕或者像油一样透明的深水看到的那样"（70）[1]。突然，这其中的一种"在那个时候，还是树皮上的凸点"的形状，变了一个样子，成了女像柱上一条有力的胳膊。当时，吉奥诺觉得能够将它们两者视为等同，也就是把这一形状以及他很快又

---

[1]　Jean Giono, *Noé*, Gallimard, Folio, 1973, p.70.（吉奥诺，《挪亚》，伽利玛出版社，1973 年。）

在同一片叶丛中发现的其他形状，与普罗旺斯米拉波大道上酒店门前的女像柱统一起来。但是我们又或许可以说这种等同仅仅是在为了马上被否认时才变得很明显。第一个问题，这些女像柱真的被看到（vues）了吗？"随着这些形状越来越清晰，不仅仅是在我眼前，还在我的意识中（被吝啬占据——然后是我的灵魂把这些形状放到叶丛中，在它们的周围布置好叶子，其他的形状就会从中突然出现）"（70），这样看来，考虑到女像柱的具体位置，它们好像不是米拉波大道上的那些女像柱。接着一段回忆的过程就开始了，这其中还伴随着想象的辅助，以实现在现实和回忆之间的调和。和想象一样，记忆也建立在可感知的物体之上，并同时将它们变形。"那么，在极其宝贵的几分之一秒的时间内，这些现在还清清楚楚表现在橄榄叶上的全部形状，就好像消失在了叶子之下……在它们原来的地方，我看见的不再是橄榄叶而是月桂叶了"（72）。最终，这些树叶的形状将会变得和那些用来装饰土伦军火库门廊的海神雕像一样，这是吉奥诺自己某一天在那里注意到的形状。不过，从起源上来说，记忆和它的鉴别仅仅只是一种接力，它们本身受到了无限的束缚：军火库与其说和吉奥诺自己的记忆有关，倒不如说和他父亲所讲过的故事更加相关，也就是世纪之初的故事。那个时代人们还穿靴子，需要给靴子打蜡，所以在吉奥诺辨认出雕像的那个时候，打蜡工还有一个背靠军火库围墙的铺子。这一系列的变化结束之后，最终出现了一个小说人物，后面几页的文本也会追随着这个人物在土伦闲逛。因为这一人物对鄙视金钱的拉赫苏耶老爷十分欣赏，所以打蜡工也变成了与吝啬相对的化身。接下来他沿路行走："我看到在橄榄叶上出现的街道和小巷，虽然它们可能从来没有在土伦存在过"（79）。最终他到了一个自己经常来的酒吧，并且在那儿往酒里倒入水，给自己调了一杯"特别醇厚的乳白色苦艾酒，还带有橄榄叶的颜色"（80）。这最后一个暗示是在大约三十页之后才出现的，它在极大程度上让读者进入到了打蜡工的故事；突然受到橄榄这个词的提醒后，读者可以瞬间看清楚这两个明显重叠着的世界。

这个过程本来可以无限地被重复，不过它很快就没什么效果了。在两个世界之间建立一种真正有生命力的共存并不简单，更不用说还要维持这种共存。小说家个人生活的背景和周围人的情况不可避免地会显得乏味。它们能令读者产生兴趣仅仅是因为我们长期以来都习惯了那些小说家自己并不存在于其中的小说。而多次的重复就足以令这种展现失去作用。这里的每一次尝试都只可能成功一次。无论如何，吉奥诺都必须要出其不意地打赢他那个隐晦的赌，而这个赌局不是为了让人相信他的虚构——对他来说这只是最基本的东西，而是要让读者分享虚构诞生的美妙。

在《挪亚》再往后一点的部分，吉奥诺回忆起他在马赛度过的一段时光。在这期间，他每天晚上都和一位马赛老妇人交谈，老妇人和他谈起从前位于马赛附近、但是后来被合并到这座城市的古老土地。然后他就把剩下的日子都用来寻找那些土地。在这些从此以后都属于别人的土地上，他一边默默地在心里重建它们原来的布局，同时也想象着它们的所有者，也就是那些还十分看重土地的商人们，他们把收益用来扩建城市边缘的大宅第，单独的一座都有一块"公爵领地"那么大。在此期间，同时也是文本形成的期间，吉奥诺公开列举了"组成"（221）他人物的成分，或者是"自己形成"（222）的人物的成分，这一点是他自己在发生第一次改变时所说的。开始的时候，他说人物"由这个、那个组成"，然后他又重复道，"我看到他"既像这样又像那样，"就如一块压缩木料一样"（217）。不过，在不断想象以及回顾想象依据的过程之中，人物也最终成形。人物的故事在他自己的时间里一点一点地站稳了脚跟，自然而然地，故事的发展以动词的简单过去时开始，代替了第一人称进行回忆时使用的现在时。这个故事在二十页的篇幅内展开，讲述了一个天资聪颖、备受幸运女神眷顾而且拥有"真的像皇帝一样"（219）（此外他自己就叫作于勒皇帝）庞大家产的继承人，是如何找到与他相配的妻子，然后他们完美的幸福生活又是如何被一场意外一下子打破：他们在看歌剧时剧院突发火灾，导致他的妻子当场死亡，他也被截掉两条腿。接下来又讲到为了排遣内心的绝望，他施用诡计让他的竞争者一个接一个地破产，毫不心慈手软，直到他找到一个巴塔哥尼亚的巨人，并如同半人马似的和这个巨人合为一体，从此能够自由行动。此后，他又找回了生活中充分的快乐，哪怕就是在自己的领地上没完没了地走来走去。

当小说再次提及受马赛老妇人回忆影响而开始的城中漫步时，就不得不退回到于勒皇帝的"奇遇记"，更确切地说是那场意外之后的第二部分，而此时读者已经很长一段时间都不再想起这个人物在一开始的时候是由哪些属于马赛过去和现在的元素所构成的了。所以要凭借经验来揭示这个故事的后续是建立于哪些现实元素之上，就像开头一样。就算什么都不对读者表明，读者自己也会有所觉察，尤其是当吉奥诺一条条地指出各种乍一看完全就像巧合的事实时：和吉奥诺相邻的某个鞋匠，他的铺子就在人行道下面，当人们在大街上看到这个人时，他看上去就像被劈成了两半；他站起来的时候又好像是被种在一根圆柱里的，双腿完全被一条蓝色的工作罩衣所围住（240）；而这个鞋匠也叫作于勒（241）；吉奥诺走的路线正好经过了一个医院的入口，在那家医院他还目睹了伤者的转移（242）；然后由于画面之间的联系，他想起自己从前也在远处看到过马赛剧院的一次火灾等等。而他所面临的挑战就在于这第二组共计二十几页的片段一点一点抹去了小说前面叙述部分的神秘性，同时既没有使之前的小说无效，也没有让读者保留的记忆变得不真实。尽管小说被揭穿，重新回到它的"源头"，也就是平庸的现实，但是除此之外，它确实还能够提供一种双重的阅读，给读者带来加倍的乐趣。在虚构与这种亲眼看到小说家的观点如何产生的乐趣（实则也充满了幻想）之间，能维持这么完美的平衡也很难得。

在小说家观点的诞生过程中，那些生活背景中的具体细节——就像吉奥诺选择作为出发点的细节——其实是无可比拟的见证者。不过，小说家同样还从字词上出发进行创作。试图去找到最初的起源，追溯其发展，也意味着回到另一个起点。二十多年间，吉奥诺笔耕不辍，日复一日地写，一部小说接着一部小说地写，不断思考后续的可能。在此期间，他时不时地感觉到，有必要运用一些不需要借助上下文、并且能够从人物和故事的雏形中显露出来的用语。在《挪亚》中，他就给出了二十来个这样的例子（44—46）。从意思、结构和标点上来看，这些用语都算不上完整构建的句子。确切地说，它们需要句子的一个开头和结尾，也就是开头的大写和句末的句号，来赋予它们语法上的可行性和意义上的完整性。然后经过这样的变化，句子变得完整，所有这些用语就能够和上下文连贯起来。通过这样的方式，围绕在基本核心周围的前情叙述及其所暗示的结果——也就是整部从一开始就以此核心作为载体的小说得到了重新的构建。

借助这些例子，然后再给其中的两个例子勾勒出另外即将诞生的故事，吉奥诺就能彻底将他的计划进行到底。和那些他给出的关于自己生活的具体细节不同，这些核心的用语进入到了文本中也没什么用，它们本身不属于虚构。在它们的涌现和小说——这些用语最终找到自己意义和证明的地方——之间，其实还存在着另一种形式的转移（passage），而这种转移就是吉奥诺在《挪亚》中力图理解，或者至少力图使人联想到的东西，就像热内在《鲜花圣母》中所做的那样。

因为要达到一种真正意义上的理解无疑是遥不可及的。吉奥诺是第一个在开篇就这样写的人，他说自己开头所提及的关于日常生活的眼前现实，从原则上讲是为了之后虚构的展开而服务，但矛盾的是，这种现实本身又会被虚构以多种方式所感染。为了让读者不再相信虚构本身，而是相信虚构产生的过程，作者让幻觉也后退了一步，但是它还没有被消除。这本小说在吉奥诺的作品中是非常独特的，而且他的其他作品实际上被放置在了这本小说的标志之下，因为它唤起了其他几部小说的起源。在这部小说中，吉奥诺一直力图为一项运动作出代表性的阐释。这项运动在那个世纪里将会以多种形式推进，直至在小说与小说家本人之间重新建立不可分割的脐带关系，而这是之前的摹仿小说一直极力否认的。从此之后，这部小说会反过来提醒人们，小说创作中既没有无染原罪[1]——从我们通常赋予这个词的单性生殖的一般意义上去理解——也没有脱离树枝的结晶[2]。

无律体裁的规则

格诺，《麻烦事》[3]

在《伪币制造者》中，纪德已经找到小说的一个弱点，称它是"最自由，最没有规律（lawless）"（182）的体裁。因此，从这一观点出发，他认为小说与悲剧是相对立的。因为无数的悲剧作品已经赋予了悲剧体裁固定的形式，不管是古希腊悲剧还是十七世纪的法国悲剧。而参考这两种悲剧来进行说明的原因是它们一直被视为悲剧的标准形式，虽然在这两种情况下的形式有所不同，但其目的都是更好地完成作品。这些形式中，一类控制故事的叙述（必须以五幕剧的形式，在说话部分、独唱部分和合唱部分交替进行），另一类控制确定好的框架（人物的贵族身份，地点、时间、情节一致的

---

[1] 天主教有关圣母玛利亚的教义之一，天主教相信耶稣的母亲玛利亚，在灵魂注入肉身的时候蒙受天主的特恩，使其免于原罪的玷染。——译者注

[2] 司汤达在其著作《论爱情》中提到的一个恋爱心理概念，指人们在陷入热恋后，会不自觉给对方原本的样子上添加许多主观的美好的幻觉，就像盐在枯树枝上的结晶一样，让人看不清树枝原本的样貌。——译者注

[3] 最早出版于《欧洲》（*Europe*）的"雷蒙·格诺"号（2003年4月，第888期。）

"三一律")。但是通过这样的对比并不能得出摹仿小说就没有规律的结论。摹仿小说恰恰只寻求给读者一种完全必要的前后连贯的感觉。更确切地说，这两者的不同之处就在于小说中的必要性只涉及它所讲述的事件。因此，这种必要性不是形式选择的结果，而是依据现实而来。小说想要重现的就是这种现实，并且希望自己最终能够在所有方面，包括心理学上、遗传学上、社会学上或其他方面都被视为现实。不过矛盾的是，小说家越是能做到让读者认为小说就是现实——通过不断积累才华和知识，他就会越多地抹去自己的痕迹。

在我们这样一个时代，问题就不再是要不要回到固定的形式或者某种充当共同法则的规约之中。在缺少规约的情况下，小说家还是有可能使人想起他的存在，同时又不需要亲自像叙述者那样表露自己。为了达到这一目的，小说家为自己的写作规定好形式之后，只需要在呈现叙述和故事的时候让读者感知到这一安排。即使是在第三人称的叙事中，只需要让读者觉察到一种独立的故事构建原则，这样读者就会向预先选择了自己的小说家寻求解答。这样一种读者自由选择的规则就足以破坏故事表面上的自主性。因此，这还是一种和摹仿小说决裂的方法，因为摹仿小说把这种自主性当作完美的典范。而这另一种表露更像是建筑师或者设计师采用的表现形式，它同样也是实现小说另一极的方法。

在法国，没有人比格诺更有条不紊地探索过这条道路上的可能性了。同时他又完全没把自己限制于此：他一次又一次地在作品章节中去理解其他用来质疑小说中主要形式的方法。不过在他的前三本小说中，他首先还是在把希望寄托在小说结构、形式的多样性以及小说家在读者的阅读中能够发挥的作用上。他在 1937 年撰写的诗学艺术文章《小说技巧》(Technique du roman) 中对此进行了强调，还用了这些小说中的例子加以阐释。实际上，他后来将会和这一计划拉开距离。不过，这种有意识的构建所带来的魔力在他心中没有受到任何破坏，因为这样的魔力还有两方面的支撑，一个就是他对数学持久的兴趣，另一个就是不那么理性但却更加神秘的那些思索对他的吸引力。乌力波 [1] 团体创建之后，这些魔力又重新在像《蓝花》(Les Fleurs bleues) 这样的小说结尾发挥了作用。

　　二十世纪三十年代，格诺在乔伊斯的《尤利西斯》中找到一个新近的模式，正是这一模式引发并证实了他在此领域内的所有研究。1929 年《尤利西斯》的法译本出版，后来是英译本，乔伊斯一点一点通过各种媒介传播出去的迹象也被加入到了小说的文本中，最终提供给公众的就是行列对查表的形式：十八个排列得整整齐齐的节点对应着横轴上的要素，

---

　　[1] 乌力波（Oulipo）是一群法语作家和数学家的松散聚会，他们力图使用受限的写作技巧创作作品。——译者注

每一个要素都被视为在某一参考系中占据主导地位。这些参考系属于现实范畴、知识范畴或者两者兼而有之：首先是《奥德赛》中的片段，但也有对人体器官、颜色、不同象征、叙述技巧等等的回顾。从小说本身来看，被划分的三个部分再分别分成三个、十二个、三个小节，突出了数字三和三的倍数在此的支配地位。这样的划分法已经在引导着我们去考虑数字建构的存在。我们可以把它和原先的传统联系起来，从中找到证据，证明后者在与它们的源文化相距甚远的现代还依然奏效。

格诺对这一模式的继承就体现在各种表格的运用上。其实小说的结构也可以像那些有固定形式的体裁结构那样，要么是围绕叙述事实，要么是围绕所讲述故事的组成部分；它可以把先存的整体性秩序当作原则，这种整体性会在小说的字里行间被读者一步步体会出来；也可以以小说家自创的顺序为原则，例如在这些数字所构建的潜在关系形成的无限系统内。而格诺就会时不时地利用这些不同选择所可能存在的组合方式。在有方向性的小说写作方面，他还有另一个参考对象鲁塞尔。这个作家想出了一个更为激进的方法，就是这个方法引起了格诺的注意，虽然他自己并没有仿照这个方法。

读者在阅读格诺的第一本小说，也就是出版于1933年的《麻烦事》时，在叙述方面首先注意到的就是前六章末尾的一节，这一段文字和它之前的几段文字都不同，一方面因为它是斜体，另一方面因为它的地位也不同：这最后一段文字中止了前面几段情节的叙事，以便在其中加入一节评论。这样的做法在小说中经常出现，不禁让人想起古希腊悲剧，它也同样是在每个片段的末尾（这些片段本身就由对话构成）插入一段男人或女人的合唱，虽然这些人没有参与到情节中，但是他们还是会以一种和对话的格律完全不同的诗体定期对情节进行评论。不过格诺在这第一步中就不满足于让叙述遵循一种固定的形式，尤其这种形式还意味着文化层面上的参考。通过一章章地修改这种评论呈现的形式也许把这种评论的所有当代形式都用了个遍，他让读者看到了他为呈现这种多样性所做的努力：首先用精神分析法对每一个参与了第一章所讲述情节的人物进行梦的分析，之后是对单独个人展开具体细节的分析；尝试某一个人物评论的文学写法；一系列在省内报纸上报道的社会新闻；另一个人物突然发出的离奇的独白；最后是同样的一个人物进行的雄心勃勃的哲学思考，虽然这个人物是一个看门人，但他从前也尝试过写作。对于已经被最后段落的斜体警告过的读者而言，他们意识到了这些段落的地位有何相似之处，而这些段落所形成的系列成为小说结构的首要原则。

　　阅读期间，读者还会注意到，在这些混合了叙述者的叙事和人物话语的段落中间，最常用的方法就是完全以对话形式呈现某些段落（例如格诺甚至设法用场景中唯一的对话来回忆一场斗殴，如果不是滑稽效果的话这根本就不合适，因为用叙事的方法进行这种回忆本来会更自然）；相反另外的段落就没有任何对话，即使这一场景中包含了问答，为了遵循这一段落的规则也会被处理成间接的形式，因而也让前文产生了新的滑稽、对称效果；还有其他的段落只以信件的方式呈现，等等。这也就是说，叙述的形式并不是根据是否和故事相适合来选择，而是依据其他的准则，而且无论故事中的时刻碰上哪一种选择，它都得适应。对于形式来说也是一样，它们不用再为故事而服务，这种等级关系的颠倒足以让它们脱离不可见的状态，显现出本来的样貌：如果小说家愿意的话，它们就是小说家可以自由利用的协定。通过随意决定，每次在文本的一段中只使用一种形式，反而让它们系统性的组织方式更加明显：每一种形式只根据其他形式可能呈现的整体性而存在。因此，将这些形式一个一个分开使用的小说家会给人这样一种感觉：对他来说，占优先地位的不是他讲述的那个故事，而是他想要穷尽这个系统的意愿。因为小说没有固定的形式，从这个层面上来说它可能算是没有规则的一种体裁，但是小说确实又有一些形式，不过这些形式只能由小说家自己制定的规则逻辑所决定。

这种方法可以从不同层面进行。格诺还根据递增的差值等级突出了小说系统中的其他方面。在《麻烦事》中，他回顾了以第三人称进行叙述的写作中可能用到的形式；在他的第二本小说中，也就是后来归入《圣格兰格兰》(*Saint Glinglin*)的《石头的嘴》(*Gueule de pierre*)中，他又重新在中间部分运用了这样的写作形式，只不过这种形式的周围既有第一人称的叙述，还有像诗一样的写作。因此这本小说中，接连出现了一部日记、一段第三人称的叙事——其中不加区分地混合了由这种写作方式提供的不同形式，还有以克洛德式的诗句进行写作的第三部分，这一部分虽然继续在叙述故事，但很大一部分都是抒情诗。《石头的嘴》后面的一部小说一开始以"混乱的时间"为标题出版，后来也归入了《圣格兰格兰》中。在这部小说中，格诺又更进一步根据文学的主要体裁对这部"小说"的三个部分进行了安排：第一部分是诗歌，后面还有一系列和故事剩余部分没有直接关系的独立诗篇；第二部分是散文形式的幻想独白；最后的第三部分是戏剧，作者按照戏剧规则将这一部分适当地分成了几个场景，在对话开头标明了演讲者和舞台演出指示。在这里，作者透露出一种要把不属于叙述的规律强加给叙述材料的强烈意愿，并且达到了挑衅的效果。

在满足这样的意图上，没有什么能够比用数字来限制内容的方法要更纯粹、更严格地满足这一要求了。在阅读《麻烦事》的过程中，读者没有任何办法可以确定组成每一章节的段落数量，而且也没有人促使他这么做。但是读到最后的时候，读者就会发现这个段落是在罗马数字"XCI"之前。如果读者对这一批注感到惊奇，去寻找这个数字的证明，他就可能想到这个段落是七个章节最后一个章节的末尾段落，想到 91 除以 7 等于 13。如果他再往前回看，花一番功夫去数一数他之前看过、随后又用简单的空行分开的段落，就会发现其实每一章都同样由十三个段落组成，从那时起就轮到读者用他自己的等式来思考或者依据其他的思考体系来解读了。在《石头的嘴》的第二和第三部分中，这个相同的文本单位数字是 12，而且每次都在开头标出，一种情况下是用数字，另一种情况下是用按顺序的十二星座的名称。在其他的几本小说中，格诺也会用 21 个章节这一相同的数字显示他在数字方面的偏好。此外，做出这一性质范围内的选择还有最后一层暗示，即让人接受这样的选择其实是写作的束缚，是为了追求阅读效果：每一个章节，每一个部分或者不同的小说之间数量单位的相等将变得非常明显，因为这些单位本身在长度上也会大致相当。这一秩序的最后一条规律即这种相等，虽然它并没有被标明，甚至以迂回的方式都不曾有，但是它并不会因此而失去其重要性，因为读者从开始阅读时就会直观地注意到这种均等，正是它赋予了阅读节奏感。

而一旦这些事先的选择触及了讲述的故事，那么针对摹仿小说的方法所进行的颠覆就会更引人注意。拉丁语的修辞法中用非常有说服力的术语来区分"安排"（dispositio）和"创造"（inventio）。在小说范围内，受到文化习惯的影响，我们倾向于把创造看成是特别具有创造性的行为。但是当情节的波折、人物的个性，甚至人物本身都或多或少地被人手所限定，是按照意图所做的选择而产生，甚至这些选择还先于创造，操纵了所有一切时，这种创造性行为又会变得如何呢？当格诺在《石头的嘴》中把自然世界中的三界，即动物界、植物界和矿物界作为三个部分的首要组成原则时，他同样也就确定了每个部分的主题范围。第一部分中，对玻璃鱼缸感到着迷的人物将会从鱼类出发，去追溯动物体中越来越原始的形式；第二部分则会围绕一个名叫"春天"的节日展开；而第三部分的标题"大矿石"到了《圣格兰格兰》中会变成"石头"，有可能就是因为"矿石"过度直接地反映出了矿物界中的常用名称。与此同时，每一部分的叙述者或者主要人物的名字本身也形成了一个体系：他们的名字分别为彼得（Pierre）、腓力（Paul）和约翰（Jean）[1]，这不可避免地指涉到《福音书》中耶稣主要的三个门徒，由此引发了一个问题，即他们的个性在多大程度上与他们圣主的个性相匹配。至少对约翰（让）来说就是这样的情况，他在小说中也完全是爱情的使徒。不管对其他人来说是怎么样，重要的是这一问题已经提出，因此人物并不是全部包装好之后才出现，而是来自

---

　　[1]　在此将门徒的名字译为了通用汉译名，欧洲各国对其都有不同译法。——译者注

它自己的创造性，来自它"创造者"的头脑。

在创作场景或者故事的戏剧性变化时，有两种原则组合在了一起，好让读者产生怀疑，觉得其中的某些情节并不是根据故事固有的逻辑，而是根据另一种完全不同的规律想象出来的。格诺在 1937 年的文章中不再强调书中包含的章节数量以及每一章包含的段落数量，而是断言"不应该随意安排人物的分布"（1240）[1]。事实上，当他写作一本像《麻烦事》一样包含大约二十多个人物的小说时，他真的为每一章、每一段建立了摘要表，把每一个人物都列入其中。不过有时为同一章节建立的表格也会根据每章的写作进度来填写，以使得这些表格兼具概括性和前瞻性：某个人物有多久时间（多少个段落）没有出现了，如果这段时间太长，是不是该让他重新出现？此外，把文本分成长度相等的段落也便于这项操作的进行。在有需要的时候，重新撰写一个段落替代掉原来的一段，让消失了太长时间的人物再次出现，没有比这更容易的事了。那些因此被废弃不用的段落被格诺保存在了他的工作簿中，其中有几段还被复制到了"七星文库"编的《小说》（*Romans*）附录中。但是这种机制也可以从另一个出发点运行：如果小说家在回顾小说时

---

[1]　Raymond Queneau,《 Technique du roman》, *Oeuvres complètes*, Gallimard, Bibliothèque de la Pléiade, t.II, 2002, p.1240.（格诺，《小说技巧》，《全集》第二卷，伽利玛出版社，2002 年。）

发现欠缺一种统一性，那么在章节完成之后才写作的某个段落，也就是故事的某个组成部分，也可能是为了补全之前就规定好的章节段数才创作的。

在格诺看来，人物的"分布"涉及的不仅仅是人物在叙述过程中出现和消失的问题。除了时间顺序以外，还应该考虑这些人物在逻辑关系上形成的集合。因此在《最后的岁月》（*Les Derniers Jours*）中，格诺把叙述中主要的四个人物聚集到了一起。故事的一开始他们只是两两之间有关系，后来才由于偶然的相遇走到了一起。一个四人组就这样形成了：有两代人，一代是父亲的年纪，另一代是儿子的年纪；有两种性格，一种畏缩胆怯，另一种大胆又肆无忌惮。但是谁能说这样的想法本身是否在某个时候先于成员人物的创作？或者说至少是先于他们其中的某一个人物呢？一旦确定好前三个人物集中在这两种对立的基础上，那么第四个人物就不是作为个体，而是作为第四个组成部分被收编。在这里，我们达到了颠覆小说正常进程的运动的极点，这挑起了一种表面上的意愿，但却未能在原本就缺乏规则的小说体裁中引入新的规则，其历史的巧合因素值得我们深思。对摹仿小说而言，"生动"的人物是检验作品成功与否的试金石。这一点反过来会让读者认为，人物的存在（existence）要归功于那些和小说中的人物故事没有任何关系的要素。这样一来所有的意思都变了。人物的创造在从前是绝对的出发点，现在却被视为一种结果。本来能够被当作单纯为了完善小说而引入的规则，实际上却再一次让小说受到了质疑。

格诺很担心使规则的分区变得明显，因为他正是想要通过这种办法来革新被他视为正式形式的体裁，虽然这些形式与叙述内容无关，同时必然会导致格诺从同样的内容中得出更加含糊的效果。小说中首次描绘的情形、背景、人物动作、场景，其实都能够在小说的后续部分发生变化、重新出现。而所有有价值的传统小说都包含了这样的往复或者说对称性。当读者注意到这些情形，逐渐有意无意地把它们记住，并从其中得出一种一致性之后，那么这种一致性对于读者确认自己慢慢开始存在于一部真实作品的过程就起到了决定性的作用。但又因为如此，这样的一致性属于故事的组成部分，所以也具有了很强的说服力，它看上去并不像小说家刻意为之或者预先策划的部分，甚至也不像是无意识或者说几乎下意识的产物。人们本能地将其视为想象的结果，而非自由选择的结果。它是一步步自行产生的，而不是根据一个整体的计划作出的。因此，它本身就与格诺给自己确立的那种一致性原则相悖。

不过，故事的一致性和有预谋的强加的结构并非完全不可调和。只需要让那些能产生一致感的效果在出现次数上超过一定阈值，并且即使不能让它们完全相同，也要让它们足够相似，这样小说家就可能有意识地将它们纳入考量。也是因为如此，它们在文中呈现出重复的趋势。对于希望在小说中看到生活再现的读者来说，这么做无疑会带来消极后果，不过对于另一些读者来说就会带来积极作用了，如果他们已经产生另外一种猜测，即小说家不会力争实现生活的幻觉，而是不把它当作一回事的话。格诺就是要确保这种重复占据主导地位。为了做到这一点，他甚至还利用了那些不再是动机上而是文本上的重复。然而，高雅文体的惯例是要摒弃重复，哪怕一个字的重复都不行。格诺通过自己挑衅的方式，时而在相近的情况下重复完整的句子，时而在文中两处间隔开来的地方进行重复。从那时起，他的读者就再没有丝毫犹豫了。除非我们考虑到小说家的疏忽或极端笨拙——这是文本的其余部分所否认的，否则我们必须承认，重复首先是文本的，然后才是主题的，这也是小说家的决定。格诺最后也在他的倒数第二本小说《蓝花》中对此进行了明确阐述，把重复形容为"修辞手法中最芬芳的花朵之一"（69）[1]。不管怎么说，重复都是最古老的修辞手法之一或者说就是最古老的修辞手法，因为《圣经》中就出现了可以被立即觉察到的、和重复相关的叙事和风格信息。

格诺在小说中利用了各种形式，这些形式统一被他称为

---

[1] Raymond Queneau, *Les Fleurs bleues*, Gallimard, Folio, 1978, p.69.（格诺，《蓝花》，伽利玛出版社，1978 年。）

韵。当然他这么说也没有歪曲"韵"这个词的意思，因为"韵"严格来说就是一种在声音重复和意思差异之间的游戏。除了纯粹、简单的文字重复这一特殊例子之外，格诺所谓的"韵"更多地建立在相似性而不是差异性上。不过在他看来，重要的是反对已经被认可的观点，即认为小说与诗歌之间存在一种本质上的差别。这一点从小说对固定形式的选择以及从传统上来说和诗歌进行并列等方面就已经能看出。重复或者说押韵应该要做到再次把小说纳入唯一且同一的文学话语中心。为此，格诺只需要放弃小说的开头和结尾，而这正好就是格诺以及所有这个批判阵营里的小说家想要摆脱的东西，即生活的摹仿幻觉。

如果我们希望主题的反复出现能被理解为结构的组成部分，那么这种复现就应该显得相当明显甚至坚决，这样才不会让人对它们的刻意性产生怀疑。相反，对于正式结构的标记来说，意图是显而易见的。不过，此种意图如果过了头，就可能会自我削减。要让它发挥出作用，让人想起还有构建者的存在，其实是违背故事表面上自主的因果关系的必要性的。这样一来这种必要性就必须足够强大，才能使构建的意图仅仅只是周期性地冲击到它。不然的话，太明显的形式构建只会损害故事本身的可信性。它很快就变得足以使后者失去活力，也就是说，它并不是作为可信性的对立面存在，而是将可信性牺牲掉，以至于我们只能看到构建本身。在理想的情况下，结构对于叙事的控制应该要像拉辛（Jean Racine）的《勃里塔尼古斯》（*Britannicus*）中阿格里比娜（Agrippine）对于国家的统治那样，保持一种"看不见又在场"的状态。这也是为什么在音乐中，数字关系可以用成千上万种不同方式来控制一段乐曲中所有元素或片段间的间隔和连续。不过，在小说中要让读者在没有太分辨清楚结构中各种要素的情况下，凭直觉感受到一种结构的效果就没有那么容易了。故事自有的逻辑和结构的意识，很容易一个优先于另一个。对故事而言，它只希望自己根据摹仿原则继续进行下去；而结构应该减弱这种摹仿效果，或者定期将其打断，以便表现出相反的一面，但是如果它在这方面又走得太远，就等于切断了其赖以生存的根基。

格诺想在公开和掩藏他的构建原则之间寻求一个平衡点。在《麻烦事》中，组成每一个章节的十三个斜体标出的段落，以及最后一章开头的数字 XCI，都是小说中很明显的作品结构标志。但是，对于这部小说创作的研究表明，这些标志很晚才被尝试性地插入到小说中，就好像是担心如果没有这些提示，读者就会偏离这个在小说写作中非常关键的结构理念。同样，在这篇 1937 年的文章中，格诺想到要用另一种形式出版他的小说，也就是把不同的图表（每一部分出现的人物和叙述形式）再现出来，因为正是它们从原则上来说支配着他的创作和书写。不过，他很快就作出解释，这些表格"极有可能错误地给人一种国际象棋游戏的错觉"。他还通过比喻对两种对称形式的障碍做出了补充:"他不会让小说中的人物像侏儒从打碎的瓶子中逃出来一样东奔西跑,而是会把他们当作棋盘上的棋子,之后的一步就是将章节连贯起来以达成最后的将死,作者赢得了胜利"(1240)[1]。一场这样的胜利自然是一场皮洛士式(Pyrrhus)[2]的胜利。而格诺想要的唯一胜利就在于构建起一种并非展示出来,但是读者可以发现或者猜到的结构,就算不能像感知音乐那样将它单独觉察出来。

事实上,这还不仅仅是公不公开的问题。一旦超过某一点,结构的性质甚至也会受到质疑。相同的标志有规律地回归到文本中,即使这种规律性不存在另外的表现形式,其最后导致的结果也可能会与原来的意图相反。因为通过这些标志,真正展现出来的是小说家的存在和他自由的意志。但如果这样的回归在读者的意识中形成一种印象,认为它就是精确的出现或者是一种法则的机械运用的话,那么小说家的存

---

[1] Raymond Queneau, *Technique du roman*, *Oeuvres complètes*, Gallimard, Bibliothèque de la Pléiade, t.II, 2002, p.1240. (格诺,《小说技巧》,《全集》第二卷,伽利玛出版社,2002 年。)

[2] 皮洛士,古希腊伊庇鲁斯国王,曾率兵至意大利与罗马交战,在赫拉克莱亚和奥斯库卢姆为打败罗马军队付出惨重代价,由此即以"皮洛士式的胜利"一语借喻惨重的代价。——译者注

在感和自由就不复存在了。它甚至不再是一盘国际象棋游戏，而是可预见效果的机械展开。在《麻烦事》中，格诺小心地为同样的回归引入了一种异化作用。小说最后一章一开头就标好的数字，应该是用来提醒读者在数字层面上回顾整体结构，但是它自己却以两种方式违背了之前的原则（尽管前面六章中的第十三段正是因为遵守了这些原则才显得那么独特）：它不再用斜体字而是用罗马字体印刷；也不再具有评论的地位，而是确确实实继续进行并且完成了故事的叙事。三年之后，格诺在《最后的岁月》的第一版中再一次采用了这一原则，用一种性质不同的文本定期打断叙事，其原型就是希腊悲剧幕中的插曲。在这种情况下，每隔五章咖啡馆服务员的独白就会出现，独白故事里的人物是他的顾客，服务员一边听着他们的谈话一边对他们的对话作出评论。当格诺确定将会出版的版本时，他考虑再三，还是决定删掉其中的某些独白，因此也就打破了规律性，因为这种规律性产生的已经不仅仅是片刻的效果，它让读者太过于期待这种定期评论的回归。除此之外，他有一次还通过用同一家咖啡馆的另外一个服务生的独白来替代评论的方式引入一种积极的异化因素。不过值得注意的是，经过这次和他一开始的原则相比明显收缩的改动之后，格诺的小说转变了类型，构建的意图要么被遗忘，要么被减少到最低限度——确定的章节数量就是一个例子。

　　这些在极端情况下对构建原则的破坏和对于构建自身的担忧都有其各自的意义，如果我们把它们和但丁提供的支持联系起来的话。其实格诺在《小说技巧》这篇文章中提到乔伊斯后就间接地参照过这一点。提到但丁是为了提醒人们，一部作品看上去所遵守的规则系统不可能是随意选择的，而是出于一种完全不同的意图。有着无数数字关系、比例关系、对称关系以及这些关系之间意义的《神曲》(*La Divine Comédie*)，就是一种作品的原型，我们能够认为这种作品的作者想要反映出他所相信的至高无上的超验顺序。而格诺就倾向于为这一类型的作品作出阐释，所以才会在《小说技巧》的最后几行中谈到"数字的功能""普世之光的反映"以及"世界和谐的回声"(1241)。这里我们就走到了一种观念的相反一方，这种观念把文学变成作者和读者之间的一场游戏，所以有其自己的乐趣，不过也有其失落。我们知道，格诺对一些深奥的教义断断续续怀有的兴趣，能够让他建立一种与但丁相似的文学实践。不过，在但丁生活的那个年代，大教堂才刚刚修建起来。他和读者之间是有共同点的，所以他为这些读者书写了一整套信仰，这些信仰给予了他作品章节中的关系以一种一致的价值，同时这样的一致性并不是由个人提出然后被其他人承认的，而是有一种本体论的性质。到了乔伊斯和格诺生活的时代，信仰已经变得很罕见了，一部作品中被认可的构建不会再被单单放在文学范围内考量。对大多数读者而言，它本质上是一种在逻辑和体裁史中选择立场的方法。从那时起，构建被认为是用来平衡摹仿式幻觉的力量，所以必须维持在一定的限度之内。而这就是它要发挥作用所付出的代价。

第六章　与虚构拉开距离

昂泰尔姆，《人类》

直到 1939 年至 1945 年第二次世界大战前，小说中唯一的内部逻辑还是用各种方式来消除或者说减少虚构的效果，虽然它总会重新出现。而在 1945 年，五年的战争以及对集中营的揭露构成了一种现实，面对这种现实，虚构就不再显得理所应当。它所遇到的不再仅仅是文学范围内的反对，更根本的是一种历史（Histoire）的反对，而这是在欧洲大陆上没有人逃得过的东西。所有人都接触到了死亡和痛苦，不管这发生在他自己身上、他的亲友身上，还是知名人物身上。当我们日复一日地从这些事件中逃开，这段历史就会越来越沉重。而且我们这次还要再加上刽子手、决策者、计划者或者仅仅有一点意识、对集中营态度消极或者冷漠的见证者来提出问题：每个人都被问到，我们与他们之间有什么共同之处？历史上集中营的经历已经达到了如此程度，以至于六十年后当我们去寻求如何定义我们的人性时还会把它当作参考。

在战后的几年内，虚构也不能不受此影响。面对这段历史，如何继续像什么都没发生一样地创造小说中的那些小故事？战争和不久后随之而来的对战争的揭露带来了双重的打击，它让先前的沉默加剧，同时也赋予了这些沉默无可比拟的意义。这是欧洲小说，尤其是法国小说的一种特有背景。

如果一个小说家不觉得自己是陀思妥耶夫斯基，那么他又怎么会想到在小说中去涉及人性之恶的存在问题？况且这个问题还是不断变化的，同时又尖锐又紧急。要怎样再去谈其他的东西？无法被区分的个体只会漠不关心：糟糕的是——有些人，毫无疑问在别人的苦难、屈辱和死亡面前是愉快的。更糟糕的是——在他人被否认作为人类存在时是愉快的。面对这样的一种现实，人类通过虚构要表达什么呢？如果我们自己也不相信通过人物所说的话会让读者感兴趣的话，这样的创作不就没有任何意义了吗？在1945年，已经有一些问题把一般的小说内容远远地抛在身后了。从那个时期惯用的形式来看，仍旧滚烫的现实已经超过了虚构。而那些纸上的人物，他们个人的悲剧、爱情，从定义上讲都是被创造和被赋予的，对于经历过现实的男男女女来说又有什么重要呢？如果不是那些纪实作品的话，还有什么书能达到这种经历的高度？纪实作品确实成倍增加，但它们不一定属于文学作品。

不过，在这些作品中间却有一部超出了一般的叙述作品，因为它把文学的力量用于传达真相，它就是昂泰尔姆（Robert Antelme）在 1947 年出版的《人类》。这本书可以说相当独特，因为它的作者一直到 1990 年去世都没有再出版任何一本其他的书。通过赋予纪实作品一种新的维度，他同时也让这部作品成为二十世纪小说历史上一个重要的标志。在他笔下，虚构受到了双重质疑。这种质疑一方面来自他谈论的现实，另一方面来自他为了赋予没有经历过这种现实的读者一种不太可能的在场时所运用的方法。因为集中营的经历不仅仅是让虚构的悲剧在一段时间内变得不值一提。这种经历已经到达了如此极限的程度，以至于它一旦停止，对于那些经历过的人而言就立即变得不可想象。这是生活的对立面，只要经历过它的人回到生命中来，他们就像迷失在一片虚无之中，丢失的不是记忆，而是重新想起经历里内容的能力。他们感到有必要和义务把这种经历传达出去，但是这一迫切紧急的任务又显得不太可能完成。

昂泰尔姆正是从这段无法想象的经历出发，向我们传达了超出观点之外的东西。他的回忆具有引导性，而且达到了一种非常敏锐的程度，因而，随着我们在阅读《人类》过程中的逐步深入，一个结构严密的世界就在我们的想象中构建起来了。不管怎样，我们还是在可能的范围内体会到了这段经历中的某些东西。其中我们能立马接收到的信息就是对于我们一直以来所了解的东西的否定，虽然我们感觉到它们是有可能发生的。空间被彻底地划分为两个没有交点也没有共同维度的世界，集中营的这里和"那里"，我们根本不敢想象其他人能继续在前者那儿活下去。从这里到"那里"，时间也改变了性质：在这里，死亡时时刻刻都烙印在人的身上，成为他最近的未来；而唯一可行的想法就是让死亡在某一刻再次后退。活下去的感觉发生了改变，这一点甚至体现在每个人和他身体之间的关系上：嘴巴变成了永远不能被填满的洞穴；胃由于饥饿好像开始消化自己；在寒冷的室外冒着烟的尿液也令人惊讶，因为它证明这具冻僵的身体还继续在产生热量；我们对肺部也有了一种新的认识，自从我们知道它会染上肺炎来出卖你；眼睛在我们看来也是一种危险，因为它们会触碰到党卫军或囚犯头儿的视线，然后他们就有可能派你去做最苦的工作。个人和自我的关系也会受到破坏：一场斗争必不可少，而这场斗争的目的是保持自身在此时此地与彼时彼地的一致。为了达到这一目的，过去的记忆就是最后可以求助的对象，不过在这样的条件下，它同时也是一种折磨。从和他人的关系来看，当我们见到由于关押而体形发生巨大变化的同伴，我们就算从他面前经过也无法认出他来。更坏的情况则是生存的需要强加给团结意愿的扭曲。从更恰当的意义上来看，语言重新成了最好也是最坏的东西，其意义比伊索寓言中的句子要具体得多，范围也要大得多。在关押者之间，使用法语成了可求助的手段，一种抵抗的方式，条件是每个人都保证正确地说法语。不过，在某些情况下，语言的原则也会受到损害。例如，通常情况下最无法补救的辱骂，当它变成了单纯的打个嗝，而且之后也不会牵涉到和辱骂的关系时，那些话语就不再有分量了："地狱就应该是这样的，在这个地方，所有说过的话，表达的东西，都像是醉酒后吐出来的呕吐物"（141）[1]。所有这些我们不可能相信的事情，都是真实的。它们有可能是每个人经历的一部分。在阅读的时候，我们通过一件又一件叙述中记录的事情，将这段经历翻新，并且把它的一部分——不管是多少——变成我们的经历。

这段同样也尽量表现得不那么文学化的叙述，其实要比它看上去更复杂、更具变化。小说的最后几页，昂泰尔姆在谈到关押者向解救他们的人口头叙述他们的经历，但却没有让人真正理解时，作出了这样的评论：我们并没有某种手法来传达这样一种事实。但是"手法"这个词放在《人类》中是很让人反感的。运用可以增加叙述中时间厚度的方法，让读者更加深入其中，只不过是面对小说读者所处文化的一种

---

[1]　Robert Antelme, *L'Espèce humaine*, Gallimard, Tel, 1978, p.141.（昂泰尔姆，《人类》，伽利玛出版社，1978 年。）

自发效应。除了几页的特殊情况之外，他的叙述既不满足于看上去非常"自然"的线性和连续性形式，也不满足于单一的时间体系。甚至在我们都还没有觉察到的时候，由于这些各种不同的选择都是合理的，所以他可以不停地从一种叙述模式变到另一种。一会儿是日记的形式，记录一天内这样或那样的事件，即使没有明确的日期；一会儿是由描述性的未完成过去式占主导的回顾式、概括式叙述；一会儿又是现在时的叙事，叙事者通过叙事再一次经历并且也让别人经历了这过程中的时刻。他甚至都没有放弃进行预测，一旦到了叙述中的某一点，他就会觉得必须写下之后发生的事情。这些改变相当难以察觉，因为它们的出现并不连续。这九个月关押的时间顺序相隔很久才被提起，不过一些标记还是不断地出现，让这一时间顺序成为叙述的主导线索。剩下来那些可以自由变化或调整的方法，因此也让读者本能地调整了适应距离，"进入"了更深入的世界，而这是那些与故事中事件保持稳定距离的叙述所无法做到的。即使是两个相邻动词之间的时态变化，或者更确切地说特别是这种读者不会清晰意识到的东西，就足以使得读者更加靠近他所没有经历过的真实个人经历。在最后提到"1946—1947"之前，昂泰尔姆都不需要在文本中说明他是在什么时候写作的。在作者谈到一位关押者由于刚刚得知要接受死刑而情绪失控时，我们读到了这样的一组句子："他的脸变成了粉红色。我看得很清楚。我的眼睛里到现在还有这种粉红色"(241)，前两个动词的现在时和第三个动词的现在时之间突然发生了变化，不管这种现在时是直接的还是暗含的，这都足以让人感觉到事件发生的时刻和回忆之间的时间间隔。因此，通过使用同样的现在时，这一时刻的悲剧强度还是完好地保留在了记忆之中。语言本身就拥有足够多的叙事资源或其他资源，可以供我们灵活借助与使用，而且这种使用也不算是诡计。在这里，只要进行忠实的回忆就足够了。对时间的这种处理方式也使得读者在阅读中不再只看到回忆中的事件。

这些事件——虐待、侮辱、难以忍受的物质条件，其实和其他的纪实文学没有什么不同，但是昂泰尔姆再也不仅仅满足于尽可能准确地对它们进行描述，而是一点一点地把它们和一种独特的原则联系起来，虽然这种原则既不会立马被集中营的刽子手理解，也不会被受害者理解，总的来说就是不会被所有人理解，但是小说的标题还是一下子就对此有所指明。在这一方面，这本书达到了一个新的水平，而且这种水平是单纯的描写或者自发向精神层面去参考心理解释的原则所无法达到的。党卫军做出这些行为的最大原因其实并不是因为他们最喜欢的姿势——两腿分开，膝盖伸出——表现出来的力量给他们带来一种幻觉，也不是因为施虐的快感，更不是因为另外一种让代表着恶的人出现，与我们自己所代表的善相对立的幻觉，而是对于他人和自己属于同一种人的否认。从这一点出发，一切都变得清晰明了。党卫军没有有意识地明确表达过这种否认，不过正是由于它带来的影响，他们才会在听到被关押者说他们的语言时感到震惊，工厂里的纳粹雇员才不会对没有做好清洁工作的被关押者大声斥责，因为斥责他就相当于承认他的存在。党卫军施加的折磨已经不再仅仅属于残酷或者无人性的范畴了，这些折磨更是一种让被关押者从身体上，有可能的话从他们的行为上（例如让他们疯狂追逐一些下贱的食物）具体证实其不属于人类的方法。从此之后，被关押者视角下的东西也发生了改变。幸存这一关键问题也有了第二重重要意义。根据党卫军的逻辑，被关押者的看法导致党卫军不断要求他们的消失，以便使自己成为世界上唯一的人类。从这个方面来看，幸存下来也是一种作为人的表现方式，就算这种幸存是通过党卫军认为配不上人的那些方法。

党卫军以同样的方式在他们不同的意图之间保持一种矛盾的态度，而且我们已经可以从相反的苗头中觉察到这些矛盾。我们欣喜地看到，绝对权力这一荒诞的幻觉被人们从某些方面摧毁了——从空间上、组成要素上，甚至是从单纯的动物或植物界来说。有的时候，在铁丝网后面看见的一匹马，或者是天空中沿自己的轨迹移动的一片云都变成了非常崇高的东西，仅仅因为党卫军不能否认它们的存在。"仅仅因为党卫军决定了我们不是人类，不意味着树木也会干枯和死亡。"

（50）不过，最深刻的矛盾还是在于他们想要消灭别人的意图，这一点在他们拒绝承认别人是人的时候就有所暗含了。毕竟，在甘德斯海姆（Gandersheim）集中营这个单独的世界中，党卫军的数量很少，而被关押者总是这么多，频繁的相见让后者观察到，不管怎样，党卫军还是需要他们，需要他们的眼神——如果没有话语的话——来确认自己是最强大或者是唯一真正的人。不过，被关押者们也不单单是为此才活着，更重要的是党卫军无法和他们分开，因为他们的眼神拒绝承认他最后的胜利。"他是最强大的，但是他们（被关押者）就在那里；而且他们必须在那儿，他才能是最强大的；他是摆脱不了的"（12）。自相矛盾的是，纳粹试图从他们排斥的人类物种中攫取这一物种，从而重申了他不可分割的统一性。让被关押者不再属于人类，或者让他们自己比人类更高一等并非由他们自己做主。在最突然的时刻，也就是在1945年4月联军到来之前的逃亡中，党卫军的不人道和被关押者受到的痛苦都达到了顶点，这一显而易见的事实在万物复苏的某个明媚的春日上午又一次以其全部力量浮现出来。面对这样的情况，党卫军和被关押者的立场是一致的，不管他们对彼此如何看待。

因为受害者也不能把那些想把他们排除在外的人排除在人类之外。这么说的理由不仅仅是因为属于人类这一特征是不可剥夺的——而这往往是我们不管怎样都会找出的一个理由。其实还有另一个不那么令人宽慰的理由，但是昂泰尔姆在它面前也没有退缩。在书里的两个段落中，他觉得党卫军的行为与其说是畸形或者反常的结果，倒不如说更像是"对于世间行为的夸大或者极端的歪曲，虽然没有人愿意，也没有人能够承认这一点"（229）。这个世界上总是到处盛行着蔑视他人的欲望，来达到自己排除他人的目的，"就好像属不属于人类并不是一定的事，我们可以走进去也可以从中出来，可能只有一半属于人类，可能完全属于人类，也有可能从来不属于人类，而且就算过了几代人都不会有所改变"（229）。这种不管有没有经过伪装的蔑视，如果还在人际关系中到处盛行，就会成为"人类的伤疤"。甘德斯海姆中的被关押者只不过是"给蔑视的人性一种完全暴露自己的手段"（56）。

也就是说，整段集中营经历所围绕的人类本身就有其矛盾之处。这种矛盾性是承认人类统一性的不可剥夺的需求，但在现实中，它有一种否定这种统一性的永久倾向。在选择一个可以逃离死亡的人时，所有人都会选择自己，尽管他们并不能消灭其他的人。可能《人类》中就是多亏了这种二元性，才能产生这样无法比拟的震撼，让小说从头至尾有了活力。整本书基于的阐释原则也相当重要，因为它还不仅仅是理性的。它其中包含的矛盾性使其成为一种比人类学还要存在式的概念。所以说这部小说能与《人的境遇》形成呼应的要素也不仅仅在于出现的"人类"这一形容词。

昂泰尔姆从来没有背离过他见证者的地位，也同样没有脱离过适合这种地位的话语特征。他一直坚持严格要求自己，报告的事件都能从和他有过同样经历的其他人那里得到证实。而当他用引号引用党卫员或希特勒崇拜者的内心话语时，就似乎放肆了几行（82）。不过我们很快就发觉这其实并没有什么，在生活中每个人都能想象别人的想法。很特别的是，为了报道这些事件，他还回避了所有的惯用表达，就因为它会给人一种"文学化"的感觉，让人质疑他见证的意图，而且是只想要见证的意图。但是，在这样的见证中，为了完成最重要的事——就是让读者"体验"一段他自己没有感受过的经历，许多并不是事先考虑好的叙述方法还是回到了虚构。不过这些方法或者说这一结果并不是为了达到用虚构来吸引读者的效果。通过大量重复出现的细节，昂泰尔姆也证明了他的叙事与经历相符。同时，虽然他自己并不会明说也不会让人在阅读时觉察到他在时间性方面做出的巧妙处理——通常情况下这是为虚构而服务，但是他的叙述却因为这种时间性而增加了可信度。而他就是利用这一方法向我们传递了一段经历中某些无法形容的东西。

《人类》见证了一段能够让虚构失效的经历，不过它却并没有因此而不再被虚构所定义。正是这种虚构让那些片段显得如此感人，而且还让我们不由得想起了那些熟悉的小说。当我们读到叙述者从一座曾经关押着甘德斯海姆犯人的废弃教堂中醒来时："我醒来的时候脑海中还回荡着牢房的声音。因为倦意，我有些迟钝，双脚并拢了起来，因为苏醒过来实在让我难受，我的头只能低低地垂着；我什么都认不出。然后我好像看到了热内的尸体，画面慢慢扭转，牢房也变了模样，教堂又重新出现了"（76），怎么可能不会想到《追忆似水年华》的开头几页呢？不管这段文字显得多么离奇，但是这里对于普鲁斯特的致敬是恰当又得体的。根据这段本来最可以否认文学的经历，昂泰尔姆却写出了一本为文学辩护的书。对于这一点，应该没有人比佩雷克总结得更好了。在为这篇他献给昂泰尔姆的文章，即后来的《文学的真相》（La vérité de la littérature）确定标题时，他其实最先想到的就是"文学的诞生"（173）[1]（La naissance de la littérature）。

对于这样的一个主题，虚构又能做些什么呢？当我们把《人类》与另外一本在最大程度上与它既相似又不同的书，即鲁塞（David Rousset）同样出版于 1947 年的《我们死亡的日子》（Les Jours de notre mort）作比较时，我们反而能更好地衡量昂泰尔姆所做选择的正确性，并且理解这种正确性的理由。其实他们两者都走到了当时的小说家遇到的核心问题上。

和昂泰尔姆一样，鲁塞也曾经被押送到集中营，有一段

---

[1] Robert Antelme, *Essais et témoignages*, Gallimard, 1996, p.173.（昂泰尔姆，《评论和见证》，伽利玛出版社，1996 年。）

时间是在布痕瓦尔德（Buchenwald）集中营，后来又被送到其他情况类似的地方。两人自然在物质情况上有很多共同点，甚至在细节上都非常类似。在思考他们的经历是属于哪一种精神境遇的问题上，他们也有同样的观点，就像鲁塞从约夫（Abram Ioffe）的一篇文章中摘录的题词所做的精彩证明一样："人不能离开一种无限而生活。对于我们来说，这种无限就是人类。"然而，为了使这一经历为人所知，鲁塞在他的小说提示中写道，他故意选择了"技巧"的形式，尽管他没有直接为自己的小说贴上这样的标签。除此之外，他还急于阐明自己已经剔除了小说中所有的虚构：所有的事件，甚至名字，包括那些名人的名字，都是真实的。

不过，从形式上来看，他的文本通常由一系列很短小、用现在时叙述的片段构成，最常见的情况下，也就是涉及"人物"的时候是用第三人称，但是在详述那些直接属于目击者的经历时用的是第一人称。从一个片段到另一个片段的过程中，还不停地出现时间和视角这两个方面的不连续变化，虽然我们在很多小说中已经对这种变化习以为常了。这种情况下，要由我们从这些片段中把握总体上的时间视角，跳过心理独白以及被关押者对党卫军或囚犯头儿的话所做出的带有感情的反应，才能确定这些片段真正的位置。而这些话或者反应并不是像《人类》中一样，由一个有可能成为牺牲者并且想要让自己免受毒害的人来重新组织或者进行猜测，而是原模原样地被直接呈现出来，正如小说家在小说中对它们的想象。这里的对话也是如此，以全文形式呈现。而根据小说的传统，在依靠记忆的纪实作品中，对话只能被简要地引用或总结。

鲁塞对于选择这种形式给出的理由是想要让没有体验过的读者更好地感受这种经历。"为了去理解，就必须要以某种方式参与其中"(9)[1]。但是怎样去参与呢？对我们来说，这些叙述选择总体上还是与虚构分不开。尽管在开头的时候有真实性的保证，文本中也有证实真实性的细节，但还是没有什么能阻止这种"技巧"为我们带来虚构方面的叙事。为了更好地让人感受一段如此沉重痛苦，同时又提出了诸多紧急问题的经历，鲁塞一上来就无可挽回地让这段经历带有了专属于虚构的非现实特征。我们在阅读时感觉到的不适不仅仅是由于某个不是作家的人表现出的愚笨或者幼稚，它还跟虚构的本体论地位有关，不管鲁塞的本意如何，这都是他所做的形式选择造成的结果。此外，一本书标题页上的小说名称通常一开始，也就是在我们都没有意识到之前，就要负责表明这本书和现实之间的距离。鲁塞很小心地没有把它写出，但是他所用的形式，以及我们无意识中对这些形式所暗含意味的感觉，都足以在我们根深蒂固的小说阅读习惯中产生同样的效果。没有任何其他主题更

---

[1]　David Rousset, *Les Jours de notre mort*（*1947*）; rééd. Hachette, Pluriel, 1993, p.9.（鲁塞，《我们死亡的日子（1947）》，阿歇特出版社再版，1993 年。）

适合让我们重新发现这一构成性虚幻的丰富内容了。在作者意图不受怀疑的情况下，通过将一个世界来代替另一个世界的方式来专注现实（比如集中营），这样的做法仅仅在几页后便很快让人感到不适了。鲁塞给出了世界上最好听的理由从而选择了这一"技巧"，也在序言中承认并且公开地应用了它，但最终这种技巧还是像陷阱一样将他困住。

二十世纪三十年代到四十年代，有志向的小说家从一种存在式感觉的角度寻求小说的创新，他们可以说是最先在虚构面前感受到这种不适的人。我们在这些小说家当中找到一个无关紧要但是又非常有意义的巧合，那就是这其中的四个人，都在三年或四年的时间内使用了同一个词"编年史"来介绍他们所写的小说。

吉奥诺把它作为 1946 年到 1952 年期间出版的六本书的引题。吉尤围绕编年史这个词以及它的概念构思了他于 1949 年出版的小说概论《耐心的游戏》（*Le Jeu de patience*）。不过两者并没有赋予这个词完全相同的意思，所以还要参考一下第三个小说家塞利纳的《别有奇景》、反犹三部曲 ["为了让自己成为一个编年史作者，我不再是作家了"（169）[1]]，还

---

[1]　Louis-Ferdinand Céline, *Céline et l'actualité littéraire* (1957—1961), Gallimard, Cahiers Céline（n°2），1976, p.64.（塞利纳，《塞利纳与文坛时事（1957—1961）》，伽利玛出版社，1976 年。）

有 1947 年出版的《鼠疫》（*La Peste*）的叙述者，他叙事的第一行就是："构成此编年史主题的奇特事件于一九四几年发生在阿赫兰。"不过它们定义中的几个组成部分却是相同的：对时间顺序的忠实、所讲述事件的真实性——人们认为这些事件只是被真实地汇报了出来，以及这些事件并非个体性而是集体性的规模，不管涉及的是一片大陆、一座城市或是一个单独的社群。塞利纳提到了两个欧洲国家，这两个国家正好是 1944 年到 1945 年二战的中心。《耐心的游戏》和《鼠疫》的叙述者都集中关注了一个城市的遭遇。而吉奥诺考虑的是他编年体中作为主题的事件或人物，而且只关注它们所代表的一个群体性的疑问，以及它们在好几个时代里引起的评论。"编年史"这个词运用于这四种叙事之后，因为其用法的模糊性而成了某种心虚的表达。有了标题页上对"小说"体裁的指明，被讲述的故事呈现出虚构的面貌，至少是部分的虚构，这样它就可以在历史的保护之下得到庇佑。小说家躲在证人的身份后面，甚至只是用简单的证词收集者的身份作掩护。没有人在这一点上弄错，但只要读者进入游戏，就不必因为在小说中自娱自乐而背弃他那个时代的悲剧现实而感到自责。另外，因为没有编年史作者就不会有编年史，这样的要求带来一个好处，就是消除了一定数量的障碍，这些障碍属于另一种危机，也就是匿名和无人称叙述的危机。

　　对于其他人来说，那些在战前就已经开始质疑小说的人不再质疑它的内容，而是其叙事性；那些打算继续质疑的年轻人，他们对于虚构的态度，已经过了防守期——减少虚构，到了进攻期——要阻止虚构的产生。这也是他们在叙述、叙事方面，同时也是在小说时代方面将要进行的新试验所希望达到的共同的、也是最后的目的。

第七章　对叙述者的质疑

吉奥诺,《坚强的灵魂》——德福雷,
《絮叨者》——萨洛特,《一个陌生人的
画像》——克洛德·西蒙,《弗兰德公路》(1)

　　十九世纪小说的叙事曾一度采用上帝视角,并没有具体的叙述者形象出现。那些寻求革新的小说家们首先要做的,就是在叙事场合中重新引入一位叙述者。这个叙述者不一定从一开始就有人格化的形象,但他至少能像我们一样开口说话。因为他既和我们在同一个世界里,又身处虚构作品的世界中,参与或见证了整个故事,充当着我们和虚构世界之间的中介和担保人。在人们看来,假装相信虚构角色的存在已经显得有些傻气,一些读者认为,再继续这样做会感到很不舒服:叙述者正好帮大家摆脱这份不适。无论如何,他都背负起了这个责任。一个类似于我们的叙述者证明了他所讲述故事的真实性。因为只有他认为故事是真的、值得讲出来，才会主动予以讲述。读者只能相信他，他也只要求这份信任。读小说，就是参与一场自愿被骗的游戏，而叙述者弱化了故事中的虚构感。

可到了二战以后，在1945年到1950年的短短五年间，至少有三位互不相识的小说家在尝试打破叙述者的权威。其中一位是吉奥诺，他作为经验老道的小说家，在尽情打乱读者固有的阅读体验后，又转而针对起可靠的叙述者们。在其后二十多年间，吉奥诺面对各种反对的声潮，一直高举着虚构的火炬，直到他去世。而另外两位小说家——萨洛特和德福雷，在二战后这段时间才刚刚开始进行创作。之后，前者将会在反虚构的斗争中越走越远，而后者却与该斗争彻底划清界线。正因如此，这三位作家齐齐对叙述者提出的质疑才显得更有意义。对于吉奥诺来说，这是没有时间再去探索的极限，对于另外两位而言，这才只是一个起点。他们每个人都感觉到，叙述者的可靠性将决定小说的命运。而十年之后，西蒙在《弗兰德公路》里表示，要判断小说的现代性是否被增强，还是要以叙述者的可靠性为标准。

和其他人一样，吉奥诺也意识到了小说中存在的种种问题。这一点不仅被1947年出版的《挪亚》所证明，也被1950年出版的《坚强的灵魂》(Les Âmes fortes) 再次证明。他在这一时期所写的乡村编年史系列有着同样的叙事风格。从开头到结尾，都是同属一个群体的角色们在一种对话的框架中互相讲故事，但究竟是谁在一次次地讲话，书里并没有直接宣布，也没有在下一句回复的开头或中间予以说明。在没有任何权威的外部叙述者的情况之下，同一个故事如果传出了各种互相矛盾的版本，就没有人在那里作出裁决。

这正是《坚强的灵魂》所呈现出的效果。在此书中，不仅有很多矛盾的事情，对这些事情的阐述方式、甚至整部小说的意义都显得很矛盾，这一点尤其体现在性本善还是性本恶这一焦点问题上。一群乡村女人前来为死去的一个同伴守夜，在聊了一会儿其他事情后，她们为了打发时间，竟然要求其中最年长的、将近 90 岁的人来讲述她的一生。靠着其他人对她的称呼——泰莱丝（Thérèse），这个女人成了唯一一个走出匿名状态的角色。自此开始，除了其他人的几句插话外，泰莱丝和一个无名女人轮流负责的五段叙事组成了整部小说。另一个女人虽然没有名字，不过吉奥诺在他的工作笔记本上将其称为"反面"。事实上，这个人每次都公开站出来反驳泰莱丝之前的叙述，讲出她在私下里听到的"真相"。而泰莱丝再次开口时会承认对方讲的某些事，不过这仅仅是为了更好地推翻对方的说法。这种安排的有趣之处在于，要不断去拆穿温情脉脉的假象，去看清楚不是泰莱丝的丈夫导致了被害人的处境，而是她将这一行为嫁祸给了他。以此来凸显出，她，才有着坚强的灵魂。

　　文中两次简短的插话和一次长篇的反驳，还引起了泰莱丝对青年岁月的首次回忆，不过这里又有一个对事实的疑问：据"反面"说，泰莱丝并没有按照她所讲的方式逃跑，即和她先前在城堡中做女佣时认识的一个男孩逃跑了；接下来她也没有在镇上的一个豪华旅店做用人，不然在那里，她应该会远远目睹到一对有钱的中产阶级——努曼斯夫妇（Les Numance）离奇的破产；过了很久以后，她才在乡下开了一家脏兮兮的旅馆，而那对夫妇的破产也有她从中作梗。

　　直到此时，这些错误或者谎话也没什么稀奇的，无非是一个年迈的女人记性不好，美化甚至掩盖了一下她的经历。在"反面"看来，那场破产是由泰莱丝的丈夫一手策划的，他利用泰莱丝的怀孕和他俩的贫苦生活，激发出了那对有钱夫妇的同情心，让他们慷慨解囊，还让努曼斯夫人产生了真切的爱意。无名女人在反驳时也道出了这段故事的结局：破产之后，努曼斯先生去世，他的妻子下落不明。但此人在反驳的途中也改变过想法：在第一个阶段，她给泰莱丝的丈夫费尔曼（Firmin）树立了一个不择手段的形象，并讲出了他的一些勾当，来拆穿泰莱丝之前的话。但到了第二个阶段，这个女人采纳了另一种观点，即泰莱丝不是她丈夫的共犯，而是他利用的工具，他利用了泰莱丝对努曼斯夫人的爱，就像后者对她所抱有的爱一样。这场在她背后策划的破产，不仅伤害了泰莱丝的保护者们，也深深伤害到了她。

"那泰莱丝，对此你又有什么要说的呢？"其中一个守夜的女人问道（271）[1]。在这些事上，泰莱丝还是坚称有在豪华旅店做过用人。但相应地，之前"反面"所说的对努曼斯夫妇实施的阴谋，泰莱丝全部予以颠覆：她不是共犯，也不是被利用的工具，而是唆使人。这场阴谋是长时间学着隐藏自己的成果，也正来源于对克制自我、控制天生感情的严苛追求——如果她不在一举一动上和所有自发的、"天然的"同情心相违背，又怎么能向自己证明这份控制力呢？只有克服了热情和激情的那份冷静沉着，才会叫人愉悦。这个真正坚强的灵魂，不是她的丈夫，是泰莱丝。而反映出她内心力量的那份愉悦感，只有在作恶时才会被展露出来。

两个故事版本间的矛盾，触及的不仅是泰莱丝这个人物。当她叙述时，还间接表达了努曼斯夫妇在为人举止上的观念，即人们要表现出他们所能表现的最大的慷慨。在"反面"的叙述中，努曼斯夫妇很快就看穿了费尔曼的诡计，他们是故意破产的。而以努曼斯夫人对泰莱丝的爱，和她丈夫对她的爱为代价所换取的利益是什么呢？对于努曼斯夫妇来说，人

---

[1] Jean Giono, *Les Âmes fortes*, Gallimard, Folio, 1972, p.271. (吉奥诺，《坚强的灵魂》，伽利玛出版社，1972 年。)

在其本性中可以找到足够的慷慨，来促使他为了强烈的感情牺牲掉物质财富。这种观点将会使泰莱丝的计划、她那漫长的准备都失去意义，她会从一开始就丧失那份愉悦感。为了使她能证明自己灵魂的力量，努曼斯夫妇必须成为受骗者。这两种叙述间的矛盾扎根在了另一种意义上的矛盾中，真相一定是这两种情况中的一种：要么，灵魂的力量在人们体会到的激情中，在随时要付出一切的牺牲中；要么，它只存在于人们作恶时所感到的愉悦中。

在两个故事版本无法吻合的情况下，抛开一切表象，故事结局还是不变的。当然，"反面"现在可以讲清楚，是泰莱丝用巧妙的手段杀死了费尔曼，完成了一次完美的犯罪；这一次，由"反面"描绘出了一个女犯人的形象，泰莱丝则通过补充说明的方式，迫不及待地表示赞同。然而在"反面"看来，是因为泰莱丝对努曼斯夫人的爱被狠狠地伤害了，她想要复仇，才有了这些举动。因此她算不上有一个坚强的灵魂，因为拥有这种灵魂的人会蓄意谋划他的罪行。这些问题一个套着一个，构成了这本小说的主线，却永远不会得到解答。

《坚强的灵魂》真正新颖的地方，并不在于展现出同一角色在多个叙述者口中的不同形象。这种手法已经司空见惯了。它通过立体观察的结果制造出形象上的差距，使角色显得更加生动。读者在每个叙述里觉察到新的形象面后，也会获得额外的乐趣，从而也把叙述者当成一个角色。但是，在《坚强的灵魂》中，角色的各种形象之间并非稍有差距，它们不仅不协调，还相互对立，因为两位叙述者有着同等的权威。其中一位强调他人的见证，天生就被赋予了客观性，但也有恶意揣测的嫌疑；另一位是当事人，只有在坦白反而显得光荣的处境中，她才会"自认"有罪。

就在吉奥诺写完《坚强的灵魂》的几个月前，一本十九世纪的英国小说刚刚有了法语译本，它很好地证明了前者的新颖之处。在《清白罪人忏悔录》（*Confessions d'un pêcheur justifié*[1]）中，作者霍格（James Hogg）将书一分为二，前半部分为"专栏作家的叙述"，它给主角和其罪行塑造了一个丑恶的形象；后半部分则是"主角所写的回忆录"，主角在这里复述了他的每一个举动，但都用宗教方面的逻辑予以阐释，他甚至都不试着为自己辩护，因为在那种逻辑下，他做什么都是为了让宗教或者罪人自己获得最大的利益。此刻，客观和主观的形象不再互相排斥，它们最多只代表了两种视角。不过，之前"专栏作家"的话必然会压倒主角的自白，因为主角的问心无愧只会让他显得更可恶。相反，在《坚强的灵魂》

---

[1]　此书原作名为 *The Private Memoirs and Confessions of a Justified Sinner*，本书作者引用了其法语译本的曾用名 *Confessions d'un pêcheur justifié*，现常见法语译名为 *Confession du pécheur justifié*。——译者注

中，这两份叙述都触犯了不矛盾原则。在泰莱丝对努曼斯夫妇的所作所为上，单独看两种阐述，它们都显得合情合理，但是摆在一起后就互相矛盾了。

在我们与小说之间的关系上，有这么一个观点，也许和阅读本身是同样重要的，在这个观点看来，小说接连废除了几个故事版本，以此来否认全部的真相，这种做法将导致一个后果：读者在阅读人物故事的后续时所获得的回忆将会受到影响。假如，当读到最后一页时，书中还是没有对两个矛盾的小说人物形象做出定论，读者要记住怎样的一个他呢？回顾前文时，这种拒绝选择，着实令人感到挫败。相应地，在阅读小说时，我们一直等着看天平最终倾斜到这一版本还是另一版本，天平的运动也是阅读快感的来源。在书中早些时候，其中一个来守夜的女人，就从两个矛盾的叙述者中认识到了这一点，她和读者站在一个立场上，为了整本小说，请求泰莱丝别管第一个矛盾的地方，继续把故事讲下去："唉，泰莱丝，这些都挺好的，不过我们想要听的，是接下来怎么样了？管他真相是黑是白呢，你接着说吧！"(75)不同于摹仿小说所具有的设定，此书在这里是要暗示大家，小说的乐趣既不在于其主题，也不在于作者能向读者给出"真相"的权力，而在于叙事上所玩的游戏，这是写作时在字里行间所玩的游戏。

在德福雷于 1946 年写成的《絮叨者》中，一个男人讲述了他的生活，更确切地说，他讲了一个能总结其生活的片段。因为在那个片段中，他达到了人生中痛苦和快乐的巅峰。他的情绪在这场骤变之前，已有了一次小规模的起伏，后来又被一种难以克制的倾诉欲所激发。起初，叙述者以为找到了一个绝妙的场合来吐露心声。他在舞厅里向一个极其美丽的陌生女人倾诉，比起她本有的舞伴，那个女人更青睐于他，安静地听他说了很久。但最后，她却当面嘲笑了他。男人被绝望和屈辱折磨着，在因某种惩罚而感到的耻辱、恐惧和渴望里被撕裂。整个夜晚他都在冰冷孤独的城市中游荡，最后逃到了一个满是积雪的公园里，他曾在这里度过了一些非常幸福的时刻。那女人的舞伴追到了这儿……狠狠地揍了他一顿。然而，当男人醒来后，他又因为一阵孩童的歌声感到无比的快乐。那歌声是从围墙后的一个修道院传来的。天亮了，在一阵眩晕的冲击下，他冲向了公园旁的河边，口中喊着："够了！够了！听到这样的歌声后，我怎么敢再开口说话！"（137）[1]，而这实际上，也是他在文中唯一一句以直接引语形式所说出的话。

主角的叙述被分为两个章节。第一段叙述先走了几页开

---

[1]　Louis-René des Forêts, *Le Bavard*, Gallimard, L'imaginaire, 1978, p.137.（德福雷，《絮叨者》，伽利玛出版社，1978 年。）

场白，再简单回忆了一下首次情绪发作，接着就将故事一直讲到了那女人耻笑他的时候。第二段叙述用同等篇幅描述了他在夜里的游荡和在拂晓时的体验。然而到了第三章，也是最后一个简短的章节中，叙述者否认了之前所讲的一切。他宣称自己从一开始就在愚弄读者，并且嘲笑了读者一定会提的一个问题：当他到了河边后，又做了什么？就像一个魔术师先变出座座高塔惊艳全场后，再在观众们面前将它们统统拆掉一样，主角回顾了他的叙述，并一点点地指出了有疑问的地方，尤其在他最关键的一段经历上："要想知道我是否好好听了这段音乐，是否真的感觉到了羞耻。我告诉你们，我费这么大劲详细描写这些，不是为了要让所有人、尤其是我自己坚信它有多真实。难道想象不比回忆更快吗？"（144）在这里，叙述者所说的是虚构本身的游戏，它引发的是读者的信任问题，和真实性问题并无关系，而后者是记忆叙事的基础。

其实，主角后来解释道，他只是为说而说，为能被倾听而说。他现在的"坦白"也只是为了延长他从读者那里得来的权力，直到他自主决定结束时才会结束。

在这一自白的背景中，小说于最后一章给出了一个推翻前文的故事版本——当读者已经想象出了一切情节时，新版本又将其通通抹去。同时这一章也展现出一个很矛盾的叙述者形象：他不再为强烈的渴望、羞耻和恐惧所折磨，也不再为歌声引发的狂喜所俘获，而是从一开始就是一个病人（他一直在讲情绪的"发作"和"骤变"），或者一个骗子、一个演员，他不仅精于算计，还很厚颜无耻（他也说过他的"坏毛病"）。

不过，谁说最后一章给出的故事版本和人物形象就是对的呢？若是站在自贬的角度看，终章的内容也未必更加真实。叙述者或许后悔表达出了这些情绪，暴露了自己过于隐秘的一面。最后的"坦白"可能只是羞耻心的反应。他需要结束这场自我揭露，重新兜起圈子来。人们从古希腊政治家伊巴密浓达（Épaminondas）身上就能学到，骗子还能靠着自称是骗子来继续撒谎。读者由此进入到一个轮盘中，被不停的反转所牵引着。面对这样一个独特的叙述者，读者生平第一次沉浸在一种无法确信的状态中。

我们不能因此而认为，书中只有重重障碍。就像陀思妥耶夫斯基的《地下室手记》（*Mémoires écrites dans un souterrain*）一样，《絮叨者》的叙述者也从开篇起就和读者建立起了一种对抗性关系。原本读者在看故事时会自然而然地产生信任，叙述者却在双方间挑起了战争。序言部分一出现就在这场关系转变中发挥了重要的作用。在序言中，有很多他说了一半的自白都是在展现他的脆弱，在对自我进行贬低、揭穿和否认。而这一切实际上是为了最后真相出来时（如果相信这是真实的话），让读者放下警惕。

　　尽管又出现了不利条件，但叙述者通过对故事进行部分修改，延续了读者的猜想，从而又一次成功促成了对方的信任。从一开始，双方就面临着同一个问题：谁将会"征服"谁？在读者看来，叙述者一直对自己饱含敌意，甚至不断挑衅。当讲到故事中的一些重大时刻时，如果修改变得越来越少，最终不再出现，那也是因为在他看来，故事已经被改了很多，足以保证他对读者的支配。拉丁语修辞学曾涉及要骗取听众善意的问题，但它之所以这样做，原则上是为了服务于一个动机。而这个絮叨者，是为了撒谎的快乐，才故意让人相信假的故事。当第三章开始时，读者们会认为此人在撒谎时被抓到了现行，因为他不但没有自杀，而且明明满怀深情地宣称"在孩子唱歌之后，寻常的话不必再说"，现在却还在说话。不过，叙述者借着一番"'承认撒谎'的坦白"，还是重新占了上风。他又成功说服了读者相信这一次的坦白。叙述者的首次胜利并不算什么，尽管遇到了一些障碍，他还是成功地让故事变得可信，并叫读者们也感受到了他口中那些激烈的感情。但他接下来改变了攻势，转而宣称整个故事都是谎言。且这个谎毫无缘由，仅仅是要证明读者们都很无能，看不出来他想要欺骗他们。叙述者扭转了双方的力量对比，使自己重新获得了优越感。读者们以为看穿了叙述者的过错、缺点和大话，实际上暴露的却是自己的错误和天真。他们嘲讽的对象变成了自己，那份天真的感情也化为了耻辱。

　　作者要抨击的不止这些，1946 年时，德福雷在这本薄薄的书中对小说的两个基本媒介提出了质疑。在针对了读者之后，他第一个瞄准的目标就是语言。就像一个普通话痨所做的那样，语言只被用来说废话，但它也因获得关注而成了占据上风的方式——这种做法既不病态，也非恶习，反而相当常见。"就这么定了，我要做个絮叨者，一个无害但讨人嫌的话痨，就像你们一样;而且还要满口谎话，就像所有话痨一样，或者说像所有人一样。"（143）但语言表达有着误导性：除了某些病态的情况，人们说的话总是带有含义的。说话人不仅想要一份关注，更要一份赌上洞察力的信任。听众被种种情节所俘获，这些情节在之后却陷入了争议，如果叙事是一场对战，那么听众就成了输家。在人与人之间的关系中，语言不仅是交流工具，也是一件武器，一件不太光彩的武器：在面对一个故事的叙述者时，只要他所讲的故事仍显得较为逼真，听众就拿他毫无办法。只要叙述者有使用语言欺骗听众的意图，他就能轻而易举地做到。

　　在影响人们关系这一点上，语言受到了批评，这似乎与歌声带来的奇迹截然不同。在书中有关小修道院的片段里，是歌声升华了言语，是孩子们的声音让歌声显得无比纯洁。但是，叙述者的精神体验还是有着同样的结果，或者说更严重的后果。一旦这歌声停止，他就会从天堂重回地狱。因为他只在隐约间感受到了救赎，却受到了更为明显的惩罚。

　　受到质疑的还不只是语言，利用语言来完成自白的那位叙述者，其真实性受到了更多的质疑。读者只会像看待虚构作品一样看待他的自白，以此为前提，叙述者的真实性问题值得深入研究。这位叙述者或许是第一位始终知道自己是在和一本小说打交道的人，因为在小说的每个部分刚开始时，"第 × 章"的字眼足以使他回想起这一点。到了第三章，对之前的故事进行的质疑，并不是针对作为个体的叙述者。前两章中，小说家为完成虚构的故事，把叙述者当作传话筒。后者的叙述其实是前者笔下的隐喻。接着，当叙述者又被派去毁掉已创造的一切时，这种举动其实是在批评虚构，因为长期以来的一种惯例：即便读者知道他在读一本虚构作品，却仍要对其付出信任。

　　德福雷以各种方式，将矛盾的张力提高到一个新的层面，以此来全面完成他对虚构的批评。在默认他的部分读者了解陀思妥耶夫斯基的前提下，《絮叨者》中的故事还能让人联想到这位俄国作家的多本小说，比如在雪中的城市里游荡和追逐的情节，能让人想起《白夜》(Les Nuits blanches)、《双重人格》(Le Double)，尤其是《地下室手记》。《絮叨者》从头到尾都让人想起《地下室手记》的风格和腔调，有时甚至到了模仿的地步。按理说，这种映射会让读者重新意识到自己身处小说世界当中。德福雷还完成了一个小说上的壮举，在对着舞厅的女人倾诉时，作者完全没有指出这是一件丢脸的事，却成功地创造并突出了一种羞耻的感觉。读者做什么都没有用，他已经完完全全走进了故事之中，并至少以进入虚构作品的方式沉浸在了这个故事里。在小说第二章结尾时，他会真切地期待后续的发展。

于是，这个"絮叨者"又一次轻易地牵引了读者，让读者不得不开始思考起来。在原文里一段很长的插入语中，读者将会格外触及叙述者和作者之间的关系（或身份？）敏感点。这段话在不断变换第一和第三人称代词时，强化了这些问题："请允许我顺便惊讶一下，你们当中从未有人想去揭开我出于羞耻或懦弱而裹上的面纱。知道是谁在对你们说话吗……我是一个人、一团影子，抑或什么都不是，完完全全的虚无？同你们絮叨了这么久，我就因此具备形体了吗？除了舌头，你们还能想象我有其他器官吗？能把我和写这些文字的右手的拥有者等同起来吗？是怎么知道的呢？别等着他来自首了，谁不愿意保持匿名状态？……假设我是由某种东西组成的，写书的人自己知道是什么东西吗？他想远离这些争论，对我的种种偏差行为置之不顾……一个人不停地在关于自己的事上对你们撒谎，就算最终得知其名字、年龄、身份和特点，你们还能有什么进展？他那些有关自己的说辞都不是真的，由此可见他根本不存在。"（152—153）如果可以的话，为何不揭露这建立在虚空上的一切，带读者跳出常规呢？

当语言和虚构不可避免的崩坏就这样被揭露出来时，剩下的还有什么？只是一个讲话的人罢了。在叙述者所讲述的舞厅片段中，那个女人为了他而离开舞伴，并一直听他说话，这种态度在叙述者看来是在邀请他："讲话的人能在对方脸上找到一种奇特的鼓励。"（146）在其叙述过程中，他不停地对着听众们说话，双方关系中的火药味还是其次，这种关系首先是一种互相接触（contact）。所讲的故事是假的，因为没有什么可说的就去编，这些都无关紧要。最重要的是，他找到了开口的时机，也找到了吸引听众注意力的内容——对于作者来说，即是在第一个阶段以虚构形式写作时和在第二个阶段打破该形式时，都找到了吸引读者注意力的内容。在《絮叨者》写成的这一时期，贝克特笔下的角色们也开始念起了独白，他们将不再与任何听众讲话，即便是为了与其争论，比起德福雷的叙述者，他们更适合絮叨者的名号——但贝克特一直在对读者讲话，且他的话里包含着意义。

1939 年时，萨洛特出版了处女作《向性》（*Tropismes*），这本书除了在"各种向性"的主题上有所创新以外，还从时间性的角度抨击了传统的叙事性。尽管自由间接引语的叙述角度会传达出一种意识上的亲密感，组成这本文集的文章还是都以第三人称写成。接着，在 1940 年到 1946 年间，萨洛特又写出了《一个陌生人的画像》，此书于 1948 年出版。在这本书的第一行里，她就设下一个叙述者的角色来替自己说话，以便以第一人称来回忆叙述者和他一直惦记的一对父女之间有着多么不舒服的关系。就像他们一样，叙述者既有激情和烦扰，也有隐秘的恐慌，更有心思极其细腻之人所具有的那份敏感，这些特质都被萨洛特命名为"向性"。凭借这些"向性"，叙述者也加入了小说世界，在那里，人与人之间表面上温和甚至亲切的关系都转变为了权力关系。父母、朋友、熟人都被永久卷入了争夺控制权的斗争中。每一页上有关触手、触须、丝线和爪击的隐喻都暗示着，在单纯的表面下，丛林里神秘的原始状态才是家庭、朋友和社会关系的本质。但所有人都心照不宣地决定要否认这一真相，以至于叙述者看起来就像是一个神经病，因为当他作为角色时，有时会对着其他人讲出他的直觉。而其他角色（"他们"）都极具所谓正常人的性情，他们把叙述者重新扔回了自己的幻想中。

因此，在一本没写日期的日记上，叙述者既记录了他和那对父女的碰面，也记录了他与他们共同的朋友间的会面，他还打算和这些朋友聊聊这对父女。但在书中过了还不到20页，叙述者的身份就有所动摇。首先他有一个很自然的做法，在记叙某次碰面时，他先用了私人日记常用的复合过去时，后又在不知不觉间换成了叙述性现在时。其次，考虑叙述者的性质，他的另一个做法也不足为奇，在记下"她"也就是那家的女儿离开他之后，他开始幻想自己跟着女孩回到了她的家："她此刻大概走得很快……"[1] 他"跟"着女孩一直到了她家里，并且"出现"在了这对父女所处的场景中。尽管他没过多久就否认了这些举动，并用模棱两可的话承认了现实："我感到我已不太明白，他们振作起来，半道摆脱了我……"[35（16）]又过了十页后，他搁下日记，对着一个朋友再次讲述了这些"事"，这回他的话更加含混不清："这一次我相信我就要成功了，我抓到了线索……我向你保证，我觉得我现在看见他们了：他们身上所有这些骚动不安、双腿打颤、惊慌不安，他们身上蠢动的这些蔓延的、可耻的小欲望……我看见他们之间的争吵……两只巨大的昆虫、两只硕大的食粪虫之间盲目而无情的争斗……"[45—46（24—25）]小说家或许只能以这种方式表现自己。在接下来一个场景中，叙述者和女孩在皇家港大道上，一起走过一面长而凄凉的墙，最终他开口道："有这堵墙作为背景，对我很合适。"[52（30）]但这究竟是叙述者在说，还是小说家在说呢？读者渐渐开始怀疑，这些话不属于人物叙述者，而属于小说家自己，就像是她在委托前者讲话之后又收回了发言权；又像是前者讲话时所使用的叙述性现在时（Présent de narration），在后者的笔下又

---

[1]　Nathalie Sarraute, *Portrait d'un inconnu*, Gallimard, Folio, 1977, p.34.（萨洛特，《一个陌生人的画像》，伽利玛出版社，1977 年。中译文出自边芹译《一个陌生人的画像》，译林出版社，2000 年，第 15 页。）

变成了虚构性现在时（Présent d'invention）。

　　为了证明这个怀疑，文中很快给出了一个明显到可以作为决定性证据的线索。在叙述者看来，那些围绕在他身边的人们为了掩盖身上带着的"向性"，都严严实实地戴上了面具，以伪装自己的社交状态和心理状态。不过，在辨认完身边这些面具后，他又评论起一本小说中的两个角色。这本书无疑是十九世纪欧洲摹仿小说的代表作之一——托尔斯泰的《战争与和平》（Guerre et Paix）。一连好几页里，叙述者一直在抨击一种观点，即此类小说全靠这些角色才大获成功，"他们被刻画得那么成功，以致人们习惯性地说他们'真实''生动'，甚至更'真实'，比活着的人更'生动'。"[65（39）]叙述者批评了这种为获得"生命"而进行的简化和变形，不过同时，他也表现出一种怀念——这种态度不是属于小说家的，又能属于谁呢？如果不是为了要写小说，他怎么会认为，轮到他来给开篇就谈到的父女赋予生命时，首先要做的就是给他们起名呢？（这样才不必说成这是他的"角色们"）。而如果不是想要写出不同于上世纪摹仿小说的作品，又是什么，让他放弃了给人物命名的做法？读者若是之前还没察觉到，那么在这些疑问产生后，很快也会看出一件事情：一个是贪婪的父亲，一个是未婚渐老的女儿，在这对当代父女身上，能看到的不只是老保尔康斯基公爵和玛丽亚公爵小姐的影子。在大背景下，我们还能辨认出十九世纪另一本标志性小说的两个主角，即巴尔扎克之作《欧也妮·葛朗台》（*Eugénie Grandet*）中的父女。为《一个陌生人的画像》作序的萨特，此前已经在《恶心》中批评了《欧也妮·葛朗台》的对白。而在这里，叙述者把他周围的人所构成的形象看作是面具。在他自己的面具下，则能轻易发现一个小说家的自我，这是一个从批评前人作品出发、试图实现小说革新的小说家。

但在阅读过程中，这种叙述者和小说家之间的身份替换也是暂时的。在接下来的故事中，是叙述者／角色心甘情愿地去找了精神病医生。之后，所有有关这对父女分别出场或共同现身的场景，都是为了让读者在两种意见中持续摇摆：我到底是在和谁打交道？是叙述者在关注他念念不忘的那对父女、在见证他们的多次冲突时讲出了自己的见闻，还是小说家一点一点地构建出了这些场景？若是前一种情况，读者会置身于虚构作品之中，换句话说，他会忘了这对父女只是角色，而把他们当作活生生的人，他对其故事进展很感兴趣，这同我们读到关键情节时被引发的兴趣是一样的。若是后一种情况，要说这里有什么故事的话，则是一本小说如何诞生的故事：这些角色和其他角色也没有什么不同，当小说家预感到，某种场景或处境能使角色最具有说服力时，角色如何登场、如何遭遇意外的创意就随之而来。符合这第二种情况的做法在文中处处可见。叙述者会突然看到那个父亲和一个老妇人出现在郊区车站的月台上，他所在的场景和处境都极度符合其自身状况，叙述者因此能感到一种"满足和自豪感"："就像苦行僧完成他的技巧时那样的感觉。"[57（65）] 一列火车驶进站台，恐怕会将他们和在对面平台上观察他们的叙述者隔开，而他担心的不是看不见对方，而是担心"他们在我竭尽全力盯住他们、将他们放在镜头的中心的那一刻跑掉"[101（68）]。同样地，到了小说第二部分，这种做法继续反复出现，不过人物叙述者并没有消失。有一次，他和那家女儿在城市中散步，所经过的一面玻璃甚至勾勒出了他的身体轮廓，当然那形象有略微美化，而这也是叙述者首次获得的一副躯体，是《絮叨者》中那位叙述者自认为以不拥有为荣的躯体。就这样，这本小说几乎让读者到了最后还在两种意见间摇摆，而这两种看法其实都成立：到了二十世纪中期，小说的故事已发展到了如此程度，从此以后，读者既能接受角色们的故事，也准备好去理解小说诞生的故事。不过，原则上，这两种看法还是不能兼容的，它们都要求对方进行不同程度的调整。在任何时候，因为一个模棱两可的词，读者的意见就会偏移，无法安稳地守在其中一个立场上。故事中多重真相的趣味重叠，在叙事学上被称为转喻，不过读者现在已经不再和它周旋了，他最多只会面临一些隐喻。叙述者或小说家，这两个"我"的本质都已被充分暗示，并放在了同一层故事里。如此一来，在某个场景中，叙述者在心里想着那个父亲，并很肯定地表示"我仿佛此刻就在他身边"，这同样也能看作是小说家的宣言："现在，通过想象我的角色在这样的场景或处境中，我掌握着他，我在现场。"

叙述者本是摹仿小说的最后一道堡垒或最后一个绝招，但无论《絮叨者》还是《一个陌生人的画像》都剥夺了他的职能。他由此被小说家的影子撕成两半，小说家每过一段时间就十分坚定地让他沦为影子一样的角色，叙述者不再是打开虚构世界大门的钥匙。

但他也不是一种戏中戏，并非被镶嵌在任意一个有关小说诞生的故事里，或者被镶嵌在任意一本小说的诞生过程中。为了使作品拥有更全面的意义，无论是在叙述者自己知情的状况下让周围人视他为神经病，还是让他偶尔对自己掌握的真相表示怀疑，或者让他想要去嘲笑大家的一致观点，这些安排都和作者的一种渴望息息相关：作者想要写出一种与主流模式划清界限的小说。在叙述者这个人物身上，小说里的某些常见的情景以及该人物常有的心理活动都受到了质疑。大部分读者出于对安全感的需要，十分依赖这种心理活动，但如果它只是一种扭曲的看法，如果叙述者从反面去解读自己和周围人的一举一动，那么面对这个始终有错误的、陷阱式的小说，我们应该与之搏斗，并想出另一个符合真相的故事。这种对心理活动的新构想，历经了一个世纪的种种变迁，它是人们急需看到另外一种小说的原因之一。

然而事情并没有那么简单。尝试创新的作者往往会面临重蹈覆辙的危险。各种各样的陷阱在等着他们。《一个陌生人的画像》中的叙述者提防了其中一些陷阱：一方面，在小说中创作巴尔扎克式的典型人物（吝啬鬼，上了年纪的女儿）始终是一件充满诱惑力的事情；另一方面，利用心理分析（性格、感受、情感）也可以充分简化故事。但他没有察觉到另一个危险，在前作《向性》中，萨洛特曾完全看破了这种危险，而为了避开它，萨洛特采取了一种十分极端的做法，她总在刚展开叙述不久就予以中断。在《一个陌生人的画像》里，小说的种种圈套都令"我"无比恼火，他全身心地投入到了与之没完没了的斗争中。在有几段情节中，他自觉前所未有地接近了崭新的真相，但只要简单回想这一幕幕的场景，就会发现他的视线已经迷失，他屈服在了深层叙事的结构之下。危机爆发的情节能极为准确地展现这对父女的复杂关系，但在这上面过于投入，他就不得不讲述这次危机的前因后果。这场仍然可疑但十分英勇的战斗以失败收场。多次冲突从各个方面展现了角色间的关系，待这些冲突结束之后，在书中的最后一幕里，这个身为未婚夫的角色，带着讽刺意味的巴尔扎克风格，在结尾终于有了姓名和外貌描写。相比起叙述者或作者在整本书里彰显的野心，这意味着屈服。而这场斗争将会再度掀起。

在同期作家中，萨洛特是第一个尝试创作这种新型小说的人。在她动笔伊始，这种小说就有了一个名字。尽管日后人们不再这样称呼它，但这种说法已被写入了小说的历史中。《一个陌生人的画像》的一部分标志性价值，就体现在萨特撰写的序言中出现的"反小说"之称上。这个词其实比这一类型的小说出现得要早。由于总有人在争论某一时期流行的小说到底是什么风格的，因此早在 1633 年，法语文学作品里的其中一部就被冠上了"反小说"之称。到了十七、十八世纪时，有了戏仿（Parodie）、讽刺小品（Burlesque）等风格的小说，也有了直接在书中对读者说话的小说家，这一争议始终不断地被展现出来。萨特在其中发现了一种更狡猾的现代小说形式。"这类反小说保留着小说的表象和外形；它们是虚构作品，给我们描绘一些假想人物并给我们讲述他们的故事。然而，这却是有意地为了让人更失望。因为这是以小说本身来质疑小说，这是在我们眼皮底下、在看上去似乎正在构筑小说的时候摧毁小说，这是在写一部不该这么写、也不能这么写的小说……这些怪异的、很难归类的作品并不能证明小说体裁的衰弱，而只是显示出我们生活在一个反思的年代，一个小说正对自身进行思考的年代。"[9（1—2）]

萨洛特在后来的一些采访中，与"反小说"一词开始保持距离（1744）[1]。萨特则通过种种方式强调了"反小说"中的

---

[1] Nathalie Sarraute, *Œuvres complètes*, Gallimard, Bibliothèque de la Pléiade, 1996, p.1744.（萨洛特，《萨洛特全集》，伽利玛出版社，1996 年。）

"反"字，他为了所划分的这一新传统的起点，用了"完全否定性的作品"这种措辞，并称这种作品更接近于米罗（Joan Miró）为其某一幅画作所起的名称:《谋杀绘画》（*Assassinat de la peinture*）。在萨洛特看来，作家可以努力从内部对摹仿小说进行批评，但不必就此抛弃"小说"这一名称所蕴含的意义:就算没有进行线性叙事，人类经验仍然是在某段时间内发生的，能被语言这张网所捕捉到。这张语言之网本身足以令人感觉到虚构的本质和现实的缺失。人们可以构思出一部自我批判的小说，以此创作出更好的——但无论如何还是称之为——小说。1947 年后没过几年，这种反小说就在各种各样的形式中转化成为一种新小说。

距离德福雷和萨洛特写下这些大约十五年之后，对叙述者的质疑又成为 1955 年至 1975 年之间系统化努力的起点之一。

克洛德·西蒙于 1960 年发表的小说《弗兰德公路》，其新颖之处并不在于叙述中的多个时刻和多重场景，也不在于因它们而显得十分无序的叙述，而是体现在一种彻底的不稳定性上，它既无法补救，又有着挑衅的意味，由第一人称和第三人称叙事的一种全新结合所引起。在《絮叨者》和《一个陌生人的画像》里，围绕着叙述者的真实性或可靠性问题，小说家同读者玩起了猫和老鼠的游戏，但这个叙述者终究是唯一的，他的叙述在线性时间中进行，甚至在分裂的叙述时，也尊重了故事中一些不太连贯的时刻。相反，在初步分析《弗兰德公路》时，我们看到其叙述是多重的、不太稳定的，甚至可以说：是多变的。它从一个词跳到另一个，从一个叙述者或者说从一个叙述阶段跳到另一个，徒留读者自己在阅读过程中发现变动，并根据语气、句意来了解新片段的叙述人身份。读者根据饱览群书的经验，会推测出这些时刻和身份都是层层嵌套的，也会把那些零碎的、不按时间顺序进行的故事整合起来，在心里重构出一个单独的故事。

如果只有一些散落在各个时期中的时刻，而叙述者以回忆的方式、用第一人称口吻向不同的听众或他自己讲述这些时刻，那么，读者也许能成功拼凑起整个故事。这里将会有一个（在小说最初几页中还是匿名的）叙述者回忆起他在战场上的经历（所属部队在 1940 年 6 月时溃败，他被关入俘房营），他和一个女人在旅馆里上床后，就对她说了这段故事。而在叙述这些经历时，他还可以重新讲一些更早之前的故事，并且把上一次提到这些故事时的场景也讲出来。从这一点上看，哪些故事是真实经历，哪些故事在想象中经过了或多或少的调整，这都不是很重要。叙述者在装俘房的车厢里找到了骑兵队的同僚，在车厢里和在俘房营时，他都对同僚讲过故事，书中也提到了他的一些个人往事，以及和同伴分开后独自遭遇的一些事（"骑兵队队长离奇的死亡之谜"）。除了这些故事以外，还有一些或多或少属于想象的片段，比如骑兵队队长、队长妻子和他的马夫在战前的故事，或者队长某个在大革命年代的祖先的故事，不过经过一些创作后，这些片段也都成为经历之一。当叙述者沉浸在回忆中时，文中有对这样的安排给出暗示："他想要交谈的，不是他的父亲，也不是那睡在他身旁的隐隐约约的女人，甚至也不是布吕姆（Blum），而他却正在黑暗中低声向布吕姆说明……"[95（75）][1] 在某些时刻里，叙事场景和对应的听众多多少少混杂在了一起，不过这并没有破坏掉文中字里行间体现出来的安排。当读者察觉到了这些内容有所混杂时，他能够予以纠正："佐治（Georges）（要不然仍旧是布吕姆）滑稽地打断自己的话，要不然是他（佐治）正在萨逊地区的冷雨下跟一个身体羸弱的矮小犹太人在对谈……或是和他自己。"[176（143）]虚拟的层层嵌套将不停地给作品制造困难，以此来界定小说的权利范围。

与之形成对比的是对叙事更彻底的质疑。这部小说以内心独白的形式展开，对于读者来说是早就习以为常的手法。开篇没有介绍人物，没有如西蒙前作《草》（L'Herbe）的第一行字一样标着前引号。在《弗兰德公路》里，小说家彻底

---

[1]　Claude Simon, *La Route des Flandres*, Éditions de Minuit, Double, 1960, p. 95. （克洛德·西蒙，《弗兰德公路》，午夜出版社，1960 年。中译文出自林秀清译《弗兰德公路》，漓江出版社，1987 年，第 75 页）。

隐身了，他不引用角色的话语，把话筒让给了角色。文中很快就有了一些常见的特征，证明作者使用了内心独白这一小说手法：未完成的句子，未被先行词识别的代词等等。在开篇第六行，还特别点明了这段独白是在回忆中进行的："我现在回忆起……"在这种回忆的背景下，一连串现在分词出现了，这非常符合现实，因为它们记下的是人在想象或回忆时脑海中接连出现的种种画面："我仿佛又再看见这情景：……骑师纷赴（passant）……排队走过（suivant）……在野栗树绿的……颜色前清楚显现（détachant）……不满三岁的年轻雌马把……蹄子……踏在地面上（posant leur sabot）……钟当当响，没完没了地响（n'en finissant pas de tinter）。"[21—23（13—15）]这部小说就这样逐渐展开，读者只需要面对内心独白中一个固有的问题，即在接连提到的故事片段中，如何根据一些片段给另一些片段定位。

上文所引用的最后一个回忆片段里已经有了叙事上的首次脱节，它修改了故事最初的形式，但改动的地方不是很多：这段回忆并没有在内心里进行，也不是独自进行的；实际上，这段独白是讲给一个交谈对象的故事，后者在某一刻简短地亮了相，他给叙述造成了一些中断、重复和修改，但没有破坏第一人称的说话形式，也没有取消表面上的自发性，然而有些事情发生了变化：另一个人物的首次介入。那一句表示怀疑的"噢唷！"确定了他此后每一次介入时的语气，后面紧跟着的就是"布吕姆说"这一插入句 [19 (12)]。因此，出于内心独白隐含的规则，他所说的那些话都不是当下发生的事了。文中开启了第二条时间线，并通过一个叙述情境中的细节明确了它：这个场景发生在一个满载俘虏驶向德国的火车车厢里。而给交谈对象命名的这一行为也暗示了他是之前那段独白的听众，之所以要明确第二条时间线，首先是为了这位听众，其次才是为了读者。读者不一定注意到了其中的变化，但文中已经由线性叙事转向了嵌套式叙事，而最初的叙事框架并没有因此再次遭受质疑。

反之，在第25页 [25 (17)]，文中以第一人称的口吻回忆了在路上发现的一具马尸（"就在我们停下喝水不久之前或者之后"），过了几行，读者又会看到一个破折号后面写着："佐治思忖，不完全真地在思忖……"这里相应地又发生了什么呢？匿名的说话人突然显露出来，还有了名字，就是他从开篇起一直在以纯粹的个人视角讲述回忆里的故事。这不亚于一种叙事性的武装政变。

其实在西蒙写作的时期，第一人称和第三人称叙事的僵化分离早已被放弃。在这一点上，十九世纪的小说甚至还有着逻辑清晰的演变轨迹。摹仿小说从诞生初期就以第三人称叙述作为基础，在巴尔扎克、福楼拜等人的努力下，叙述中逐渐洗去了小说家的存在痕迹和性格特点。当角色和读者之间没有第三者介入时，在后者眼中，前者就会尽可能地显得生动而独立。但同时，这种直接加入小说世界的追求，也会导致读者和角色的私生活以另一种方式彼此靠近。小说在保持第三人称叙事框架的同时，也在暗示故事是从某个角色的视角讲述的。从福楼拜到詹姆斯（Henri James），表达这一暗示的各种方式已臻于完美。在这之后，从第三人称到第一人称只有一步之遥，这种转变既可以通过内心独白实现，也可以一开始先用第三人称进行外部叙事，从某一刻开始再转为采用某角色的"我"视角继续讲故事。

但常见的人称转换总是按同一个方向进行。与读者已经熟悉的这种写作方式相比，《弗兰德公路》在进行了二十多页的第一人称叙述后再引入第三人称叙述，这种做法才更有挑战的价值。此前，人们一直在一片混乱中追随着一个角色最私人的回忆和他初步形成的想法，要怎么做才能回到观察这个角色的外部视角上呢？在这一转换方向中，叙述视角的过渡有种不自然的感觉。假如只此一次变动，这种不自然或许能减轻一些。转变来得如此猝不及防，读者也只能在片刻后无奈地接受这一新形式。但接下来小说不停地在两种叙述方式间摇摆，这正是为了证明，尽管单独看两种叙述方式时，它们都能制造出一样程度的幻觉，但这些都只是司空见惯的写作手法而已。因此在故事碎片里还存在一个终极嵌套的可能性就逐渐减小了，这不是因为叙述太零碎或视角更换得太混乱，而是因为，为了要使读者能拼凑出一个逻辑严密的故

事，首先就需要让他明白自己在哪个叙事层面上。读者快速
投入到这一层面上，然后带着不适应的感觉停留在此，他很
快就会预感到，直到最后缺少的将不是谜题的最后一块拼图，
而是进入小说世界大门的钥匙。

第八章 追寻另一种时间性

　　小说的三大构成条件——虚构故事、叙述行为和由此完成的叙事已经受到了足够的抨击。在这之后，还有待攻击的就是小说的实质：阅读带来的时间性体验。小说的一部分和时间是相关联的。传统摹仿小说立下的最大功绩，就是创造了一种不同于现实生活的时间。但小说若想要做到这一点，只能先服从于时间本身的法则，也就是"延续"，并且还要放弃它的另一重维度——当下的维度，毕竟我们也很难在生活中把握这一维度。因此最能彻底打击这种摹仿小说的方式就是拒绝延续。批判小说（Roman critique）迟早也会触及这一看似极其明显的运行规则。人们是否可以认为，除了时间以外，拒绝延续也会为在时间中展开的虚构作品提供材料？在人们建立起来的小说世界中，为了属于空间的某种东西，他们是否能通过恢复平衡来废除时间的优先权？甚至，人们是否可以把小说折叠起来，以便让它朝着"抓住当下"的方向发展，也就是实现对"延续"的否定？

拒绝小说里的时间

儒昂多和热内的汇编形式

——萨洛特，《向性》

在《追忆似水年华》的开篇处，普鲁斯特用系列的形式把稍后会按时间顺序讲到的一些经历先提前回顾了一番，他用到的词语彼此间都有着逻辑关联（入睡、苏醒、卧室），当他这样做的时候，已经在这一战略位置上公开抨击了某种形式。这种形式在西方看似与小说本体相混淆，但是普鲁斯特不知道，早在一千年前，一位日本小说家已经证明可以拿一种形式来对抗另一种。普鲁斯特在前六页中表示，小说不必服从于线性的发展进程，在言语上用一连串简单过去时和指示时间的词语。而在小说的后续中，即便他看起来已经遵从了这一规则，他还是会尝试所有可能的方法，留出余地去抨击线性叙事。

在二十世纪三十年代初期，另有一位作家儒昂多，比起小说家而言他更像是一个伦理学家。通过虚构出姓班什的一户人家，儒昂多提出小说中可以省去时间。他没有为此借助连续的描写形式，而是采用了一种在古拉丁语时期才能找到的奇特形式，即汇编的形式 (la forme des *ana*)。这种汇编是著名人物的言谈举止和相关逸事的合集，其中每一个片段都被认为可以代表人物整体，或者至少在一句话或几句话内体现出了这个人物的本质。他的每一句辩驳或每一个反应都展现了人物自身。如果涉及了辩驳，即便它们只由一句话构成，每一句话也都是人物的一个"字"。甚至"- *ana*"这一术语的构成，也意在表明它只是人物的一部分，因为在拉丁语中它就是一个添加在人名里的简单后缀："Vergiliana"这一词指的就是维吉尔的汇编。

1933 年时，儒昂多出版了系列小说中的第一部书，将其命名为《班什逸事》(*Binche-ana*)。在两百五十页中，他写下了很多用星号隔开的简短片段，这些片段可划分为三个部分，每一个部分依次涉及阿涅斯·班什 (Agnès Binche)、其丈夫赫利奥多罗 (Héliodore) 和他们的儿子朱斯特 (Juste)。他们中的每一个人，即便在最简短的片段里，也对自我进行了既充分又让人印象深刻的揭示。通常，这种揭示会自然而然地通过回想和评判来完成。回想的是他们两两之间保持的关系——母子之间有着相互的爱，但母子俩都同父亲保持着距离；评判的是周遭环境，即法国中部一座小城里的天地。这些片段一点一点地收集好了一部有可能成为小说的作品所需的材料。但直到结尾时，它们也没能让这部小说成形。不连

续的片段完全不按时间顺序来发展。此外，每一个片段只有
很少的复合句（通常只有说话人的名字，后面跟着一个冒号
或破折号），也只交代了很少一部分情境，刚好只够引入一句
话或者一个动作描写，以作为该片段中唯一的叙述对象。一
切内容都写成现在时，与其他时态相比，这个时态没有涉及
任何特别的时刻。它只表明了对自己而言一个人所固有的身
份。无论片段处于合集中的哪一处位置，在每一个片段中，
这个人都像存在于自己身上一样，存在于当下。

　　出于必要，读者把片段一个接一个地读完，但他被邀请
参与的阅读活动，不是横向发展的，而是纵向发展的。这就
要求读者在脑海中把每个片段里人物展现出的画面都重叠起
来，然后从中得出一张小说家也很想得到的画面，或者说，
比起在传统故事中能组成的画面，这是小说家更想得到的东
西。在一个人物身上，儒昂多感兴趣的不是他生平的曲折经
历，而是他与上帝或魔鬼之间的一种独特关系——人物是会
得到永恒的救赎，还是会被罚入地狱。作者之所以在二十世
纪重现这种古老的汇编形式，是因为在他的构想中这是最符
合他个人的写作形式。闪光灯间歇发出炫目的光芒，在这一
系列快镜摄影中，作者始终把握着人物。

　　但在摹仿小说中成长起来的读者，会渐渐感到自己无法
参与对人物的把握。他只需读过小说的前几页，就能在脑海
中构建出人物形象，但这种形象存在于时间之外，而在其他

书里，人物形象会在时间内有所展开。读者不一定有小说家那份洞察力，在人物的一言一行中，小说家能充分揭示出一种比个性更宝贵的东西：灵魂。而读者应该乐于学会两件事，一是如何让人物们反复迎来并确认对他们的揭露；二是如何让它在之后也能通过一些事例表达出来。为了走进儒昂多的计划，当我们在解读他的作品时，要调整定位，更要调整阅读节奏，每读完一个片段后就要停下来——也就是说，不要像往常读线性发展的故事一样，读完一段后立即读下一段。停下来，是为了思考片段中暗示的一些深意。在《班什逸事》和其他相同结构的著作中，尽管儒昂多完全没有想过要凭着一己之力实现小说的革新，但他的确触及了传统叙事性的核心。

热内（Jean Genet）读过儒昂多的著作，对这一汇编形式十分敏感。在《鲜花圣母》中，当热内试图通过展现虚构作品的诞生过程来颠覆这一类型的作品时，他也利用了这一形式，但却产生了其他的效果。作者用几页简短又不连贯的摘记，三次打断了对神女故事的叙述。每段摘记都抓到了相关的一个词、一种态度或一个动作来展现神女某一方面的特点。三次摘记 [78—83，202—204，356—361（51—54，141—142，252—256)] 又被叙述所隔开，这段叙述在之前有一个主标题"Divinarianes"，它通过打乱重组的方式把"ana"既包含又隐藏了起来。在书中更靠后的地方，热内在"Mimosarianes"（227—228）一词上进行了同样的操作，这个词来源于"Mimosa"，书中另一个变性角色的名字，之前"Divinariances"一词则来源于"神女"（Divine）。在引入第一段摘记时，热内解释了主导此处摘记的意图："让读者自己给自己感觉一下过去的时间，时间的持续。"[78（51）] 实际上，这就是读者感到有所缺失、会自动尝试填补的地方。在儒昂多看来，这种做法当然违背了作者的意图，他是想让读者也脱离时间，在看待这些角色时就像是亲眼所见一样。而热内却相反，他宣称要在神女这一角色中勾勒出一种命运的轨迹。无论在汇编的内容里外，他都在描写着与罪行相关的羞辱、苦难和掠夺，用这种南辕北辙的方式展现通往圣洁的旅程。自此之后，汇编的这部分也改变了意义。他在引言里的口吻已经表明了这一点：这不是要否定时间，而是要拜托读者去想象时间，想象被摘录的这些人物言行所面对的即时情境（在儒昂多的汇编中，有时会用更长的篇幅来展现这种情境）。形式没有变，但这一形式更多的是源自与读者的关联，而不是与时间的关联，一般情况下小说家应该为读者做的事，在这里却成了读者被建议要为形式所做的事。

　　在热内的作品中，这种断断续续的汇编形式，和同时期内对虚构作品诞生过程的强调，是不可分割的。这两者都在故意同当时占主流地位的那一类小说作对。后者的终极目的就是幻想，而它们为了与之划清界限，共同促进了对幻想的解构。在这一背景下，这些片段不仅是有关人物言行的汇编。它们的措辞就像是在做准备工作时的笔记，小说家信笔写下，供自己随便看看，缺少进一步的打磨。在这方面——至少在随意这一点上，它们确实与吉奥诺在《挪亚》中不断示范的核心形式颇为相似。但对于吉奥诺而言，这些片段是他对未来的人物和小说的期望；对热内而言，这些片段则是对小说典型模式的抨击。不同于儒昂多的经历，不论是吉奥诺还是热内，他们所写的片段都成了小说诞生过程中的一部分，因此它们也被安插在了小说之中。但是吉奥诺所写的这些片段一直在赞美虚构作品，而热内还结合了其他一些方法，让这些片段逐渐破坏了虚构作品。作家们抱着三种不同的打算，但在重新受到质疑的小说中，有关时间的基础内容却是一样的。

二十世纪三十年代时，儒昂多在古代的汇编中找到了一种符合他想象的形式，热内将它变作了攻击小说的武器，而萨洛特出于同样的目的，用完全不同的方式创造出了一种新形式。以汇编形式写作，就是在每个片段中十分激进地拒绝时间，但其态度还是隐晦的。相反，在萨洛特于1939年以《向性》之名出版的系列短文中，却明显表现出了反对小说的行为。

至于《向性》这一书名则在强调另一种拒绝，这是在拒绝传统心理学，拒绝在此学科范畴内用它的词汇去塑造人物。萨洛特用各种向性代替了性格、激情、感受以及其他归类于传统心理学的东西，向性是初级的、潜意识里的、难以形容出来的各种心理活动，它们只能通过一些从植物界和最无序的动物体中所借用的隐喻来暗示：这是人们受到吸引或心生反感时所表现出的向性，它们最多只是一些基本的、不太明确的内心状态，比如不舒服的感觉、控制他人或被他人压制时的"感受"、对解放的短暂期望、对不幸的预感，或者是刚刚发生一件无法挽回的事情后心中连绵不断的感想，等等。萨洛特还留心不把这些反应赋予有名有姓、可以标记出来的人们，不管怎样，这些人本可凭借这样的反应成为小说角色的雏形。但在文中，作者皆以"他 / 她"（甚至"他们 / 她们"）来指代这些具有向性的人。此外，这些代词在书中的含义也不固定，比如它们一会儿指的是产生感知或向性的主体，一会儿指的又是这种感知或向性所针对的客体。长期以来，小说人物都处在感知人类现实的层面上，萨洛特的这种做法正是要禁止读者再联想到这一层面，强迫读者在阅读此书时直面这些心理活动的存在，它们细微到几乎无法被察觉出来，其存在又令人感到更加的困惑不安，在萨洛特看来，她描写的这些心理活动丰富了对人类的认识。

但萨洛特也明白，她用另一种叙事性所对抗的摹仿小说，在其形成过程中，角色并不是一切，甚至不是核心。角色只存在于一段虚构时间的幻想中，读者用他自己的时间和流动的真实感觉来滋养这种幻想。为了保证角色不会阻碍读者对向性的认识，不能让读者有时间去组建角色的形象。通常读者一定会这样做的，甚至会用并不适合的素材去组建角色，因为他已经习惯了。

萨洛特在《向性》中的创新之处在于，她起初集合了所有用于开启一段虚构时间的条件，然后为了使那种猝然产生的转折更加明显，她在几页之后直接摧毁了这种活力。

萨洛特没有在一开始就用各种方式进行创新，她没有像普鲁斯特一样，以连续的形式写出一个开头，也没有像汇编形式一样，安排一些不连续的片段。毫无疑问每段文本确实都有小说开头的样子。我们不会把它当成散文诗，或者乔伊斯笔下的主显节场景[1]，或者一篇自娱自乐的短篇小说。文章主要用未完成过去时写成，偶尔会用一般现在时，但这种现

---

[1] 主显节（Épiphanie），基督教的重要节日，庆祝耶稣基督在降生为人后首次显露给外邦人（即东方三贤士）。Épiphanie 一词源自希腊语，其本义是"显现""出现"或"为人所知"，指的是"耶稣曾三次向世人显示其神性"。而乔伊斯将"神性显现"的宗教意义世俗化，他在撰写小说时，常常让事实的真相在偶然间突然暴露出来。例如小说主人公无意间听到别人聊天，本来这些内容与他毫无关联，但由于他的生活正在经历着某一个阶段，说者无心听者有意，顿时就把其人生的真相给揭露出来了。早在《斯蒂芬英雄》（Stephen Hero）中，乔伊斯就让主人公斯蒂芬意识到，某些特定的瞬间会将意义凸显出来，或者说，能够揭示事物的奥秘和生活的本质。——译者注，部分内容摘自《色情小说家？伟大的文学家？/〈最危险的书〉译者眼中的乔伊斯》一文，作者辛彩娜。

在时明显和未完成过去时一样，是用来表示重复动作的。作家通常用这一时态为即将讲述的故事铺垫场景和背景。一般来说，所有的未完成过去时动词都需要一个简单过去时的动词来充当故事的开端。它们只对后者有意义，并且只有通过后者才具有意义。普鲁斯特自己也这样用过简单过去时，在那之前，他先写了一个开头，并用反复动词写了一段序言用以介绍贡布雷的村庄、人家和房屋，它就像是揭开帷幕的那一刻。而当花园大门上的铃铛开始发出阵阵响声时，所有人都确信一个故事将就此展开。

但萨洛特却没有用简单过去时。没有任何一个起点被用于开启一段独特的时期，没有任何一个名字被赋予给了角色，以免让他们变得可靠起来。所有的准备工作都已完成，引擎也启动了，然而此处却没有离合器。小说家已促使我们开始幻想，但突然间她又叫停了一切。她拒绝再写这个开头所引发的后续故事，或者说她拒绝让我们知道后续是什么。

正因如此，读者才反复感受到了一种挫败感，这是要让他明白，文中是有意要主导一次系统性的拒绝。在前两次或前三次中断叙述时，读者还会以为自己是在和一种经典的叙述手法打交道，即中断第一条故事线的叙述、在布好第二条故事线后再回来接着叙述第一条的手法——同样地，最初以一些简单代词称呼角色时，就像是在让读者持续等待一个迟来的名字。但情况并非如此，下文中没有一个片段是回过头来叙述之前某个戛然而止的故事的。在读了一篇又一篇的短文后，读者本打算要在小说中获得的乐趣被中止了。不管怎样，读者需要明白，此书质疑的就是这种乐趣。当读者意识到这一切是被刻意制造出来的以后，他就准备好了要在这种另类小说中体验和等待一些不一样的东西。

另一方面，读者在看《向性》时也会明白，叙述上出现的这些可以说是直截了当的断裂，针对的是占主流地位的小说模式。萨洛特在书中所描写的社会阶层始终都是一个样，隐含着各种矛盾的小资产阶级家庭和他们的家庭式旅馆，因为害怕丑闻而让矛盾一直隐忍不发。从巴尔扎克的《高老头》《欧也妮·葛朗台》到莫里亚克和格林（Julien Green）的当代小说，上述的这类社会阶层是法国小说的一大传统特色。如果说读者对于萨洛特的论战意图有着什么持续的疑问的话，那么它将在这本文集的倒数第二篇文本中得到消除。在这里，组成了某一社会阶层的"他们"被明显指定成了——也就是说被表现成了巴尔扎克、福楼拜、莫泊桑式角色的"刻板形象""复制品"（134）[1]。因此，这一切都在促使人们把这篇文中的"她"与身为小说家的萨洛特重叠起来，前者在故事里被这种人的拜访纠缠着，后者也被他们困扰着，因为

---

[1]　Nathalie Sarraute, *Tropismes*, Éditions de Minuit, 1957, p.134.（萨洛特，《向性》，午夜出版社，1957 年。）

描写这类人物要容易得多，可萨洛特必须要抵挡这种诱惑。"他们"向作家发起了挑战："被观察了这么久，被刻画、描写了这么多，被榨取得这么彻底，以至于他们就像鹅卵石一样光滑平整，毫无切入点或立足点。她在写这类角色时始终难有突破。"事实上，到了文章结尾时，萨洛特用了"无力"（faiblesse）、"软弱"（mollesse）这些词（135），以表明她仍然需要亲近这些传统的小说角色并走进他们的圈子中。

　　从这一角度看，萨洛特出版的第二本书《一个陌生人的画像》，正像是对这一危险的例证。但相反，它也阐明了作家决定每一次都要中断故事的理由。即使内容被严格限制在了向性的层面里，只要这些向性在某一时间段内集中到了三个角色头上，作家就会发现自己中了故事的圈套。因此在《向性》中，在合集中的每一篇文章里，作者都非常有必要中断这些故事——就算它们都可以发展下去，读者也想看后续发展。不管怎么说，《向性》中每个故事的开头，都可以发展成一部部摹仿小说，它们会和其他那些摹仿小说一样，好不到哪里去，也差不到哪里去。然而事实上，这些故事的开头只用来表明作者对传统小说的拒绝。在萨洛特的意识里，每一个故事的迅速中断还不仅仅停留在拒绝传统这一层面上：它针对的是摹仿小说的原则。萨特在1947年为《一个陌生人的画像》作序时用到了"反小说"一词，其实从更严格的意义来讲，这个词更适合用在《向性》这本书上。

空间对抗时间

阿拉贡,《巴黎的乡人》——

塞利纳,《别有奇景》——

克洛德·西蒙,《弗兰德公路》(II)

　　所有相遇在这股批判潮流中的小说家们,不论他们的观点或抨击点是什么,都没有一个人会在这里或那里抨击摹仿小说中所呈现的描述。巴尔扎克和左拉(Émile Zola)以过于冒失的方式进行了描写,以至于反响不会首要集中在摹仿小说身上。在他们的攻势下,描写变成了靶子。但是,这种描写一旦偏离了它的基础功能,也摆脱了这种功能强加在它身上的限制,转而对抗它本应该服务的叙事,描写就注定要成为小说家手中首选的武器。

　　德尔泰伊没有放过任何一个抨击叙事的机会。在他的笔下不是有着如体貌特征卡一般的外貌描写,就是有着每次变换地点后的风景描写,在他的书里,角色经常旅行。而描写适合被用来进行各种程度的破坏,它既可以在整体进程中产生作用,也可以在每个单独的句子里施展威力。比如说为了搭建一个花园的布景,描写可以从近景里的一碗小酸黄瓜开始,接着再一段一段地逐步扩大视野,就像移动一台摄像机一样,但在移动时,作家在每一段的开头处都明确表示,他要跳过对所有自然事物的描写。之后他需要做的就是在每个句子里塞满爆炸性的元素并以此来冲击读者的内心，将读者的想象引到完全不同的方向，哪怕在下一段开头时，读者又会被带回到所谓的描写计划上。

1926 年时，当阿拉贡第一次开始尝试整合他自 1923 年以来所写的《捍卫无限》的文本时，他只等了四个片段，就迫不及待地对描写这一上好的靶子发起挑战。"看，"他对读者说道，"我今天要尽可能详细地把呈现在我眼前的风景跟你描述清楚。你将会看到什么才是室外自然绘画。"（22—23）接着便是八行井井有条的描写，但在一个简单的逗号后，作者未曾提前通知，就开始列举一些跟风景毫无关系的事物。

针对这些已经司空见惯的做法，布勒东在 1924 年写成的《超现实主义宣言》中发表了一番有理有据的批评，所举的例子还是世界名著《罪与罚》（*Crime et châtiment*）中的一个片段。这个片段中的描写仿佛一生中的那些虚无时刻，不带有任何感情色彩。"这段描写房间的文字，"他总结道，"请允许我把它拿掉，许多其他这类的描述也都应该拿掉。"[315 (14)] [1] 布勒东这一高傲的语气在本质上和阿拉贡的挑衅是一样的，都是在要求阅读时能跳过好几段或好几页的文字，且

---

[1]　André Breton, *Œuvres complètes*, Gallimard, Bibliothèque de la Pléiade, 1999, p.315.（布勒东，《布勒东全集》，伽利玛出版社，1999 年。中译文出自袁俊生译《超现实主义宣言》，重庆大学出版社，2010 年，第 14 页。）

把这种行为当作是一个合理的、能自由行使的权利。其实很多读者也会这样做，但当他们读巴尔扎克或左拉的小说时，还是会因为跳过描写而感到内疚。

布勒东在阅读那些描写片段时，一心认为作者是在"抓住这个机会把那些明信片悄悄地塞给我"[314（13）]。当纪德在《伪币制造者》里回顾绘画这一先例时也是想表达类似的意见，他表示照相术"已使绘画省去一部分求正确的挂虑"[78(73)][1]。而布勒东正是听取了这一意见：在某一版《娜嘉》(Nadja) 中，他把文中提到的那些在巴黎的地点都配上了一张照片，用以代替本应该出现在此处的描写。格诺也在其处女作《麻烦事》里抨击了描写。在这本书中，有那么一两句话看起来很像是在为一段描写作铺垫，但在这两句话之后，格诺插入了一句二级批语："一场巴黎夏季雷雨的描写"（21）（这句话出来之后他才专心进行相关描写）。在制造小说幻觉的过程中，描写若想发挥其作用，就应该悄无声息地登场。这样公然宣告之后，它就不再是一枚正常运转的齿轮，而是转而为意识和批评服务。

这种激烈抨击的原因是显而易见的。在小说的三要素中，

---

[1] André Gide, *Les Faux-Monnayeurs*, Gallimard, Folio, 1972, p.78. (纪德，《伪币制造者》，伽利玛出版社，1972 年。中译文出自盛澄华译《伪币制造者》，上海译文出版社，2010 年，第 73 页。)

描写实际上是和文学联系最密切的部分。不过只要某个角色开始叙述一件杂闻逸事时，小说其他两大要素——叙述者的叙事和人物们的对白也会被广泛运用起来。但是描写理应符合小说的惯例，标准的描写应该待在原处，停留在词句要表达的意思里，被限制在一定的篇幅内，并且从属于叙事。描写的部分只有符合读者在潜意识里为其设下的限度时，读者才不会对它产生本能的排斥。小说可不是偶然间被划入"叙事"类型的。早在二十世纪的这一刻以前，一些作家笔下的小说已经开始了自我批评，但在此之前，写作一本小说，首先就是要叙述（narrer）一个故事。所有篇幅稍微过长的描写（尤其是巴尔扎克的描写，要比其他人的更加冗长）就像是一种过度拖慢的叙事，或者像是在故事真正开始前的拖延之举。为了能沉浸在描写之中，读者需要在故事方面成为更高层次的读者。普鲁斯特也强加给读者很多拖沓的描写，要求读者在阅读时付出很多努力，他曾经想要运用角色的视角去补救更为糟糕的静态描写，一点一点地描绘出角色在移动时所看到的风景。但这再次令人意识到了，在小说中，时间的运转才是最重要的。

这种幻想的时间延续也塑造出了摹仿式幻想中的其他所有手法，当这种手法受到质疑时，一切都改变了。由萨洛特那生硬的打断构建起来的一次次阻击，或者儒昂多和热内的汇编形式，都具有激进这一优点，但这些特殊的方法不适合被普及。相反，描写作为小说的传统组成部分，如果能以一些方式加以运用，它是有可能成为一种对抗叙述的手段的。时间对小说的支配看起来是无所不能、不可阻挡的，而描写还需要对抗同样强大的空间模式。描写要在一定的空间范围内呈现出来，在这一空间内部，所有被提及的要素都是通过彼此相对的位置而被确定了方位。时间在这里就像是暂停了一样。就算人们注意到了一些细节的变动，但从描写的整体看来，这些变动也是忽略不计、无关紧要的。而对于那种想要抨击时间的人来说，在属于他的那本小说里，空间以及描写都可以作为替代方案。纪德在《伪币制造者》里又一次想到了这种可能性，他在引入一段陈述时，预见到了三十年后这种可能性的运用，并且他采取了福楼拜曾用过的方式，让一个想成为小说家的高中学生说出了他的想法："'我想要的，是讲一个故事，'吕西安（Lucien）说，'但并不是关于某一人物的故事，而是关于某一地点的故事。'"[17（8）] 他是想要描绘卢森堡公园的一条小道从早到晚的样子。首先要写的就是地点，故事、主题则自动消失了。空间成了唯一的思维框架，只有它能与时间进行平等的对抗。

用描写对抗虚构的方法不止一种。《巴黎的乡人》在1924年时就单独列出了一种做法。这个标题完全可以用来指一个角色，也可以由此成为一部小说的书名，但阿拉贡却把这本书归到了他的诗歌作品中，书中有着两百多页的描写，分为两个部分，各自写了巴黎的一个地方：剧院大道（Le passage de l'Opéra）和柏特休蒙公园（le Parc des Buttes Chaumont）。这是巴黎人都可以去的两个著名地点（不过由于城市化进程，剧院大道在当时即将被拆，它能够存在的时日已经不多了）。阿拉贡在描写它们时很有条理，有时候还显得很细腻，甚至细腻到了挑衅的程度，比如说，柏特休蒙公园的场地边界是由一些街道划分出来的，而阿拉贡详细描写了如何在各条街之中找出公园的位置——出版社在对这一文本进行编辑时，就已经体现出了外界对于阿拉贡这一做法的偏见，他们配上了一幅该地区的平面图，相比之下，这一片段就成了冗长多余的话。而一种出人意料的隐喻或情色元素的涌现，也暗示着叙事被排斥在文本的边缘，本来这种事几乎不会发生，但在这本书中，叙事部分每一次都被草草结束。在这本书的第二个部分里，当阿拉贡谈到夜间和两位朋友在公园散步的经历时，他突然发现自己正在顺着某种想法做事，一种"想要讲述这段冒险以及其中无数个细节的意图，比如说，假如布勒东今天带了拐杖，那么谁会走在前面"（183）[1] 等诸如此类的念头。但这却是为了立刻宣布这种意图是"奇怪的"，然后放弃它。在这篇文本中，一切内容无论好坏，都源于阿拉贡最初对描写所做出的选择。人们通

---

[1]　Louis Aragon, *Le paysan de Paris*, Gallimard, Folio, 1972, p.183. (阿拉贡，《巴黎的乡人》，伽利玛出版社，1972 年。)

常都认为读者对描写片段没有什么兴趣，考虑到这一点，文中最恶劣的一个地方就是它以恐吓的方式幽默地对读者说："如果你们不老实的话，我就要跟你们描述这个卖手绢的小贩，或者这个小小的糖罐子了。"（109）

这种对着读者讲话的方式很接近阿拉贡在《捍卫无限》中的做法，虽然从表面上看这两次行为的意图并不相同。在那本书中他向读者宣布，要展示自己在"室外场景"描写方面所能做的一切。从它们的出发点来看，在这两本书里出现的都是非常现代化的手法，它们实际上是齐头并进、互为补充的。当我们阅读其中一本书时，在脑海里可以将它与另一本书重叠起来，这种形式的阅读独创而又连贯地展现出了阿拉贡这些年来的贡献。在有关小说的多重运动中，阿拉贡是第一个既批评摹仿小说，又致力于寻找小说发展新道路的人。

标题和内容之间存在的差距，让《巴黎的乡人》和《捍卫无限》都成了批判传统小说特点的工具，只不过前者显得更加迂回，因为阿拉贡曾否认它是一本小说。此外传统小说也以其作者的名义出现在文本中，或者用另一个词来称呼这些作者：虚构家（fictionnaires）（223）。他们所做的一切都扭曲了阿拉贡自己所认识到的"虚构作品"的一种"企图"或者说需求，但这个词的含义究竟是什么，还需要人们达成共识。在阿拉贡看来，这些人把虚构作品简化为了一种讽刺漫画，他们构思作品时只是让人物和故事摹仿现实。从这种极其渴望创新的态度看来，阿拉贡算得上是超现实主义的创始人之一，但除了这一渴望之外还有什么呢？在人们通常设想的那类小说里，从整体的幻想到最小的细节描写，一切都让读者求助于习惯效应，甚至是条件反射效应。在《巴黎的乡人》里，为了结束一个假装是不由自主地开始的"意外"叙述，阿拉贡仅仅说："我猜到了接下来的发展。"（184）只要人们猜到了后续，就可以指责误导了他们的这一开头叙述。矛盾的是，在此刻，这无法阻止他们联想到一种修辞的再度上演，它来源于一种比小说更古老的传统，即荷马风格的比喻。根据其形式来看，它是先在一整段里对喻体词作出详细阐述，直到具有仪式感的"ainsi"[1]出现，对于荷马的作品来说，能够证明比喻成立的本体才宣告回归。但阿拉贡认为，这只不过又给了他一个机会，通过当场抓获读者来再次中断叙述："啊，我逮住你了，看到你出于逻辑上的需要而那么狂热地等待着如此（ainsi），我的朋友啊，如此（ainsi）令人感到满意和安心。这长长的一整段内容到最后还是带着它最大的忧虑以及柏特休蒙公园的那些奥秘——漂浮在你心底的某个角落。是如此（ainsi）驱散开这些压抑的阴影……"（184）相反，他的目的，其实是为了向自己和读者提出一部分这方面的忧虑和奥秘，并加以延伸。真正的虚构应该是波德莱尔的"未

---

[1]　法语单词，意为"如此，这样"。——译者注

知世界"，到其底部去发现新奇。[1]

在什么样的条件下，那些小说化的人物和故事能够回过头来对抗激发了他们的摹仿原则，并使他们追求这种新奇呢？这正是阿拉贡在《捍卫无限》里所要探索的东西，他同时也在《巴黎的乡人》里进行着另外一项探索。如果说这两项探索的目的是一致的，都是为了"检验'他'思想中的力量"，自问"'他'身上有什么东西已经死去，有什么东西尚且有用"，且为实现这一目的，要把注意力放在"'他'的精神层面上"（185），那么与其创作虚构作品，不如以描写现实的方式直面现实中的精神，是不是会更好一点？为了实现这一目的，要像给"虚构"一词赋予新的意义一样，也给"描写"一词赋予新的内涵，或者纠正它被人们过于限制的狭隘意义。在"描写"中，人们通常只用最最逼真的方式考虑被描绘的客体，而忘记了主体。但没有主体，描写也不会存在。在《巴黎的乡人》最后两章里，作者成功颠覆了这两种描写角度的主次地位。阿拉贡在其中一章里宣布，他想要"展现出'他'是如何想象神圣、想象具有神圣气息的地点

---

[1] 此处作者化用了波德莱尔的诗歌《远行——给马克西姆·杜刚》（*Le Voyage. À Maxime du Camp*）的最后一句。这首诗被收入诗集《恶之花》（*Les Fleurs du mal*）的诗组《死亡》（*La Mort*）中，原句为"Au fond de l'Inconnu pour trouver du nouveau !"（"到未知世界之底去发现新奇！"），中译文出自郭宏安译《恶之花》，上海译文出版社，2008 年，第 276 页。——译者注

的。"（224）而在另一章里，他总结道："我已经开始把风景和我说的话相结合，我想要描写出精神的一种形象。"（225）

描写并不会永远保持客观。对于阿拉贡威胁要进行详细描写的手绢小贩和小糖罐，实际上他还补充道，是属于"我自己内设的一些界限，是有关我的规则和思考方式的一些理想观点。假如这条道路并非一种让我摆脱某些限制的方法，一种超出了我的能力范围、但能助人进入禁忌领域的手段，那我很乐意被吊死"。（183）在《巴黎的乡人》中，阿拉贡尝试让描写经历一场现象学（Phénoménologie）曾完成过的革命，即胡塞尔（Edmund Husserl）和他的后继者在感知和意识上所发起的革命。但在此过程中，他将会超越意识，尽可能地走得更远。

这样一来，阿拉贡尽力改造的对象也同样是小说。描写在进行了这一场革命之后，会重新与小说的一种基础类型相结合：追寻。这也是为什么，在之后阿拉贡写下的无数评述里和在别人的评论中，他对《巴黎的乡人》的定义在"描写"和"小说"之间摇摆［他此后在《卷头言》（Les Incipit）中曾说过这是"我那时写的小说"（54）[1]］。《捍卫无限》和《巴黎的乡人》，一个颠覆了虚构，另一个颠覆了描写，这都是为了

---

[1] Louis Aragon, *Je n'ai jamais appris à écrire ou les incipit*, Flammarion, Champs, 1999, p.54.（阿拉贡，《我从未学习写作，或卷头言》，弗拉马利翁出版社，1999 年。）

要一起完成同一种小说变革。

在塞利纳的作品中则没有事先做好的选择。的确，在他的最后几本小说里，描写所占的篇幅过长，但这是由直觉所导致的结果，也符合其小说创作观的逻辑。这其实也是福楼拜当初的创作观，尽管由于文化的演变，它出现了一些偏移。在福楼拜看来，创作观也是建立在一种对极性（polarité）[1] 所具有的强烈感觉上，在小说里，这种极性让"主题"和"风格"变得相互对立。在塞利纳看来，主题的吸引力一直都是消极的，与现实主义的要求已经毫无关系。在那之前，人们仍然相信小说的核心力量来源于它的一些王牌武器，但实际上，十九世纪以来的一些变故已经将它们都剥夺了：电影可以更即时有效地讲述各种故事；新闻业和人文科学则承担起了描绘风俗和个性的责任。那自此以后，小说里还剩下什么呢？这也是塞利纳在晚年的多部对话录里所重复的问题，而他的回答也始终如一："小说里还有风格"，一门语言的个人使用方式，人可以借此表达出他的感受，这是无法通过任何电影画面、新闻报道或学术研究传达出来的。

但塞利纳也和另外一些人一样，认为要展现出一种风格，首先还是要有一个主题。并且他补充道，这个主题适用于激

---

[1]　极性，指一个有两个可能的值的属性。——译者注

发作者的各种情感，让情感唤醒他风格中的力量。这里始终存在一个风险，这一主题，也就是被叙述的故事，不能过度占据读者的注意力，以至于让他忘记了风格。风格才是小说家真正的动机。

不过，面对这一困境，描写可以成为求助办法。当读者沉浸在一段描写中时，他就不会被故事的后续所掌控。他的注意力不再时时刻刻围着一个问题打转："现在，又要发生什么事了？"在塞利纳的散文中，读者可以尽情享受风格接连带来的愉悦感。他的散文一贯都以简短的片段组成，每个片段包含着作者独特的想法，而这一系列片段也足以在一种变了质的悬念中引发读者的期待。

塞利纳正是出于直觉，认为描写将带来这些可能性，才在其小说《别有奇景》的第二部分中用了两百多页去描绘一个近乎静态的场景。这个场景是二战接近尾声时巴黎遭受的一次夜间轰炸，从性质上看，这一事件可以按时间顺序被分解成一连串更小规模的事情，这场爆炸本应该引出一段叙述。但从一开始，塞利纳所想象到的场景就带着他来到了情绪最高潮的地方，所以他一动笔就坚决不再推动情节的发展。本可以成为故事的内容就因此变成了一篇宏伟的描写。

这卷书在出版后鲜有评语，这样的冷遇本身就表达了对它的批评。而塞利纳假装认为此书不受待见是由于描写过多。

据他所说，人们批评他是"在盘子里跳舞"（64）[1]。因此塞利纳决定在下一本书里以一个个"城堡"作为"主题"，这些都是他在人生最坎坷的时候曾经多次拜访或居住过的城堡。他在开篇处提到的城堡位于锡格马林根（Sigmaringen），一个在德国黑森林附近的小城市，法国解放之后，这里还有大量撤退过来的维希政府成员，既有最高级的官员，也有各种无名小卒。而要"描写"锡格马林根，塞利纳就要通过回忆的方式进入到无数个场景、事件和细节里。不管愿意与否，他都要改正自己的做法，从描写返回到叙述上，仿佛是由于其作品曾经受到的待遇，才导致他采用了相反的写作方式。实际上，也许是由于叙事回归，又或是因为文中混合了诙谐的话语、生动的笔触和回忆中的丑闻，塞利纳凭借着《一座城堡到另一座城堡》重新找回了大批读者。

然而，这场战斗甚至在小说诞生过程中就已经打响了。在第一个版本里，塞利纳再一次投入到了大量的描写中，这一次他要描写的是锡格马林根的一座修道院，名叫"斐德理"（Fidelis）。这座建筑里有无数隐蔽的角落、高低起伏的道路和秘密的走廊，复杂的构造为作者提供了无限的素材，以便

---

[1] Louis-Ferdinand Céline, *Céline et l'actualité littéraire* (1957—1961), Gallimard, Cahiers Céline (n°2), 1976, p.64. [塞利纳，《塞利纳与文坛时事（1957—1961）》, 伽利玛出版社, 1976 年。]

他在描写时可以把一连串细节都进行放大处理。但当塞利纳
意识到了这种诱惑后，他主动停了下来，并借此机会给读者
上了一课："如果你们对斐德理修道院有那么一点点好奇的
话，那我可以用五百页去写它……我指的是那种认真细心的
读者……但这儿有个东西是你们可以理解的……一个别致的
小细节。"（1026）[1] 在简单地回忆了一下用来装饰建筑正面的
木制圣像后，塞利纳就结束了——至少暂时结束了对修道院
的描写。

　　所谓认真细心的读者，应该是那种懂得小说的真正价值
在于"风格"的人。相应地，在对修道院进行描写的背景下，
他也能逐渐体会到言语创造的乐趣，但经过各种细节的堆积，
这一描写最终还是会显得十分朦胧。读者已不再等待情节上
的后续，甚至不会试图明确地回想起被描写的客体，他只会
放任自己沉浸在一种伟大风格所承载的深厚情感中，正如普
鲁斯特在谈及福楼拜的风格时所展现出的情感。

　　而接下来这一代才刚刚开始创作的作家，他们就不再提出
同样的问题。对于他们来说，在二十世纪五十年代中期，已经
到了描写只服务于描写的时刻，确切地说，是因为人们已完全

---

[1]　Louis-Ferdinand Céline, *Romans*, tome.II, Gallimard, Bibliothèque de la Pléiade, 1974, p.1026. [塞利纳，《小说》（塞利纳全集第二册），伽利玛出版社，1974 年。]

将它看作是对抗叙事的手段。这种颠覆成为一系列标志性行为中的一个，相当一部分小说家凭借着这些行为，以"新小说派"（le Nouveau Roman）之名聚集在了一起。要对这一派别进行研究的话，没有什么比克洛德·西蒙的作品更适合的了。西蒙并没有在自己书里实践那些有关"目光学派"[1]的陈词滥调，而是自然而然地、逐渐地、不可阻挡地获得了认可。

《风》是第一本被西蒙所承认的小说，他将其视为个人写作事业真正的起点。正是从这本书开始，人们发现了描写本身的向性。每当需要"植入"场景或"放置"人物的时候，按照惯例都要开始描写，而向性就在这些需要描写的地方里。当书中展开描写时，通过现代印刷技术的预先设置，有时能在整整两页里既不换行、也无逗号以外的标点符号，但人们依然会在其中辨认出描写，它始终是小说的一个组成部分。比如在第三章开头就是这样的情况，有一个片段被用来描写一阵吹过城市的风，作者尽可能列举了所有的细节，用尽了同一词域的所有术语和好几个系列的隐喻（41—43）[2]。但读者很快会察觉到，小说家似乎是出于乐趣，才抓紧了每一个微

---

[1]　二十世纪的欧洲文学批评界在"新小说派"出现初期为其贴过不少标签，其中包括"目光学派"（L'école du regard）、"拒绝派"（L'école du refus），"反小说"（Anti-roman）。——译者注

[2]　Claude Simon, *Le Vent*, Éditions de Minuit, 1957, p.41-43.（克洛德·西蒙，《风》，午夜出版社，1960年。）

小的机会在专注地描写细节，以至于超出了叙事本身的需要，继续详细描写下去，只会得不偿失。更令人们在意的是，所有具有故事性的元素都聚集在了这里，而这种性质唯一要求的就是一切都服务于故事。当描写所专注的不是最与故事相关的客体，反而是仅作为前者喻体的次要客体时，读者的反应会更加激烈。书中有一个角色在讲述他的故事时，提到了自己在一个场景里感觉很激动，因为他想对一个女人说，他不往前走了，而他内心中被压抑的激情仿佛实体化了一样，"在空中疯狂地拍打着胳膊和腿"。紧接着就是一个比喻：就好像"它要抓住我，要把我往后拖。'你知道'，他对我说，'这就像喜剧电影里的那些家伙一样，被一条传送带拖着，很滑稽地手舞足蹈着，或者试着往相反方向跑，同时拼命挥着双手，一脸惊恐，最后只会摔在地上，被更快地拖走……'"（100）同主线故事相比，这些描写越来越边缘化，它们每次都在暗暗地重申一点，即本书主旨并不在这个故事的叙事里。而且在《风》中更有必要重申的一点是，这个故事有着这样一种独特的讲述方式，以至于它很可能只是在寻求自我满足。

　　以《弗兰德公路》为例，在西蒙接下来的几本小说里，为了更好地表明这份意图，他开始进行几类专业化的描写，每一类里都有着他专用的写作技巧和词汇。让这样的描写反复出现也属于其专业化的一部分，这使它们脱离了传统小说的范畴，同时加倍控诉了固有的成见。尽管他的描写多种多样，但它们首先都表达出了一个共同期望，那就是让小说摆脱时间的限制。为此，一切事物都可以成为契机：根据光线形态和光源位置，一堆行进途中的骑兵投下的影子有着各种形状（它们一会儿像人的躯体，一会儿缩短，一会儿又拉长等）；当人们绕过一匹死马时，画面中呈现出了这匹马的各个部位，就好像它被放到了一个转盘上 [27（18）]；一种酒是如何自瓶颈流出最后那几滴的 [24（16）]，或者相反，由于毛细管现象，杯子中斟满的另一种酒是如何鼓起一个弧面的 [118（95）]。他的描写每次都极尽精细、充满技术性，与一般的感知背道而驰。而被描写的客体是一种正在时间里进行的现象时，他所切入的视角会更尖锐，也会动用更多的智力，以此来拖延时间，让它不再是我们体验到的那种时间。科学电影里有种缩时录影，能在几秒内展现一株植物的成长或一颗新芽破土而出的过程。慢镜头同这种描写手段一样，实际上都是对时间的否定，一旦我们能自如地掌握这种手法，随心所欲地改变时间的形态之后，它就算不上什么了。小说在行文时表现出的对时间的否定，会和电影胶片里展现的一样明显。

另一类的描写更彻底也更明显地偏向了空间。它们也在文中多次出现，就像是二级的描写，因为其客体本就是展示一个实际场景的图像或图画：雕刻品、图画和广告上的商标图案等等。在小说通常的写作方式里，这种描写没有前一种那么突出，因为我们对谈论造型艺术品的各种著作已经很熟悉了。但这类描写还有一种自我统一性，一方面，这是由于它在框架内逐渐扫描完了整个空间，相互关联的元素在被展示时都处于有条不紊的状况中；另一方面，这也是由于作者的用词｛例如，人们在日出时分开始辨认一条路另一侧的矮墙，"但一切都是同一颜色，只有深浅不同而已……既乏颜色也无价值"[38（27）]｝。在这种统一性的深处，人们甚至能辨认出更高级的专业词汇，比如肖像画的术语，就是人们看到下文时会立即想到的："在头盔下面出现他的面部轮廓朦胧的侧影，线条清晰而显得严峻无情的前额和眉头，下面眼眶的刻痕，接着是从颧颊直达到下巴的坚挺、硬直、毫无变化的线条。"[17（10）]通常在小说里，刻画人物外表时只参考了简单的感觉，为了不再模仿这种描写，此处才使用了大量的专业名词。在这种情况下，加上其他方面的描写和对动作的记录，这些肖像就成了展示过程中的一部分，小说家通过这个过程为读者打造了一部幻想类电影。相比之下，这类新型的描写和肖像都成为定格，从前读者一直处在时间的流逝里，现在不管他愿意与否，都被带领着与时间挥别，之后将面对的只有空间。

系统地增加描写，所表现的不只是一种个人爱好，甚至还是一种让小说违背其传统功能的预谋。在读巴尔扎克或左拉的作品时，不论人们偶尔会对描写产生怎样的看法，小说家，甚至读者，都可以对描写抱有专属的渴望和乐趣。用语言表达世界的现实始终是一项挑战。人们遇到熟悉的现实时，反而会看不清它，因为在我们平时说话时，所谓的描述只用来传达信息。因此我们面对小说里长篇累牍的描写时会感到很不耐烦，大家已习惯于首先等来一个故事。但除了通过叙述伪造出一段时期的渴望，小说家还有另一种渴望注定与前者相对立，那就是仔细观察一种现象，观察它是如何在空间里展开的，直到淘尽一切细节，并最终讲出一些言语看似捕捉不到的东西。这对于小说家来说是一种渴望，对于读者来说则可以成为一种乐趣，只要他不指望手中的小说会先讲出一个故事。但这两种逻辑在多大程度上是兼容的呢？

有关空间的幻想一直纠缠着西蒙，甚至在他表现个人作品和总结其他小说家的著作时，也会体现出这一点。在《风》里，主要叙述者为了转述几个次要叙述者讲过的故事，采用了"描写一个场景"这种常见的方式，这种方式颇为模棱两可，很适合西蒙，因为正如"图画"一词所表明的，一个场景可以既是一组动作，也是一幅图画，他自己就常把"场景"一词替换为"图画"。但西蒙也不局限在这种模棱两可上。文中有一个句子说道："他把后续讲给我听，或者说，向我描绘了他脑海里一点一点形成的这一系列混乱、斑驳、嘈杂的景象"（123），"描写"一场获胜的竞赛最终变成了"讲述"这一事件。令人好奇的是，这本书的副标题："试图重建祭坛后面巴洛克式的画屏"(Tentative de restitution d'un retable baroque),在该小说的初版里地位颠倒,变成了卷中的常见标题。这间接地展现出了空间与时间的对抗,它称得上是这一创作诗学的核心,不过小说本身并没有对此进行说明。前作包含的暗示在《弗兰德公路》里才获得了追溯性的解释。在这本书中,两个战俘为了打发时间,从某个战友说过的只言片语入手,试着重新拼凑起一个他们没有直接经历的故事。然而在俘虏营里,时间对他们来说,"不是一天接一天,而是好像仅仅从一个地点移到了另一个地点(像一幅油画由于涂上清漆或蒙了油垢而变得模糊不清,修缮者一片片地将其揭露出来——在上面的小块上东一处西一处试用不同的洗涤剂)。佐治和布吕姆就像这样……一小块一小块地……把事情的全部重新再现。"[129(105)]但在《弗兰德公路》里,这只是应用在二次叙述上的一个比喻,在《风》里,却相当于一整本小说的分量。此外,《风》还模仿了我们所经历的时间,其方式就是让所讲的故事受到干扰,让有些情节在时间上重叠起来,就像我们在生活里体会过的那样。它的副标题表明西蒙在此时期已经预感到,要否定时间,最有效的方式就是将其转变为空间,更确切地说,是把故事变成图画。从这一刻起,他的小说里将反复出现对雕刻品和画作的描写,为的就是把这种转变嵌入到作品之中。

1985年,当克洛德·西蒙在斯德哥尔摩演讲时,他把主题定为"二十世纪的小说及其演变"。他表示，不再"汇报"一个事件而是尝试予以描绘，这一决定是检验现代性的试金石。他也最终得出了一个前人早已列好的等式，且由于这两个动词在发音上如此接近，任何听到的人都会产生这样的联想：写＝描写（écrire ＝ décrire）（22, 25）[1]。

追寻当下

埃杜阿·杜雅尔丹,《月桂树被砍倒了》——

克洛德·西蒙,《弗兰德公路》(III) ——

塞利纳, 他自 1945 年后以后的各篇小说

1938 年，当萨特在写一篇有关多斯·帕索斯（Dos Passos）的文章时，他深深地预感到，需要把简单过去时（他称之为完成式）当作"一个带有'审美距离'的现在时"（15）[2]。从那时起，语言学就帮助我们理解了其中的缘由。因为与复合过去时相反，简单过去时的特性就是会删掉所讲内容中参考了一般现在时如何叙述事件的话语。由此，它把连续的陈述都纳入到

---

[1]　Claude Simon, *Discours de Stockholm*, Éditions de Minuit, 1986, p.22, 25.（西蒙，《在斯德哥尔摩的演讲》，午夜出版社，1986 年。）

[2]　Jean-Paul Sartre, *Critiques littéraires*, Gallimard, Folio essais, 1993, p.15.（萨特，《文学批评》，伽利玛出版社，1993 年。）

了唯一一条时间线里，相对于一般现在时而言，这条时间线中不存在时差，我们重新找回了生活中串连的时刻，也就是说，在每一个时刻，我们都在等待下一个时刻。而叙述也模仿了我们在时间中的经历，我们感觉到它就像是一种现在时：人物们都活着，而故事正在进行中。

但这种现在时是一个圈套，且不仅仅是因为故事和人物都是虚构的。我们的经历永远都在提醒着大家，没有人体验过或听说过以这种连续方式排列好的故事。这个按逻辑和时间顺序串联起来的故事，必然是一份准备工作的成果。我们所顺应的当下感，只是利用一种审美距离来产生的。它之所以存在全靠另一个真实的现在时，在那里有个同我们一样的人，在经历了一系列的努力、失败、尝试和修正后，成功地在混乱中整理好了一份他有所了解（或由他捏造出来）的素材。塞利纳曾说，读者就像是邮轮上的乘客一样，他不需要熟悉船舱，也不用了解船员们的工作。但从另一方面看，在茫茫海面上，这艘船能朝着既定的目的地笔直前进，乘客也应该意识到，这种有趣的事不是由船舶独自实现的。小说幻觉中的虚假现在时始终具有双重性，会通过伪造先过去时的感觉，适当地多次再现。写下的句子在语法、语义、韵律上的展开能给我们带来极为鲜活的乐趣，且能被我们"在当时"体验到。但有一点我们永远不能忽视，这种乐趣是此前额外地努力后、经过人为制造才得到的结果。

在这一点上，写作和对话语的运用是一样的。只有从未写作过的人才不知道，任何书面的句子，哪怕从表面上看是无意间写成的，它在绝大多数时候也需要一段思考时间，通常也需要一些准备工作。光看这一点，甚至不用再提及用词和造句上的种种差异，就能明白写下来的话语和说出口的有着最根本的区别。要制造出前者，作者要"慢慢来"，也就是说他要摆脱时间的束缚，相反，开口讲话的人却被永远束缚着。每分每秒里他都是线性时间的囚徒，线性时间中的一切永远都不会被抹去。如果在某一个瞬间里，他用了一个词来表示另一个词，犯下了一个错误或者造成了一次疏忽，当他意识到了之后，他只能在往后的时间里予以弥补或修正。

因此，审美距离是具有双重性的，它伪造了摹仿小说带给我们的现在时感觉。到了二十世纪，小说开始质疑这种模式，但通过其各种表现可看出，它或许并没有一个更笼统更稳定的目标，只是想摆脱同一种幻觉的两个方面——或至少要将自己替换为短篇小说，且由于短篇小说正属于新生事物，它看上去也仿佛现在时一样。这就是它最深层次的革新了。这些小说家通过不同的手段投入到了对现在时的追寻中，他们想要的，是一个初步看起来最接近我们现实生活的现在时。

最公开转向这一目标的新发明是内心独白，它最初并非一个小说写作技巧，而是在表达对时间的一种别样感觉，不同于叙事里要表达的那种感觉，在叙事中，时间顺序和逻辑关系相互支撑着对方。

叙事，人们在很长时间内曾相信这是唯一可能存在的叙事，它在不可逆的一系列时刻中塑造着赫拉克利特(Héraclite) [1] 式的时间感知。尽管这种感知在我们看来是一个明显的事实，但这只是一种精神层面上的事实。我们知道，人每分每秒都处于过去和未来之间。过去已不复存在，未来还没有降临。在这两者之间，当下也几乎不存在了，它在另外两方之间占据的是一个既不稳定又难以捉摸的位置。当我们必须要纵观事物全貌时，就不可避免地要把当下缩减成一个过渡状态。

然而这份全貌并不会详尽地展现人们在时间中的经历。我们的当下在变成一个过渡时刻之前，首先是一种独立的存在。当它存在时，它既不从属于过去，也不依附于未来。不存在比它更有强度的事物。假设死亡对于我们而言是难以想象的，那它唯一一个令人无法接受的概念，是在死去的那一瞬间，就连这种绝对存在也会瓦解。赫拉克利特式的感知否定了当下，但我们也有着自己的感觉，并以这种感觉明显存在的事实来反对赫拉克利特式感知的逻辑。这种抽象的存在并不能予以论证，当下在每个瞬间里由意识状态中的一种无限性所构成——知觉、思想、回忆，它们一个个都以很快的

---

[1]　赫拉克利特，古希腊哲学家，爱用隐喻，被后人称为"晦涩者"。

速度出现、消失、彼此接替，这让我们感到了一种同时性：我们正是以同时性来命名当下的。

不同于连续时刻中的时间/逻辑顺序，当下的时间经历与连续的时刻彼此对立，它不能直接被意识所理解。就像赫拉克利特式的感知曾通过叙事被迂回地展示出来一样，它也需要以某种文学话语的形式来传达出这一绝对存在的某些意义。"内心独白"的发明推动了这一场变革（"stream of consciousness"这种说法和它的译文"意识流"，在重拾赫拉克利特有关"流动"的典型概念时，反而错过了这一变革的本质，此处本应该谈到的是布朗运动）。内心独白希望人在说话时与意识中的当下不存在任何距离，在它开始前，首先不会有其他人来介绍这个说话或思考的人，因为名字并非为了这个人而存在，只不过是他在这个世上被叫到时要应答的一个东西。在内心独白中，从第一个字到最后一个字，他都只追求贴近当下。

这种新颖的观点并没有在法语圈内产生，它属于爱尔兰小说家乔伊斯。他曾做出一次高尚的举动，就是把这个观点归功于法国作家杜雅尔丹（Édouard Dujardin），认为它来源于后者在 1887 年出版的短篇小说《月桂树被砍倒了》（Les lauriers sont coupés）。但在读这本书时，人们很快就能发现，它和《尤利西斯》（Ulysse）里的内心独白是不一样的。这种差异反而表明，内心独白的本质就在于所述意识状态的混乱，而杜雅尔丹却在避免产生混乱。在《月桂树》里，一个从外省到巴黎来求学的傻小子和一个轻佻女子共度了一夜，那女人不但捉弄他，还骗了他的钱，他在那一夜本想要达成自己的目的，最终却大失所望。杜雅尔丹的确是通过描述这个年轻人的所思所感来讲故事，但他就像在故事里面一样严格遵循着时间的进程，甚至还加倍地遵循着：他不仅注重时间顺序，同时在内心独白里也只讲和那一夜有关的事情，不提到任何可能产生干扰的思绪或者回忆［为了提到与蕾雅（Léa）有关的往事，杜雅尔丹甚至安排年轻人重读日记中的片段和她寄过来的信（68—80）[1]］。因此人们完全可以看出，在《月桂树》里面诞生了一种写作技巧，它并不是后来在乔伊斯、伍尔夫或者福克纳（William Faulkner）的作品里变成的那样，也并不仅仅只是一门技术。

内心独白是基于意识状态的混乱来实施自己与叙事的决裂的，故事里时间顺序的颠倒只是混乱的一个方面。相比之下，内心独白成了一种证据，它既让读者相信在这里没有预先排序，向他交代的各种意识状态都在"实时进行"，又重拾起了一种经常偏离其意义的写作方式。

人们正是在努力用词语描绘这场混乱时，停下了对内心独白和摹仿式叙事的对比。它们就像是从两种对立的时间经

---

[1]　Édouard Dujardin, *Les lauriers sont coupés*, Les éditions 10/18, 1968, p.68-80.（杜雅尔丹，《月桂树被砍倒了》，10/18 出版社，1968 年。）

历中各自衍生出来的表达方式或设计。因为在叙事时，语言，尤其是极其书面的话语，可以说是通过线性发展主动顺应了叙事的展开。而从定义上看，它又与同时性的表现方式不同。这些话若想被写下来、说出来，或者只在心里被默念，那么它们必须要一句接一句地出现。由于叙事在展开时本身也试图形成特有的线性运动，因此它没有努力去贴近语言的线性；叙事仅通过增加内容来予以展开。相反，同时性却绝对不只是在传达话语。

对于语言而言，还有一种间接的方式能够暗示同时性：否定。在所有可能的构造形式中，以否定构造的方式所形成的一段话语，会自动把还没触及同时性的读者带到一种意识的当下。这的确意味着某种惯例要被另一种所取代。但有关前者的文化传统已经深深扎根在了我们身上，仿佛人的第二天性，只要将它揭露出来并予以反驳，就足以让读者以为他这一次是在和现实打交道。这就是艺术上所有现实主义运动的原则，只有先揭露之前的理想主义，才能实现现实主义。这既适用于对当下的暗示，也适用于对书面作品中口语性的暗示一样，在当时的法国，后者也是小说里的另一个重大创新：一旦我们读的某篇文章违背了书面作品的一些既定规则，更有甚者，为了违背它们，小说家已经深入了各级规则之中，从更浅显的规则来到了更深层次的规则，那么"书面作品的口语性"这一概念在字眼上的矛盾就没有了意义，而它内在的含义也产生了不少的矛盾。为此，内心独白并不是唯一一条可行之路。西蒙在《弗兰德公路》一书里开始证明，即便我们还是要讲一个故事，也可以避开叙事的线性发展。从此以后，通过颠倒时间顺序、增加多个叙述者来避开线性叙事将不仅仅是一种常见的做法，还有一个故事沉淀在了一连串的话里。塞利纳就是被一种自行发展的逻辑引到了这种写作方式上。

在《弗兰德公路》里面，相连的片段不论有着什么样的叙事身份，都由一种很鲜活的话语构成，其表述全程采用现在时，用英语来说就是一种"extemporaneous"（即兴）的话语，这个词在法语里没有相对应的词。尽管这都是一些讲给听众们的故事片段，但听众们都显得很亲密，他们对这些话的前因后果都了如指掌，仿佛叙述者是在自言自语，甚至只是在内心里滔滔不绝。即使正准备要讲一个故事片段，人们仍然会怀疑这些话是真的被讲出来了，还是仅仅被回想起来而已？换句话说，其实人们看到的是不是一段经过了各种设计的内心话语？那些没有写完的句子，没有标点或只加了一部分标点的句子，可以被看作第一种特殊迹象，标志着西蒙从头到尾都保持着内心独白式的语言风格。

在内心话语展开后的细节上可看出，它没划分出构造完整并以句号收尾的句子。并且它把书面作品中用以细分句子内部的标点符号都统统省略了。倘若叙述者提到了自己或与之交谈的人在一段对话中曾经说过的句子，那他只需要回想——或讲出句子的前几个词就够了。对于内心话语来说，剩下的部分都会随之而来，不需要将它重新读一遍才能联想起来。在《弗兰德公路》的文本里，所有"引述"的句子只说了一半就被搁下了，同样地，在连贯的话语中，一系列的句子仅以逗号隔开，每个"部分"之间再无其他标点，它们通过与读者阅读习惯的差异，在每个句子里都体现出了一种内在的口语性，从而促成了这种新的现在时效果。

根据相同的逻辑，当我们想到一个认识的人时，既然他在我们的脑海中，我们又有什么必要用他的名字来称呼他呢？其实只需要以"他"或"她"来指代就可以了。对于我们自己来说，不会不知道这个人的身份。因此代词可以一直被重复使用，就算从来没有提到（名词性）先行词。先行词的缺位也可以作为特征之一，用以区分内心话语和说给他人听的话，尤其当文学作品里有一段话语是说给根本不了解这个故事的读者听时，每一次都需要向他"介绍"这里涉及的人或物。当"佐治"自己在《弗兰德公路》里面提到"她"时，他不需要详细的说明，就知道自己指的是科里娜（Corinne）还是阿登省一个谷仓里的年轻女人；而当他提到"他/它"时，他知道什么时候是在指雷谢克队长（Reixach），什么时候又是在指他和另外三个骑兵撤退时一起反复路过的死马。至于读者，每次都难以确定这些没有先行词的代词有着什么样的身份，他必须再读上几行才会明白这里指的是谁——并且要在上下文将其点明之后才会明白。在这里，读者会被引导着重新意识到"说话人"的存在——对于这个人来说，代词的含义是不言而喻的——而且是在此人说话或者思考的时候我们才意识到了这种存在感。在读者的注意力再次集中在关于这个人物的新信息之前，一刹那间，他的精神会再次贴近这个横亘在自己和故事之间的存在。

　　叙事在每时每刻里所进入的，不会永远是同一条轨道。我们在每一个瞬间里的经历都告诉我们，思想的走向会不断变动，因此才会有"切换频道"（zapper）这个动词。即便我们打算在脑海里为同一个"故事"重组起一条连续的时间线，也会很快偏离方向，除非格外努力地集中注意力。但同时，我们产生的一切想法、组成整个记忆的无数回忆，也很有可能一直伴随着我们。在这种同时性上，普鲁斯特只考虑到了回溯的那一方面，他在《追忆似水年华》的开篇中就总结道，可以把所有元素都整理成系列的形式，而这些系列本身就被逻辑关系所衔接着。但有种相反的结论会同样符合、甚至更加适合于我们的生活经验，那就是根据意识里那些在一瞬间突然发生的转折，来推动一个故事的发展。《弗兰德公路》里，作者在内心独白的模式上押下赌注，其范围不再限于简短的开头，而是囊括了长达三百多页的篇幅。转变每一次都来得毫无预兆，从故事的一个时刻——"佐治"的一段回忆或一次感情的迸发——立马来到了另一个时刻。很快，读者就得无可奈何地经历这些转变的节点，从一个时刻或一个叙事层次上径直去往另一个，而他对此的认识总是要慢上一拍。在没有任何提醒的情况下，读者得靠着语意，偶尔还要靠词汇或者语言层次，才会猛然意识到叙事上已出现分岔，而他此刻已经处在其他轨道上。在度过了小小的冲击和片刻的困惑之后，读者会感到很高兴，因为他知道如何重建故事。而到了下一次转变时，如果可能的话，他还要试着"直接"标记出引发分岔的那个词，并弄清楚它在哪段内容上具有制造分歧的能力。矛盾的是，接连产生的联想，因为汇集了各种客观上互不相干的现实元素，反而更像是真实的经历。其实它们只属于一种瞬间产生的个人想象。当轮到读者在脑海中实现这一联想时，他并非要参考过去已有的经历，而是在他阅读时的一个瞬间里，通过想象意外地完成了某种感知力的拓展。

第一次拓展时，佐治在回想自己在逃离俘虏营后试着接触科里娜的场景，面对他所渴望的女人，当佐治的手第一次触碰到她裸露的肌肤时，文中也引出了一连串的比喻句，它们是个人想象在设计这段经历时所经历的各种步骤。"……当他触到她身体时（在肩膀稍下的光着的手臂上部），他首先有一种没有真正接触到她的奇怪的感觉，像手里捏着一只小鸟似的：这种诧异、惊讶的感觉来自明显的体积与真实的重量之间的差异，来自难以置信的轻盈、纤细、羽毛和绒毛的可悲的脆弱性……在他的手心与她的手臂上的光滑皮肤之间还可感到有什么东西阻隔着，像一张卷烟纸那样的薄的东西，这是说，伸出的触觉感到有点往后退，感到像冻麻的手指接触一件东西时，似乎是隔着一层薄膜——一种没有感觉的角质物——来感觉到它。"[224（184—185）]但过了几页后，另一个完全不同的场景也引发了被某层物质稍许隔开的触感。这层物质为了达到看不见也摸不着的效果，仍然隔在了肌肤和要触碰它的东西之间。不过在这里，这种触感本身就是好几种感觉转化后的结果。它在文中是一种隐喻，描绘的是黄昏时清澈的阳光所具有的特质，这种特质也来源于一种表达上的效果。当小说主人公为躲避子弹在壕沟里一动不动地趴着时，他的手臂都发麻了，"变得毫无感觉，不是为蛆虫所吞食而是由于一种慢慢地发展的麻痹，这也许是原子微粒正在秘密地调动以便按照矿物质或结晶的不同结构组织起来。在这清澈明亮的黄昏，他总感到有一层薄如卷烟纸的东西把他隔离开，要是这种感觉不是由于卷烟纸的薄层的隔离，那是由于在皮肤上接触到朦胧的黄昏。佐治曾想过，女人的皮肉十分精致娇嫩，往往会使人不敢断然相信是真的接触到了，好像这些皮肉完全和羽毛、青草、树叶、透明的空气一样，其脆弱如同水晶玻璃。在这肉体上，他可以一直听见微

微喘息的声音。"[228（188）]

　　场景从弗兰德公路上的壕沟又转向了他与科里娜的幽会。情节上缺少了连贯性，这一部分内容也就没有了故事线或任何波折的情节，反而出现了很多文本效果。如果读者认为这些文本效果能够取代故事情节，那是因为他相信它们首先已经在写作过程中受到了作者的检验。在撰写这些片段时，西蒙必须要全心投入到他不曾加以控制的动态发展中，以便使小说拥有一种全新的趣味。

　　即使进入到了故事的一个新时刻，他的叙事仍然有其他方法来保持现有故事的思路。从撰写《风》的那一时期起，西蒙就用一长串的现在分词代替了叙事中常用的动词时态——主要动作所用的简单过去时，次要动作所用的未完成过去时。通过这种替换，动作都处在了时间以外。假如人们能够"描写"而非讲述一个故事，那是因为组成这一故事的各种动作都在脑海里逐渐变成了一张张切换的画面。"回看"，不论这个"回"字意在表达什么，都不是再次去看同样的东西。人们回看到的一举一动都只是一些画面。动作失去了时间性，因此也没有了真实性，这本是它们从诞生起就拥有的两个特质。而这两个特质都转入到可以进行回看的脑海里。站在叙述的角度上，现在分词作为一种时态，正好是简单过去时的对立面。这种动词形式没有拆解说话者在当下的一系列动作，反而使各种动作更紧紧相依。但就算它们为数众多、极其精彩，也被十分细致地描写了，但出于分词的这种形式，这些都只能是次要动作。而主要动作虽只被偶尔提起，在其余时间里都不予言明，却始终是存在的。在脑海里，动作都是被描写的对象——在这一视角中是回看动作还是想象动作都不重要。这种由客体视角到主体视角的颠覆，以及两种时间性在地位上的颠覆，其实已经在波德莱尔的诗歌中实现了："我只是在回忆中看见了那些帐篷"[1]。二十世纪的小说在寻找一些专有的方法，不是为了讲述故事，而是为了让人们只能在脑海里看见或想象故事；并且让故事无法直接独立地存在，无法登场，除非作为一种假象出现。当作家开始认为，包括他押下赌注的叙事方式在内，写作那自相矛盾的终极目的就是捕捉到一种仅属于说话者的当下，并让它延续下去（哪怕这只是一种疯狂的愿望，但有时也确实能够实现），那么他就需要用尽各种手段，使假象成为一种准则。

　　这种用叙述话语吞没小说中一切传统元素的过程，在对话中达到了其顶点。在摹仿小说里，要施加人物生活的幻觉，对话就是最典型的方法。假如根据语言学的原理，当下就是说话者所处的时刻，那只要小说人物们正在"说话"，而我们

---

[1]　Charles Baudelaire, *Le Cygne. À Victor Hugo*.（波德莱尔，《天鹅——致维克多·雨果》。中译文出自陈敬容译《图像与花朵》，湖南文艺出版社，2012年，第60页。）

也在一行行地阅读他们的对话、"倾听"他们的发言，那么从表面上看，这些人物就处在一种无可辩驳的当下里。在传统的对话中，所有努力都是为了说服读者相信这一点。一段段的对话在开头都标上了破折号，不等读者予以辨认，就已表明了说话人是谁。假如小说家认为最好还是写得更明确一点，会插入"他说"两个字，而"说"这个动词的发音形式对我们来说更像是现在时而不是简单过去时。

而西蒙在好几处地方展现对话时，都反其道而行之：由叙述引出的对话紧紧跟在后面，它们在同一行里相互连接着，说每一句话前也只提了一下说话人的身份（"而他说——而另外一个人说"）。此处的对话丧失了动作在时间中逐步出现的特性。展现出的这些内容最终使叙述者的话语吞没了人物所说的话。在改变了对动作的叙述方式后，人物的对话也有所转变，摹仿小说里唯一还保持不变的，只有描写了。不仅保存完好，还拥有了更为强势的地位。不过，尽管在一切新小说里，描写都成了被偏爱的部分，但在西蒙的书中，描写本身就融入了连续不断的叙述中。

这并不意味着在《弗兰德公路》里，人物和故事就可以被忽视、甚至沦为次要的部分。在组成故事的两条情节线中，就算上了年纪的丈夫被年轻的妻子羞辱是比较平平无奇的故事，但有关战斗、溃败和俘虏营的经历却一定能抓住读者的注意力，考虑到这种经历在写作动机方面对小说家造成的影响。但对叙述源头的怀疑，由于有第三人称叙述的插入，甚至也发展成了对叙述中回忆性质的质疑，最终使关注点发生了偏移。当读者参与到这场游戏以后，他不再关心人物的遭遇，而是伺机观察起了从一种叙述形式到另一种的连接点，同时他也明白，整体运行机制是扭曲的。在阅读过程中，读者确实会看到一些剧情，但在整个虚构故事里，几乎没有什么情节上的发展。阅读时注意到的文本痕迹，在这里依然被当作是回忆的效果，不过，这种回忆本身也依靠语言来维系。构成这一回忆的所有人生经历，通常要借助一些词的发音和多重含义来展现。作者只需要再做出一点牺牲，放弃这种回忆的手法，只留下文字游戏，就可以在失去重心的情况下重新写出纯粹的文章。

有关叙述因果论的争议、描写、对当下的追寻，综合各方面来看，《弗兰德公路》的成就是它处在了一个平衡点上，小说的标准形式寄望于人物和故事的吸引力，而它在标准形式和对标准的否定之间取得了平衡。尽管有着这样的讲述方式，故事最终在我们的想象里都具有了一定的实感，也留在了我们的记忆里。但任何时候读者都不能忽视，文中同时还在采取一些方式对故事的伪真实感提出质疑。在这种质疑中更进一步，故事部分就会受到更为明显的削弱，甚至被削弱到几近全无的地步，那么小说重心也就将明显偏向于文本这边。在这本书里，故事情节和写作手法依旧处于竞争之中，但写作手法已明显具备一种活力，它将在不久后让后者完全战胜前者，因为这是对一种正在进行的意识的写作，换句话说，就是在写"当下"的意识。

塞利纳最后的几部小说和《弗兰德公路》处于同一时期，在这几部作品中他走得更远，已经超越了理论层面，尽可能触及了这种新的时间性。其写作手法也因此发展到了终极阶段。从此以后，他不再满足于用叙述者的当下（并且是各种各样的当下）来对抗他讲述的某件往事，也不再满足于在一个虚假的当下里讲述往事。真正的当下永远不会在人们说的内容里，它不是以虚构还原的过去或者在叙述时的当下，后者由于需要一定的时间去撰写，因此也不算是当下了。它只存在于正在谈论它的写作过程里。

去掉划分界限的标点或者让句子停留在未写完的状态——假如在内心独白中，有人试图以此打破语句的整体结构，那是因为他感觉到，这些总是被预先排列好的句子偏离了意识的真实状态。不过句子仅在表面上被摧毁了。《弗兰德公路》中去掉了标点，但读者回想时还是逐渐发觉，在前面的一些词中，一个句子刚刚结束了，而下一个句子即将展开。有时，读者甚至要返回到文中更上方的位置才能明白哪里是分界处，并在脑海中补上此处缺少的标点符号：删去标点表达出了要摧毁句子的意愿，但并未有效地实现这一毁灭。

　　然而塞利纳没有删去标点，他破坏标点的方式是将逗号和句号都换掉，它们之间的等级关系本是构建书面语句的原则，但塞利纳不加区别地将二者都换成了一个独特的标点符号：省略号。实际上，这样倒确实摧毁了句子，因为他既抹去了它的外部边界，也抹去了其内部划分。只剩下一些小小的碎片，从基础结构来看就是八个音节左右的一小句。假如塞利纳没有让每个碎片在语法和语义上拥有足够的自主性，那么这种句子碎片化就什么也不是。在法文语句里，一旦这些碎片处于间断和混乱的状态中，那么在加密后的句序里，只有看清楚每组词句分别处于什么位置，才能明白这些碎片的作用。整个句子被分解成了多个意义成分，即使它们还不算完整，至少在和前后其他成分形成语法上的关系之前，也可以独立存在。它们在这方面越是脱离整体，其连接就越显得只遵从数量和押韵的规则。而对各种感知的记录、一些信息成分以及所有有关理解、评价和假设的动作（这些动作都在人突然"明白"某件事时产生在了脑海里）就这样相互衔接在了一起。

　　这种布局是长期努力后的结果，它不仅仅确立了一种写作风格。其终极意义在于时间性的种类。更确切地说，它不仅是一种风格，因为它创造出了一种新的时间性。在理解这种时间性时，要将它同一些逻辑关系的过度发展相比较，后者是普鲁斯特、福克纳及其后继者西蒙的作品特色。在这些人的作品中，句子非但没有被摧毁，反而因为不断的延伸、越发复杂的结构而更加突出。这一类书有个隐含的前提：必须从开头几个词进行阅读。在这种背景下，无数内容可以夹在作为主语的名词或代词和它支配的动词之间，也可以夹在及物动词和与它相搭配的补语间。各类从句可以层层嵌套。在第一层关系从句之上，还能再插入其他从句。此外还有括号内的插入语，它们也是被承认的、通过印刷显示出来的嵌套部分，但更糟糕的是，这些插入语有时候并没有打上后括号。当越来越连贯集中的思路逐渐注意到内容上的逻辑关系时，如果能在不打断思路的前提下，从整体上把握尽可能多的内容，这将是小说家的成就，也是读者付出的努力和他收获的乐趣。在一些关键时刻，由于有一堆性数相同的名词，代词的指代对象难以被辨认出来，它代表的那个名词将会重新出现在括号里——内心独白中的那些无先行词的代词，会在括号里找到对应词和明确的反义词。

但在特别注意了逻辑和语法关系之后，思想就会与思想本身产生距离。严格地说，我们一次只能思考一件事情，"一次"也就是"在同一时间、在当下"。正是在这有关唯一一件事物的瞬时思维中，意识才能与其本身融为一体。思维顺序中的这种同时性，也是表达顺序中"我"的话所具有的同时性，即当下本身。一旦人们想让基础的内容互相串联起来，就会脱离这种即时性。塞利纳正好相反，他在写作时一点点抹去了从句的语法痕迹，通过让句子更加不连贯，使我们恢复了思想原生状态中的一些东西，在这种状态中，意识以更为自我的方式呈现着。

在意识的呈现中也有着不同强度的内容。塞利纳用省略号将语法上本该相连的一段话拆成了一些几乎独立的部分，它们本身并不是中性的，所有内容都承载着某种情感，且通常负面要多于正面：感觉和知觉或多或少都有些激烈，因为它们都是一些精神冲击——比如突然揭开真相的一些新消息和启示，因为它们带来的惊吓总是比惊喜多——又比如对某些人或某些事的形容，因为这些形容语总是显得超出常理。所有内容，在省略号把它们与下一个部分隔开前，几乎都需要用感叹号来相继表达出震惊、怀疑、愤怒或其他同样"鲜活"的情感，也就是说，这是一些在当下的现实生活中总是很激烈的情感表达。尽管塞利纳的作品在寻求大众认可时经历了重重困难，他的文学遗产里却有一张最可靠的王牌，即出于自身意愿、单纯在文本上取得的成就，它标志了他所在的整个二十世纪，迫使小说展现出一个最纯粹的当下。

第九章　极限

鲁塞尔，《非洲印象》——

克洛德·西蒙，二十世纪七十年代的三部曲小说[1]——

贝克特，从《徒劳无益》到《静止的微动》

　　在 1950 年之前用来质疑传统摹仿小说的种种途径，都自然而然地达到了极限。而质疑继续深入地发展，它在揭露该模式的各种运行机制时，为了更好地否定它们，每一次都加倍抵制某些阅读习惯，因为那是摹仿小说超过一个世纪的流行所导致的习惯。与人物栩栩如生的幻觉相伴的，就是一种毫不费力的可读性，它既是一种手段也是一种效果，对后续情节所抱有

---

[1]　该系列由《导体》(*Les corps conducteurs*)（1971）、《三折画》(*Triptyque*)（1973）、《常识课》(*Leçon de choses*)（1975）三部小说组成。——译者注

的期待常常支撑着它。不论作家要追求什么新目标，其方式都是加倍破坏作品的可读性。对于习惯了轻松阅读的读者来说，这只会令人感到困难、艰苦甚至枯燥。但在这类质疑传统的书籍尚显新奇的年代，对于刚开始热衷文学的年轻人来说，往往是通过这些书籍才接触到了文学。他们在抵达文学天地后组成了一个新板块。在这些"新读者"看来，阅读中的困难都变成了挑战。他们轻易地进入到一场笔战之中（假如有笔战的消息），对阵双方是有益的不可读性和低级的可读性。他们当然明白虚构的魅力，但通常是在课内阅读里了解到的。不过，虚构本身就是十分迷人的现象，以至于逐渐拒绝它的诞生过程也很有趣。之前似乎同虚构作品混为一谈的一类小说，之后却在其反面重获新生。它不再只是一种反小说，更是一种新小说。在过去的数个世纪以来，至少在表面上，人们是因为语言能够自发自觉地连贯起来才去使用它，但之后，他们却开始热衷于语言中各种自发产生的联想。人们极度兴奋地发现，任何一种人类行为，哪怕是最简单普通的，以及说出来或听到的任何一个词，都可以成为这些联想的出发点，如有必要还能成为它们的纯粹借口。人们轻易地全心投入到这些越发困难的实验中。二十多年后的今天，回归叙事，甚至是回归虚构，都再一次改变了我们的期待，为了公正地评价这类要求近乎严苛的作品，我们必须重新研究这类作品在当时所受到的关注。

二十世纪初，鲁塞尔在一本"小说"里把质疑迅速发展到了极限。这本书并没有按照故事的经过排列内容，而是在最初就被一些随意的规则所支配。鲁塞尔不只是设定了这些规则，除了他本来想要讲述的故事之外，作家还希望这些规则在交叉运行时能够产生一个故事。1909 年出版的《非洲印象》（*Impressions d'Afrique*）中有一个小说似的开场："六月二十五日这天，将近四点钟时，博努克雷的皇帝、德其卡夫的国王——塔卢七世的加冕礼，似乎已准备完毕。"这里给出了一个日期，几行文字之后还有一个自称"我"的见证人负责叙述，"似乎"这个词则宣告着一个意外事件：为故事所做的铺垫都到位了，三个专有名词则为它设下异国背景，就和《萨朗波》（*Salammbô*）的第一句话一样。这个开场承诺要给读者看小说的乐趣，然而完成所有铺垫，却是为了立即在之后的一百五十页里持续剥夺这份乐趣。它反而很快就让读者明白，这里的创作遵循了完全不同的原则。本书就像它应该做的那样，首先描写了广场（典礼举行地）上的建筑物和纪念碑，然后又描写了扈从的一些组成部分、加冕礼上的一些仪式，接着来到典礼后的庆祝会上，逐一描写了组成盛会的五十多个节目，但这类描写是徒劳的，真正开启某个故事的内容并没有出现，哪怕作者为了保持读者对故事的渴望，在其中加入了大量细节：一个又一个的欧洲人被命名，但始终没有被介绍；为了这场庆祝会，这群人实现了一些富有创造性的奇迹，他们一个显得比一个高深莫测，始终没有解释做这些事的原因。每个人即将退场时，叙事线总是系统性地被打断，三十年后在萨洛特的《向性》里，任何短暂的后续也是如出一辙。作者严格地执行了这种富有挑战性的写法。庆祝会的各种节目相继登场，除了都很令人兴奋以外，它们彼此间再无关联。所有节目只组成了一份模板，没有构成一个故事。这群欧洲人在构想的几乎都是如何发明出梦中的幻想机器（鲁塞尔认为这足以让布勒东在1924年时予以宣告，"细枝末节的超现实主义者"）。不过接下来，它们一个个都变成了描写对象，从零件到机能，描写中充满了细节和技术性，以至于开场的暗示在不久后就被遗忘了。读者看着众多的材料详情、准确形状和尺寸数据，宛如在沙地上艰难前行。再加上滑稽的细节、间歇出现的专业词汇，以及最拙劣的文学中才有的各种陈词滥调，一切都很难让读者对这种写作风格产生兴趣。假如说，《非洲印象》成为"反凡尔纳（Jules Verne）"作品是因为它拒绝把一部梦幻机器当作故事的基础，那么这也是一部"反《萨朗波》"作品，因为它明确显示出另一种拒绝，面对故事那一向可怕的威慑力，它的做法是敬而远之。机器和展览会终究不是为了一个故事才被创造出来的。这是在同一类别里，各种越来越离奇的发明所具有的成就。每个发明物一旦被描写完了所有的方面，就会从文中退场。一行空格和三个星号既隔开了前后两个发明，又明确打破了内容的连贯性。每一项发明都与其中一个欧洲人的名字有关，每个人也是突然出现，在节目结束后又突然消失（但有那么一两次，前面出场的人会给后来者充当片刻的助手）。发明者和发明物接二连三的出现，就像是项链上的一颗颗珍珠，但在这种更迭中从未产生出一段连续时间。自此，从1909 年起，空间战胜了时间，描写也击败了叙述。这场胜利在最初描写加冕礼所在的广场时就注定了。广场呈完美的四边形，作者对其展开了有条不紊的描写，用了非常系统化的词语（"在我前方，在我后方，在我右边，在我左边，在这一行的正中间"等等），以至于描写明显有了自己的利益追求，更抽象地说，这种追求大于它为一个故事所做的铺垫，对于故事而言，描写只是在读者的想象里逐渐成形的布景。接下来，读者会被剥夺掉阅读小说时的这一习惯，以至于当他偶然看到一个长达三行、有可能成为故事起点的事件时，并不会对此加以留心，等到了六十多页之后，读者才惊讶地发现它与其他提示描写的迹象不一样，这个迹象虽然没能制造出故事悬念，但它有一个后续。这本书在开篇处就顺带提到过，其中一个欧洲人因为唱国歌时忘词，受到了皇帝的惩罚。很久之后，叙述者才说他之前帮助该人汲取了教训。但在这两个片段之间的内容里，惩罚和威胁从没有被提起过。能够引发期待的内容是小说发展的主要推动力，鲁塞尔却尽全力让内容变得不受期待。

　　愉快的"收场"正好出现在这本书的二分之一处，整整一百五十页后。在一行行一页页的文字里，读者逐渐达到阅读能力的极限。描写的枯燥感一次次扑灭了开篇某些迹象点燃的幻想之光。所有调动起来的情感被多次中断所阻碍，文本也因此被切割成每几页一个部分，每个片段都无法保证是否有后续、进展或共同的角色。有谁曾一口气读完《非洲印象》的前半部分呢？它就是那种需要一点一点看完的书。人们在里面能找到足够多的东西满足自己对欢乐和新奇的追求，一些读者还因此每隔一段时间就再次打开这本书。但这样就会产生一种预期效果，类似《去斯万家那边》中外祖父的友人感怀亡妻一样："我常常想起可怜的妻子，只是不能一次想许多。"[15（15）]

　　这本书的第一部分是被预先设计成了这样，产生在读者身上的效果也是它想要达到的，第二部分从第一页起就证明了这两点。与小说的结构性原则相反，在这一页里，曾经仿佛停滞的时间又突然重新流动起来：曾被提到的"六月二十五日"一直孤零零地待在小说的第一行里，后来才与"上一个三月十五日"（147）[1] 这句话产生关联，后者是兰塞号邮轮（Lyncée）起航前往马赛的日子，到了其航行的"第八天

―――――――――――

[1] Raymond Roussel, *Impressions d'Afrique*, Jean-Jacques Pauvert, 1977, p.147. （鲁塞尔，《非洲印象》，让－雅克·珀维尔出版，1977 年。）

夜里"，邮轮在非洲海岸处遭遇了海难。一切疑问都得到了解释：被提到的这些欧洲人是船上旅客，当地的统治者为了得到一笔赎金，从那时起就将他们扣留在此，而他们则决定在这段时间里为加冕礼当天的庆祝会准备一些节目。鲁塞尔先是完全不让读者接触到小说元素，之后又给他塞入过量的小说元素。旅客们的过去、黑人王国的历史、庆祝会的准备工作都引发出了许多故事，它们被安排成了插入的叙事部分，一个显得比一个更"小说化"：探险者们的旅行，主人公母亲的种种遭遇、重逢和苦难，以及其他通奸事件。这些叙事的部分在一团混乱中逐渐解释了前文，一直讲到了最小的细节，比如那些建筑物最令人惊奇的特点，第一部分里描写的各种雕像，以及庆祝会上的节目。不过，当这些内容与前文一点点地建立起纵向的关联时，第二部分的一些场景和事件也产生了横向的关联——重复或稍有变动的情节，正向或反向的对称，前后呼应——其数量之多，以至于人们怀疑各种关联之所以能被轻易地认出，是因为组成故事的这些元素就是在关联里被创造出来的。阻止读者被故事情节带动的决定，在第一部分中被严格地执行，在第二部分里则有可能被刻意地以更温和的形式延续了，且故意让读者也有所察觉。而为了更加稳妥，小说中这种表面的让步也与许多老套的剧情联系在一起 ["她将自己毫无保留地交给了殷勤的求爱者，很快就和他共享了狂热的爱意" (175)]。本书在摒弃了传统意义

上小说带来的乐趣后，还可以用过度的小说乐趣和引起乐趣
的各种条件来将其削弱。

就算在消遣的阅读中，也会有一些东西留下。假如我们
在读完书后才意识到还有更加系统化的预先设计，并且它与由
此产生的故事根本毫无关联，那又会发生什么事呢？ 1935 年，
也就是鲁塞尔去世的那一年，他发表了一篇惊人的文章：《我
的有些书是如何写出来的》（*Comment j'ai écrit certains de mes
livres*）。其中一半内容是在总结失败经验 [《非洲印象》在出
版后未受关注："首印版无法在二十二年以内卖完。"（34）[1]]，
另一半内容是在揭露创作行为中的秘密。为了创造出他所写的
那些故事，鲁塞尔始终坚持从毫无动机的文字游戏出发。其中
一些游戏与能指有关，将字母或音节的次序颠倒、采用近音
词，或进行其他置换、采用其他近似的词语；还有一些则与所
指有关，建立在一词多义的基础上。为了使游戏更加复杂，他
通常使用的不是单个词语，而是一对对以介词"à"连接起来
的词组。特别是提到《非洲印象》时，他列举了五十多个词
组（其实这些搭配在法语里并不像他认为的那样常见），每一
组都包含了书中一个小故事的核心。比如说，某一件神秘的装

---

[1]　Raymond Roussel, *Comment j'ai écrit certains de mes livres*, Gallimard,
L'imaginaire, 1995, p. 34. （鲁塞尔，《我的有些书是如何写出来的》，让－雅克·珀维
尔出版，1995 年。）

饰物，它在开篇处描写的加冕礼广场上；又或者一副栩栩如生的画，它出现在某个底座上，画的是一个站着的年轻黑人，其脚被套索拴住，正在用比蜘蛛更灵活的手法编一些线——那是从一种神秘水果的荚上直接抽出来的线。在他的头上，有三件挂在线上的物品，就好像抽奖券一样：一个圆顶礼帽，帽顶上有用白色大写字母拼出的词语"PINCÉE"；一只手套，掌心这面有一个字母"C"；一张羊皮纸，上面有着一些象形文字（9）。在书的第二部分，有关王国近况的故事中就包含了这个年轻黑人的逸事，他是一位宫廷女子的秘密情人（即"殷勤的求爱者"，这位贵族女性正是将自己"毫无保留地"交给了他）；由于只有他能以极度精细的手法编织物品，他便借着这一点留在她的身边，既为她编织蚊帐，也为她制作了一张柔软的床，"柔软到一接触就让她不断想起爱人最温柔专注的关怀"（179）。在兰塞号之前，也有一条欧洲来的船在这片海岸搁浅，这对情人从第一艘船的残骸里拿走了两件东西，女方拿的是一对手套，男方则是一顶圆礼帽，他们都很乐意将这些东西戴在身上。可是某一天，这位女士公认的情人发现了这段关系，并给他们设下一个陷阱。作者用不少于三页的篇幅讲述了这样几件事：青年决定趁着夜色攀爬到这位女士的所在处，他是怎么被套索捆住了脚踝的；他有一个帮手还戴着作为信物的圆顶帽，帽顶上被他以黏性的白色物质写下了"PINCÉE"这个词，他是怎么替换下帮手的；她和心怀妒忌的那个人待在一处露台上，之前垂下手时于昏暗中触摸到了帽子，她的手套上又是怎么留下了字母"C"的印迹的；而有着象形文字的羊皮纸正是犯人们的认罪书（178—180）。叙事时没有任何注解，但若读者还记得170页之前对那幅生动图画的描写，就会把它和这一逸事联系起来，后知后觉地意识到被套索拴住脚的年轻黑人处于何种境况，明白了他的工作是织布，而悬在他头上的三样物品都是罪证。

但如果读者接下来去看了《我的有些书是如何写出来的》，就会发现在被搜集的五十多个有关创作的例子里，有三个例子带来了包含两个词的原始词组，并因一词多义衍生出了别的意思：

1. "Favori à collet"：既指穿翻领上衣留连鬓胡子的人，也指被套索拴住的情人，即纳伊和——吉兹美的情人，他的脚被套索拴住了。

2. "Melon à pincée"：既指加了一撮盐的西瓜，也指印有"PINCÉE"一词的帽子，也就是纳伊和的那顶帽子。

3. "Suède/suède à capitale"：既指瑞典一国的首都，也指印有大写字母的绒面手套，也就是吉兹美那只印有字母的手套。（16—17）

自从这种手法变得众所周知，在数个世纪以来发表的小说中，有多少作品没有因此陷入质疑的？首先涉及的就是当代小说家，他们可以选择沿着鲁塞尔的这条路走下去，而不是撰写传统小说。但无论读者在看完书还是刚开始阅读时，就算知道了写这本书所运用的方法，他的困惑也不会减少分毫。而过去的小说家们所遭到的嘲笑呢？不论是在久远的过去还是在最近，有一类作家尤其是被嘲笑的对象，他们自称从写作的某一刻起，因为角色们变得如此"鲜活"，以至于自己开始被它们牵着走。这里受到质疑的，是我们在读所有小说时自发产生的、有关"想象"的概念：它是（角色对作者具有的）吸引力和（作者由此产生的）抗拒感交织而成的网络，也是扎根在作者脑海里，变成布景、人物、情境和动作的想法——它们都根据特有的逻辑进入到读者的想象中，印刻在读者的记忆里。

用鲁塞尔所说的方法写作，逻辑则产生了另一个来源。它虽然促使作者创造出所有想象的具体内容，但它又与这些内容无关。小说家的乐趣就与这种混杂性有关，他既可以将其隐藏，也可以予以揭露。选择隐藏，就可以嘲弄读者的过度轻信；选择揭露，而假如读者已经看完全书，并从中获得了看小说的乐趣，他就会让读者在回顾时意识到自己的幼稚，读者在看这本书和看所有小说时都因为这一点而上当了。小说家想要达到的效果，是他本人和读者都能在精神层面上化被动为主动，从严肃转变为一种游戏般的心态。所谓被动，就是小说家和读者在被动地"接受"故事，具体方式有所不同，被动程度不相上下。接受故事时也都抱着严肃的心态。

对小说家而言还有一项挑战，为了"安置"被选中或得到的某个词，小说家要创造一个故事，以最低程度的叙事逻辑把这个词安插在故事里，或者就算破坏逻辑，也要让这种词展现出一种前所未有的光彩。这与拼字游戏正好相反，那种游戏需要在之前给出的其他词中，找出安插进来的一个词，找的时候要遵守规则。但在这里，灵活的思维是用来寻找上下文的。

而对有的读者来说，他在首次或再次阅读前就被提醒过，该作品是根据这类原则被写出来的，尽管故事有时吸引着他，但他会在脑海中与它保持一定的距离，这样才不会错过引发整个故事的某个词或某些词，它们才是故事最初的真相。就像人们翻来覆去地从各个方向看儿童画谜一样，为的就是在组成谜面的各种形状中找出隐藏的那个图案，其他围绕着它的形状之所以被画出来，是为了掩盖这一谜底。

在看完《我的有些书是如何写出来的》后，让我们再重读《非洲印象》，特别是有关吉兹美和纳伊和的故事，并且要记住那三对语带双关的词组，它们是鲁塞尔在这段插曲中设置的关键词。在读开篇的描写时，我们注意到了将年轻黑人的脚拴住的套索（这个词被印成了斜体字）、圆顶礼帽、帽顶上用大写字母拼出的"PINCÉE"，以及掌心带着字母"C"的绒面手套。这好几种东西都和之前提到的文字游戏有关，它们集中出现在文中，但可以说是以一种比较死板的方式出现的。为了证明它们也可以促进创作，需要读到书的第二部分。后文中，两个黑人在搁浅的欧洲船只上捡到的手套和帽子一共引发了三段内容：给他们设下的陷阱（加了一撮盐的西瓜），被猜想的罪证（带着字母"C"的手套），以及增加的一段幽默内容——它重复了一遍逮住这对年轻人所用的诡计，即写在青年帽子上的"PINCÉE"和不知不觉间印在姑娘手套上的字母"C"。当读者在事后明白了这些神秘物品的意义时，他获得了第一份乐趣，但在逐渐观察到建立起数条关联的精妙构思，并看到这些关联最后交织成一个故事时，这种乐趣又取代了前一种。

不过，需要多长的文本才能呈现出这种效果呢？举一个小例子，就像揭秘《非洲印象》的撰写过程一样，尽管很神奇，但它不足以像鲁塞尔期望的那样，能挽救这本书在刚出版时和多年以来的低迷人气。在作者揭露了《非洲印象》的写作方式之后，有很多人去读这本书了吗？就算揭露了"由数条严格规定支配写作"的唯一原则，可它对小说家来说是娱乐，对读者来说恐怕是烦恼，因为需要麻烦他自己去发现这些规则的运行模式。而如果规则本身已被详细说明，就只剩下一项枯燥的任务：一点一点地去确认它们的应用。当人们强行让创作和摹仿生活的计划（甚至是无意识的计划）相分离时，也许给了创作更多的自由。但由此产生的独特乐趣发展到极限时，用于解构的多种手段就会以这样或那样的方式引起注意，损害了选择这些手段时本想要达到的目的。

　　鲁塞尔没有掩盖过一件事：揭露自己是如何写出有些书的这一决定，与它们的完全失败息息相关，他曾在1935年时表示，这个决定对他来说也算是某种责任，因为他认为"未来的作家们可以从我的方式中获益"（11）。二十五年之后，当一种"新小说"突飞猛进地发展时，随着"乌力波"（Oulipo）——"潜在文学工场"（Ouvroir de littérature potentielle）的创办，鲁塞尔的愿望得到了理解。在这一缩写名称下聚集的作家们认为，他们的使命就是系统地探索新的写作方式，尤其是通过引入数学法则而获取的方式。不过，从一个任意选定且没有特殊背景的程序中提炼出有关叙事、诗歌创作的构思，是鲁塞尔早就有过的想法了。"乌力波"如果还算不上一个团体，至少也是一种渴望文学革命的全新理念，它在被命名之前就诞生于一位作家秘密发明后又揭露出来的手法中，这位作家在生前并没有多少读者。

　　这本具有创始性价值的书于1935年出现，之后发展成为一次集体实践。在这两个时间点之间，鲁塞尔与一位活跃在一战、二战间隔期里、力求革新小说的作家，雷蒙·格诺，完成了一次接力。后者注意到前者在1932年促成了《非洲印象》的再版。对格诺而言，在他构思并撰写《麻烦事》期间，这本书的再版正逢其时。他在一本杂志上撰文评论鲁塞尔的小说时，赞美了"因其形式而显得有条不紊、难以抗拒，又因为所用元素而显得错乱无序"的想象力。也正因如此，在二十世纪六十年代，他回过头来将《麻烦事》称为"乌力波式小说"。其实，格诺也有使创作系统化的意图，甚至将算术也作为创作的手段。但主动进行词语创作的乐趣，以及对存在的追问，都会阻止格诺这一类的作家完全将写作交给运气去决定。

在 1955 年至 1975 年间的大型文学运动中，完成《弗兰德公路》后的西蒙继续有条不紊地对抗叙事对小说的支配。他在二十世纪七十年代所写的三本小说中，以三种不同的形式，尽可能深入地发展了这场斗争。

第一本书，《导体》（*Les Corps conducteurs*），有着大量碎片化和多样化的片段，使整本小说呈现出了马赛克般的效果。有一些片段原本可以组成一个故事，因为它们描写了同一个人在不同时刻的状态：在北美洲一个城市的某处地点，一个男人感到阵阵强烈的肝疼，伴有呕吐和眩晕；而在别处，另一个人，抑或是同一个人，艰难地走向他住的酒店，时走时歇，最终倒在了房间的地毯上；然后在一个新地点，假如又是同一个人，我们会看到他出现在一间候诊室里，面对着医生——另一个人，或许还是同一个人，乘飞机进行一次长途旅行，正从一大片热带雨林的上空经过（亚马孙雨林吗？）——一小队欧洲士兵在一片雨林里艰难地前进着，他们迷路了；队伍里的人越来越少——一位作家出席了在南美洲某城市举行的一场国际研讨会，会议主题是文学的社会功能。

　　但是，除了越来越短也越来越不协调的片段以外，作者还采用了一些预防措施，让所有潜在的故事不会真的形成一个故事。与它们有关的人物永远不会被命名。没有一个潜在的故事被写完，因此也就没有一个故事夺得特权，成为我们记忆中的主要故事。有些片段被极少量的线索联系在了一起，随着它们在文中的出现，某一种情节上的推进展现了出来，但这种推进没有什么作用，相比同系列的前一个片段，它们与其所在的上下文结合得更加紧密。这种片段被剥夺了按时间和逻辑顺序相互连接起来的能力，也因此无法再开启一段想象的时期。东一处西一处，这些故事片段相互抵消了，就像接连涌向海滩的浪花消失了一样。它们被仔细地散布在其他片段之间，彼此混在一起，失去了本可以成为故事的机会。

　　在这幅马赛克的各种碎片之间，从一个到另一个的过渡通过很简单的联想完成，通常在首次阅读时就能发现联想的原则，要么是词语们的多重含义，要么是它们的发音和拼写。这个联想游戏本身就在暗示一种集中性意识的自我统一，读者在这样的意识里只会把读到的片段和下文相联系，类似感知或回忆的过程，为的是在这一共同的起源里找到片段们的统一性。阅读西蒙的前作，有助于读者辨认出这种意识，它有时属于一个角色，有时又属于和小说家或多或少混在一起的叙述者。有关意识存在的暗示会进一步加强，假如作家严格保持了它的连贯性。《导体》在文本上是连续二百二十五页没有分章节、甚至没有分段的整体，也就是说，这么多页里，哪怕在换行时，也没有一处空隙。

意识的逻辑取代了故事的逻辑，不过前者依旧要依赖时间。这种意识和摹仿小说中的人物一样都好好地"活"着，各种事件也会在意识里发生，尽管其顺序与人物遭遇事件的顺序并不相同。而就像相信人物的存在一样，读者也选择认同这种意识的存在。这就是为什么，西蒙在《导体》中把这个首要选择和纠正不良后果的决定结合在了一起，他一直想要扼杀这种假想的认同感，不论这一现象可能发生到什么程度。意识实现了自由的联想，又被联想所暗示，首先与它结合的只有一些片段，比如当下的感知、回忆或幻想，它们全都是纯粹的描写。但仍然需要考虑这种描写的写作形式。

从《弗兰德公路》到写于《导体》之前的《法萨罗战役》（*La Bataille de Pharsale*）（1969），在西蒙从前的小说里，他的写作方式始终给人以这样的感觉：我在与一种个人意识打交道。自从《尤利西斯》的结尾出现莫莉（Molly）的独白后，我们不经思考就会注意到这种发言形式的所有特征：无须识别的代词，不必写完的句子，记忆中的修改痕迹以及话语里的更正。文本甚至不需要写成内心独白的标准形式、展现出它的一些特征，就能让有关独白来源的暗示发挥作用。在《导体》之前的那些小说里，有很长的几组现在分词，通过让一系列的画面为同一种意识接连出现，再次推动了这种默认。

但这些内容在《导体》中都消失了。写作方式的改变，表明作者下决心要使描写尽可能地中立。因为内心独白或与之类似的桥段在进行的时候，出现的描写注定是主观的。之前，有一些长句被用来遵循一种无拘无束的思绪所形成的千回百转，直到句子本身不堪重负，而《导体》中则相反，人们只会读到长度和复杂程度都有限的句子，它们既让描写变得凝练有力，也完全符合句法规范。如果它们稍微偏离了标准词汇，那不是隐喻造成的，而是句子中运用了技术性词语和专业术语。当我们更深入地观察那些在片段间支撑过渡的联想时，会发现，与《弗兰德公路》里有迹可循的联想不同，《导体》中的联想并不属于一种个人意识，而属于共同的联想资源，被所有人分享。这也是为什么它们一出现就很容易被理解：如果是更个人化的意识，首先对读者来说会很晦涩，而他为了从中找出特定逻辑而付出的努力，会让自己重新陷入假想的认同感中，这是他本应该避免的事。

西蒙长期以来都进行着这样清醒又审慎的选择，于是读者看到的就是这样一部长而淡漠的作品，极其细致地、难以避免地偏向于描写。读者是可以在阅读描写时获得乐趣的。西蒙的描写有一种堪称楷模的简洁和精确，对读者来说，算得上是一种描写的流派。当他读完书、抬起眼帘后，差一点也想要参照这种模式，亲自描绘一番身边的景象。但在阅读过程中，他有时会觉得这本书没有结束的理由，描写总是可以无穷无尽地延伸下去。并且在《导体》中，西蒙是明确选择了这种体量的描写，以它来对抗一段想象时期的展开，后者始终有可能引开读者的注意力。由于该作在初版时被比作造型艺术品的复制品，描写的成果因而更加显著，并且在造型艺术品中，普桑（Nicolas Poussin）的画作《双目失明的俄里翁》（*L'Orion aveugle*），也被西蒙拿来作为另一部作品的标题。这本书的再版则有所改动，增加了对原意识（conscience-origine）缺失的刻意暗示，它与投向画面的关注所包含的那种暗示是不一样的。西蒙因此陷入矛盾的渴望中，一方面，不管怎样，他还是想偶尔在一些提到的经历中展开叙事，另一方面，他又想根据一个人的感知、记忆以及潜意识的配合来撰写文章。这些探索符合其本身的原则，也被完美的逻辑所引领，在这里却达到了极限。

两年后，也就是 1973 年，西蒙的下一部作品《三折画》（*Triptyque*）延续了之前的路线：作家还是严格地保持了进行描写的决定，以至于读者久而久之又有了同一种渴望——读完书后要乘兴描绘身边景物；句子还是符合规范；所构成的文章，在一页又一页里，还是一连串整齐的内容，持续进行、没有分段（由于还是划分了三个板块，呈现出的效果略有缓和，但没有改变，每个板块都从新的一页开始，但在彼此之间始终都有着相同的手法和主题）；作者也依然在阻止读者相信故事；依然通过简单明了的类比完成不同主题间持续的过渡；依然缺乏可以成为统一要素的主要观点，而仅仅通过某些晦涩的导向来暗示其观点，让这些导向带有一种逐渐封闭和深入的独特意识。文中也始终在抗拒一种叙事，即由于所述故事的吸引力而原本显得很合理的叙事。读者的注意力渐渐被训练得不再用来等待人物的后续，而是开始等待下一个导向，等着它将自己引向另外一条道路。

不过在这本书里，西蒙有了各种方法去构建一套无限复杂的布局，以至于它的运作也成为一种独立的乐趣。对于读者来说，正是它取代了小说的传统乐趣，后者也一定不会出现在这种布局里。

《三折画》中有三处地点，它们从北到南匀称地分布在法国国土上：东部一座工业城市的郊区，山地附近的一个乡村，蔚蓝海岸（Côte d'Azur）的一座豪华旅馆。这三处地点是对本书书名的第一个对应，当然，它们并不像一幅三折画的三个部分。在每一处描写中，也出现了一些相应的情景：乡村生活的场景，夏日午后，两个少年先是在桥上守着河里游来游去的鳟鱼，接着去捞鱼，后来又去游泳——北方的雨夜，在邻近货运车站的地方，当地电影院后面的一条死胡同里，一对情侣正在做爱，两双脚踩在泥地里，身体倚靠在砖墙上——正午的阳光照进豪华旅馆的房间里，一个女人一直赤身裸体地躺在床上，她期盼着那个将要与她上床的男人能够信守承诺。场景回到两个少年那边，他们通过墙洞偷看到了谷仓里另一对情侣的缠绵，正因如此，对性爱的露骨描写（正在进行中、躺着、站起来或者快要结束了）成为三个地点之间的第一种关联，它很适合被用来进行场景上的切换。在文中，有几个缓慢的进程也需要（其他地点的）一些性爱场景，它们随时准备好去打断之前的同类场景，同样地，有一些场景或画面（比如一个女人正仰卧着，双腿大张）在扩展之后，和前面的场景也形成了一种类比关系（比如其中一个出彩的长片段，就在按时的交替中展现了一连串场景：准备工作、宰兔子、它临死前最后的抽搐，以及被剥皮、做成菜的结局）。

过渡就建立在这种与主题相关的类比上，但无论它们进行得多么流畅，如果像在《导体》中那样，只剩下了这些过渡，它们将会显得有些机械化。而被隔开的片段更像是并排放在文中的，而非以一种动态的方式串联起来。不过在《三折画》中，西蒙尽全力发挥了观察的作用，这是在其前作中很少提到或暗示到的。它产生的效果，与小说中其他内容对读者的想象力所产生的效果是一样的。假如书中不曾以某种方式提醒过读者，那无论是描写在第一阶段中处于现实的某地点或某物体，还是描写展现该地点或该物体的一幅图像，对读者来说都没有什么区别。写作不会考虑现实中不同平面或不同层次之间的差异。当西蒙进一步探索时，写作甚至会否认差异的存在，他通过想象一个场景里的人物接下来会遭遇什么，毫无预警地把对这个场景的描写拓展到了第二阶段，也就是立体的图像。实际上，他所做的和传统小说一样，都是把地点描写和人物的形象及动作描写相结合，唯一不同的就是传统小说中的地点仿佛都真实存在。在这种传统模式中，对时间的想象和对空间的想象是相辅相成的。而在《三折画》的读者看来，图像描写上出现的这些草图，逐渐光明正大地拥有了故事的价值。西蒙让所有图像化的场景都进入到现实里各层次互相混淆的游戏中，这些层次都相继沦为了非现实。蔚蓝海岸的风景以明信片的形式加入到乡村场景中，同样地，东部工业城市的景象也以一张电影海报的形式加入其中。在开篇处，乡村场景成为小说的第一处地点，而在此展开的两个青少年的故事，就是小说的主题。但它们很快就失去了首先出场的优势。事实上，用来吸引人们走进影院的电影海报很快就"活"了过来，在两个青少年正在进行的幻想中，它化作了砖墙前的性爱场景。可是一旦这个场景被写了下来，它在读者眼中就不仅仅是青少年们的幻想，而是一个同样有说服力的故事。当这两种片段交叉出现时，海报故事与青少年们的故事处于公平竞争的状态，不过有关里维埃拉地区（Riviera）的一段故事又在它们之间形成干扰，读者直到后来看到一部电影的声音从楼上放映室一直传到了墙边这对情侣的耳中，才会明白这段插入的故事从何而来。

为了增强这些效果，文中轮番运用了一切可以展现立体场景的形式：照片、海报、图画、雕刻品、电影——尤其是电影，它要么在放映中，要么在拍摄中，有时也会作为重新定格的一些独立画面出现（即胶卷的某几格）——最后还有一件物品，因它起到了戏中戏的作用而极具象征性：重组中的拼图所呈现的画面。书中内容是如此充实，以至于单独看其中一个故事，也可以说它内在的情节相互交融，在所有的故事的内部和前后，不停地玩着一场从现实到图像的过渡游戏，一会儿是假定的现实，一会儿又将它还原回图像，一会儿描写固定不动的图像，一会儿又描写"活"过来的场景。

在西蒙这样的大师手中，这场游戏永无止境。它甚至可以以这样一种方式得到丰富，却在众多的故事中只有那么一个故事是可以自圆其说的。要达到这种效果，需要在文中把这个故事的时间线打乱，甚至在必要时将它完全颠倒——比如兔子的那个故事，在小说接近尾声时讲的是一个老妇人在为她的家禽场采草，但在小说第一页里讲的却是剥了皮的兔子躺在料理台上，旁边是有着蔚蓝海岸风景的明信片；而在另外几个故事中，也会出现时而让情节进一步发展，时而又回顾过去的情况。

阅读这样的故事和读到传统小说中最精彩的地方一样，都能感受一种鲜活的乐趣，不过相比之下，这里的乐趣还要复杂得多。首先在一连串未成形之前就已走样、融合的画面里，会逐渐生出一种眩晕感；其次也有一种似曾相识的熟悉感；而当一些文本片段每隔好几页后再次出现时，又要求注意力加倍集中，在这些感觉和要求中都能找到乐趣。读者在看书时能感觉到潜在的关联越来越多，但他并没有时间去确认它们是否恰当。他很快会觉得自己的眼睛是在盯着一支万花筒看，它的构造十分讲究，但人们来不及将它旋转上好几圈去看那些千变万化的图像。不过人们也没有什么不满：他们应当集中注意力，才能间歇性地找回思路，哪怕找回来的并不多，这就需要及时辨认出、或没过多久就辨认出与另一个故事或同系列另一个部分相关的信号词或类比。读者还应当有一种洞察力，能够发现或串联起这些为数众多的关联。读者在享受这种乐趣的时候，也仰慕着写下如此杰作的小说家。在其他书里，只有当作者在情景、人物动作以及人物反应上有一些出其不意又很有说服力的设计时，读者才会心生仰慕，但在这里，他欣赏的是作者对全局的掌控。

从一个程度的现实到另一个程度的现实之间的双向过渡，本身就是一种更微妙的、加倍的甚至是矛盾的乐趣。作家在描写一幅画、一件雕刻品和一张明信片时都引用了不少的专业术语（如笔触、线条深浅度等）。当要写一个地点时，就用这些术语去展现它。如果在该地点有一些人物，文字捕捉到的则是他们在某一刻做到一半的动作。但是在下一句中，时间又会重新流动：这个动作继续做完，其他动作紧随其后，而我在想象中看着它们。就这样我再一次进入到虚构里，感受这种飞速发展所带来的乐趣。反过来，在一两页之后再次出现的专业术语，又将我从正在进行的动作带到了某一个我开始感兴趣的动作上，就好像是对一段人类冒险或者一场值得注意的表演产生了兴趣一样，但具体方式不同。而我则从这一动作引出的故事里迅速"清醒"了过来。不过，矛盾的是，这也是一种乐趣。虚构故事所得到的信任是一种模棱两可的事物。人们很感谢有能引导他们入戏的东西，但他们不会忘记故事中有种刻意的异化感，如果曾使人入戏的某种东西又让人从中脱离，他们也会对其表示感谢。朝着相反的方向去重新塑造那条从现实到半虚幻的道路，也会有不少的乐趣。

这场设局与解谜的游戏，虽然跟一些立体场景以及从中诞生的虚构故事相关，但又不止于此。毕竟，小说不需要用这样的特例来提醒大家：在书面文字中，没有什么可以用来证明文中涉及的是所谓的现实。整部作品本身就是首要的说明。在传统形式中，将"小说"一词印于封面，已经一劳永逸地表明了真相，之后在整本书里只有一些实实在在的人物和虚构的故事。而在《三折画》中，所有经过仔细研究的场景都是虚构作品中典型的戏中戏，是小说的戏中戏。西蒙让我们从一些故事片段中脱离出来，接着又展现了它们的真相，他通过这种方式为我们重建起另一半乐趣。这也是格诺从他

的首部小说起就一直想要实现的乐趣，之后在 1959 年出版的
《地铁姑娘扎姬》(*Zazie dans le métro*) 里，他也宣告了这一目
标。在这本书的开篇处，他（用希腊文）引用了亚里士多德
的一句题词："让事物具有形态的也会令事物消失不见。"

　　这项既创造又毁灭的双重运动会给读者内心带来冲击，
当然，冲击程度取决于第一阶段里得到的效果。越是有很多
人物和故事摆在我们面前，我们越是会抛却消遣的心态，更
加深入地去理解这部作品的手法、技巧和内涵。当我们更加
仔细地审视这一部小说时，会发现它并不是消遣娱乐之作，
而是一段深度展现人性的经历。从这一角度看，《三折画》提
出的问题涉及了书中的各个部分，在小说呈现的效果里，它
源自一些被联想到的"故事"和使故事们发挥作用的绝妙手
法。三个故事都展现出了相当分量的人性，无论是两个青年
少年在乡村的一个夏日午后躁动不已，或者因无意间造成一
起事故而慌乱不安；还是一个已婚男士为了告别他的少年时代
而与身为服务员的情妇最后一次做爱，这最后一次偷欢选在
了最肮脏泥泞的墙角，与此同时，他的妻子却焦躁不安地独
守在酒店套房中；还是一个老妇人不得不亲自出面去保释她被
拘押的儿子——所有这些故事都是人性的体现。但由于写作
形式上的选择，它们无法深入发展，故事中最重要的始终是
这些形式。人们最先感受到的还是情节剪辑上的巧妙。

　　这并不是说，在西蒙的书里，没有一个想象出来的故事

能够获得认可。或许为了追求这种目标，在被精心安排成三折画的几个故事之外，他应该展开第四个故事，它将打破之前既匀称又彼此呼应的格局。就像东部城市的场景一样，这个故事诞生在一张海报中，但又与之前的三个地点、处于三个年龄段的角色们无关，它没有把一个或多个性爱场景作为故事的重心，而是通过小丑表演这种矛盾的方式来展现不幸。如果人们有所留意，就会发现这些表演节目都在讲天真之人是怎么遇上各种倒霉事的，读者也会很敏感地发现，节目的所有内容都建立在一种侮辱上。最后一个故事脱离了万花筒式的完美布局，但矛盾的是，它反而使《三折画》的结构保持了平衡，在其他几个故事里也能找到属于它的情节，只是当人们赞赏整个创作机制的运行时，这些情节就被弱化了。

虽然人物和故事一向被认为是小说家唯一会创造出的东西，也是读者唯一会关注的东西，但两年之后在《常识课》(*Leçon de choses*) 里，西蒙还是第三次、也是最后一次决定将它们统统摒弃，他这么做，为的是展现一种在图像和词语间进行联想的逻辑。相关的证明要想更具有说服力，在开篇处分为两个层次的描写中，作者就应该正式地指出这一逻辑的出发点。此处的描写就像西蒙通常所做的那样——首先描写一处地点或一个画面，然后描写该地点或该画面的一个立体场景。在这种模式下，小说内容就从一个拆毁了四分之三的房间展开：

一张张挂起来的画稿，从破烂的天花板上垂下来的一个光秃秃的灯泡，石膏像，瓦砾碎片，灰尘。这段描写孤零零地待在只有两页的第一章里，它的作用是什么？这一章的标题"片头字幕"（Générique）已经解释了一半。被摧毁的房间就算不是字面意义上的片头字幕，至少也像干细胞一样，作者是以它为起点，展开这篇计划性写作的。

　　而在其余部分里，西蒙的写作方式还是明确偏向于描写，始终采用一般现在时，所有句子都有着规律的构造；用词依旧精确，尤其是在描述几何形状时，会用到二面体、多面体、多边形等词汇；对读者来说，他也有两种感受在交替着，有时读到一段系统化的描写会心生厌倦，但另外一些时候，他又沉醉在一种计划里，当然，这种计划始终要用实实在在的内容去解释，无论它是初具雏形的新设计，还是已经被大众所熟知的旧模式；三个主要故事的片段还是被编织在了一起，它们的时间顺序依旧被打乱了，经常通过阳光的移动来表现时间线的混乱，作者最偏爱的还是日落时分；在这三个故事之间，按照惯例还是会有性爱场景。但这套安排的首要原则有了一点变动：不再有三个地理上的位置，只有唯一一处地点（被毁掉的房间）被分成了两种状态，处于两个不同的摧毁过程：在战争期间，满是炮弹和炸弹；在和平年代，两个建筑工人负责将一面或几面隔墙都推倒，以便调整房屋布局。两种状态之间的对照，原本是无意识间形成的，但由于小说中提到了一册名为《常识课》的小学课本，对照便有了深意。这本书偶然留在了敌军开始破坏的一套房子里，一个四人骑兵小队逃亡至此，其中一个机枪手拾到了它，翻着看了看以打发时间。"常识课"是一门教导小学生的课程，它向孩子们解释了身边各种事物是如何形成或运行的，它们要么是天然存在或后天形成的物体或现象，要么是人类的创造物，比如说一套房屋，它有着各面墙壁、屋顶、每个房间的内部涂层等等。机枪手浏览的正是这些章节，它们带着相应的插图，介绍了需要哪些材料、使用什么方法、遵循什么流程才能盖出类似这套房屋的建筑，但与此同时，这间屋子却随时会被摧毁，他自己也是命悬一线。作者通过引用课本上的文字、描写书中的插图，以一种新的顺序介绍了叙事背景，同时也使他的描写具有了深度。小说家是在用文字解释万事万物形成和毁灭的方式，也解释了它们在不同时期的状态。一本小说，既是在讲一群人的故事，又不限于此，它也在以自己的方式上一堂常识课。

而适时出现的性爱场景——此系列的所有小说都是这样——是一种典型的情节，在作者拒绝叙述人物的其他言行举止后，它就像是一种相应的补偿。这个场景还是以熟悉的方式被引出来的，即描写和"动画"，让一些立体场景（依旧挂在房间里的彩色画片、贴有标签的图片、盒盖等等）在想象中变

成动态：画面中，一群人身着"美好年代"[1] 风格的服装，共
同漫步在乡间，其中一对男女身边跟着一个小姑娘，如果这对
男女在夜里又来到了同一地点，而且没有小姑娘跟着，那将会
发生什么呢？一对男女、危房内的四个骑兵、正在拆一面隔墙
的两个工人，通过让顺序混乱的片段交替出现，这三个故事在
三个部分里有规律地持续推进着，每一部分都分别配有一个标
题。除了插入的几个章节之外，后两个部分以同一种方式延
续着，分别名为"插曲 I"和"插曲 II"（"Divertissement I" et
"Divertissement II"）。对这三个故事的剪辑将在最后一章中结
束，它与名为"片头字幕"的首个章节是相关联的，就像传统
小说中尾声与序幕遥相呼应一样。在西蒙看来，他需要向自己
证明，也要向读者证明，写作计划已经被完成了，他之前保证
过要在开篇处的描写中引出整本小说，这一描写从头到尾都要
体现中立的态度，而现在他一丝不苟地完成了承诺。在扩写过
程中，尾章引用了首章的一些句子，又混合了一些来自中间部
分的其他内容，这种做法让他有机会去凸显本章标题"短路故
障"（Courts-circuits）的意义。他在一系列的小说中都使用了
连续的片段，通过不同主题间的联想，西蒙为这些片段定下了
"短路故障"的名称。此时，小说只是按最普通的顺序描写一
件事的首要选择，也是一场描写运动的发端和扩展，是一些同

---

[1]　又译作"美好时代"（La Belle Époque）。——译者注

样普通的故事碎片（它们来源于对其中一些图像的幻想），以及在碎片之间，被具有一定意义的词句或类比所引发的"短路故障"（这是对大部分读者而言。因为熟悉内情的人会明白，最先出现的几个画面只是看上去平平无奇，《常识课》之前的两本小说在开篇处也是如此：书中描写的各种场景，是以图片上的内容为中介而呈现出来的。这是三本书之间的另一个共同点，它们靠着这些共同点组成了三部曲。可是大多数读者并没有意识到这种双重设计。我们一路看到的被剪辑的画面都属于很普通的事件，但作者是出于挑衅，才重演了传统小说中惯有的场景，用它们来凸显文本形式上的革新）。

不过，哪怕在自我要求最严苛的创作时期，西蒙也没有处处贯彻这种客观的态度。文中有几处或大或小的变动就在提醒读者这一点。在被命名为"插曲"的两个章节中，有两道声音闯入了极为中立的文章里，由于使用了很粗俗的口语，它们显得极其私人化。这一选择使两段独白变成了对塞利纳作品的模仿，西蒙唯独没有按照同样的方式使用标点符号，塞利纳的文章被省略号划分出了节奏，《常识课》中的标点符号则没有变形，而是被废除了。此外，西蒙还将两个对话者塑造成了口无遮拦的牢骚鬼，他们一个抱怨连天，一个忿忿不平，足以完成对塞利纳作品的影射。但最重要的是，通过给角色们配以如此鲜明的个性，文中出现了能解释这种性格的往事，和用来展现性格特点的一种有趣又下流的语言。在书里的其余部分，西蒙严格地抹去了一切人物和语言的痕迹，使这些部分和独白形成了巨大的差异。完全摆脱掉创作虚构作品的渴望，对他来说还是很难的。

况且，西蒙虽然没有采用十分戏剧化的手法，但在撰写作品的过程中，客观描写的计划偶尔也会因为一些评价性的内容而失去控制。这类评语与一种存在的感受有关，也涉及了一些有辨识性的文风，比如他描写几个士兵有着"呆滞又敏锐的"眼神，在他们身上"仿佛有两种东西重叠、并存着，一种是对无忧岁月的回忆，它已变得遥远又破碎，另一种则是苦难的经历，它令人早熟又催人老，浓缩成了难以治愈的创伤"。西蒙与他想象出来的故事也不会轻易分离，正是后者让前者成了小说家。除了对自己定下的规则多有违背，在《三折画》和《常识课》里，他还给出了一些暗示（如果说这不是挑衅的话）：准确地提了两次"雷谢克"这一人名（《弗兰德公路》中的队长）。在之后的小说里偶然出现前作的主角名称，这叫作"人物再现法"（Retour des personnages），它是巴尔扎克小说的标志，新小说派抨击的对象正是这类作品。在西蒙创作于二十世纪七十年代的三部曲中，小说以好几种方式呈现出了其他的可能性。

贝克特则用他的全部作品去探索一种极限形式，并以不可超越的方式完成了目标。他的这一历程也同样极具代表性，从头到尾都是一场漫长又严苛的苦行。其推进过程中体现出的艰苦，也在阅读中形成了强大的震慑力，这是作品难以克制的力量。一旦贝克特认为，他已经在自己的方向上走得尽可能地远了，同时也找到了形式和极限，他就会在这条路上坚持到底，绝不回头。

贝克特在这场苦行中所取得的能力，使他能始终兼顾到小说里想象和诗学两个相关的层面。小说一直在寻求更为激进的革新，而贝克特的这种能力让他的叙事作品成为小说史上的一个独特篇章，在将近整个二十世纪里都吸引着法国读者的注意。

在二十世纪三十年代，贝克特开始投身于文学创作，最初他写的还是格式标准的叙事类作品。其他作家如何表达自己的想法？有些作品会让读者也产生写作的冲动，尤其是普鲁斯特和乔伊斯的书，它们可以被归为小说吗？［至于但丁，他不可能再将《神曲》（*La Divine Comédie*）重写一遍了。］《徒劳无益》（*Bande et sarabande*）（写于 1932 至 1933 年间，英文版于 1934 年出版[1]，贝克特没有自译这本书，在他逝世之后，它才被译成法文并出版）和《莫菲》（*Murphy*）（英文版于 1938 年出版，法文版于 1947 年出版）都是大约二百五十页的书，都以讽刺的方式讲述了一群有名有姓的人物所经历的故事，也展示了他们周围的社会格局和阶层。《徒劳无益》

---

[1] 原作名为 *More Pricks than Kicks*。——译者注

一共有十章，每一章都自成一体，但这种安排其实没有必要，所有章节讲述的都是男主角与女性交往的经历，且定期会提起前几章的内容，以至于它们在结尾合并成了一个故事，从主人公最初与第一位"缪斯"的相遇，到最后他的意外身亡。与此同时，在城市中游荡、在郊区外散步的情节，也把男主角在一个个女人之间辗转的故事变成了有关都柏林的乡愁之作。而在社会生活方面，有一章讲的是文学聚会，长达十页的篇幅也足够让作者刻画出这一主题。《莫菲》则有着同名主人公，这是贝克特笔下最接近传统模式的作品。它讲述的是有关危机的故事，危机源头是莫菲与一位女郎的相遇，他此前一贯用禁欲来否定外部世界、保护内心世界，但自从遇到这位女郎后，莫菲就难以抑制地渴望着她，这阻碍了他的禁欲生活。为了逐步解决这一危机，他先是自愿被关进了精神病院，之后又或多或少地主动促成了自己的死亡。在他的周围，有六个次要角色想要找到他，他们合伙设计了一个不折不扣的阴谋，它虽然十分拙劣，却有着不小的威力。故事从科克市和都柏林一路迁往了伦敦，读者也得跟着人物，从西布林顿地铁站、到布鲁姆伯利区、再到海德公园，在回忆或想象中走遍这块土地。这本书集齐了小说应有的一切元素。

就像同时期的其他小说一样，这些元素甚至被一种持续的存在感结合在了一起，后者作为幻想故事的来源和写作动机很快就获得了认可。贝克特直接向但丁借用了一个角色的名字和外形，用以塑造《徒劳无益》的主人公贝拉夸。但他巧妙地改变了人物的主要特征，以此来表达一种形而上的、带有佛教色彩或叔本华思想的悲观主义，这自然是但丁所不了解的领域。《神曲》中的贝拉夸是出了名的懒散，对于该角色而言，"懒散"（Indolence）不过是"懒惰"（Paresse）的同义词。而当前者被用来形容《徒劳无益》中的贝拉夸时，随之而来的种种评价逐渐迫使读者去追溯"懒散的人"（Indolent）这一词在法语中的词源和古义："没有感受到痛苦的人"。假如懒散没有对他造成任何影响，那么与其说这是懒惰，不如说是他在回避痛苦，他坚信生活中只有苦难。这也是为什么贝拉夸拒绝同情某个特定的人，把他存有的怜悯之心留给了"活着的人，不是这一个或另一个不幸之人，而是当前活着的无名大众，这种生命，是我们几乎可以纯粹抽象地去描述的。"（179）[1] 因为不幸的命运，这些活人只不过是些"还没死的人"（180）。在死亡来临之前，如果这些人的生活已陷入"麻木阶段"（248），那他们无力避开最糟糕的事，只能毫无作为。除了酒精和酒吧，再没有更好的办法和地方

---

[1]　Samuel Beckett, *Bande et sarabande*, Éditions de Minuit, 1995, p. 179.（贝克特，《徒劳无益》，午夜出版社，1995 年。）贝克特兼用英语和法语创作，并亲自翻译了部分作品（英译法，法译英），因此法文版的贝克特著作包含了他的法语原创作品、自译的英文原创作品和他人翻译的英文原创作品。译者在考证时发现，本书中所引用的贝克特作品（法文版）的部分内容，与现有中译本（基于英文版或法文版）的内容有所出入，因此与中译本差异较大的引文将被进行重译，以便贴近本书作者在引用时想要表达的含义。——译者注

让自己忘记这一切。而对于其他人来说，当他们能更好地预料到不幸并予以等待时，就可以加倍忍受厄运。《徒劳无益》中的"贝拉夸"一角对但丁的作品有着不少借鉴，但它借鉴得更多的还是哈代（Thomas Hardy）的作品，书中还保留了哈代的一句名言，"当痛苦真正降临时，睡意终于可以乘虚而入。"（243）[1]

正是这种不变的感觉，让莫菲和贝拉夸成了兄弟般的角色，也让《莫菲》成为贝克特在创作初期时打下的另一块基石。和《徒劳无益》一样，这里也有对一切活动的拒绝，它建立在同一种信念上，即主人公坚信人生中只有不幸。他甚至发展到拒绝行动的地步。但这同时也显得很戏剧化，因为莫菲还没有达到贝拉夸那种不为外物所动的境界，后者在考虑婚后生活时，准备将夫妻结合这种事甩给其他人来代做。相比起来，莫菲还会臣服在欲望之下。他与一个女人的相遇瓦解了他之前为禁欲所做的一切努力，这个名叫西莉亚（Celia）的女人为了能和他一起生活，还要求他去挣钱养家。为了逃避和她结合的愿望，莫菲只好强迫自己一丝不挂地躺在摇椅上一动不动：这就是他给小说第一页带来的画面。但因缘巧合下，西莉亚最终还是走进了他的人生，之前他一直

---

[1]　摘自英国作家托马斯·哈代的长篇小说《德伯家的苔丝》（*Tess of the D'Urbervilles*），第五部分，第三十五章。——译者注

想要逃离外部世界，如今西莉亚也让他在这世界中开始了一系列的活动。后来，莫菲偶然间得到了一份精神病院的工作，他和病人们提前串通好，又借助了一些有利的物质条件，让自己在疑似意外的死亡中得到了永恒的宁静。

这个带有讽喻意味的故事只是在描绘一种基本的感觉，在文本中，贝克特总是能找到新的表达方式去不厌其烦地描绘它。总的来说，它十分接近在塞利纳的前两本小说中形成的感觉，正如《死缓》中某句话所言："产生了一些本不应该产生的东西。"这句话与前后文脱节，却有着无与伦比的力量。而贝克特在这两部小说刚出版时就拜读过它们，也衡量过其影响力，当他让那份精神病院的工作命中注定般地了结了莫菲的一生时，很有可能就是在致敬《茫茫黑夜漫游》（*Voyage au bout de la nuit*）中位于塞纳河畔维尼（Vigny-sur-Seine）的精神病院。虽然巴达缪和莫菲各自的人生经历还是存在着差异，但好几个情节都让两个故事显得很接近，比如提供工作的一个奇特的中介。莫菲很快意识到他在精神病院里找到了"人生道路的终点"，这是不是一个偶然呢？

尽管书中有一章借用了马尔罗的某句话作为题词，但贝克特在三十年代所写的这两本小说并没有被拿来同此时期在法国盛行的存在式小说作比较。人们是在事后才发现一种相似的基本感觉，因为贝克特的文字总有办法让人忘记悲剧的、甚至是悲怆的、起码是严肃的作品所包含的意味。他选择以第三人称展开叙事，光是这种做法就足以消除同理心。而在阅读塞利纳的作品时，从巴达缪到费迪南，读者都会与一种心声打交道，大多数人都将对其产生共情。但在贝克特的叙述者所讲的这个故事里有太多的企图和曲折，太多抽象的概念和精妙的影射，它持续地将粗俗的内容和渊博的学识混合在一起，后者通常涉及的还是一些生僻甚至隐秘的学问，很明显，从一开始，作者就没打算哪怕让我们稍微相信一下人物和故事是存在的。在一句又一句玩笑、讽刺或转折的话里，这个故事确保了叙述者独一无二的存在。在他的手中，所有角色不过是提线木偶。

　　这般疏离的态度在无数种措辞里体现得最为明显，它们一个比一个幽默诙谐，在文中随处可见，展现着生命的悲剧感——这种感觉显然已经左右了故事的创作。每一种措辞里都包含着一句刻薄话或一个怪异的言论，由于它们的主张可以更加平稳地扭转其自发产生的喜剧感（读者很有可能会有的感觉），因此这些内容吸引了更多的注意。为了实现这种扭转，出生作为描写内容是一个不错的选择，贝克特将它描述成："不幸的事件"（24）[1]，由"被解雇的刽子手的十指"（56）让婴孩吐出第一口气的手术等。诸如此类的话还有很多：被比

---

[1]　Samuel Beckett, *Murphy*, Éditions de Minuit, 1954, p. 24.（贝克特，《莫菲》，午夜出版社，1954 年。）

作太平间的托儿所（121），青春期才首次出现的紫绀（119），抑或是一个人对另一个人下的这道命令："你救了我的命。现在缓和一下它的痛苦吧。"（46）在莫菲看来，精神病院充当着他的庇护所，而非通常意义上的疯人院，早在这段情节出现之前，另有一个角色曾把精神病病房形容为"梦想"——"由于没能避免出生，病房就成了梦想"（38）。从第二页开始，当文中提及快感时，这本小说的基调就已经定下了。这是莫菲沉浸在自己的思想中时会获得的体验，"这般快感，几乎没有一丝痛苦。"（8）

为了欣赏此类措辞，人们必须享有同样形式的幽默，为了理解无数深奥的影射，人们也要有着相同的文化背景。无论这些要求能否被满足，在前面这两本小说中都明显体现着一点：如果贝克特是通过叙事起步的，那么至少他将自己定位在了一种拒绝幻想的小说创作上，在这样的小说里，众多角色和他们的故事是不会引发幻想的。贝克特尽管和塞利纳有一些共同点，但在另一些方面，他与格诺更相似，比如对叙事的各种形式、阶段所做出的系统安排，让通俗或粗俗的字眼与抽象或罕见的词汇产生强烈的对比等等。贝克特甚至在《徒劳无益》的某一章中，点评了一门流行语言（英语）的音标，这和格诺在《麻烦事》中刚开始做的事很像，只不过后者点评的是法语。

贝克特想要在自己的道路上持续前进，他永远不会放弃这个念头。在接下来的一场双重运动中，他取得了进展。这场运动从两个层面展开，在叙述层面上，叙述的解构与故事的弱化被结合在了一起，主题上，角色们变成了身体残缺不全的人。1951 年，莫洛伊（Molloy）这一角色将贝克特正式变成了小说界的新人物，这一角色之所以具有影响力，是因为他触及了以上两种创作行为。"存在感"构成了《徒劳无益》和《莫菲》的基础，到了《莫洛伊》中，作者依旧用具有煽动性的措辞不知疲倦地反复讨论这一话题。之前在《莫菲》里，生命是"一场巨大的惨败"（130），而如今又是"毫无意义没有出路的"（17）[1] 或"一场久远的赎罪"（120）。但是"死亡作为一种状况也许比活着更糟糕"（102）。还需要做的，就是"在你存在的期间，把所有不那么令人厌烦的事物排个序"（21），为此，最好的做法是隐居在自己的房间里，一动不动，即使不像莫菲那样自愿躺在摇椅上，至少要强迫自己静卧在床上。

　　莫洛伊跟莫菲不一样，他甚至不是一个身体健全的人，也没有主动选择远离社会活动。作者是在观察了法国的社会时事后，从一些游民、乞丐和流浪汉身上汲取灵感，逐步设计出了莫洛伊这一角色。而且这个角色在故事刚开始时就残废了，他有一条腿没法弯曲，之后，书中还会逐步提到莫洛

---

[1]　Samuel Beckett, *Molloy*, Éditions de Minuit, 1951, p. 120.（贝克特，《莫洛伊》，午夜出版社，1951 年）。

伊连一颗牙齿都没有，只剩一只眼睛，两颗睾丸在大腿中部摇晃，让他走路时很不方便。在故事的结尾，他的另一条腿也不能动了，之前提到的那条腿还要被锯掉一截，而他其中一个脚掌的脚趾将会自动脱落，迫使他要靠着爬行来前进。这副支离破碎的躯体是最突出的重点。当文中没有用损伤和残疾来刻画它时，也会用一些对性爱的露骨描写或者对后庭的评论来展现它。更令人难忘的是，这副躯体只能以部分的形式存在，每个部分都在接连消失或报废。人们认为，《莫菲》的主人公和他身边的其他角色代表着某一类原型人物，他们主动丧失了外出的兴趣，不愿意走动，甚至不愿意挪一下。而莫洛伊没有好的身体条件，也就不存在主不主动的问题。此外，书中还提到了更多有名的地点，主人公身边也出现了更多的次要角色，他们在外表、心理、生活和语言方面都各有特点。长期以来，有很多作家都想在这种叙事题材里提取出一种真实的效果或者小说式的幻想，贝克特在他的前两本小说中也略微流露出了这样的意图，但他还是将自己从这一题材中解放了出来。

在创造出莫洛伊这样的人物后，故事情节就被极度弱化，故事背景也逐渐消逝。人们甚至都没有意识到这些改变，直到一切都不言而喻时才恍然大悟——在整个小说史上，能够活在读者心中的角色首先要满足一条不成文的规定，即他能运用感官去接触世界，能使用四肢去走动和做事。但贝克特笔下的人物却虚弱又残废，长年卧病在床，他能靠这类人物写出什么？假如这些小说归根结底是在讲述与不幸和死亡的抗争，那在这里，战斗还未开始就已结束，因为没有战士般的主人公。那么角色身上还剩下什么东西可以被命运剥夺呢？生命吗？这些角色一直在等待甚至期待死亡。死亡能威胁到的只是小说本身，角色一旦死去，小说就会被迫提前结束。

与此同时，在叙事层面上，贝克特的叙述也在表达一种特有的否定。他在《莫菲》里采用第三人称叙述，轻易将六个人物的故事娓娓道来。作者一会儿讲这个人，一会儿讲那个人，同时在每个故事内、在它们之间交叉的情节中，他还巧妙地整理出了一条逻辑链和时间线。但话语权被转交给了当事人之后，叙述就不再清楚明了了。莫洛伊试图讲述自己的倒数第二次旅程（下一次，也是最后一次旅程则是死亡），但他其实是在谈论这一旅行的计划。因为他刚动身就又停了下来，然后再重新开始。到最后，叙事部分被他的疑问、自我纠正以及犹豫情绪的流露（令他犹豫的也许是一件真实的事情，一个回忆，或者一个梦？）所侵蚀；他会在不断蔓延的思绪中倍感窒息，始终沉浸在漫无边际的推论里。比起前进，这场旅程中充满了更多的抢跑和来回奔波，读者只能拥有一个片面又混乱的视角，像是透过重重云雾去看这个故事。尤其在涉及莫洛伊的往事时，这样的观感更加明显（除了残留在他记忆中的几段性经历之外）。这些干扰性的内容，就像其他小说家描写的各种无意识的联想，它们足以把故事切割成更细小的部分，但反过来又保证了文章的连贯性，因为始终只有一个声音在用一成不变的调子滔滔不绝地说话，从不考虑内容的连贯性，在每一行字里也没有任何强烈的情绪变化可以证明情感的过渡。在这本书的第一部分里，一连一百五十多页都没有分段，文本变成了一个单独的整体。

《莫洛伊》的冲击力来源于它在各种层面上展现出的极端。最戏剧性的一点，也是贝克特至今最具标志性的特点，是他让人物的身体展现出了静止的状态，以往，在一切结束之前，人物只想尽可能地接近最终的固定不动，然后艰难地实现了这一愿望。而书里提到的残疾，就和一些淫秽色情的内容一样，通过引发读者对人体的想象来刺激读者，刺激程度不亚于本书在世界、人生和人际关系方面所持有的绝望的观念。贝克特也始终惦记着塞利纳，书中有几处文字毋庸置疑是在影射后者。但他把活着的痛苦加诸在了肉体之上，以此来展现黑暗，这超越了塞利纳的局限之处，体现了所有人都可能会有的感受，也运用了当人们想要袒露这种感受时会采用的表达方式。

一个世纪以来的小说都在促使读者习惯叙事性的作品，不过，《莫洛伊》对叙事性的质疑即便比《莫菲》更深入，却没有那么激进。尽管作者始终拒绝在文中给出个人意见，文本没有分段也缺少标点，但无论它的叙事和标准模式有着多么大的差异，无论叙述者显得多么奇特古怪，《莫洛伊》的叙事仍旧通过不止一种方式在坚持文学叙述的传统。在故事开始之前，有两页前言表明本书是献给一个定期征集文稿并支付报酬的人，也就是所谓的出版商。在故事中，叙述者曾表示他不知道自己是怎么来到了母亲的房间内，根据某种可靠的写作技巧来看，他的这番话勾起了读者的期待。实际上，读者几乎立刻就能明白，这场艰苦之旅是为了拜访母亲。这一目的在之后还会被反复提及，这样一来，情节上的曲折和停滞才不会阻止故事成形，也不会中断从独白到叙事的转变。在书中的最后一行，环形叙事结构还未完全闭合，但差一点就能完成了，因为叙述者在一条森林小道上爬行数天后终于抵达了一座城市，虽然书中没有明说，不过这应该就是他母亲的所在地。正是有这种可能性，或者说正是故事被完成了，叙事也得以结束了。

　　虚构小说不会轻易被扼杀。在《莫洛伊》中，一百五十多页不分段的内容只不过是书的第一部分，这在一开始就用罗马数字标明了。第二部分在笔法上更加接近传统叙事，此外，它还和第一部分共同玩了一个在小说类文学中曾出现过的游戏。第二部分始终采用第一人称叙事，但行文时既有分段，也有符合惯有格式的各种对话，它讲述的是一个名叫莫朗（Moran）的人的故事，他身为私家侦探，被上级派去寻找某个叫莫洛伊的人。但很快莫朗的追寻里又包含了另一种追寻，这一次将由读者来负责它。因为读者很快就发现了一些迹象，它们可以使莫朗更接近莫洛伊：一场序幕明确讲述了莫朗是像莫洛伊一样在撰写自己的报告，一顶帽子被一条绑在帽孔上的带子拴住了，一阵膝盖上的剧痛很有可能会造成一条腿的残废……从种种迹象看来，读者不得不注意到，追踪者正在逐渐变成追踪对象，私家侦探也沦为了流浪汉。这原本是一个扬扬自得的男人，他爱说教、好争辩，是像法利赛人一样的伪善之徒。经过作者的种种考量，这一人物的精神状态不断呈现在了书中，作者对其言行的斟酌不逊于对莫洛伊的犹豫和踌躇所进行的刻画，但他刻画的这两个方面是相互对立的。不过，莫朗的镇定在逐渐瓦解，他没有找到莫洛伊，却将要成为——或者说差点变成后者，这次轮到他像莫洛伊一样扪心自问，尘世中的他在做什么？同样地，莫朗也在转变为贝克特（或者说贝克特变成了莫朗），转变的契机是莫朗插入的一段评论。评论中提到的一些人物都来自贝克特的几部前作，比如莫菲，他们都是莫朗曾经追踪过的对象。而尤迪又是谁呢？这个全知全能的人，就是他给手下的侦探安排了一项又一项的任务。尽管在1951年时，《莫洛伊》令读者感到无比困惑，但因为设立在两个部分之间的这种游戏，以及与此书相关的多部前作，《莫洛伊》还是处在小说类创作的范畴里。

确实，在下一本小说《马龙之死》（*Malone Meurt*）里，贝克特又创作出一个从开篇起就闭门不出、一动不动的角色，莫菲在流浪到尽头后寻死，这个角色也在静静等待着死亡降临，而这些内容在小说的标题里都有所暗示。这个角色在一开始所说的话就是为了自我满足。不过他也需要消磨时间，也许在向自己掩饰这个人们都渴望着的终点（即死亡）。为此，马龙求助于虚构，他采用的方式并不迂回含蓄，而是十分坦然。他在长时间的叙事中讲述了一些虚构人物的故事片段，中间偶尔提起叙述者自己的现状。有时候，在他想象出来的角色们身上，的确会有一些细节与马龙本人的情况相吻合，如此一来，他们就倾向于成为马龙的分身，但在当时，正是为了让读者有这样的误解，作者才描绘了这些角色。他们的故事因为具有足够多的特点，所以也给我们留下了印象。虚构故事保留了它应有的权利。

1953 年，在《无法称呼的人》（*L'Innommable*）里，贝克特取得了决定性的进步。在创造了莫洛伊、马龙这样静止不动且安于现状的角色之后，他在主题层面上已抵达极限，基本不再有什么更深的发展。《无法称呼的人》中的"我"与前作主人公相比，静止程度不多也不少，但却处在一种崭新的状况下，因为这里不再有什么具体的东西：主人公一直坐在一把椅子上，但他也说不清楚是什么样的椅子；双手放在膝盖上，能感受到的也只有膝盖；双眼直直地看着前方，既无法将它们闭上，也控制不住流淌的眼泪。而他脸上其他部分不仅不能动，而且都变了形：仿佛带有两个洞洞的鸡蛋。

不过，一旦这个"我"变成了一个声音，创作就还有进步的空间。因为声音通常被看作是人最私密的、最难以被模仿的表达方式，一个人有了声音才完整，声音与本人浑然一体，其他人也是在听到声音后才最有把握认出这个人。而作者可以进一步剥夺"我"的这种身份认同，让"我"无法被确认身份，也没有作为代号的名字。

由于这个声音一开始也暗示了它属于作者本人，因此其意义更加重大。它实际上还提到了几部前作中的人物，与莫朗所面临的情况不同，这些人不再是虚构角色的调查对象，而是作者的代表或者说代理人。他们让读者更加相信这些作品是一个极其统一的整体。并且这个声音还补充道，已经到了最后的阶段，它要开始谈论自己了。

但现在也需要试着摆脱"自我"这一概念，它是一切幻想的开端，是"出生"这种不幸的不竭源泉。任何一种降生都是在这个痛苦世界中的一种化身，包括这种二次降生——在虚构作品中创造一个人物，轮到这个人物将幻想引入空间和时间的双重力量中。《无法称呼的人》中的"我"抗拒此类型中的任何一种新化身，它甚至让这种抗拒成为它说话的唯一目的，尤其是因为它还没有从诱惑当中解脱出来。它多次放任自己的分身凭空出现，分身都有名字和具体的状况。比如马霍德，当这个声音开始"制造马霍德"时，它是一个被放在瓮中的躯体，充当着一个开在屠宰场地带的饭店招牌；比如沃姆，以及只是短暂出现过、却也带来一小段故事的其他形象。因为这个"我"感受到了一阵力量在不断地挤压着它，想让它出生，而它并不知道，这种压力是来源于一个看不见的神明还是来源于它的同类。不过在《无法称呼的人》中，这个声音就诞生于它与这种压力的对抗中，为了向自己证明这种压力，它无差别地使用着第一和第三人称，这两个词对它来说已经失去了本意，但有了这个声音，也就有了支撑两种人称的对比关系，以及"人"的概念。

由出生所开创的存在，就和人的幻觉一样，除了这个声音本身，再没有更好的见证者了。实际上，这种存在只不过是声音的操演。不论是好是坏，存在都与声音浑然一体。在死亡让你们解脱之前，善和真理将体现在自我解放上，通过抢先赢过死亡而"活着走进沉默中"。但是，除了呼吸，没有什么能阻止这个声音说话，甚至说出任何事。因此，就算除开声音陷入"化身"游戏的那些时刻，它也不得不先说出有些话，然后又在怀疑中将它们废除或做出反驳。事先对这一效果施加的种种色彩，只有统统被废除掉，才能等到一片空白。

作者之前所面临的挑战，是坚持写出两百多页这样的内容，而现在，对于每个新读者而言，他们要接受的挑战是坚持读下去。就像处在喷泉顶点上的一个乒乓球，借助此类废除、诡辩、否认、对矛盾的确认以及情节上的溯回与修正，没完没了地进行一段话，而在回溯前文后进行的这种修正，每一次看上去都和它所修正的东西一样空虚。其天性就是永不停止。最初在书里还有几页内容是分段式的，甚至会有一些间隔用的空白处，但在接下来整整两百页中，全都是接连不断的短句子，甚至在很长一部分的书页中，只有用逗号分割开的一个个小节。句子或小节，每个部分都具有一种含义，但在它们形成的系列里，却没有任何意义产生。有时候由于不断地重复说着一些话，会有一种新奇又巧妙的措辞出现，但它就像其他措辞一样，立刻就湮没在随之而来、难以控制的大量词句中，读者能在中途勉强观察到这些表达方式，之后却很难将它们重新找出来并进行单独的研究。就阅读体验来说，读《无法称呼的人》就跟读《芬尼根守灵夜》（*Finnegans Wake*）一样，只是后者呈现出了音乐性的美妙。而贝克特从一开始就在小说中设定过的禁欲情节，严格地贯穿了他的一部又一部小说，到了这一本书也理应继续出现这个情节，至少会暂时出现。

这样的挑战不会再重演了。作家要如何在拒绝所有故事和身份的情况下，来写就一本新书呢？在名字以 M 开头的人物们身上，在他们的假想人生里，有一种分裂很早以前就显露出来了。这套手法持续了很久。贝克特既拒绝虚构，在这之上，他也拒绝一度是虚构作品基础的人物身份，有关这两个方面的内容，他能说的都在《无法称呼的人》中说了。在这个漫长的过程中，这些内容不断浮现，为文中各处带来了很多崭新的表达方式，它们或幽默、或感人、或出人意料，一直持续到结局。但在无数页中，他没完没了地重复的只有拒绝，因为任何一种正面的肯定都将掉入个性化这一幻觉的陷阱里。书中只有说话这一需求还能被感受到。但所有可能的决定都被坚决排除，生命依旧存在。它没有在沉默中实现未必会有的涅槃，也没有放弃对自我的感知，只有通过言说才能做到这一点。三十多年来，贝克特一直处在这种进退两难的境地中。

　　这时候，戏剧给了他一条出路，与此同时，他也掩盖了自己在叙述上的一个次要缺陷：在《无法称呼的人》中，叙述者听到一个声音从自己口中传来，却始终不知道那是他的声音还是"其他人"的；而我，作为读者，在一页页书中辨认出了许多话语。这个声音和这些话语有着什么样的联系呢？当这个声音倾尽全力拒绝虚构时，它却只能通过被写和被读才得以存在，因此这个声音本身就是一种手法，它属于虚构的范畴。作家和读者都在假装着，一个扮成这个声音，嚷嚷了一些话，另一个装作亲耳听到了一切。在贝克特的逻辑中，他倾向于使用某种表达方式，让这个声音像口语一样能被听见。《无法称呼的人》已经抵达了极限，贝克特也在长期的叙事性写作上有了尽可能深入的发展。在戏剧中，一千零一次的修改都发生在实时进行的发言里，所有竞相展现出一种挑衅式悲观主义的措辞，都不再是一个隐形叙述者的行为，不再是他在不明确的时空里所写下的话语。它们会当场被一群有血有肉的人立刻喊出来。假如其中有虚构，那将会是戏剧的整体虚构，观众在走进剧院大厅的那一瞬间就会接受它，换言之，也会或多或少地忘记它，讲话的这个声音和听它说话的观众之间也会建立起一种即时的联系。在一部部今后将使他名扬四海的戏剧里，贝克特认识到了戏剧写作的价值。

与此同时，他的小说三部曲也在相隔很短的时间内被完成，并于二十世纪五十年代初出版。之后的三十年间，贝克特只会间歇性地创作叙事类作品。而曾经一直依照他最深刻的逻辑所进行的探索，如今却只会专注于各种模式，就好像核心上的东西已经被说完了。除了一方投向另一方的一个简单的眼神之外，一个人还会情不自禁地和同类寻求什么样的双重关系呢？刽子手看受害者的眼神吗［《是如何》(Comment c'est)］？无穷尽的等待和各种徒劳的努力是人生的唯一真理，它们又会出现在哪个具有暗示性的虚构地点里呢？圆形大厅吗？阳光和黑暗轮流淹没了这里，两具躯体面对面卧倒在中心线的两侧，除了转转眼睛之外，他们一动不动［《枯萎的想象力想象吧》(Imagination morte imaginez)］。高耸的圆柱形建筑？里面有着大量的躯体在这里动来动去［《灭绝者》(Le Dépeupleur)］。在一段叙述中，要用什么样的新形式去表达，才可以使两个匿名的陌生人出现在彼此面

前，或者使一个单方面地看到另一个？让一个声音自上方对
一个在黑暗中仰卧的男人说话，或者让相对的双方处于各种
可能的位置［《陪伴》（*Compagnie*）］？还是让一只眼睛（勉
强）看见一个在荒野上的小屋子里独居的老妇人，与之相
关的声音则试着（困难地）讲述它所看到的画面［《看不清
道不明》（*Mal vu mal dit*）］？当人们单独看这些文本时，每
一篇或许都显得十分动人心弦，但对于那些依次看完贝克特
所有作品的人而言，它们只是在一些熟悉的主题上进行的变
体。严肃或超出严肃的文本，处处都令人费解，展现出的很
多场景都稀奇古怪、难以想象，文风上也总是倾向于使用省
略的手法。直到贝克特晚年时，在他的最后两部杰作中才成
功实现了进步，它不在于一些新的虚构上的创举，而在于另
一种文本处理方式。

同时，他的文本也越写越短。贝克特起初觉得简短的篇
幅是一种不足，甚至是失败。最早一批短文只被收录在了几
部文集里，给它们起的名字也透露出了贝克特的想法［"短篇
小说"系列（*Nouvelles*）中的《无所谓的文本》（*Textes pour
rien*），《死人头》（*Têtes mortes*）中的《来自被抛弃的作品》
（*D'un ouvrage abandonné*）］。而在之后，他选择将各篇短文独
立发表，证明他逐渐接受了这种简短。虽然作品的体量不大，
作者还是可以依靠越来越薄的书册和读者保持一种联系。事
实上，最后要说的这两篇文章正是通过简短展现出了丰富的

可能性，其篇幅都在二十多页左右，如果像读故事一样去读它们，不用半小时就能读完，但人们首次或再次阅读它们时遵循的却是另外一种节奏。《向着更糟去呀》（*Cap au pire*）和《静止的微动》（*Soubresauts*）一开始都用英文写成 [1]。只有后者被贝克特亲自译成了法语，在它的法文版发表后没过几个月，作家就去世了，它也因此成为贝克特的遗作。

在《静止的微动》里，展现人类生存状况的情境已经达到了极端贫乏的程度。书中基本上只有一种毫无掩饰的等待。在某个房间里，只有一扇高高的气窗能让阳光照进来，除了一只凳子和一张桌子，其他什么家具都没有。一个男人坐在这只凳子上，支在桌上的双手捧着他的头。没有其他东西、其他"所有物"能让他像曾经的马龙那样在某一天来好好清点一番。他只有回忆，回忆他已经被剥夺的东西：站上凳子朝气窗外张望、甚至爬出去的力气；由于某种不变的微光，他所能判断出昼夜的可能性；"达利"（Darly）和其他一些人的存在。墙外的世界只带给他一记记钟声和一阵阵哭喊声，不过这钟声断断续续的，所以在昼夜交替已经不能用以划分时间之后，钟表同样无法再用来测量时间，而且那些哭喊声的间隔也不规律。尽管如此，之后他却发现自己来到了外面，来

---

[1]　《向着更糟去呀》原作名为 *Worstward Ho*，《静止的微动》原作名为 *Stirrings Still*。——译者注

到了一片没有边际的地区。由于缺乏参照点，他只能像在房间里一样去估计大概的时间，而他所在的地方被一望无际的植被所覆盖，其中不止一种植物，有像草一样的长长的枝叶，只不过它是浅灰色的。

用于渲染这种意识的基本感觉从来都没有变过。文中各处都有一些的措辞在场景深处再次提到了它。平静的时刻从来都只是"沉浸在煎熬中"。当主人公去听去看的时候，他的听觉和视觉必然会"越来越糟"[20，21（365—366）] [1]。曾经有很多次，当他想赶走一段痛苦的思绪时，都会转而思考另一件不那么痛苦的事，试图从中找到一丝慰藉，但几个不变的字总会像丧钟一样出现在句子的末尾："而他没有找到。"主人公在身体和精神上进行的百般尝试，都只是一些结尾前的抽搐。比起绝望的前景，更重要的是他反复发现自己无法确认任何事，他不仅处于对事实的疑问中（他出门后来到的地方，是不是以前游荡时也去过？），当面对一件将要发生的事情时，他也不知道是该期待还是该畏惧。短短几页里，主人公反复犹豫。他的大脑在两个完全相反的回答之间一圈圈打转，踌躇再三、难以决断。恐惧和期望都消失了，剩下的只

---

[1]　Samuel Beckett, *Soubresauts*, Éditions de Minuit, 1989, p. 20, 21.（贝克特，《静止的微动》，午夜出版社，1989 年。中译文出自龚蓉译《短篇集》中所收录的短篇《静止的微动》，湖南文艺出版社，2016 年，第 365—366 页。）

有纯粹的等待。

为了表明这个故事绝非个例，贝克特最后使用的叙述布局与故事本身有着密切的对应关系，相比许多前作而言，它并没有那么精彩。乍一看，没有什么比这种采用第三人称和简单过去时的叙述更传统的了，叙述者想要展现人物的思想和内心反应时，会毫无负担地使用这种方式。这篇文章是如此地简练，不过它依旧被分成了三个部分，且在排版时被正式标上了序号。作者甚至还运用了老派的手法，在文中留下一处空白，就好像删掉了某个词一样。

不再有追寻者和被追寻者这样的关系，也不再有某个人和他幻想出的造物所形成的分裂，这一次，没有任何名字或者显著的特征可以让主人公成为一个正式的人物。这个"他"没有创造出任何分身。他用手托着脸，满足于只在脑海中看到自己起身和行走。但文本随后给出进一步的描述，他是"从背后"看到自己穿着外套、戴着帽子。虽然他一直都是他，但又脱离了本体。这并非是将自我投射到另一个个体上，让后者变得个性化并拥有名字，他只是对自己产生了怀疑。他只会在一种泛泛而谈中通过比喻来进行自我思考："作为……一个思维正常的人"[17（364）]，"想象一个人……在日落时急忙西行"[18（364）]，"像一个正在沉思冥想的人"[22（366）]，"像他这样的人"[26（367）]。而到了最后一行时，他所等待的结局，就是"所谓的自我"[28（368）]。

但与贝克特的"自我"相等同的这个"自我",成功使他的回忆变为一篇严格意义上的文章。仅仅放弃叙事还不足以自动达到一篇短文所具有的密度。过去,当小说需要达到通常的篇幅时,写作总是被一种稀释原则支配,而贝克特需要一丝不苟地进行几十年的尝试,才能从遵循这一原则转为浓缩最后几部作品。在《静止的微动》中,没有一个词不引起人们的注意,其中有很多词立刻就铭刻在了人们的记忆里。读者不可以也不愿意"跳"过一个字:当每个字都在其位置上为阅读的快感做出贡献时,他很快就不会有跳着看的想法了。早在贝克特最初几本著作里,实现这种密度的某些要素就有所体现,但他的直觉和耐心都需要经历一段漫长的时间,才能使它们摆脱障碍,融入这种有着整段整段文字的文风中,他的文章就像一首诗一样,一旦要改,只能全盘推倒重写。早在1932年,《徒劳无益》中的贝拉夸就竭力"在脑海中腾出一块干净的地方,好让抒情曲响起"。(84)五十年后,贝克特自己终于做到了这一点。

他很久以前就明白了省略的作用。"能省则省,这样可以节约时间。"(89)[1] 这句话早就出现在了《无法称呼的人》中,书中还有另一句话:"遵循精打细算的原则。"(126)但在贝克

---

[1]　Samuel Beckett, *L'Innommable*, Éditions de Minuit, 1953, p.89.(贝克特,《无法称呼的人》,午夜出版社,1953年)。

特的脑海里有太多零碎的话语一闪而过，他只能一点点地将它们记下来，来不及去分辨哪些话是有价值的，哪些话略有一些价值，哪些话又全无价值。在《静止的微动》中，省略的手法已遍及全篇。贝克特在写一段话时会习惯性地略去某个部分，因为在他看来，假如读者想要去理解这里表达了什么，被省去的部分是可以在脑海中补充出来的，而读者也应该这样做。贝克特略去的通常都是一些语法词，尤其是所谓的"虚词"，因为它们只是用来连接其他有意义的词的。当下一个句子沿用了前一句的主语时，何必还要用一个代词去复述主语？同样地，写前一个动词时已经用了助动词，写下一个动词时就无须再提了。但问题不在于"节省时间"，而在于贝克特省略词语的方式，这些虚词通常都围绕着实词，但他把前者全部剔除，只写也只让读者读到显得更加充实的后者。"在他手撑着头坐在桌旁的那地方中的另一个地方。相同的地方和桌子就像当例如达利去世并离开时一样。就像当之前及之后其他人轮到他们时一样。就像当之前及之后其他人轮到他们并离开他时一样知道也轮到了他自己。"[10（360）]

　　类似的省略情况在文中还会多次出现，每次都带着同样的特点。在一些以大写字母开头、以句号收尾的句子里，贝克特还尽可能频繁地突出了状语成分（它们是几组词、一些分句或副词，例如方式副词），让它们在句法上与前一句的动词相关联（正因如此，该动词在逻辑上或在句子的层级结构里都成了主要动词)。说话者同样也感到有必要突出这些内容，要么是对于主体人物而言，这些状语成分有着特殊的重要性或者会产生一种特别的影响，要么是说话者在事后意识到了这部分内容，把记下它们当作是自己的责任。"手撑着头当整点的钟声敲响时既希望半点的钟声不会敲响又害怕它真的不会。当半点的钟声敲响时也是如此。当哭喊声停了一会儿时也是如此。或者只是想想罢了。或者只是等待。等着听到。"[12（361）]

与在文中各处省略大量词汇的做法相比，第一个矛盾之处是作者又会反过来重复其他词汇，很多时候也确实有必要这样做。有意义的内容原本只出现一次就够了。但如果不重复，怎样才能把它们重新形成的影响施加给主体呢？为了一次性讲完某些事，或者只讲述一些反复出现的印象，语言中有不少综合的表达方式。不过，无论这些措辞有什么用处，它们都无法道尽每一次出现的事件或印象里所具有的独特现实。《静止的微动》中的这个"他"，无法确认时间和空间，也失去了移动时的个人感觉，即有关空间和时间的联想。当他"看着"自己时，就像身处在芝诺悖论（Paradoxe de Zénon d'Élée）中一样，只能根据自己的一些不连贯的身影来感受移动过程，他的身影每次都出现在一个不同的位置上，虽然形象不变，但他却总是因为某个新奇之处而感到惊异。"然后再次消失只是为了之后在另一个地方再次重新现身"[9（360）]。假如这种行为反复出现，文中也会根据需要反复描写下去，虽然这是种重复，但对于主体而言，每一次的行为都是独一无二的。

以独立句的形式将语法上的从属成分与主句拆分，这种拆解方式使标点符号的数量增加了。但与此同时，贝克特又开始在主句和已被拆分的从句内部废除逗号。在"正常"的写作方式里，这些逗号的其中一种用处是隔断并凸显出分词句。或许在内心话语的表达方式里，沉默或者语调的变化可以实现同样的作用，这样做既足以拉开句子间的距离，又不用真的打破一个正在进行的句子的整体。然而，当贝克特将这种连续性移到书面上、甚至使它激进化时，由于它在口语上只是具有相对的连续性，因此到了书面上就很容易导致语义不明。"当他自己的光亮熄灭后这个外界的光亮于是就成了他唯一的光亮直至它在轮到它时也熄灭了将他留在了黑暗之中。直到它在轮到它时也熄灭了。"[8（359—360）]

省略词语，重复词语，在一个接一个的句子里拆分出某个单独的成分，或在同一种连续性中把语法上区别明显的部分融合在一起。表面上看，这是一些完全相反的做法，事实上，它们在深层次里具备着一种共同原则。话语的书面结构往往被一些规则和惯例所支配，但通过违背常规，贝克特的这些做法在话语中凸显了说话者的存在。出于一种莫名的需要，某个说话者在文中冒险背离了常规和标准。这种个体的存在自始至终都确保了文章拥有无可置疑的统一性，当它不是通过单纯的词语重复来保证这一点时，就会在通奏低音[1]的形式中，用节奏的效果与谐音产生的回声维持统一性 [《*Attendant entendre*》（"等待聆听"）]，而这让阅读有了令人陶醉的力量。

在二十世纪，许多形式的文章都想要实现这种个体的存在，但它的不同模式还需要加以区分。贝克特笔下的模式就和塞利纳或者其他人所写的不一样，塞利纳笔下的个体，富有情感，个性十足，说每个字时都带有一种崭新的感情；而在其他人的文章里，个体虽然会被各种联想所牵引，但在他的回忆和无意识状态中，所联想到的内容只是对一些话语的听写。贝克特的文章不排除有这样一些效果，尤其是能指的效果，它在作家的掌控之下反而更接近于马拉美（Mallarmé）的文风，而不是超现实主义。文中并没有将理性完全驱逐，相反，它出现在极具张力的节点上，为的是让它保持原样，不带有话语中任何方式的补救，比如连贯、从属和其他层次关系，这些手段只能构建一种表面逻辑。贝克特的这篇散文尽管累积了许多障碍来阻止读者进行过于仓促的理解，但与此同时，它从未停止过想要被理解，实际上，只要专注地阅读，就能读懂它。

文本的每个部分也同样清晰明了，它们通常被一个简单

---

[1]　通奏低音由旋律加和声伴奏构成，有一个独立的低音声部持续在整部作品中。——译者注

的逗号隔开，《无法称呼的人》里就接连出现逗号。每一次，当一个片段出现在前一个片段之后，读者总能根据某种逻辑、通过某种回溯、在某个角度上读懂这个片段。但这些片段杂乱无章地挤成一堆，说话者也不对所有内容加以控制。但再三考虑之后，所有片段仍被证明是合理的，只是没有一个片段是当下所必不可少的。每一个片段本可能被其他上百个片段所取代，或者这些片段可以在后文中被安插到某个时刻。一页页就这样被填满了。但是贝克特冒着会被认为江郎才尽的风险，决定发表更短篇幅的作品，这时候一切都变了。与缩短篇幅的要求同时出现的还有一种视角。贝克特需要做出一个选择，而不是像二十世纪五十年代的那些作品一样，在每个说出或写下的词中寻找所有回溯的可能性。至于保留下来的要素，在安排好它们的出场顺序后不应止步于此，而是要找到一种有别于普通话语的逻辑去整理它们，并且这个选择和这一逻辑回应了一种必要性，它是读者能够感受到的、甚至有意识去感受的东西。读者只有进入到这种必要性中才能继续下去，但他如果真的身在其中，就再也无法脱身。况且，文章将会非常短，读者可以一口气看完，他在读到最后一页时还保留着对前文的即时回忆，如果有需要的话，他能将各处内容联系在一起。正是在这种严密的结构下，贝克特在小说中的最后一个化身才能转变为一篇真正的文本。

第十章　自传和小说

萨特,《文字生涯》——加缪,《第一个人》——
马尔罗,《反回忆录》——莱里斯,《游戏规则》——
德福雷,《循环旋律》

这次冒险结束了。自二十世纪初以来，源于批判摹仿小说的革新，一直致力于在叙事、小说时间、叙述、故事等小说的各个层面用一些新的形式来取代旧的形式，而这些新的形式仍然还可称为小说。不过，尽管这些试验如此令人兴奋，尽管它已经照亮了此前小说不为人知或被隐藏的某些面孔，但这些试验还没有满足某些需要，某些从小说存在开始就应该去满足的需要。我们能够意识到要与虚构拉开距离，敏锐觉察到整个有序叙事所使用的技巧，却仍旧渴望从字里行间寻找自己或他人的命运走向，以便比较自己和他人的命运。

我们不会很快就放弃按照作者阶段性的重建和清晰的行文逻辑来了解人物的生活或命运，因为我们的生活从来不会被这样重建和澄清。尽管意识到这个过程和这个逻辑是作者的圈套，但这种需要几乎不会改变。

自传在当时被视为一种解决手段。至少从原则上看，它是一种典型的非虚构。二十世纪中叶之前的一些伟大的自传著作表明，自传是一个故事，其事实按时间顺序来叙述，这是不言而喻的。要叙述一个人某种个性的形成，并进一步讲述他的故事，不从他的出生、不从他父母的故事开始，还应该从哪里开始呢？

二战后，虚构处于十分不利的地位，自传体裁的作品却显著增多。在这之前，卢梭（Jean-Jacques Rousseau）到纪德，我们很清楚自传创作适合哪类作家。然而，1960 年前后，有三位曾创作出二十世纪三十到四十年代最优秀作品的作家，在度过一段沉寂时期或是一段没有创作小说的时期后，毫无预兆地转向了自传体写作，且每位作家的转型期均不到十年。我们可以从这种巧合中了解到，这是文学史上创作倾向的一次重合，它标志着创作环境发生了重要转变。此前在或长或短的时期内，这三位作家都一度脱离了叙事写作，而在之后十多年的时间里，三位作家从各自的经历中寻找回归叙事写作的题材。萨特从 1953 年开始创作，在 1964 年出版了《文字生涯》（*Les Mots*），加缪在 1960 年——他意外去世的那一年，仍在创作《第一个人》(Le Premier Homme)，马尔罗在1967 年发表了《反回忆录》。他们从自己身上发现了"谜语的核心"，在其他时代，它可能是创造一个人物的出发点。他们同时代的人或后人也借用了同样的途径。

三人之中，萨特是最直接坦率地玩弄这个把戏的人，却也是最符合自传模式的人。《文字生涯》具备了一部自传的所有要素：童年故事，亲人和家庭环境，按时间顺序展开的叙述（至少看起来是这样的），教育意图，甚至某种承认在贬低你、嘲笑你、乃至谴责你的倾向——这种倾向自卢梭以来成为自传的一个内容，并且越来越成为自传的一个要素。这部自传，通过削减萨特个人"使命感"的神秘性，揭露艺术和文学对他思想的促进作用，而他的"使命感"只是资产阶级家庭文化环境导致的结果，只是一种"神经官能症"。为呈现这种"神经官能症"的形成条件，叙事选择了作者之前没有采用过的更复杂的途径。首先，这本书被划分为两个部分，读者在没有任何提示的情况下，可以本能地将这种划分理解为依据时间顺序的划分。实际上，第二个部分是从另一角度回到了第一个部分所提到的时期。真实不是在继承之中把握的，而是在叠加之中把握的。在《自由之路》系列作品创作中断十年之后，萨特一边完成关于福楼拜的历史传记工作，一边依据自身情况寻找以下问题的答案，即他在二十世纪是如何以作家身份成为时代的揭露者的，与创作一部虚构的作品相比，他宁愿去寻找这个问题的答案。揭露、讽刺，甚至论战，这些都是萨特选择的写作方式，而他也使得这部报复性的自传成了一部文学杰作。

加缪的敏感性与写作风格都和萨特截然相反，因为无论是他的敏感性还是他的写作风格，都倾向于赞美和抒情。像萨特那样，同一时期的加缪也在探索自传写作的途径。《第一个人》中，第三人称的叙述，非作者本名的主人公名字，这些都让这部作品看起来像是一部小说。然而，在这位著名作家的生平与特征备受关注的二十世纪，谁会将它看成小说呢？这部作品描述一个阿尔及利亚贫穷家庭的小男孩，他的父亲在他出生后一年就在战争中去世了，他的母亲为了养家糊口而不辞辛苦地工作，还有一位非常认真的小学教师，使小男孩逃离了原本注定的命运，谁不会将这个小男孩和加缪本人等同起来呢？在他去世34年后出版的一部出版物中甚至没必要明确指出，在加缪遗留的未经修改的手稿中，人物姓名最初只是"借用"作者周围人的姓名，随后人物的真实姓名却逐渐代替了这些"借用名"。这些事实足以说明这是一部自传作品。

我们震惊于萨特和加缪各自采取的尝试的一致性，同时也对这两位作家感到震惊：他们都想要从自己身上领悟到其最终要"书写"的方式，因为，在"书写"这种个人选择中，他们都想要领悟到社会的普遍真相、艺术形式的普遍真相，以及社会期待的艺术家的普遍真相。然而，两位作家的写作走的是完全相反的道路。一个觉得他是受阶级影响而写作；另一个作为贫苦大众出生，因看到作为普通人民的无声化身的母亲负债累累而写作。两人各方面截然对立的观点也由此产生，以童年乐趣为例：一个是装模作样和虚荣自大带来的乐趣，另一个则是种种感性所带来的乐趣。这些观点更加突出了一点：两人都借助自传来反对长期以来赋予虚构的特权，即虚构是满足读者在故事中领略不凡命运这一永久需要的手段。

马尔罗则较早地探索出了虚构的其他用途。1927 年，马尔罗开始创作第一部小说《征服者》，他借书中人物之口说道："有什么书比《回忆录》更值得去写呢？"[1] [75（46）] 实际上，四十年后，即 1967 年，他从一段非常充实的生活中汲取了灵感，写下一本书，并命名为《反回忆录》[后来，它被收入到《生死界上的镜子》（Le Miroir des limbes）一书中，构成了其内容的第一部分)]。此书名表明，马尔罗

---

[1]　André Malraux, *Les Conquérants*, Le Livre de poche, 1976, p.75.（马尔罗，《征服者》，袖珍丛书，1976 年。中译文出自宁虹译《征服者》，上海人民出版社，2010 年，第 46 页）。

希望脱离自传体写作的康庄大道——他尚不清楚要借助哪些手段——以站在竭力质疑自传的那些人的一方，就像在他之前小说形式开始被质疑的那样。但是，从这本书出版之初和后期获得的评价来看，很少有读者注意到书名中"反"这个字。马尔罗创造的这个新词由两部分构成："反"和"回忆录"，其中"回忆录"这个词承载着更多的分量，并指导读者的阅读。读者如果忽略了"反"这个抵消"回忆录"含义分量的字，那么对这部作品的评论便会侧重于细节的遗漏和不准确上，而马尔罗的个性和故事正如我们原本早已知道的那样，因此某些人可能不会立刻想阅读这部作品。这样的阅读会因小失大。这部作品（实际上）要复杂得多，它既证明了近些年来自传比小说更流行，也证明了作家关注不遵循自传体裁范例的作品。得益于这两种趋势，马尔罗同时代的作家，尤其是下一代的作家给传统自传带来了一些改变，同时其他作家也给小说带来一些改变。自传所运用的编年体叙事并不是唯一一种满足其叙述需要的叙事方式，也就是说，编年体叙事和自传并非不可分割。莱里斯和德福雷已经或正在证明这一点，方法不同却都具有代表性。显而易见，严格遵循具体事实也并不是从自传中获取最深层真相的唯一方法，甚至可能也不是最好的方法。把想象"嫁接"在记忆上，则能探索出很多途径。

《反回忆录》中，自传体裁既是明确公开的，又是存在争议的——从书名就可看出——就体现在"反"和"回忆录"这两个词上。书中不再按照时间顺序叙述经历，也并未运用横向和线性叙述，而是采取了纵向叙述，它在同一片段中汇集了不同时期却都是有关同一个地方的所有记忆。本书的框架由一场海上旅行构建而成，从苏伊士到日本，它逐渐将马尔罗带向东方，以及他曾经离开现在又返回的这些地方，在其中每个地方的每次停留，都让他有机会回忆之前来时的经历，以便进行比较。他生命中最重要的时期（成年之后）和这段时期内世界完全改变的故事，就这样共同被提及，且不按时间顺序进行。书中还有上千个细节对比，它们突然出现在人物说的话中，有时迅速得让读者一头雾水，但读者仍可以从一些相似的话语中逐渐意识到、并判断出来："我想到……""这让我想起了"。作者故意从一个回忆过渡到另一个回忆，这种过渡让作者能一直有话可讲，却让他的话显得不连贯，因为作者是不自觉地说出来譬如"我想到……"等过渡语的。

书中叙述的事实具有明显的共性。自传的原则本是准确性和完整性（不只有真相，更要有全部的真相），但马尔罗却正如他所告诉人们的那样，只叙述那些有存在价值的生活经历。而这已经成为他小说的一个原则了，它指导着作者对人物经历的创造。书中，想象意味着挑选相似的经历，不谈论不是同一层次的经历；想象也意味着让其他人感受这些经历，以使它们显得更真实。以这些有限的形式，虚构特有的"想象"也被纳入自传的"领土"，这种做法弱化了运用线性叙述的传统自传的边界，但在历史上某段时期，自传曾依赖其牢固的边界来对抗虚构。

马尔罗尤其强调利用想象来革新自传，他一开始就令人震惊地在《反回忆录》中重述他之前的小说中某些人物的情节，甚至这些人物中就有他自己——古怪的克拉匹克，他因此也就将回忆同他个人的经历、他父亲的经历联系在了一起。《反回忆录》的新颖性还体现在它实现了自传和小说之间自相矛盾的融合。

在质疑线性叙事和小说创作的过程中，自传和小说协同并行，甚至相互扶持。

同一时期，莱里斯一直指出，人们对叙事的保留态度和对虚构保持距离的态度是有交叉倾向的。他的作品主要叙述个人经历，且是以自我诋毁的口吻，这种口吻已经与当代自传不可分割，因为单单这种口吻就足以让读者相信书中的经历是真实的（"要让他承认这样一件事，那它一定是真实的"）。在 1939 年出版的小说《人的年龄》（*L'Age d'homme*）中，他仍旧按年龄顺序回忆这些经历。但这仅仅是一个开始。二战结束后不久，他就在《游戏规则》的初稿中用不合理的联想代替了有序叙事，以此描写回忆：一个回忆连着另一个回忆，这些回忆碎片虽杂乱无章，却潜在地重新构成了一个完整的故事，尽管作者是将整个故事情节随意分散到文中的。作者在叙述某段经历时用到了某个词，根据这个词的多义性、含义或发音，他又突然联想到另一段经历，下文的回忆内容也就由此从上文得来。在"文本"和"叙事"对立的趋势下，莱里斯在《删除》（*Biffures*）——1946 年出版的《游戏规则》的第一卷前几段摘录中就表明，他是站在文本一方的。也就是说，他以第一人称叙述创作自传，却提前开始了十年或二十年后的小说家们的探索，在这些小说家们的探索中，读者在没得到任何提示的情况下会本能地认为作品背景是虚构的。这个超前的做法可以说是自然而然出现的。我们每个人无时无刻不感受到自己回忆的无限多样性、一闪而过的刹那性，还有记忆自身那无可争议的完整性。尽管我脑海中接二连三出现的回忆有时会截然不同，我甚至还把一些虚假记忆归为己有，尽管这些回忆一闪而过，但至少它们一直是我的回忆。《游戏规则》中，记忆的完整性一直暗含在由某个词引起的点状联系中。这些一闪而过的回忆借助联想涌现，它们之间的特殊逻辑又基于记忆的完整性就此展开。尽管读者有时会觉得某一处的逻辑没有其他地方的明显，但至少他能推测出，文中提到的事实与情况都和同一个人的经历有关。一个故事情节不完整的文本总会让读者觉得它比较晦涩难懂，但读者的上述推测足以让他不再觉得作者的文字是随意拼凑的。从多个方面来看，《游戏规则》标志着二十世纪下半叶法国开始思考小说的多种转变方式。

1975 年，德福雷开始创作《循环旋律》(*Ostinato*)，二十多年后这本书成卷出版：二百三十页简短的、断断续续的片段，既没有出现"我"，也没有人物的名字，更没有指明地点和日期。书中叙述零散的经历和一闪而过的事件时，它们的主语永远是"他"或某个身份名词（比如"那个孩子"）。作者没有精确叙述地点、日期和名字，目的是不让读者认为他谈论的是自己。然而，没有人否认这些零碎片段的自传性。零碎片段间的不连贯也并没有妨碍它们构成段落，每个段落都从新的一页开始，讲述作者某段人生时期的全部经历。而且，这些段落按照其年龄的顺序依次出现：童年时待在城外，常去海边玩；寄宿在教会学校；母亲离世；青年时在几个快要爆发战争的欧洲国家游历；战争前几个月遭遇离奇的事情；和敌人短暂接触，并陷入糟糕的境地；几年的地下斗争；战后幻想破灭，婚姻，身边几个人去世。书中前几十页的童年经历和印象一定来自作者的童年，因为只有是这样，作者才会感到有必要将它们一个接一个地从尘封的记忆中揭开。一个小说家要为虚构的人物安排一个童年，可能只满足于写下几段童年经历，并让每段经历承载许多的意义或暗示。我们一旦了解了这点，就只需要粗略地知道德福雷的出生日期，便能猜出书中人物二十世纪三十到四十年代的经历正是德福雷的经历，由此可以得出，人物后来的经历也取材于他的经历。

　　然而，尽管这是一部自传，它却仅仅由简短的片段组成，大部分的片段只有几行字。此外，这些片段从以下两方面来看都是零碎的：前后片段不连贯，没有穿成一个故事；几乎没有一个片段是由一句通顺而完整的句子所构成的。有的片段开头是个形容词或是个分词，这些词既不是任何名词的定语，也不是任何名词的表语；有的片段开头是个名词，假如这个名词是主语，那它也没有动词。一句话从中间开始变得零碎起来，作者却不想结束这句话。他一直在排斥叙述和句法上的连贯性。

　　每个零碎片段，它如宝石般的密度与硬度都要归功于这种固执的排斥。每个片段都是一个无可争议的整体，其中还穿插着清晰的注释和出人意料的暗喻。衔接不上的前文不会让这个片段形成一个整体；同样衔接不上的后文会淡化其整体性，直到让读者失去感觉。作者脑海中关于童年的画面，既有看大海的快乐，也有上中学的痛苦，它们总是一闪而过，即使那一刻本身就是一个短暂的场景。毫无疑问，这些瞬间的之前和之后都连接着其他的瞬间，但在时间之内，它们的强度使时间支离破碎。这些瞬间非但没有忍受时间，反而把它整个地潜藏在了自身内部。每个片段的最后一个词后面会有大片的空白，以便让读者感受自己内心已经产生的波动。这也是文中没有精确叙述地点、日期、定位和情境的原因。通过只叙述重要的经历，德福雷试图抓住普鲁斯特所说的"一段处于纯净状态的时光"[179（176）][1]，以让我们获得最大的阅读乐趣。

　　页面排版、在排版中扮演重要角色的省略用法，还有每个零碎片段体现的思想，这些都表明书中的片段和"逸事"相差无几，一些小说家曾试图借助"逸事"让小说摆脱时间的限制。同样地，德福雷也试图借助零碎片段让自传摆脱时间的限制。这些创造人物的小说家们能自由地决定塑造人物时借用自己身上的哪种态度或哪个动作，使其能完整概括人物，当读者在看到这种态度或这个动作后，小说家就不必再去叙述剩余的故事。但谁来决定德福雷的哪个人生时刻有这样的"优先权"呢？实际上没人决定。德福雷保证他只是试着将突然涌现在脑海里的回忆写下来，他既没有刻意去想它们，也没有刻意去搜寻它们。回忆突然任意涌现，尽管这导致每个零碎片段的开头不再符合语法规则，却保证了其内容是真实发生过的。在读者眼中，这些片段的效力的必要性，

---

[1]　Marcel Proust, *Le temps retrouvé*, Gallimard, Folio, 1990, p.179.（普鲁斯特，《重现的时光》，伽利玛出版社，1990 年。中译文出自徐和瑾、周国强译《追忆似水年华》第七卷《重现的时光》，译林出版社，2012 年，第 176 页。）

首先是以作家自身内在必要性的压力为第一条件的，而且这种压力是无可作弊的。然而，并非作者脑海中的回忆以哪些词语的面貌涌现，作者就如实写下这些词语。他还对词语进行加工。加工词语是第二条件，它促进零碎片段的形成。没有对词语的加工，书写下的文字就只是"记忆的奴隶"。单单借助加工词语，"在回忆突然涌现，过往经历重现时，具有创造性的游戏"（51—52）[1]就能形成。在德福雷看来，非自主回忆并不足以使"过去"在"现在"重现。作者还需要这个具有创造性的游戏，它最终将使记忆和想象逐渐靠近，直到二者混淆彼此。因为当作者极其需要加工词语时，这种加工就意味着让词语具有活力，甚至让词语脱离其本义。对回忆进行加工时，作者会添加部分的想象，因为这些想象可能成为他创作小说的灵感。由此，作者会发现"当真实与虚构在共同的语言空间中各占有一席之地时，它们都隐藏了自己的本质"（51）。德福雷在《絮叨者》（Le Bavard）中说过，语言在区分真相与谎言上已无用武之地。他也在《循环旋律》的结尾再次发现，曾经我们想要在自传和小说中驱逐虚构，现在我们却将经历变成了虚构。

曾几何时，某些作家认为小说不再可能坚持虚构，于是

---

[1]　Louis-René des Forêts, *Ostinato*, Gallimard, L'Imaginaire, 2000, p. 51-52.（德福雷，《循环旋律》，伽利玛出版社，2000年。）

他们将自传当作小说的替代品。随后，人们在自传体裁上早早地探索出一些新的书写方式，并借助这些方式创造出另一种小说。因此，自传和小说这两条看似平行的线在词语世界的某处存在着一个交汇点。在二十世纪，自传和小说互为参照并互相寻找。

第十一章　对记忆的想象

塞利纳，1945 年之后的小说（II）
——阿拉贡，《处死》——热内，
小说——卡莱，《一切的一切》

　　在自传中借助想象来叙述事实并不仅限于挑选回忆和细微地修改回忆。假如人们更深入地探索想象，情况又会颠倒过来。文本不会继续以自传形式呈现（尽管自传已变成"反"自传），而是以小说形式呈现，只是无法隐藏其自传的基础。战后几十年间，有几位小说家同时采取了这种自相矛盾的做法，并花费了大量的时间投入到此游戏中。他们因其政治立场或其他经历已经成为公众人物，读者也因此提前知晓了他们一生的经历或至少某些经历。传统小说中，想象的作用是创造小说的人物和故事，而此时想象的对象变成了记忆中的事实，作家保留这些事实所反映的整体情况，却改动事实中的细节，以此对抗自传的规则。想象的规则在自传中有所体现，反之自传的规则也在想象中有所体现。严格来说，这就等于让水火相容。然而，从二十世纪人们对虚构失去兴趣以来，这种融合自传和想象的写作方式却通过各种手段创造出一种新形式的小说。

读者从小说家的这个游戏中也获得了一种新的乐趣。众所周知，任何小说中都会有一些作者无法回避的、久远的经历，任何自传、甚至最真诚的自传都会有作者下意识的再创造。但这种乐趣既不是有关小说中作者无法回避的、久远的经历，也不是有关作者下意识再创造中无法躲开的部分。这里的僭越是有意识的、故意的、公开的。而这项创造被完全认为是对抗性的，它自身就从这种矛盾中汲取魅力。

当下一代作家再采取这种做法时，情况又有所变化。他们的作品具备自传的基础，叙述的却是个人的私生活，读者也因此无法察觉出作品的内容是作者的经历，而且作品的内容中既有作者真实的经历，也有其再创造的经历。尽管文中出现了作者的姓名，但读者不会再去区分真实和创造，除非是在那些人们称为"自传体"的小说中，因为读者从外部信息来源中得知，在"自传体"小说中，除了姓名以外，几乎所有的人物和故事都源于小说家的经历。与此不同，在塞利纳、阿拉贡、热内、卡莱，还有其他小说家战后创作的小说中，作者既提到了自己的姓名，又叙述了自己早已为公众熟知的经历，这些都是具有自传性的内容，但其叙事方式并不属于自传。

二十世纪三十年代，一些小说家就已经开始探索自传和想象这二者融合的可能性。吉奥诺一生克服艰难险阻进行小说创作，却在 1932 年出版的《蓝色的让》(*Jean le Bleu*) 中开始了上文的双重游戏。书中没有提到他的姓氏，却提到了名字，并勾勒出他在报刊文章上为大众熟知的公众形象的轮廓:生于普罗旺斯的一个小城，父亲是鞋匠，母亲是烫衣女工，自学成才，在银行工作等等。这些暗示尽管很明显，却不能说明这部作品是真正的自传。吉奥诺以他的方式自由地对他的童年进行再创造，并以小说的形式来呈现这本书。四十年后，创作出《死缓》的塞利纳与他站在了同一阵线。对于细心的读者而言，这一过程本身在开场白中已经足够明确了，但对于手稿的研究是为了使读者自愿的姿态得到充分的强调。塞利纳在其第一部小说《茫茫黑夜漫游》中逐渐为虚构的姓氏"巴达缪"添加了一个名字，费迪南，这是作者的一个笔名。从这部小说到《死缓》中的童年故事，他逐渐放弃了令自己尴尬的姓氏，只保留他的名字，并借助序言中的各种暗示来表明，《死缓》中的故事正是《茫茫黑夜漫游》作者的故事。然而在创作《死缓》的结尾时，他有机会让读者注意到他为什么放弃了"巴达缪"这个虚构姓氏，读者也由此得知他在暗示主人公和作者是同一个人。文中有一句话，手稿中还对它有所涂改，这些都可作为例子。社会生活有它的规则，违反规则可能会遭受司法审问，在男孩的老板自杀后，面对预审法官的问题"你叫什么名字？"[580（655）][1] 时，他只答道："费迪南，出生于库尔布瓦（Courbevoie）"[580（655）]。手稿表明，塞利纳最开始还在此处添加了其他几个虚构的姓氏：这是为了将这部小说和随后可能创作的讲述他其他时期经历的小说，都纳入虚构的范围。作者相继画掉尝试添加的姓氏，只保留名字（也是作者的名字）和出生地（也是作者的出生地），他也因此处于在理论上分隔自传和虚构的"真空地带"的某处。相比之下，吉奥诺的《蓝色的让》仍然是一个孤立的尝试，而塞利纳却由此跨出了他后来将要深入研究的一种新形式小说的第一步。

1945 年，塞利纳在哥本哈根监狱里开始创作四部系列小说。在这些小说中，正如他一直反复重申的那样，他让自己成为一位叙述史实的编年史作者，叙述了蒙马特高地的空中轰炸，1944 年 6 月到 1945 年 3 月陷入绝境的德国所遭遇的

---

[1]　Louis-Ferdinand Céline, *Mort à crédit*, Gallimard, Folio, 1985, p.580.（塞利纳，《死缓》，伽利玛出版社，1985 年。中译文出自金龙格译《死缓》，漓江出版社，2016 年，第 655 页。）

各种状况等等，但作者总是最先谈论自己在这些事件中的处境，然后再叙述史实。此后，他的作品在各个方面都和之前切断了联系。他之前的小说利用"费迪南"这个名字体现了一种自我的半认同，而他不再满足于此。他开始以笔名"塞利纳"、公民身份"路易·德图什"（Louis Destouches）、他的医生身份，甚至作为一位遭人厌恶的公众人物出现在小说中。他的妻子吕赛特、他们的猫贝倍尔，以及那些和他们有关的人也出现在了小说中：所有这些人，要么有明确的名字，要么能被任何读过诸如埃梅（Marcel Aymé）的短篇小说《瑞诺大街》（Avenue Junot）等文章和证词的读者辨认出来。这一时期，他遭遇的波折其实来自公众舆论：他逃离巴黎以避免被即刻处决，穿越德国，最终逃到哥本哈根避难，又被逮捕，在监狱里待了几个月，最后被软禁在波罗的海沿岸的一个小村庄里。报刊报道了他所有的这些经历。其间，丑闻缠身的塞利纳也不单单是一位畅销的小说家。他发表笔战小册子，经常讨论战争，这些都使他成为一位公众人物，时事新闻也报道了他的所作所为。他在巴登－巴登（Baden-Baden）、柏林，尤其在锡格马林根（Sigmaringen）的露面，也被报道出来。此外，宣布他被逮捕后，法国司法部门要求引渡塞利纳，丹麦当局则拒绝引渡，塞利纳最终获得缓刑释放。因此，对了解他这一时期全部经历的读者而言，1945 年后发表的《别有奇景》《一座城堡到另一座城堡》《北方》（Nord）和《轻快舞》(*Rigodon*),既是编年史,也是自传。

然而,塞利纳将它们当作"小说"出版。实际上在阅读时,谁会把那些小说般的场景和以历史名人的姓氏出现的人物,看成是真实的呢? 这些场景极其逼真,一个比一个骇人听闻,一个比一个令人发笑。譬如在《一座城堡到另一座城堡》中,贝当元帅礼节性地在锡格马林根的城堡外散步,饥饿的难民发动叛乱却没有干扰到他的散步,赖伐尔处理火车站狂欢造成的事故,疯狂的外科医生横行霸道,蓝胡子房间的旅馆女主人非常热情,电光石火间就让警察惊慌失措,德国高级医生让塞利纳检查他的前列腺,并想要为一位伤残士兵获得阴茎假体等等。又譬如在《北方》中,名为贝倍尔的猫在柏林引发了警报;有一对夫妇,丈夫双腿残废,妻子像锡格马林根的旅馆女主人那样热情,他们在波美拉尼亚(Poméranie)拥有一处带有法式公园的房子;一个歇斯底里的女人把撤退的政府人员领进了这座房子;一位老监察员在来看政府人员的路上迷路了,并落到了一群潜逃的妓女手中等等。这些场景中还穿插着塞利纳被逮捕的情节,这确保了书中主要情节是真实存在的,但其细节是虚构的。主要情节间的过渡内容也非常丰富,作者并没有按照历史事件如实记录,而是依据某些规则来创作,甚至是完全自由地创作这些过渡内容的。这些规则从属于另一种连贯性,即想象的连贯性。阅读这些"小说"时,读者在对目击证人叙述的兴趣和另一种理论上相反的坚持之间争取着平衡，这种坚持是由一种强大的想象所激发的，而且总是朝着同一个方向发展。文中的事实和人物也从属某种逻辑，它们是形成同一风格的条件，它们也促进这一风格的展开。读者既反复要求历史的真实性，又总是对转换成想象的内容非常敏感。二者之间的张力产生了一个前所未有的小说空间，而这个小说空间最后又从作品风格中汲取作品的信念力量。

　　进行这样的创作几乎等同于"玩火"。普通读者在没有提示的情况下，能从真实的历史和虚构的情节之间的不断转换中获得乐趣，但那些与塞利纳在现实中打过交道，且出现在小说中的人却不能。塞利纳面临的第一种诉讼和编年史有关，因为他在文中以这些人的真实姓氏来指代他们。第二种诉讼和想象有关，运用想象就意味着只能通过迁移和对调让这些人在文中出现。文中还原了塞利纳原本的样子，但他运用的换位手法却总是在贬损这些人。这在法律上称之为诽谤罪。当关注塞利纳作品的人发现自己在这种转换中被塑造的形象时，他们对塞利纳提起诉讼并胜诉了。塞利纳一去世，出版社就被迫更换《北方》中几个人物的姓氏，因为他们的姓氏采用的是"人物原型"的真实姓氏。像这类在记忆上"嫁接"想象的作品本就存在面临法律纠纷的风险。

　　十几年后，阿拉贡在1965年发表的《处死》中放弃了虚构，转而处理一个和自己紧密相关的主题：人的二重性，以及他们发现自我或创造一个自我的分身的容易程度。

二十世纪法国小说的冒险以虚构为中心，阿拉贡在虚构方面有三个创作时期，有的时期具有代表性，有的时期则不太典型，在这些非典型时刻他的创作甚至违背法国小说整体的发展趋势。从童年开始，他体内就有一种天赋和对小说的渴望，他的创作从对抗这种渴望开始，或至少始于一种探索，即如何能够同与他决裂的超现实主义朋友有所调和，而继承十九世纪传统的小说是后者最喜欢批判的目标之一。没有人比阿拉贡在《捍卫无限》中对这场亵渎运动的推进更为深入。然而，二十世纪三十年代初，他的政治见解出现了极其惊人的转变：接受共产主义。此前，他在写作时有意避开故事的有序性和连续性，而现在，他通过利用它们，不仅描绘了现实世界的真相，而且还揭露了造成现实世界不平等的制度。这基本上是对左拉小说美学的回归，即使这意味着要时不时地用一些微妙、大胆或傲慢的方式来强调它，在这种回归旧日的小说路线的过程中，这些似乎是他以前态度的痕迹。1944 年至 1951 年间他共创作五部小说，并将《现实世界》（*Le Monde réel*）作为这些小说的引题，他在二十多年里一直致力于阐释引题的意义，同时随着其政治立场的转变，他开始创作其最初对抗过的一种文学体裁。在 1958 年发表的《圣周风雨录》（*La Semaine sainte*）中，他以意想不到的方式——隔着审美的时空距离来把握当代，这引起了人们的惊讶，但这部作品的叙事性仍和阿拉贡之前的作品相同。

后来，他又再次放弃了这种文学体裁的创作，因为当时它备受新小说派的抨击，阿拉贡也由此成为新小说所批判的典型。当他之前的超现实主义小说和"现实主义"小说再版时，他为它们写了一系列的前言，书写这些前言让他得以回顾这些小说的创作起源，他也由此走向了自传之路。通过上述迂回的方式，在脱离小说革新运动一段时间后，阿拉贡又重新参与到当时革新小说的探索中。

这位"新生的小说家"很快就触碰到了自传的边界。自传不同于小说，它更侧重于叙述现实。但一个人的一生只是他的人生而已。更糟糕的是：自传只叙述现实，并按照逻辑顺序和时间顺序展开描述这种现实，使它成为一个故事，然而这样做却忽略了它最深层的部分，这个部分无法按上述两种顺序展开描述。在《处死》及随后创作的小说中，阿拉贡想象人的二重性，想象主人公的二重身，使他能够更好地利用自传的优势来突破这些边界。

大家都知道，我们眼中的自己和他人眼中的我们是有差距的，不同的人在不同的接触范围内对我们产生的印象也是有差距的。姓名、绰号、昵称和其他称呼，通常也体现着每个人的个性化图像。当一个人成为公众人物时，世人眼中的他和他对自身的感觉就出现了逐渐拉开的一道深渊。当他是一位艺术家时，他还会有自己的艺名。阿拉贡的经历很丰富，他能轻易地将它们放到其想象的空间中。这足以使这种多元性变得鲜明和坚固。于是，他创造出一个与本体相反的"二重身"，并以《化身博士》（*L'Etrange cas du Dr Jekyll et de Mr Hyde*）中主人公的形象出现在《处死》一书里的对话和思考中。阿拉贡通过利用《化身博士》中双重人格的现象和某些术语来表现人的二重性。历来，神话和传说都告诫我们，"二重身"不可避免地会损害它的"本体"。

《处死》中，阿拉贡的构思布局让他得以将自传加入到小说中。假设有位作家，人们出于习惯给他起名为"著名安东尼"（Antoine Célèbre）（"著名"是姓，"安东尼"是名），这个名字朗朗上口所以没人能搞错。他的公众形象是从他人生中几段为公众熟知的私人经历和他写的书中浮现出来的。对他而言，他仍是从前的那个他，阿尔弗雷德。对他而言，尽管变得"出名"的安东尼有时难免要去奉承他人，"安东尼"这个名字也不可能变成一种折磨，甚至成为一个敌人。总之，阿尔弗雷德和安东尼爱上了同一个女人，但我们如何知道她爱上的是这双重人格中的哪一个呢？两个"人"都嫉妒对方，安东尼更是总想起奥赛罗的故事，作者最终将"安东尼"这个名字拼写为"安托万"。阿尔弗雷德则想要消灭安托万，也就是说想要杀死安托万。

这个故事有可能是一部小说，也有可能是一则寓言。然而，阿尔弗雷德是《黑色笔记本》（*Le Cahier noir*）的作者署名，这是一篇阿拉贡在超现实主义创作时期发表的文章，后来收录到《捍卫无限》中。安托万是另一部没有书名的小说的作者署名，阿拉贡的读者辨认出这部小说是《上等街区》（*Les Beaux Quartiers*）。《处死》讲述的是一位著名艺术家（女歌唱家）的丈夫的故事，他不停地在大庭广众之下倾诉其对妻子的爱。他是法国的一位共产党员，1936 年在莫斯科参加了高尔基（Gorki）的葬礼，随后成为法国共产党中央委员会的成员，1952 年参加了苏联主导的维也纳和平大会。从上述信息中，读者很难不看到在安托万 - 阿尔弗雷德背后的阿拉贡，读者也很难不看到妻子英格堡·德·厄舍（Ingeborg d'Usher）[阿拉贡给她起了一个亲密的名字，富热尔（Fougère）] 背后的小说家和女歌唱家特里奥莱（Elsa Triolet）。书中，作者给安托万的一位朋友取名为"阿拉贡"（这是另一层嵌套，因为作者在书中还嵌入了一则短篇小说，安托万的这位朋友便是其中的人物），给英格堡的一位朋友取名为"特里奥莱"。作者还故意让我们觉得，安托万和他的这位朋友间的友谊，与英格堡和她朋友间的友谊，存在相似之处。但是如何验证我们的猜测呢？假使这些猜测是像诡计、手段和游戏那样，我们是会想要证实它们的。然而，事实仍然是，这些证实被添加到正式的标准中，所以作者的名字和人物的名字故意不重合，以允许否认故事的自传地位。这层"面纱"虽是透明的，却一直存在。在安东尼的故事和阿拉贡本人的自传之间，他暗示了想象介入的可能性。

　　读者又如何看待文中或长或短的生活片段呢？文中堆砌了非常多的我们能够核实的关键经历，这会让我们本能地认为这些经历以外的内容也都具有自传性，但在我们作为读者的认识中，这些内容并不具有自传性。有的内容，除非曾被证实过，否则将始终有可能是虚假的，以下便是在回忆中提到的历史事件：1918 年 11 月法国军队从阿尔萨斯返回；1940 年 5 月到 6 月又撤兵；接着军队到达佩尔（le Perche）；然后到达夏朗德（Charente）；抵抗运动；1945 年和德·拉特将军的两次会面。此外，文中所有纯粹属于私生活的事实的出现，只不过是作者想要将其"重新整合"到缺乏足够素材的自传中而已，比如：说教者马西雍在家族中长辈式的存在；1918 年阿尔萨斯的一段恋情；二十世纪二十年代初的一次险些溺水以及当时遇到的救生员；与"英格堡的邂逅"；他们成为伴侣后的生活——这段生活从描述他们在巴黎的公寓或他们的乡间别墅"磨坊"开始，也是 1952 年国会后阿拉贡产生晕厥和失忆的一段插曲。——所有这些内容都可以在"我的记忆深处"中找到。但它们并非都是事实。这部小说是由众多的参考元素编织而成的，这些参考与这个"我"的创造者人格联系在一起，小说中的"我"以各种各样的名字在文中一个接一个地不停闪现，他们的个性如下：热爱歌剧，英格堡作为歌唱家的身份让"我"重拾对歌剧的热爱；对中世纪末的古法语有着"几乎生理上的"（371）[1] 的兴趣；熟知并经常引用英德文学作品。作者还在最后一页点明了这样暗示读者的原因，最后一页的叙述始终围绕着一个秘密的悲剧展开，在如此多的回避之后，它最终听起来像是一个存在主义的承认："你们将永远不会知道是什么让我喘不过气来。是我的这本沉默的小说。是那些刚刚发生过而你们却不会经历的事情。因为这一切似乎就像是，恰好是，我给你们讲的是我的秘密，不是吗？是我拖着的这本普通的小说。是绝望。是对整个生活的绝望"（476）。这样的情绪深深扎根于"我"的生活，而这个"我"既指小说中以"我"自称的那个人，又指在小说上"署名"的那个人。

但作者是在其安排的叙述装置中让"我"吐露这些秘密的，如果再加上安托万在其短篇小说中给夫妻的其他名字，那么这种叙述装置很快就会让读者感到眩晕——而读者的乐趣就存在于这种眩晕中。作者给安托万展示的"底片"从来都不是清晰的：曝光不足或过度曝光，或是手抖没拍好，总之作者是故意给安托万这样的"底片"的。安托万却本能地将这些"底片"当作自传的内容来接收，但这就像我们在阅

---

[1]　Louis Aragon, *La Mise à mort*, Gallimard, Folio, 1973, p.371.（阿拉贡，《处死》，伽利玛出版社，1973 年。）

读小说时会"相信"人物的确存在那样：我们要记得，当遇到这种没有作者的介入，甚至即使作者有介入但他也在否认的情况时，那时的我们并不在真相的领域中，而在想象的领域中。

阿拉贡着迷于人的二重性，这使他成为探索自传和想象融合可能性的作家之一。在理论层面，他的着迷体现在如下构思上：将小说人物当作小说家的投射，小说则充当一面镜子。

最重要的是，他叙述了自己作为小说家的经历，而小说家的身份又意味着他要阐述二十世纪法国小说面临的问题。从二十世纪二十年代的叙述文本过渡到《现实世界》的系列小说，对他而言，这一切正如他在《处死》中所写：从主观性过渡到客观性上。他用这种过渡回答了接受或拒绝虚构和摹仿式幻觉的问题。通过创作《现实世界》，他试图破译社会现实的客观规则，为这些规则找到存在的依据，当他放弃表达自己的主观看法时，他就从主观性过渡到了客观性，这正好呼应书中安托万的形象在镜子中消失这一情节。这种新的探索方向为小说家的个人投射留下了一些空间，就像阿拉贡将自己"上等的一面"投射到《上等街区》中的埃德蒙·巴邦塔纳身上这一行为所揭示的那样。创作现实主义小说时，阿拉贡受政治信念影响，努力让自己和人物之间没有一点关联，但他的真实想法却不是这样的。一旦故事使他的政治信念相对化，而当小说界又重新质疑"人物"这个概念时，阿拉贡尽管参与得较晚，却又毫不费力地投入到这场利用自传革新小说的自相矛盾的运动中。

二战后，塞利纳、阿拉贡等作家开辟了一条新途径——创作"小说／自传"。这条途径具有如此鲜明的特点，以至于我们不会将它和其他正在进行或后来进行的探索混淆在一起。在塞利纳和阿拉贡等作家看来，自传不只关乎个人。他们曾见证或参与了一些历史事件，这些事件如此宏大，以至于他们的证词必然会被听到。然而，见证者并非不受任何影响，也不是永恒存在的，尤其当他是一位作家时。作为作家的见证者，在历史事件发生之前，他拥有一段过去；在历史事件发生之后，他还有现在，即他书写这些事件的那一刻。作者从书写编年史毫无察觉地滑向书写自传，历史则又支撑着自传。他对集体性历史事件的参与就有助于读者展开对其个人经历真实性的推定。

但是到哪种程度呢？塞利纳对黑暗进行夸张的倾向，阿拉贡对故事情节的扰乱，都完整地呈现在读者脑海里。之所以他们的小说能确保读者每时每刻都有阅读的兴趣，不是因为读者想知道故事接下来会发生什么，而是因为读者逐渐把握住哪些内容是真实的，哪些内容是虚构。当小说家开始提到其被公众熟知的人生经历和受历史事件影响的经历时，读者又如何知道他所叙述的私生活的真实程度有多高呢？因为这些经历是无法核实的。小说家将他的作品以小说形式来呈现，所以他并没有遵循自传所要求的真实性。然而，借助其作为见证者的身份，他足以在这场探索中向前迈出一步，并引起读者的好奇心——这正是塞利纳所称的"把人生放在桌子上"。而且，作者也仰仗着读者的好奇心。塞利纳通过权衡真实与虚构各自的比重来维持这种好奇心，阿拉贡则把不断模糊身份的"镜子游戏"转变为和读者玩的"捉迷藏游戏"。

两位小说家都遵循各自的写作逻辑，他们既没有只按照事实的某种顺序来叙述回忆，也没有只叙述人生的某一段时期。记忆是不可分割的。如果他们选择使用记忆，那么记忆除了使文中主要情节的相关回忆涌现之外，它还必定会使人生所有的回忆重现。在自传层面上，记忆的作用不是重构逻辑或编年史，而是通过联想来书写自传——通过回忆、词语或能指来联想，其呈现的自传虽是碎片式的、不完整的和混乱的，但它实际上却是关于经历的整体性的。他们的作品中，叙事可以建立在双重连贯性的基础上：记忆的整体性和想象的统一性。在这种统一性中，叙事发挥了自己的作用，即它在读者脑海里限定了读者和文中所唤醒的真实的关系，这既不完全是我们与自传的关系，也不是我们和虚构作品间的关系，而是介于两者之间但保留了这两者中的一些东西。自传和虚构的混合体，逻辑上和理论上都是不可能形成的，但它却作为一场探索，通过在阅读中左右我们，证明了它的存在。这也是马尔罗的《反回忆录》所进行的探索，不同的是，通过书名中"回忆录"一词，他把这种混合体从望远镜的另一头呈现了出来。曾经，这三位同时代的作家都是从虚构开始写作，尽管他们描述的是同一段历史截然不同的方面，面临着同样的对小说抛出的问题，但他们在战后都发现了记忆与想象的交叉点，三人都见证了文学感性史上的一段重要时期，在这段时期中，小说家和读者都既不满足于纯粹的自传，也不满足于虚构。

自传体的主张和虚构的权利由此形成的矛盾关系，被纳入到当时小说革新的探索中，于是自然而然出现了从首部作品开始就探索二者关系的作家，其中最具有代表性的是热内。尽管他作品的主题围绕着"暴力挑衅"，但这并不能掩盖他在这场探索中的标杆地位，也不能掩盖他在这场探索中所体现的独创性。

作者在《鲜花圣母》中提及了写作的地点与环境，这不仅回溯了创作的起源，而且也让读者了解到其创作的出发点。"牢房"并非文中可有可无的一个叙述情境。这个地点，从其本质来说，即使不算一个证据，至少是一个真实性的假设：我们如果没坐过牢，会臆造出自己被囚禁在牢房的事吗？会自己说出被囚禁的原因吗？三十二岁时，热内还不为大众熟知，他因偷书被判处轻罪，并创作出《鲜花圣母》，但他并没有得到公众认可。书中提到了囚禁的情景，这正是为了证明作品的自传性。《鲜花圣母》被秘密出版，其第一批读者口耳相传，报刊文章证实了其自传性的暗示。但文中的一个故事细节表明，热内极其看重这部自传，所以他并不满足通过上述间接的方式来让读者意识到这一点。1951 年，在由伽利玛出版社大规模出版的第一个版本中，他在书的结尾还加上了一句"1942 年于弗雷纳监狱（Prison de Fresnes）"，之前的故事版本中是没有这句话的。这种真实性的要求不仅仅只有在和公众面对面的条件下才能达到。文中另一个更隐秘的故事细节和一种情感上的强烈程度有关，该细节表明，热内非常希望忠实地叙述他的这一经历，即使他是唯一一个知道这段经历的人。书中，犯人两次提到他还没入狱时和一个男孩做爱的事情：第一次（13）是他在牢底对这个男孩讲话；第二次是别人要求他说出这个男孩的名字，因为同一间牢房里那位新来的犯人和这个男孩同名。"就像我，就像我为之写书的那个孩子，他也叫让"（304）[1]。书中这个神秘的叙述者也就这样由于名字的重合而被提及，于是热内得以再次体验他在最初

---

[1]　Jean Genet, *Notre-Dame-des-Fleurs*, p.304.（热内，《鲜花圣母》。）译文所译者所加。这个版本是下面注释提到的最初版本。

版本中所说的"好几次他同意我对他做的抚摩"[1]，最初版本创作于 1942 年，在 1943 年出版。然而，这个男孩在 1944 年解放巴黎（la Libération de Paris）的战斗中被杀死了。因此，从 1948 年拉尔巴莱特出版社（L'Arbalète）出版的第二个版本开始，热内不能再忍受书中出现上述句子，因为它们和他 1942 年的经历有关，让的死亡却让这些句子成为一个痛苦的谎言。他将"那个孩子"修改为"那个已死的孩子"，并修改了动词的时态：不再是"好几次他同意我"对他做的抚摩，而是"那好几次他同意我对他做的抚摩"[304（215）]。那个时代的读者忽视了热内的生活，即使他们能够前后对照文中两处改动的内容，他们也不会对其加以区分。然而，对热内而言，他无法忍受继续以现在时态谈论这个男孩，他的死亡是热内永远难以愈合的伤口。

1943 年的一份资料表明，热内在刚刚结束《鲜花圣母》的写作时，就打算创作《玫瑰奇迹》（Miracle de la rose）和《小偷日记》（Journal du Voleur），这两本书将和《鲜花圣母》构成一个系列，描述他在梅特莱教养院（la colonie pénitentiaire de Mettray）度过的青少年时期，以及随后的成年时期。1946 年出版的《玫瑰奇迹》将他从前的经历以一

---

[1]　《鲜花圣母》，无出版社名,1943 年（1944 年）。在这个版本中，第一次提到他和一个男孩做爱的事情是在第 14 页。

个监狱的故事背景来讲述。这个监狱是封特沃中心监狱（la centrale de Fontevrault），和在弗雷纳监狱不同，热内并没有被关押，但从作者的经历来看，本书也具有自传价值。《小偷日记》出版于1949年，"日记"一词其实有点名不副实，它和定冠词"那个（du）"指出了这本书是关于一个人和一个故事的，而公众未来将会熟知这个人和这个故事。同时，作者在《玫瑰奇迹》中公开借助了想象，尤其是在讲述哈卡蒙的故事时。热内其实希望在《小偷日记》中也能借助于想象，他不停地强调要让自己的人生符合一个"传奇故事"，这个传奇故事将表达最深层的真相，而其实首字母大写的单词"小偷"就已经是一部分的真相了。

在三部曲中的第二部《玫瑰奇迹》出版后、第三部《小偷日记》出版前，热内还发表了另外两部作品。一部是《葬礼仪式》（*Pompes funèbres*），和热内有关，因为它是一曲向热内1943年在弗雷纳监狱提到的男孩表示敬意的挽歌。另一部是《雾港水手》（*Querelle de Brest*），尽管它和热内其余的叙述作品主题相同，但它在叙述性层面上和其他四部小说有明显不同。《雾港水手》中，热内其实是在虚构边缘上创作。叙述者只在前几页两次短暂的出场中以第一人称叙述，且以"我们"的中性人称表达自己，在其余篇幅中，叙述者以第三人称叙述人物的行为。书中人物众多（有一个女性）、各种各样，他们拥有一个与作者所处的真实世界毫无联系的小世界；

人物命运也相互交织：书中的故事是为自己述说的。作者并不是要在其某个具体经历中去寻找这部作品的创作起源。本书的结尾，包括其特有的情色形式，存在于它在读者心中引起的小说幻觉中。

热内是一个被迫把自传和想象强行融合后尝试虚构的小说家个例。和越来越多从虚构过渡到创作这种"混合体"的人不同，热内又回归到虚构，对他而言，这是一次有说服力且成功的尝试，但他并没有继续下去。毫无疑问，他过于关注道德，过于关注道德的化身——热内恰恰通过反道德来体现这一点。这种反道德以他自身的形象，不止一次地完成了对这种虚构的奠基：即摆脱自我。在叙述性层面上，《雾港水手》与热内的创作偏好极其不同，因此，尽管本书和热内其余作品主题相同，但它是一部经常被评论家忽略或几乎视而不见的小说。

并非只有一些乐于揭露自己的作家才去探索自传和虚构之间模棱两可的融合。在同样一段时期，我们也可以在卡莱谦逊而迷人的作品中找到这种模棱两可的融合，只不过是以小调的模式，且沿着不同的道路进行。1935 年、1948 年和1950 年，卡莱先后出版了三部以第一人称叙述人生故事的作品：《很久以前》（*La Belle Lurette*）、《一切的一切》（*Le Tout sur le tout*）和《保罗先生》（*Monsieur Paul*）。这些故事提到了他的亲人、出生、童年和成年，由此看来故事具有自传性。文中从来没提到作者的姓氏，但三本书呈现的相同内容可以弥补这一缺陷：同一时代、同一地点——一战前的巴黎，主人公都出生在公共救济事业局的塔尼耶（Tarnier）私人诊所，都处于社会边缘、犯过小罪，都遗传了父母的绝对自由主义精神，都造过假钱，都偷偷地从巴黎的这处搬到那处，遇到的人们都是善意多过恶意。如果不是因为这些就是他自己的人生经历，那为什么每本书都要回归到这些相同的内容呢？

然而，三个故事中的上述这些内容既相同也不同。文中的小孩没有随他父亲的姓，而是随他母亲第一任丈夫的姓，因为他母亲在他出生时还没有和第一任丈夫离婚：这一事实反复出现，尽管每个故事中他都有不同的姓氏，但它们的构成方法是接近的。他的姓氏都是一些典型的法国小孩的姓氏，由两个普通名词结合构成，或者由一个名词和一个形容词构成：他在《很久以前》中的姓氏是韦特布朗什（Verteblanche）（42）[1]，在《一切的一切》中的姓氏是费伊鲁文特（Feuillauvent）（12）[2]，在《保罗先生》中的姓氏是贝拉

---

[1] Verte，绿色的。blanche，白色。Henri Calet, *La Belle Lurette*, Gallimard, L'Imaginaire, 1979, p.42.（卡莱，《很久以前》，伽利玛出版社，1979年。）

[2] Feuille, 叶子。auvent，挡雨板。Henri Calet, *Le Tout sur le tout*, Le Livre de poche, 1966, p.12.（卡莱，《一切的一切》，袖珍丛书，1966年。）

瓦纳（Bellavoine）（212）[1]。至于叙述者的法定姓氏，即他随母亲第一任丈夫的姓氏，在《一切的一切》中是一个英语谐音（17），在《保罗先生》中则变成一个德国姓氏"舒马赫"（Schumacher）（12）。[现在，一旦某位作家有点儿名气，人们定要调查他的生平。根据对卡莱的生平调查，他父亲的姓氏是弗约布瓦（Feuilleaubois），他母亲第一任丈夫的姓氏是巴泰尔梅斯（Barthelmess）]。由此看出，大致相同的事实和情节基本上表明三本书叙述的是同一种人生，三个故事互相补充，且暗示这就是卡莱的人生，这也是由外部的信息资料证实的。但这三个故事只是在某种程度上忠实于卡莱的人生。前面提到的姓氏的改变就是基于真实生活进行自由叙述的迹象。如果故事的所有内容都与真实生活有关，那么如实叙述这种真实生活也就没什么必要了。通过重复和改变某些内容，卡莱在真实经历（文中确实有暗示，甚至明确表示这就是卡莱本人的经历）和想象之间探索出一条属于自己的途径。当记者说他的作品介于自传和虚构之间时，他谈起了这种"混合体裁"，实际上，各出版社都是将"同一作者"的作品随意地按照"小说"或"回忆录"体裁出版的。但在《保罗先生》中，卡莱有一个更加私人化的手法，他通过"稍微美化过的

---

　　[1]　Belle，美丽的。avoine，燕麦。Henri Calet, *Monsieur Paul*, Gallimard, L' Imaginaire, 1996, p.212.（卡莱，《保罗先生》，伽利玛出版社，1996年。）

个人传记"（90）来引诱一个女人。读上述三本书时，我们也倾向于把这种手法看成是一个嵌套（戏中戏）。卡莱也在这一点或那一点上不断地修改着自己的生平，从这个角度看，他也一直在引诱着我们。

这种引诱的方法和塞利纳、阿拉贡与热内吸引读者的做法恰恰相反。这些作家通过暗示文本的自传性来突出自卢梭创造自传以来自传就具有的作用：凸显"我"和"我的故事"的独特性，或是为自己辩护，或是书写自己的罪恶。卡莱则与他们相反。他更感兴趣的是他所看到的，而非他自己。即使他的童年经历很不普通，其故事的重心也没有放在描写童年动荡不安的生活上，而是放在回忆其当时的生活背景上，即1914年前的巴黎。卡莱既书写着自传，又书写着他所了解的世界的编年史。在《一切的一切》后半部分中，卡莱通过将他以前给报刊写的有关其所见所闻的"专栏"合并到自传片段中，实现了上述的书写方式，除非读者会觉得这些"专栏"和自传不协调。卡莱写这些专栏时就住在巴黎十四区，这些专栏回忆了自他出生起就成为其世界中心的巴黎十四区，以此也呈现着卡莱的人生轨迹。但特别的是，卡莱不停地将自我融合到一个更大的群体中。这个运动在语法上表现为从"我"到"我们"的周期性传递，而"我们"的所指范围则以同心圆的方式不断向外延伸扩大。（同样地，我们看到，在《人类》中，一旦昂泰尔姆感觉到叙述太个人化时，他就从以

"我"为主语过渡到以"人们"为主语。)"我们"的所指范围，首先是童年时期的家人，接着是巴黎十四区的常住居民，最后延伸到没有特权的下层民众，人们几乎可以称他们为无名氏，因为他们的祖先在需要姓氏时，经常把一个由两个普通名词结合在一起的绰号当作自己的姓氏。对卡莱而言，超越自传和见证的想象基础，才是这种归属感本身，即使它不像昂泰尔姆认为的那样直接属于全人类，那么也至少属于那些从来都不是最强大的那些人。

这就是为什么卡莱的作品和塞利纳的作品有着如此迷人的相似之处。他们讲述同样的地方、几乎同样的时代，还有同样阶层的人，这些人面对处于主导地位的阶层时，都受到了各种各样的支配。然而在描述这些相同的对象时，指导他们创作的敏感性、想象和意识形态相互混合，又给予两人截然相反的创作角度。于是，这种平行关系转化为一种反向对称关系，即每位作家所处立场包含的优缺点的对称。

人们不会立刻觉察到这种对称，因为这两部作品在一开始是如此不同，但卡莱和塞利纳之间存在着惊人的相似之处。他们作品中的某些事实是有重合之处的，因为两位作家均在某些方面拥有同样的敏感性。对他们而言，时间的流逝均引发其对他人人生的思考（"我的朋友们都变成了什么？"），这些人或许曾陪他们度过人生的某段时期，或许只是和他们的人生有点交集，也正因为感到时间在流逝，所以他们坚持不懈地去观察自己出生的城市——巴黎——发生的变化。确实，塞利纳和卡莱都出生在巴黎，分别是 1894 年和 1904 年，前后相隔十年，但由于一战中断了所有的事情，所以两人受到的影响其实是相似的。两人都喜欢巴黎，这种喜欢还包含着他们对其居住街区的感情（一个是蒙马特高地的"村庄"，另一个是巴黎十四区），两人也都对巴黎的全景情有独钟，正是这种只有从屋顶上才看得到的景色促使他们都选择住在高处[一个住在吉拉尔东路（rue Girardon）的六楼，另一个住在巴黎十四区的九楼]。因此，他们将巴黎发生的变化具体到同样的地点和同样的细节上，也就没什么令人惊讶的了。此外，两人的相似之处还体现在其各自对前半个世纪历史的总结上，二十世纪四十年代末，一个创作出了《一座城堡到另一座城堡》，另一个则创作出了《一切的一切》。

这种相似性并非直到二十世纪四十年代末才表现出来。它早在卡莱 1935 年出版的《很久以前》中就已经明显地表现出来了。就好像有个人刚刚读完《茫茫黑夜漫游》（发表于1932 年），受其影响写下了这个童年故事：同样尖锐，同样挑衅。然而，同一时期，塞利纳却正在创作自己的童年故事：将于 1936 年出版的《死缓》。两人的相似性甚至还延伸到作者和叙述者身份的模棱两可上——两个人都通过让自己指定的名字与叙述者相对应的方式来实现这一点。《很久以前》中，叙述者提到其姓氏是"韦特布朗什",但文中只提过一次他的名字是"亨利"(卡莱的名字),塞利纳则在《死缓》等系列小说中,不再只以他的第二个名字"费迪南"来称呼作为叙述者的人物。《很久以前》中如果卡莱不扭曲叙述者的声音,那么这种有意识的、故意凸显的相似性就不会存在,且叙述者的声音后来也被证实是卡莱自己的声音。为了书写塞利纳式的粗暴和挑衅,卡莱不得不过度地强迫自己的性情,以免影响这种写作口吻的正确性。

《一切的一切》是卡莱童年故事的第二个版本,和《很久以前》情况相反,他在此书中展现了自我,因此,尽管读者会发现《一切的一切》中也有许多和塞利纳相关联的点,但卡莱这两个版本的童年故事有非常明显的差别。塞利纳最先在《死缓》中描述的——并且随后在 1945 年后的小说中也提到的有关巴黎和 1914 年之前生活的具体细节,和《一切的一切》中的内容有非常多的重合点,这些重合点几乎是成段成段出现的。卡莱和塞利纳的系列作品有着共同的故事背景:从 7 月 14 日的阅兵仪式到阿拉戈大道(boulevard Arago)的公开处决,从米勒(Millet)的作品成功翻印到朗布依埃市(Rambouillet)附近的拉吕什(La Ruche)自由学校,从戏剧演员或运动明星的姓名到首次出现的汽车品牌,从发明由赛璐珞制成的假衣领(还有《很久以前》中提到过的旋转衣领扣)到发明飞机。两人的系列作品有时用特别相近的术语，对刚刚过去的前半个世纪做出了相同的总结：两次世界大战，以讽刺口吻揭露所谓的"进步"和破坏世界的方式，还有两位作家都敏锐觉察到战争改变人的本性而给日常生活带来的残酷。两人在描写从前的巴黎和关注杀伤力不断变大的武器这两点上可能是最相似的，在1948年（当时《别有奇景》尚未出版）的《一切的一切》中，卡莱提到了原子弹："总之这是一种奇景，正如之前那些曾经令我惊叹的小城堡一样。"塞利纳在战后小说中也反复回忆了这些小城堡的奇景。所有这些，包括童年故事产生的虚假天真的效果，都让两人的作品不断接近。

然而上述那么多重合点，即使涉及各个方面，也无法胜过一种决定性的对立。相同的表象之下，塞利纳和卡莱在想象中构筑了一些截然不同的世界，以至于我们差点忘记他们有着共同的写作出发点。他们对于生活和人与人之间关系的感觉是截然相反的，这些感觉也在很多方面指引着他们的写作选择，比如，对童年、场景、人物或简单事物的回忆，还有这些回忆在想象中的转换。一方的态度是，尖锐地揭露，渴望打击他人，挑衅，过分；另一方的态度则是，谦逊，善良，声援受害者。从人道的角度来看，卡莱的优点在于，读者在有同感的情况下才会去阅读他的作品。因此，读者无法去衡量，哪些内容是源于他作品的力量，哪些内容是源于他自己的力量。此外，两人的对立还体现在语言选择和实现这些选择所运用方法的不同上。塞利纳通过借用民间语言与口语化在写作中自成风格，和他为法语带来的变革相比，卡莱在写作中使用俗语的独特想法又有多大影响呢？但是他们两人，通过各自的绝招，都成为探索想象与记忆融合的先行者。因为，他们既使自传摆脱了真实性契约所强加给它的"模具"，也把小说从虚构的束缚中解放了出来。

第十二章　自传，回归叙事之途

萨洛特,《童年》——罗伯-格里耶,
《传奇故事》三部曲——杜拉斯,《情人》

　　为了不放弃虚构，小说家们已经探索出一些书写自传的新方法，它们满足了小说家们对想象的渴望，而读者也可感受到他们的这种渴望。但它们没有触及另一种更强烈的渴望，即对叙事的渴望。最能代表某种小说现代性的那些文本和伴随它们产生的那些理论，使叙事成为一个禁忌。谁敢按照有助于重构故事的某种顺序，或者按照时间顺序去讲述故事呢？谁又敢通过书写一些非常长的段落让读者去想象人物的某段人生，去感受这段人生的延续呢？而且，对某些远离叙事的小说家而言，自传，无论在实践还是理论层面，都是他们接近叙事且不过于后悔接近叙事的一种方式。确实，莱里斯和德福雷已经证明，自传并非像我们自然而然认为的那样必然要与叙事结合。但在人们、甚至很多作家达成的共识中，叙事仍然是自传优先考虑的载体。

二十世纪八十年代初，差不多两年内，三位"新小说"的代表作家，萨洛特、罗伯－格里耶和杜拉斯（Marguerite Duras），出于其创作自传的需要，都实现了回归叙事的运动。

《重现的镜子》（*Le Miroir qui revient*）是《传奇故事》（*Romanesques*）[1]三部曲中的第一部，创作于1983年。在它的前几页中，罗伯－格里耶认为，大约从1955年开始的关于小说探索和实验的潮流，现在已经开始"退潮"。巴特（Roland Barthes）自己也注意到，当他谈论对小说的渴望时，他谈论的是对"真正的小说"[I，70（81）][2]的渴望。

当然，对罗伯－格里耶来说，不存在放弃这些探索和实验的问题，他是其主要的实践和传播者。在《重现的镜子》开篇，以及他坚持十多年创作的三部曲中的其余两部中，他在一些涉及理论和批评的篇幅中明确且坚定地表示，要努力捍卫这些探

---

[1] 罗伯－格里耶，《传奇故事》三部曲，午夜文丛（《重现的镜子》1985年，《昂热丽克或迷醉》1987年，《科兰特的最后日子》1994年，标明本章引用句子的出处时分别用"I,II,III"表示）。

[2] Alain Robbe-Grillet, *Romanesques I, Le Miroir qui revient*, Le Seuil, 1985, p.70.（罗伯－格里耶，《重现的镜子》，瑟伊出版社，1985年。中译文出自杜莉、杨令飞译《重现的镜子》，湖南文艺出版社，2011年，第81页。）

索和实验：为与传统小说体系决裂所付出的努力不仅是恰当的、合理的，而且是有必要的。罗伯－格里耶反复重申的关键，不只是小说诗学的问题。这些努力还由于保持不变的意识形态因素而被认为是恰当的。对二十世纪的人来说，失去曾经确信的东西后，世界陷入绝对意义上的奇怪状态，每个人也变得非常古怪；因为缺少根源和依据，人们无法用词语的任何意义来表达自己对真实的理解，无论是哪个层次上的真实；如果罗伯－格里耶觉得自己能运用连贯的方式去讲述任何事情，那么他怎么还会满足于上世纪占主导地位的传统小说体系呢？这个体系借助于简单过去时的"催眠作用"所形成的一种时间和因果关系上的连续性，去掩盖或否认这种意义的缺乏和真实的空洞，通过系统性地避免任何会破坏这种连贯性的东西，引发读者对生活的摹仿式幻觉。只有读者的懒惰、对现实的恐惧或意识形态上的疏远，才能保证这种伪造的再现的存续。一部现代小说的作用则与此相反，它在于强迫读者去体会这种陌生和空虚，即便为此，正如罗伯－格里耶提到《嫉妒》（La Jalousie）时承认的那样，小说成了一种"严厉挑衅"[I, 55（63）]。这里涉及的正是让人们意识到其在世界中的处境，以及这种处境可能造成的各种后果，包括政治后果在内。不管怎样，必须要用可能让读者感到痛苦的眩晕代替"瘫痪"的传统叙述体系。论证完这些后，我们再次确认了"现代小说"的任务。罗伯－格里耶在《科兰特的最后日子》（Les Derniers Jours du Corinthe）里写道，这个任务在于"用旧小说的废材料，用现实主义的废材料，就是说，用可靠性的废材料，建筑它活动的结构"[III，144(185)] [1]。小说家应该"把被毁的定义的状态、把废墟的定义本身，当做一种亟待发明的轻盈的、虚位以待的存在的起因。他使极小块极小块的意义和迷惘的符号，成为变得越来越细小的基本颗粒。现在，这些颗粒是未定的、不稳定的，它们毫不停歇地移动着，在一种被剥夺了合目的性的能量的巨大生产中，寻求着可能的集中"[III，145（187）]。他在《重现的镜子》前几页写道，意识形态的结合将证明恢复 1955 年至 1960 年间那些"可怕的行为"[I，8（9）] 是合乎理性的。

　　然而，"新小说"的上述宣言很可能从一开始就是二十世纪三四十年代存在式小说对其创作体裁的定义，这个定义被认为是对 1953 年马尔罗提出关注人的命运的说明：一段葬礼悼词；和马尔罗不同，罗伯 – 格里耶已经意识到这点。当他着手创作《重现的镜子》时，这部"现代"小说的大胆达到了惊人的地步，一场与自传有关的运动正悄然兴起。1983 年，他正在创作将于两年后出版的《重现的镜子》，萨洛特则已经出版了《童年》（*Enfance*），而杜拉斯将于 1984 年出版《情人》（*L'Amant*）。

---

[1]　Alain Robbe-Grillet, *Romanesques III, Les Derniers Jours de Corinthe*, Le Seuil, 1994, p.144.（罗伯 – 格里耶，《科兰特的最后日子》，瑟伊出版社，1994 年。中译文出自余中先译《科兰特的最后日子》，湖南文艺出版社，2011 年 6 月，第 185 页。）

最明确回归叙事的是萨洛特。叙述者有两个声音，将自传体语言变成对话（包括页面排版上的转变），这些创新并非总能让读者立刻就发现故事的构思布局、时间顺序，读者也不能立刻觉察到这是一个故事。《童年》不是一个开篇就指出日期、地点和背景人物的故事。它的故事断断续续，从第一个零碎片段开始的每个零碎片段都是如此，文笔艰涩，每个片段的开头便是故事正在发生的场景。但是，场景中的一些细节（我几岁，我在某个地方度假，等等）总会让读者很快就习惯于这种不连续性。于是，童年记忆逐渐地得到重建，初一开学前的时光，父母先分居后离婚，作者随父亲或母亲往返于两个国家，在每个国家都有几个居住的地方。书中尽管存在部分的虚构，但是虚构的内容并没有掩盖住自传的内容，因此，叙述者可以追溯最久远的回忆，并本能地按照年龄顺序来对这些回忆进行分类。一个名字，一些昵称，一个年轻女孩的姓氏，尤其是一位作家答记者问时列出的回忆片段，读者基于这些很快就能总结出这部自传的内容。

文中依然有"向性"，但它们不再具有以前的效果。以前的作品中，"向性"大量存在于成年人的对话或言语中，在他们口中，"向性"意味着理性语言和心理语言不能够表现真正的情感生活。而与孩子的回忆结合在一起的"向性"则是一种混乱感知的自然表达。本书中，隐喻不再作为一种手段，而是作为基础语言，用来对抗分析的观念和范畴。

同样地，叙述者有两个声音，会产生萨洛特经常采用的"潜对话"效果。但这两个声音存在的作用是为了方便读者区分。一个声音反复表现出犹豫、暗示和含混不清，努力让对方（即另一个声音）陷入自己的言语圈套中。这两个声音在书中各有自己清晰的定位，并且有一个共同的目标，即尽可能如实地说出事实。第一个声音想说就说，有说话的欲望，甚至喜欢对说话的内容加以润色；第二个声音则是克制的、警惕的、受约束的，两个声音相互补充，而非相互对抗。随着故事向前推进，我们不仅会看到这种补充转变为合作，而且会看到经常利用言语相近性的萨洛特让两个声音一起去寻找比较贴切的词语，而有时是批评的那个声音有新的发现。

《童年》与萨特二十年前的《文字生涯》的主题部分相同（均在父母文学活动的影响下，过早地产生成为作家的使命感）。其中，被划分为两部分的《文字生涯》有着更复杂的叙述。但值得注意的是，这本书产生于萨特偏传统叙述作品的创作后期，他只是在技巧层面触及了革新的一角。萨洛特则以自传的名义，创作了一部通过明确回归传统故事来进行探索的作品，而这种探索必定是艰难的。而且，开放式对话中两个声音的对立要比随后的对立更明显，前者是作者预测读者会有哪些反应的一种方式，暗示读者她仍然意识到了传统叙述的圈套，无论是在自传还是在小说中都是如此。

除了选择性地关注他察觉到的新文学运动以外，还有一个个人原因诱惑罗伯-格里耶回归叙事。在他的所有作品中，无论是小说还是电影，他的原则是解构各种严密的叙述结构，完全拒绝句子中出现主语，他的句子常以"黏的""过甜的"等主观性较强的形容词开始。借助这些形容词，即使主语没有直接出现，但它仍可通过幻象和某些写作事实存在。从二十世纪八十年代初开始，罗伯-格里耶的作品逐渐增加并闻名于世。然而他感到很遗憾，其作品的评论者们过于强调他的"写物主义"范畴，而忽视了他对自己处于烦恼状态中的认识，这种烦恼让他产生强烈的描述意愿，从而发现许多可描述的对象。这种写作机制的目的是通过它的操作，在自身根本的缺陷上面打赌，在这些陷阱中，有最终是"为那些对毫无意义的结构感兴趣的人而设的陷阱"[I，41（46）]，作者任凭他们对其小说的缺陷进行批评。然而，感受必须被勾勒出来，然后才能被质疑或否定，而除了个人的心理倾向之外，谁会通过这些亟待破译的感受去产生幻想呢？"只有直接由烦恼产生的艺术作品，才能逃脱基本的烦恼"[II，126（148）] [1]，罗伯-格里耶在《昂热丽克或迷醉》中这样写道。

---

[1]　Alain Robbe-Grillet, *Romanesques II, Angélique et l'Enchantement*, Le Seuil, 1987, p.126.（罗伯-格里耶，《昂热丽克或迷醉》，瑟伊出版社，1987 年。中译文出自升华译《昂热丽克或迷醉》，湖南文艺出版社，2011 年，第 148 页。）

要让艺术作品逃脱基本的烦恼，或者更确切地说要让让它的作者逃脱基本的烦恼，艺术作品就必须在这种烦恼存在的严密结构中被辨认出来。在三部曲的第一部——《重现的镜子》前几页，罗伯-格里耶也因此写道："我历来只谈自己，不及其他"[I，10（8）]，这句话既有真相，又有自我满足的挑衅。为了继续践行这句话，则需要将熟练呈现在小说中的某些事实与幻象和个人经历联系起来，也和生活环境联系起来，也就是说通过书写自传，借助某些前人用来革新小说的规则以回归到叙事。

　　然而，当第二部《昂热丽克或迷醉》（*Angélique ou l'Enchantement*）在1987年出版，罗伯-格里耶开始创作第三部小说时，他不再是唯一一个探索这条途径的人了。十年间，法国讨论写作问题的环境已经改变。由于一些作家的关注点相似，这些作家都愿意聚集在"新小说"的旗帜下，而他们中的许多人也都以某种方式书写自传，这使得罗伯-格里耶提出"新自传"[III，17（18）]的说法，但"新自传"并没有"新小说"成功。"假如说，我们这个集团的人在这四十年中似乎经历了一段多少有些平行的发展过程，而且现在又好像有着共同协定似的，都投入了相临近的自传性颠覆破坏中，尽管这一次依然存在着引人注目的区别，那肯定不是一种偶合"[III，86（108）]。

　　传统自传主要在两个要点上反对小说：一个是在表面上服

从于年龄顺序，即时间顺序，另一个是不服从于任何虚构的承诺。罗伯-格里耶比任何人都清楚各种文学体裁之间的界限，他不会忽略任何一种打破文学体裁界限的方法。《重现的镜子》中，他首次提到记忆的衰退和模糊，这被视为自传真实性的保证。然而，三部曲的后两部会表明在记忆规律下不可能还原事实，以此说明连贯的线性叙事只能是虚假的重构。罗伯-格里耶既书写这些规律，又明确表达自己的理论想法：我们既不能抓住逝去的瞬间，"也不能在一段持续的时间里把它们汇集到单向而无缺点的原因结构里"[II，67（77）]。在这些瞬间、甚至那些保留我们非常多情感的瞬间中，我们并不期待它们向我们揭露人生的某种意义，而只是从理性的观点出发，把它们断断续续且混乱地呈现出来，这种呈现是可以具有连贯性的，只要"自传"能找到将点状回忆穿起来的联系，这些联系尽管比读者熟悉的、人为构建的时间顺序更让读者难以理解，但还是能说服读者的——甚至更具有说服力。莱里斯也根据上述原则，在《游戏规则》系列作品中对自传进行革新。罗伯-格里耶重视组织叙述材料，但更重视追溯叙述材料的来源，从这点上看，他在颠覆文学体裁上又跨出一步，他极力缩小、直到几乎消除理论上区分各种文学体裁的界限："我认为，在我作为小说家和最近成为自传作者的两份工作之间没有多大区别"[II，68（78）]。他立刻解释道，他的小说和电影看似是虚构的，但其实是由一些自己真实经历的元素构成的，而他并没有提及这些元素具体源于哪段经历。整个三部曲中都可以找出这种追溯式认证的例子，三部曲中也因此会回顾罗伯－格里耶以前的作品。有关"性虐待"的幻象便是这种情况，这些幻象出现在他的一本本书、一部部电影中，逐渐成为罗伯－格里耶在"新小说"流派中的个人标志，也吸引着那些对它们敏感的读者。阅读小说和观看电影时，读者明显知道这些幻象是个人想象的产物。然而，当罗伯－格里耶在自传中去追溯这些幻象的由来或它们最初出现的情形时，他又赋予这些幻象新的意义。不管作者如何迫切地在小说中展开想象，它始终保持着与现实有关的虚拟的任意性。罗伯－格里耶在对幻想展开追根溯源的这另一种语境中，则把这种任意性转化为了必然性。罗伯－格里耶就在这种情况下实现了小说与自传之间前所未有的联系，这种联系也阐明了他之所以将《传奇故事》作为三部曲引题的第一个理由，其中引题所用词语的隐含意义让引题更具挑衅性。

为了消除文学体裁之间的界限，罗伯－格里耶以前的小说家们也幻想过将一部分虚构嫁接到以自传形式呈现的故事上。从 1945 年开始，将想象嫁接到记忆上成为一条革新小说的途径，它有时是公开的，有时是暗示的，有时有待读者去揭露，但这种嫁接必须是可以察觉的，以使它在文本中发挥作用。正是以这种方式，在《重现的镜子》开篇，罗伯－格里耶用了差不多四页纸来定义他的自传创作后，他以虚构的名义指出了这种嫁接，但没有过多解释，随后，他便不加区分地使用想象和记忆这两个术语。总之，从序言开始，他就想到将读者的注意力转移到人物身上，而虚构将围绕着这个人物展开。神秘的亨利·德·科兰特伯爵理所当然地变成了父亲的一个朋友，于是他就和作者建立起联系。但是很快，文中会越发暗示出这个人物是想象的产物。如果文中真的有"传奇故事"（按照该词最普遍的意义），那么这个人物就是传奇故事的主要载体：古老的布列塔尼传奇和瓦格纳传奇的特有元素和逸事重现在他的身上；当文中故事背景是两次世界大战期间的德国或是拉丁美洲时，他还变成了间谍、双重间谍或冒险者。

可是作者在上述人物身上并非只堆砌了虚构的内容。描写该人物和罗伯－格里耶的段落交替出现，且逐渐暗示读者：罗伯－格里耶和该人物其实是同一个人。两人出现的情节背景往往具有相同的具体细节，这就确保作者可以自然而然地从针对其中一个人的描写过渡到对另一个人的描写。此外，还有一些具有代表性的相同要素，比如一份正在创作的手稿，一些有关少女的性虐待幻象，这些都逐渐使对该人物的描写转变为作者的简单投射。为确保这种转变能成功，罗伯－格里耶还给两人选择了相同的化名"罗宾"。在这些情况下，文中还剩哪些内容属于自传呢？我们确定或几乎确定文中有虚构的内容，当作者如此随意地承认——虚构部分和自传部分被如此密切地交织在一起，那么自传究竟会被损坏或歪曲到何种程度呢？

　　其实，自传部分更多地是夹杂在虚构部分中。描写罗伯－格里耶和科兰特的段落交替出现，使得读者能区分哪些段落属于前者，哪些段落属于后者，尽管两人之间早已建立起一种联系。此处，我们讨论的并非作者自称是他经历的经历，但读者不得不怀疑这些经历是否是创造出来的，或者这些经历是否至少是通过想象转换过来的。因为所有的内容都引导着读者相信此种经历，所以如果有关科兰特的描述内容真的存在虚构，那么这个虚构是有限的。我们可以确定地说，读者确实可以觉察到自传部分和虚构部分的不同，且这种不同显而易见。如果非要说其中一部分屈从于另一部分的引力，那么不会是自传被吸引到虚构的一侧，而是虚构被吸引到自传的一侧，这是因为这里的虚构由于太接近自传，从来无法赋予人物一种真正自主的存在。

　　尽管罗伯－格里耶借助以上两种方式来打破文学体裁间的界限，且第二种方式更显而易见，但他仍保留了自传的精髓。和《游戏规则》不同，尽管《重现的镜子》中所有的回忆都是零散而混乱的，但它确确实实向读者讲述了一个故事，作者虽然没有从童年经历开始讲述，但至少是从自己的某些经历出发，甚至从他祖父和外祖父的经历出发来讲述这个故事，故事的最后则停留在写这本书的地点和时间上。叙事既不是线性的，也不是有序的，但总归是有叙事的。回忆总是无序地出现在文本中，但这又有什么关系呢？读者总是能够重建回忆的顺序，因为文中有构成一部编年史所需的日期，还有各种细节相互印证。罗伯－格里耶全部的人生经历最终汇集到三部曲中：童年在布列塔尼和汝拉山区度过，和一位女同学恋爱，青少年时在巴黎学习，战争时期被强迫在德国服劳役，邂逅妻子，开始农艺工程师的职业生涯，随后为了写作而放弃这一职业，成为作家，建立和其他作家、出版社、报刊杂志的关系——无论他愿意不愿意，这些人和这些逸事都将三部曲变成了他对四十年以来在巴黎进行文学创作的记忆。最后，罗伯－格里耶的名望也值得让全世界了解他的人生，他的人生也应该被记录下来，比如他的写作实践。他的人生中，众所周知且可以核实的那些事实，也就是那些随着他在文学上初露锋芒而开始发生的事情，有着足够多的东西可以叙述，而我们也因此很少去关注他的私生活。这位作家在文中不仅提到了自己的姓名，而且提到了他的出生日期和现在的居住地址，为什么我们还要对他的自传心存质疑呢？

罗伯－格里耶以前的作品代表了和他同时代的几位作家革新叙事的意愿：希望作品通过文本或电影传播出去，而不想作品依附于任何一种现实而存在。因此，他以前的作品往往避免叙事要素之间产生联系，因为以前的小说借助这些联系太容易产生现实的幻觉。作家心中从来只会有一个问题，即了解他正在书写的作品在读者心中是否足够可靠。这也是福楼拜提过且只提过一次的问题，他希望最终能写出一本小说，它就像空中的土地，只凭借风格的力量悬浮于空中，而不是凭借主题来做到这一点。罗伯－格里耶在三部曲中谈过他对十九世纪法国小说史的理解，要是他推崇福楼拜而不喜欢巴尔扎克和左拉，那么与其说他是为了弥补叙事的空白，不如说是源于上述愿望或空想，即便他没有提到这些。但谁又能够确信自己拥有某种风格呢？正是缺乏这种确信，所以罗伯－格里耶只能希望至少通过文字和图像的编织，将所指和它所产生的幻觉排除在纯粹的限度之外。由于罗伯－格里耶的探索，时间顺序和因果关系将被其他联系所取代，这些联系只属于另一个世界，就是我们的无意识存在的世界，也就是词语和画面能使其运转的世界。

　　作家还需要了解自己是否能长期放弃某个所指对象。在"新小说"初期的理论探索中，"所指对象"和"文本"这两个词都是禁忌。无论是罗伯－格里耶 1983 年从他朋友作品中观察到的改变，还是他在《传奇故事》三部曲中所着重凸显的改变，它们都意味着"所指对象"的回归，且是以其最简洁的形式，即讲述某个人的真实经历。《重现的镜子》前几页中，就在罗伯－格里耶刚刚揭露其小说《纽约革命计划》（*Projet pour une révolution à New York*）中描写的铁栅栏是直接源于其童年回忆时，他很有趣地在段落结尾处写道："原谅我，让·里卡尔杜"[I，33（36）]，这句话是对这个捍卫教条的"新小说"成员说的。但是，一个铁栅栏，这个此后几乎就被认为是捍卫作品牢固性的一个存在，它到底是什么？

作家们的挑战总是相同的：尽可能让作品比作者存在的时间长。作品除了描写作者心理上的烦恼，除了描写作者希望赋予作品消除烦恼的那种力量，它还讲述其他的东西。《昂热丽克或迷醉》的某个段落中，罗伯－格里耶列举了自己拉近自传和小说的距离、甚至混淆两者的各种理由，他注意到这两种创作都试图回答两个难以解决的问题："我是什么？而我又在那里干什么？"[II，69（80）]。毕竟，二十世纪三四十年代的存在式小说也曾将上述形而上学的发问作为明确的创作主题。随后的一代小说家一直希望更间接或更隐晦地回答这些问题。而罗伯－格里耶65岁时才终于承认希望回答这些问题。坦率地说，当文中明确指出烦恼是什么，并提出上述问题时，作品越是通过作品本身来回答这些——此时的作品在所有人眼中就像空中的土地那样悬浮着——它的回答就越有说服力。但是这就等于告诉读者，作品只有一个目标，即回答这些问题，那么作者要如何确保这一点？如果不是通过向读者证明确实存在这样一个人，他不仅有烦恼，而且有上述问题的困扰的话，作者又要如何让读者觉得，作品越是使用无人称叙述，作者的话语就越具有自传性呢？

　　没有人比杜拉斯更远离叙事的回归，除了她早期的作品以外，她和这种创作实践彻底决裂。一本本书、一部部电影、一出出戏剧，她把她的叙述简化为对极端情况的回忆，它是静止的、超越时间的；这些极端情况从词的词源层面来说是孤立存在的，与它们的原因和后果都不再有联系。无论是在欲望中发现了神圣的事物，还是与疯狂或死亡的接触，都没有留下任何叙事组织的空间。

　　可是，这正是《情人》讲述的故事，它有开头和结尾，有来龙去脉，有故事背景，还有故事发生的社会环境和家庭环境。无论是文本的不连续性，还是年代上的部分重叠，这些都没有阻碍读者去重构各种事件的顺序，甚至去重构某种因果关系。而且，文中也没有什么内容是属于时间和空间层面的。

　　《情人》的故事具有自传性。叙述者不可能像讲述他创造的故事那样，自由地讲述自己的故事。《情人》的一切内容都在叙述者的回忆中。因此，书名是迷惑读者的，因为它仅仅指出了性的对象。尽管对所有女人而言初恋非常重要，尽管对作家杜拉斯而言初恋也非常重要，但它也只是杜拉斯的一次人生经历而已。只有将它和杜拉斯其他的人生经历相比时，它才有其自身的意义和影响，这些其他的经历也就自然而然地变成了《情人》的故事背景。此外，《情人》发表之前，这些其他的经历也是杜拉斯以前作品的故事素材。由于它们非常引人注目，所以她很快又在《情人》中重新讲述这些经历（《中国北方的情人》（*L'Amant de la Chine du Nord*）中，杜拉斯是先讲述这些经历，后描述她和情人相遇的）：为拯救种植园，守寡的母亲利用堤坝对抗海洋，这场战斗令人绝望，她还极其偏爱长子；长子仿佛是该隐的化身，虽然他不能杀死弟弟和妹妹，但他始终否认和忽视他们的存在；小儿子担惊受怕、涉世未深，小女儿玛格丽特像保护自己的孩子那样保护这个小哥哥——自相残杀的家庭故事很快就不再局限于书名体现的故事范围。十八个月的恋情结束后，作者还在按照时间顺序叙述母亲和哥哥们的命运，直到他们去世。一部自传的本质在于，它可以无限延伸：自传永远不会耗尽一个人的回忆。渐渐地，通过联想，杜拉斯还用几页纸（79-85）[1]回忆德占时期她在巴黎经常遇到的那些人，她之所以开始回忆这些人，是因为她提到了 1942 年，这一年她的小哥哥在印度支那去世了——这些细小而无聊的零碎记忆，随着作者对初恋经历的描述而涌现出来，而初恋经历最初也是杜拉斯渴望创作自传的动力。

这种动力也具有渴望定义自身的性质，也就是说它渴望和读者达成一项特殊协议。作者讲述的某些经历曾经越是以

---

[1]　Marguerite Duras, *L'Amant*, Éditions de Minuit, 1984, p.79-85.（杜拉斯，《情人》，午夜文丛，1984 年。）

小说的形式呈现过，当她在《情人》中重新讲述它们时，她就越需要这项协议。这项协议最常见的形式就是，当读者看到文中的"我"时，他便能将"我"等同于作者。从第一页开始，杜拉斯就和读者达成了这项协议，尽管毫不含糊，却是以间接的方式：她提到自己的容貌被酒精"摧毁了"[10 (5)][1]。一些读者已经多次在照片和电视上见过这张容貌，他们从这点就能判断出叙述者的身份。

　　达成这项协议，只是便于作者在几页之后就否认这项协议："我的生命的历史并不存在"[14 (9)]。事实上，这历史并不是作为一种形式化的叙述而存在的，但是记忆中一幅幅完整的画面，或者固定在家庭相册里的一幅幅画面，除此之外还能传达什么呢？作者以现在时态一个接一个地描述这些画面，而这就是画面所定格的瞬间的特性：对于知道如何去解读这些瞬间的人来说，它们承载着一段过去和一段未来。这部自传也因此基本使用现在时态，读者几乎没有意识到这点，因为他们从一开始就赞同这种叙述方法。比如，故事快结束时，读者读到一页内容，其中叙述者"我"以过去时来叙述："我注意看他把我怎样……"[122 (120)]，读者此时才意识

---

[1]　Marguerite Duras, *L'Amant*, Éditions de Minuit, 1984, p.10.（杜拉斯，《情人》，午夜文丛，1984 年。中译文出自王道乾译《情人》，上海译文出版社，2005 年，第 5 页。）

到这部自传几乎全使用现在时态。作者的独特想法在于，一开始，她打开相册，在一张不是照片的照片上展示了自己的形象，照片上的人是他人眼中的她，十六岁那年的某天，她站在穿过湄公河的轮渡上，并和一个男人有了第一次眼神上的交流，后者回应了她，情感上的回应，就像《情感教育》（*L'Education sentimentale*）中，在沿塞纳河而上的轮船上，弗雷德里克·莫罗和阿尔努夫人的第一次眼神交流一样。杜拉斯先是描写倚靠轮渡栏杆的少女，然后开始回忆她的家庭，最终又回到这第一次的眼神交流，文中有一句话解释为什么要按照这样的顺序来叙述："那样的形象开始形成"[45（43）]。

当一位赫赫有名的小说家很晚才创作一本带有自传特征的书时，她知道读过她小说的读者会阅读这本书。在书中回忆自己以前的小说时，她寻找到一种让读者相信书中故事是真实存在的方法，同时她也以新的深度来回顾以前小说中的细节。"路"已经铺好了，读过她小说的读者只需沿着这条"路"，去比较她以前的小说和这部自传的内容就可以了，这一比较具有双重意义，因为杜拉斯必定也会去比较。于是，文中有描写抵挡太平洋的堤坝，有描写那个中国人的利穆新轿车："是啊，这就是我的书里写过的那种大型灵车啊"[25（20）]，有描写加尔各答的那个女乞丐："那个故事里曾经讲到的那个小女孩"[106（103）]。然而，《情人》中，作者并没有将那些真实经历的细节分散到各个人生时期来描述，而是让它们集中出现在对初恋经历的描述中，这段初恋经历由此可被视为"盛放"本书内容的"模具"。因为，作者书写的渴望源于对欲望的揭露。文中没有任何内容是脱离这段初恋经历的。杜拉斯以前的小说只是将这段经历的一部分转换成文字，且仍然局限于这段经历，因为这段经历太深刻，所以它永远不会枯竭。这刚好是作者所谈论的"在我写的书里，我所避开不讲的，我所讲了的"[34（30）]。于是，循环终将闭合：作品也将和它的起源汇合。

杜拉斯作品的精华是一些格言，它们要么让人印象深刻，要么让人目瞪口呆，要么纯粹是晦涩难懂的，读者喜欢在她的书中寻找这些句子，《情人》中当然也有这样的格言。杜拉斯把它们放置在神秘莫测且不容置疑的核心内容周围，文中只有极少的内容可以告诉读者这个核心内容是什么，而这些格言则是这份神秘感在文字上的体现。然而，和我们原本期待的相反，作者对初恋经历的回忆让这些格言出现的次数变少，她也因此更多的是将它们分散到文中的其他地方，就好像描述初恋经历的文字要比这段经历本身更适合和这些句子搭配。这些杜拉斯式的格言仍然还在吸引着没读过她作品的读者。

1983 年，《重现的镜子》的序言中，罗伯-格里耶提到反对故事叙事运动的"回潮"，他知道杜拉斯将在 1984 年创作并出版《情人》吗？人们只能看到两人是同时开始探索的。

上述两本书中，作者多多少少都表明或暗示书中有自传的内容，自传让作家重新发现他和读者的某种关系，但其实作家在创作之前都自愿放弃了这种关系，因为它似乎和摹仿小说不可分割。《情人》让杜拉斯拥有更广大的读者群体，这和《童年》与《刺槐树》的情形如出一辙，《情人》的成功证明了读者没有放弃对小说家的期待，一些读者甚至还感谢小说家为革新小说而开辟的新途径。

　　叙事向文本的转变让我们获得新的阅读乐趣。但这种转变也要求读者要一直专注于文本，倾听话语在自己的无意识中产生的反响，倾听他的文化记忆和生命中总是短暂的时刻，这一过程中，所有的理性思考都被排除，读者会沉浸在人生如谜的情绪中；因此，它保留了另一种渴望，即能够在有意识或几乎有意识的情况下，分享某段人生经历的渴望。

第十三章　从一种叙述到另一种叙述

西蒙，《刺槐树》，

《植物园》

西蒙不需要借助自传回归叙事。二十世纪七十年代创作的三部曲中，他尽可能地远离叙事；1981 年的《农事诗》（*Les Géorgiques*）中，他又回归到叙事，这是因为他发现了一些具有历史特征的档案，它们激起了他进行新书写的渴望。这种新书写的原则仍然在于联想和组合，但从此以后，这个原则不再凌驾于故事本身的连贯性之上。这里，所叙述的事实不再被系统地保存在虚拟世界的真空中，而是保留了它们作为现实的分量。这些事实成为一个持续推进的故事，作者不是一下子就讲完这个故事，而是给出很多的地点、时间和其他标记，以便读者能重构这个故事。此外，档案中的一些内容描述了西蒙本人的家庭，西蒙对自己经历的回忆也几乎和历史事件重合，这些经历正是他革命和战斗的经历。

所以我们也就不奇怪——八年后西蒙在《刺槐树》中以他的方式完全投入到了一场运动中，这场运动将几位作家带回了自传，这几位作家此前有和自传决裂的意愿，但他们却通过自传转向了更自由的叙事写作。

作者并未表明《刺槐树》是一部自传：既没有第一人称的叙事，也没有出现作者的姓氏。直到书的结尾，西蒙都还在否认这是一部自传。然而我们无法反驳他：文中塑造的西蒙一点也不像西蒙本人。这本书交叉回忆了两个人的人生，作者都是从一段过去的战争经历开始来叙述他们的人生的，第一个人在战争中死去，第二个人在战争中出生，带着痛苦开始新的生活，而这第二个人正是作者自己。作者没有按照时间顺序讲述他们的人生，但每章标题都是表示年份的千位数字，这足以让读者重建时间顺序。1914 和 1939—1940，这些年份多次出现在全书的章节标题中，这足以说明：一方面它们指二十世纪上半叶欧洲的两次世界大战，另一方面有过这段战争经历的两个人物之间有着一代人的年龄差距。文中没有明确说明这些，但是一切都是为了暗示较年轻的那个人就是第一个故事中提到的"孩子"，因此他们的关系是父与子。

这个儿子，也就是这个二十岁男人，他的身份该如何辨认呢？书的最后一页写道，他在他窗户旁边的刺槐树前开始写一本书，所以，作者既不想让读者辨认，又想让读者辨认。因此，文中叙事的地位是模糊的，尽管读者非常清楚叙事在文中的地位。当然，以第三人称进行的叙事，文中也没有出现作者的姓氏，这些都否定了文本的自传性。另外，这本书出版时也被冠以"小说"的标签。然而，熟悉西蒙作品的读者怎么能不把那个依次以"孩子""立体主义画派的学生""下士""俘虏"等等来称呼的人和本书作者等同起来呢？因为这个人物拥有的或回忆起的家庭背景和各种经历，在细节上几乎和作者以前作品中人物的家庭背景与经历重合。通过一个个零碎片段，作者重复着《草》（L'Herbe）、《弗兰德公路》、《大酒店》（Le Palace）和《农事诗》（Géorgiques）中的故事，他的目的似乎是为了再次虚构这些故事，为了随后证明虚构的内容是真实的，以及为了在需要的情况下修改某个虚构的内容。只有一种自传形式能说明这种和虚构的关系是恰当的，即使作者没有表明这种形式，甚至否认它是自传。

西蒙有时将上述自传素材视为他创作的"借口"，这些素材和经历一样都可以虚构的方式来呈现。我们其实有必要怀疑，对他自己而言再次虚构这些故事并没有让素材本身获得更多的分量；西蒙只有去比较《刺槐树》中的故事和他前十年作品中的故事，他才能说服自己相信这点。作者打乱了每个人物人生经历的时间顺序，就好像他们的经历原本就是按照每章标题所表示的年份依次出现的，但这并不能破坏这些经历的连贯性。读者按照经历出现的顺序重新构建这两个人物的命运。西蒙在自传的所有可能性中单单选择叙述两条主线，而这两条线几乎没有给解构留下任何余地。对我们每个人来说，我们可能会谈论的个体生命的故事其实就是历史本身：我的父母是谁？再往前追溯，我的父母的父母是谁？我的父母是如何相遇的？没有这些疑问的话，萨特就不会创作《文字生涯》。当我们开始问自己这些问题时，它们急需一个答案，因此它们也要求我们直截了当地回答。同样地，1939年9月到1940年5月是孕育书中这个儿子的时期，他再次出现是二十八年后，这二十八年的踪迹不可寻，但写作令他重新出现，相当于给了他第二次生命。这部描述两个人的自传将它的逻辑强加给了叙事。

　　一些读者曾按照西蒙的写作顺序读过《刺槐树》，或者至少读过西蒙在《刺槐树》之前创作的其他作品，对这些人而言，他们能从另一层意义出发来解读这本书。阅读一部小说时，读者或多或少都会提出一个问题：我阅读的故事是由什么变成的，或曾经是由什么变成的？在读者看来，对这个问题的回答也回应着作者的以下两个问题：作为个人和作家的我，是由谁、由什么变成的？如果读者知道西蒙小说的故事源于他的亲身经历，知道每部小说中这种亲身经历是以哪种假设的形式呈现的，那么读者就能去衡量小说中具有故事性的内容，尽管这些小说看起来几乎不像小说。对西蒙来说——对罗伯-格里耶和杜拉斯来说也是一样，不管他们承认不承认自己创作了一部自传，自传在回顾过往时都为这些小说点燃了一束我们无法再视而不见的光。

然而，对西蒙来说，重要的不在于他是否有可能回归到叙事，而在于他暗示回忆的经历的真实性质。通过它，他摆脱了小说的先验性（这种先验性一直隐含在他书的封面上），也摆脱了引发这种先验性所需要的让步和创造的努力。或者更确切地说，他最后颠覆了小说的定义，他曾一直希望人们对小说的定义是他所希望的小说定义：小说不再是创造想象的事实，而只是将适合整个文本的各部分组合起来，这个文本可以讲述真实的经历，也可以讲述虚构的经历。

但是，与萨洛特、罗伯-格里耶和杜拉斯不同，《刺槐树》所追求的、所达到的回归叙事并不会是西蒙的"最后发言"。在前三位作家看来，他们之后创作的任何一本书都不能和各自受自传启发而写的书相提并论，西蒙则在八年后创作的《植物园》中证明，虽然零散且不连贯的叙述和叙事之间仍有距离，但对他而言它有自己的现实意义和独特魅力。

文中的事实的确具有自传性，这是毫无疑问的，书中还嵌入了记者以前采访西蒙时他所反复重申的声明。谈到他的书时，他承认当中没有"太多的想象"[76（61）][1]，也承认"或多或少总是从我经历过的事情出发写的，多多少少根据我的个人经验，或者甚至根据家里的故纸堆"[76（61）]。从本书的第一个词开始，第一人称代词一下子就把读者引向这层意义，随后，不时以第三人称称呼文中的讲话者也不能改变最开始传递给读者的这层意义，因为这种称呼是记者对其采访的一位作家的称呼，读者只知道作家姓氏的首字母是 S。

然而，为了叙述一些读者非常清楚是真实存在的事实，《植物园》十分明确地回归到了《弗兰德公路》和二十世纪七十年代三部曲中的创作原则上。作者并非通过连续的时间顺序和客观的因果关系，而是通过各种联想来实现叙述的连贯性；借助联想，我们的某个思绪或某个回忆被某些其他的思绪和回忆唤醒，前者在我们的脑海里瞬间取代后者，我们甚至都没有意识到这个变化。《植物园》中，这个取代过程通过排版上的创举来体现。作者在页面上并列排版脑海中同时出现的两个思考或回忆起的事物，以确保读者觉得，作者脑海中的一个事物几乎是瞬间过渡到另一个事物的，尽管这其中并非没有悖论。《植物园》的第一部分有一百多页，大多数情

---

[1]　Claude Simon, *Le Jardin des Plantes*, Éditions de Minuit, 1997, p.76.（西蒙，《植物园》，午夜文丛，1997 年。中译文出自余中先译《植物园》，湖南文艺出版社，1999 年，第 61 页。）

况下，两个事物的同时出现是通过在同一页印刷两个并列的文本块来表现的，像断层一样的空白将两个文本块隔开，但是两个文本块每行的高度是一样的，就好像读者能够同时阅读它们。但其实，读者还是一个接一个地阅读这两个文本块，依次在每行不断缩短的文本块中思索意义的构成，尽管狭窄的空白垂直或倾斜地将页面分隔成两个文本块。随后，这种过渡继续通过页面排版来体现——但是以没那么挑衅的形式——一行或几行空白隔开了各个段落。其中，连续的段落不再强调作者脑海中两个事物的同时出现，而是自相矛盾地强调这两个事物的连续出现，因为这两个事物之间的过渡就表明它们是连续出现的，但这种过渡发生得太快，以至于读者没有意识到它。

上述呈现方式会更加凸显文本的碎片性，而非它的连接性，由此也产生了几种阅读效果。一种效果是，向读者暗示这是一种音乐式的创作:某个主旋律被引入、被抛弃、被搁置，最后又被重新采用，但那些已经引入或展开到音程中的主旋律必定会使它转调。这种创作，就像基于数字的构造，是努力逃脱叙事"暴政"的小说家们一直要求的模式。西蒙自己也谈到过这样的模式，认为它应该是赋格曲的模式，即把音乐维度和数字维度联系起来。但是，同一主题下分散的零碎片段，通过由此形成的循环，不仅产生一种系列效应，还会让读者思考各系列之间的联系是什么。然而，《植物园》就是由一些这样的联系构成的，它们彼此相连。一个系列主导着其他系列，这些系列从开头到结尾不断循环，最终形成较长的故事线；毫无意外，《刺槐树》中的主导系列正是描写那段战争经历的零碎片段所在的系列。记者来询问西蒙有关那段战争经历的事情，他们之间的交谈让作者有机会描述第二层故事（即第一层故事的嵌套）。西蒙条理分明地回忆完《刺槐树》中提过的那段经历后，他仍然还有无数的细节要说，仍然还想要重复那些已经说过的细节。1940 年 5 月的那八天里，他内心涌现出许多强烈的感觉，它们让这八天的经历刻骨铭心，并且这些感觉在其他时候也会源源不断地涌现在记忆中。文中除此之外的所有内容，无论是那之前的经历，还是那之后的经历，亦或是西蒙的阅读，都围绕着这八天的经历。1939 年 9 月到 1941 年这段逃亡时期的全部经历呈环状分布在这八天经历的周围，其惨烈程度无法和那八天的经历相比，但它们也远远算不上是人过的正常生活。西蒙此后的经历不足为奇——其他的人生片段，阅读，和一些人相遇——作者只是将它们和那八天的经历联系起来，甚至回顾那八天经历之前所发生的事情。无数的联系便由此展开，但这些联系永远只有两种：相似的和不同的。以下是和那段战争经历有些许相似的经历和遭遇的对象：在斯德哥尔摩看见一种爆炸声特别响的烟火，它是可滑动的，是由巴塞罗那供应的；遇到参加 1937 年西班牙战争的人；害怕见到因疾病缠身而濒临死亡的人——他曾在童年时见过这样的人，最近也见过这样的人；被关押在苏联劳改营或纳粹集中营的囚犯，还有极权制度、警察的监视、审查和政客的语言。同时，通过引用隆美尔（Erwin Rommel）《笔记》（Carnets）中的内容，作者还叙述了敌人对1940年战役的看法。此外，作者还描述那些和战争经历不同的经历：最先是性经历，其次是他居住过的地方，比如：巴黎的公寓，公寓前面某个广场周围栽的树，法国南方的"农村"。这些地方又不同于当西蒙收到诺贝尔文学奖的邀请时人类在地球以外发现的那些地方。作者需要去辨认哪些经历和那段战争经历相似，哪些经历和那段战争经历不同，或者哪些经历和它既有所相似，又有所不同，而他可以从许多方面来辨认，比如：他人、尤其是其他作家是如何度过战争的（普鲁斯特继续描写性行为，还监督自己书的印刷工作）；他人谈论同一战争事实所使用的词语：丘吉尔会在回忆录中使用华丽的辞藻，无法想象战争的记者会使用不合时宜的词语；作者是如何努力描绘类似的经历的，等等。西蒙由此将各个系列安排到《刺槐树》这整本书中。虽然这种安排不是清晰明确的，但它是依据某种逻辑而运行的，这种逻辑和普鲁斯特在《追忆似水年华》前几页的开头所采用的逻辑相同，它并非按照时间顺序和因果关系来叙述故事，而是在叙述者缺席的情况下，故事有其自身的逻辑。

其他作家通过书写自传，找到了一个回归叙事的迂回办法，以在读者脑海中赋予故事更多的支撑；西蒙也借助自传回归到叙事，但他却是为了按照另一种逻辑将他探索文本连贯性的实践串联起来，这也是莱里斯在《游戏规则》中所开拓的路径。西蒙在《刺槐树》中确立了第一个探索方向后，又在《植物园》中朝第二个探索方向前进。至于在哪本书中朝哪个方向探索，他并非是随意选择的。他要选择的是一个人非常珍视的那些经历，他也愿意以非常连贯的方式来展现这些经历，使得它们能够有时间刻在读者的脑海里或记忆中。但是当作者的关注点聚焦在两个零碎片段间的过渡时，片段的描述对象就不能被完整地呈现出来；而且，零碎片段越简短，它们各自的描述对象就越不完整。《刺槐树》中，西蒙所叙述的内容接近于一个故事，因为他要叙述他认为构成其人生的两个系列的事实，一个系列是有关他出身的事实，另一个系列的事实在他 28 岁时将他转变成另一个人：一位作家。这些事实还以回想和变化的形式出现在《植物园》中，就好像《植物园》中的这些事实回应着《刺槐树》中的事实。作者其余的人生经历——童年，周游世界，等等——也是非常零散和无序的：始终有某种万有引力将这些经历聚集起来。有可能的是，西蒙需要通过《刺槐树》来创作《植物园》。

对西蒙而言，这两本书都是以前的一个文学运动的结果。《植物园》最后的二十页中，他提到他曾经在新小说的学术研讨会上所引起的骚动，研讨会上聚集了多位作者和研究者，差不多和《弗兰德公路》的出版是同一时间。当时，在所有支持新小说的与会者面前，他毫不犹豫地读起刚刚收到的一封信，写信人是一位曾和他在同一地点经历了1940年5月战役溃败的上校，上校因西蒙的写作忠实于他们共同的经历而向他表示祝贺。他知道引起这些与会者激动的原因，鲁塞尔曾预言了一种"从仅仅援引它自身的语言所提供的那些唯一组合出发而建构"[355（276）]的小说的出现，新小说理论家也因此希望得到鲁塞尔的支持。然而西蒙却在这里给予援引以最挑衅的形式，因为它与小说家的个人经历有关，但他其实是以一种更广泛的方式提出了援引的问题。只要小说家花了相当长的时间以一种相当持续的方式来回忆那些和读者们最相通的经历（尽管这些经历有可能存在，也有可能不存在）所重合的事实，就足以让读者的注意力从语言的连接转移到援引的对象上，而这些连接正是"仅仅援引它自身的"语言所呈现的连接。更重要的原因是，如果我们按照鲁塞尔的激进模式来构思创作，那么像上校的信件那样的援引就会损害创作的纯洁性。只要一处这样的援引就足以使整体处于危险之中。然而，用罗伯－格里耶的话来说:《弗兰德公路》的作者"持续不断地在给我们提供他的种种所指"[357（278）]，西蒙在这里欢欣鼓舞地回忆道。这便是他通过赋予其最后几本书一种模棱两可的地位所完成的事情，这种地位则越来越多地被认为是自传体的。

　　在《植物园》和《三折画》中起作用的写作动力是一样的。但是这种写作动力所连接的要素却具有不同的现实意义。我们不会用同样的眼光来阅读一个叙述"事实"的故事，这要看这些"事实"是通过语言连接成为想象的产物，还是由个人的记忆明确地唤起的。即使同一个描述，也不会以同样的方式抵达我们的意识，这要看我们是知道它是虚构的，还是能够基于与其所述对象的实际接触担保它是真实的。几乎在同一时期，许多与传统叙事作斗争的小说家所表现出来的自传性倾向，并没有对所有人产生同样的影响。对一些人而言，这意味着作品的终结。对西蒙而言，与更传统的叙事相结合只是暂时的。然而，这些小说家暗示作品具有自传性，即使这个暗示和曾作为这场对抗核心的联想原则结合在一起，它也改变了发牌规则，而二十多年里，他们都想要把这个发牌规则变成小说游戏的新规则。

第十四章　回归虚构

佩雷克,《消失》,
《人生拼图版》

　　罗伯-格里耶 1983 年注意到的对抗叙事意愿的"回潮",并不是写作方向改变的唯一迹象。虚构曾和叙事一起被关心现代性的小说家们抛弃,但小说家们对虚构的需要却没有减少。正是这一点使得佩雷克成为 1950 年至 1975 年间小说发展的关键人物。在自己身上,他既感受到阿拉贡所谈论的对虚构的渴望,又感觉到不可能继续以传统方式书写虚构。在这种左右两难的情况下,1967 年"乌力波"的出现,对他来说具有启迪的作用。1967 年以来,追随鲁塞尔、并获得格诺支持的潜在文学工场的作者们开始探索一种写作的可能性,他们希望这种写作能遵守某种形式上的约束,尤其是基于某个数学规则的形式约束。他们的目标和瓦莱里借助作诗规则所追求的目标是一致的：通过某种约束来摆脱一种所谓的自发性，这种自发性完全是随心所欲的，它屈服于偶然性和惯例。由于这个目标是自然而然产生的，因而他们的试验当时一直以短文本的方式呈现。将这种做法运用到小说中，或许是中断传统叙述性所追求的幻觉的一种方法，它和某种新型小说的开拓者们在二十世纪六十年代所进行的充分探索一样有效。佩雷克非常钦佩爱伦·坡（Edgar Allan Poe）、梅尔维尔（Herman Melville）和凡尔纳，因此他并不满足于这些探索。借助"乌力波"提出的上述方法，谁知道是否有可能获得可以和这些名人相提并论的成就呢？不到十年的时间里，佩雷克尝试创作的《消失》（La Disparition）在 1969 年发表，随后他又在 1978 年成功出版了《人生拼图版》[1]，这使得佩雷克成为回归虚构的见证者。

《消失》中，佩雷克的独特想法在于选择一种简单且极端的约束形式：禁止使用某个字母，因而他要在写作中回避含有这个字母的所有词语。尽管困难重重，佩雷克却做得很好。他选择"e"作为禁忌字母，就统计而言，"e"是

---

[1]　国内已出版的中译本将其译为《人生拼图版》。由于亨利·戈达尔在引言中详细解释了《小说使用说明》和本书之间的互文性，所以我们选择将其译为《人生拼图版》。下同。——译者注

法语中最常用的字母。这个规则并非首次出现。人们在过去曾运用过这个规则，并用一个学术名词来命名它："漏字文（lipogramme）"（源于希腊语的词根"leip/lip"，表示"离开""放弃"，语法上表示"字母"）。佩雷克喜欢广泛吸纳各方面的知识，他在创作时也运用到了部分的学识，这种偏好让他创作出了一个有关"漏字文"的故事。值得注意的是，他还回忆了格诺在1947年出版的一部小说，它和《圣格兰格兰》同时出版，格诺在这部小说中也禁用了某个字母（字母是"x"，校样表明，直到创作完成后格诺才删除这个字母，但他是瞬间就决定删除这个字母的，由于这种删除非常重要，所以格诺在某一刻有考虑过将小说命名为"消失"[1]！）。

《消失》中，作者并未明确指出这个规则。读者在回顾全书时可能会把书名中的"消失"和它联系起来，但是"消失"一词最先会在故事中得到解释。由此可能导致读者产生两种反应，这取决于他是否提前知道这个规则。如果读者不知道，他只会觉得很古怪，因为他会经常看到某个词，甚至不需要特别注意，它有别于我们从语境推测出的那个更常见的词，他还会看到这个词附近有许许多多不常见的或奇怪的词。孤

---

[1]　*Romans*, Gallimard, Bibliothèque de la Pléiade, t.II（参见格诺《全集》中的《小说》，"七星"文库丛书，第二卷，伽利玛出版社，其中为《圣格兰格兰》加的注释。）

立存在的某些句子，或者故事本身都不会让读者出现理解上的困难，但它们的意义似乎只能透过这层古怪的"面纱"来感知。与此相反，如果读者持有"钥匙"，他的第一阅读乐趣就是去衡量作者在克服每个不断出现的困难时所需的才智，这种困难出现得就像法语中含有"e"的常用词出现得那样频繁。借助多种形式的、令人兴奋的技巧，作者一步步地克服了困难。这种技巧首先表现在作者要去探索不常见的词，或要去创造不存在的词上——而且，作者的这些探索经常是持续不断的：因为，当佩雷克去探索由于"e"而被禁用的词的某个近义词时，他又发现其他的几个近义词，它们又带给他另一种乐趣，即列举或列表的乐趣。另外，作者只能通过"特技""单脚旋转"，甚至小小的作弊来找到解决的办法，这些形式的技巧反复出现，使文本看起来像是"走钢丝用的绳索"，于是读者的乐趣就在于觉察到作者的作弊。总之，不了解规则就开始阅读的读者，会对文本的古怪产生一种模糊的乐趣，并最终在某个时刻发现这种乐趣的原因。于是，他就被编入到了解规则的读者阵营中，这个阵营并不会排斥不了解规则就开始阅读的读者的加入。

　　对字母的此类操作从来不会单独出现。例如，就元音字母而言，作者有可能去探索或创造一些含有一组或多组相同字母的词，也有可能在符合语法结构且意义几乎连贯的句子中集齐所有的字母，且每个字母只出现一次。从这个角度看，读者在不知不觉中就参与到词语游戏中。我们和语言的关系就像一种共同选择的自由——拒绝其中一个在语言经济中发挥着作用的字母——会使其他更多字母得到自由。

漏字文规则并非是这部小说要讲述的故事中唯一奇怪的要素，故事本身也有可能转移读者对这一规则的注意力。读者频繁地看到作家们的姓名，而这些名字似乎不是无意中被挑选出来的 [有时漏字文会掩盖这些姓名：于是，雷蒙·格诺先变成了雷蒙·基诺（Raymond Quinault），接着是拉门·盖诺（Ramun Quayno）]；读者也会看到一连串让他感觉已经读过的词，尽管没有引文之类的内容表明这一点；此外他们也会看到一些名称和代用语，似乎在影射某些东西。这些都促使读者去辨识文中提到的作家或引文，他还有可能会在心里判断使用的引文是否恰当，如果有必要，他还会找到引文的出处。但上述内容并非都属于文学领域：作家、书名、引文属于百科知识的范畴，关键在于读者是否知道它们是真实存在的：佩雷克所考验读者的，不再是他的文化修养，而是他的总体知识。

写作过程中，上述援引的内容一定是源源不断涌现在这位博览群书、饱受文学熏陶的作家脑海中的。我们意识到，由于累积会产生巨大的效果，所以写作对一位二十世纪的作家的要求，要比对他前辈们的要求更高。佩雷克可以让前辈们（的姓名或作品）随意出现在文中。这些知识碎片，并没有像漏字文那样成为某种形式上的约束；然而，由于它们出现的频率较高，所以它们成为潜在的形式上的约束；这就让读者觉得，佩雷克并非是随意让前辈们（的姓名或作品）出现在文中的，而是提前就列举好了一个名单，上面是他想要嵌入到文中的那些前辈们的姓名。读者的这一推测并非没有依据，佩雷克去世后，《人生拼图版规则》（*Cahier des charges de La Vie mode d'emploi*）成功出版，它表明佩雷克正是这样创作这部小说的。

　　整部小说所想要讲述的故事处于什么位置？读者又怀着怎样的渴望逐渐去了解故事的后续，还有它的结局？正如鲁塞尔认为的那样，故事可能只是一个引子、一种衬托，甚至只是作者希望在某些约束下进行创作的借口，读者的乐趣就在于辨识这些约束，同时他还会钦佩作者运用这些约束的技巧。之所以《消失》中的故事不像上文中的那样，是因为文中的约束变成了一个游戏，佩雷克最先是和自己玩这个游戏——勤奋练习不使用含有"e"的词语，这是非常保险的做法，他总会从自己的独特想法中感受到快乐——；然后是和其他人玩——游戏的本质就是几个人一起玩：他让几个朋友加入到游戏中，请他们编写有关各自专业主题的短文本，随后他将这些短文本并入到自己的小说中，这是佩雷克从游戏中获得的第一个成果。最后是和读者玩的游戏——读者或许一开始就提前知道了漏字文，或许后来在阅读过程中自己发现了漏字文。这里考验的不再是读者的洞察力，而是他和小说家的默契。

　　从那时起一切都改变了，因为，无论是严肃的小说，还是悲怆的小说，它在最初的呈现中都只是作者和读者玩的一个游戏，读者从第一行开始就愿意去认真地阅读一个想象出来的、他需要不停地去了解的故事。这甚至就是虚构的定义。因此，只要作者能运用约束、援引和引文的技巧来实现或加倍这个游戏的虚拟性，那么这些技巧就不会阻碍一个"前后连贯"（suive）的故事的形成，反而会起到促进故事形成的离合器的作用。

与其说是编造故事和曲折剧情的机器，不如说这些技巧更像是离合器。在《消失》的后记中，佩雷克声称自己没有"一克拉的灵感"，并将他的约束系统描述为一台"讲故事的机器"（310）。这很可能是由于小说中荒诞材料的不足所讲出的谦词，它们中仍有许多个人想象的印记，文中的约束最多也只能促进这种个人想象的露头。文中的一些过渡性内容也是这样，它们常常参照某种触及起源的知识，它深奥且难以描述，时而在有关语言基础的拉康式的思辨中，时而在存在和非存在的本体论思考中。而且，作者只能间接暗示这些思辨，且以神谕似的口吻来进行暗示，它们也和在别处凸显的活泼性形成对照。《消失》中有一个故事并非作者的一个游戏，它暗含在文中，但我们可以从佩雷克的生平中了解这个故事：他的母亲死于奥斯维辛集中营。对那些知道这一信息的读者来说，它透过书名给小说投射了一个难以消除的背景图。因为这部小说讲述的这些故事带着严肃而悲剧性的沉重感，所以不管它们多么丰富、多么具有喜剧效果，它们都不是为游戏而游戏、不是毫无缘由出现的。我们不禁反问自己，这种无可挽回的消失，作者许多巧妙的运用，还有作者感觉到的快乐，它们之间关联起来不就是要掩盖字母"e"的消失吗？要从某种约束过渡到对故事的创造，必须要有对虚构的渴望和产生这种渴望所需要的东西。如果没有不幸的话，至少有对所有人类生活中的可悲和滑稽的敏感，对世界和语言的热情，以及对小说可能性和其使命的敏锐性，如果作家缺少灵感的话，这些都是他创作小说的土壤。

1969 年至 1976 年间，佩雷克出版了《消失》，开始创作《人生拼图版》；这段时期里，他提出的乌力波式约束或许并非虚构回归的条件，而是一种许可，甚至是一个必要的过程。从法国小说的发展史来看，对于这位凭借《人生拼图版》便可证明其写作天赋的作家而言，他面临的挑战在于打破强加给人物和故事的禁忌。如果《消失》中有大量的人物和故事，那么这不是因为文中的约束规则产生的约束作用，而是因为这些约束规则让人物和故事有了"庇护之所"（couvert）。

事实上，《消失》不仅是由一个人设计、维护并供其专用的赌博的结果。佩雷克不想要成为唯一一个从"乌力波"规则中获益的人。他曾在《消失》的正文中两次提到"乌力波"规则，第三次提到是在小说的后记中。正如在一部这样的小说中所应该做的那样，佩雷克最开始就在文中通过嵌

套隐晦地阐述了他的规则。书中的几个人物要阅读一部难以
理解的作品，其中一个人揭示了在存在这样一份令人困惑
的文件的情况下，仍然可以取得阅读进展的过程。从观察
语言的秘密出发，我们的目标是力求理解构成句子的规律
或律法，并找到这种编码的深层目的。《消失》中的情况则
是，作者摆脱基于意义而必须采用的词语的束缚，用另一个
词语来代替它，这另一个词语首先要——如果不是唯一一个
词语——从这个自由选择的符码规则中获取其正当理由。再
往后几页，另一个人物用这种正当理由来否认他和几个朋友
正在重构的故事是离奇古怪的，并得出这种重构"可以说是
现在小说的定律"（217）的主观推测。佩雷克采纳了这一
观点，并在一篇具有普遍价值和宣言语气的后记中发展了这
一观点。他一直回溯到写作的出发点，将最近几十年来法国
小说取得极少进展的原因归咎于"和道德教化结合在一起的
心理学化"（311），这二者都被视为"好的民族品味的支撑"
（311）。因此，想要走出"死胡同"的小说家们应该创造一
个"强大而坚固的流派"（312），它能够摧毁那些引起麻痹
的势力，如果要这样做的话，那么没有什么能比得上乌力波
式的约束。单靠乌力波式的约束，就能立刻把我们曾认为小
说被剥夺了的革新力量归还给小说。由此产生的《消失》便
成为"实验的产物"（311）。为了证明时代呼唤此类新型小
说的到来，佩雷克以他最喜欢的作家前辈们作为参照，其中

就有格诺。

其实，小说家一旦遵守了漏字文的特殊约束规则后，他就可以自由地创作剩下的内容了。这使得佩雷克可以依据自己的方式和长篇连载小说中夸张的虚构竞争。如果读者没有察觉到长篇连载小说中会出现夸张的虚构，佩雷克就通过另一个嵌套向读者指出这些，这个嵌套是书中一个人物叙述的故事，故事中"每时每刻动作跳跃、翻转、停下，以此追随最严格的小说传统"(208)。故事的开场便是一个人消失了，接着出现了一系列突然且可疑的死亡，还有跌宕起伏的情节和巧合，正是这些认识定义了我们所认为的长篇连载小说。然而，还是要明确指出，佩雷克认为长篇连载小说（他以黑色小说的形式对此进行了详细说明）是通过已有的写法和公式化的内容来构思并维持这种布局的，这使小说情节的安排看起来像是"出自智力衰退的脑子"(217)。曲折的情节只是要符合早已存在的模式，并没有除此以外的其他原因。与此相反，《消失》中，佩雷克希望有一些必要的东西能影响到情节的曲折，这项任务被指派给词语，因为作者要遵守一种自由选择的义务。一切就这样发生了，佩雷克为找到这些词语而在词汇方面表现出的创造性，仿佛能让创作的片段更有说服力。于是，读者从《消失》中不仅会获得阅读长篇连载小说的乐趣，因为书中的故事连贯得无比自然，而且会产生一种相反的感受，觉得作者的写作拥有丰富以及尽在掌控的想象力。

事实上，这本书重新回到了像它这样的模式所原有的步伐。真正的长篇连载小说把笼罩在小说周围的可能性强化到了极致，它的挑战是确保读者始终对人物的命运产生兴趣。即使人物没有鲜明的个性，他们的冒险所涉及的关键性质也始终吸引着我们，因为他们必须要在小说中出现，他们的冒险也是作者构思好的。《消失》中的人物并没有真的相互区别，其故事发展的各个阶段也是如此，因为嵌套叙事混淆了这些阶段，但我们在阅读时几乎不用去担心如何重新梳理它们的顺序。读者逐渐发现了作者为避免使用字母"e"而采用的各种方法，这些发现所带来的快乐牢牢抓住了读者的注意力，却导致了他的注意力没有聚焦于故事本身，而这远远没有达到佩雷克想要他的这种创作方式影响到故事情节发展的期望。另一方面，形而上学的发问时刻，尤其是母亲去世的阴影，这些都让文中的故事笼罩着难以估量的沉重感。从这两方面来看，故事成为佩雷克创作的借口。它既不充分，也没有长篇连载小说的魅力。虚构和文本要素之间的天平是倾斜的，文本要素也证明《消失》中有除了故事的逻辑之外的其他逻辑存在。但作者对虚构的渴望始终存在，即使这种渴望没有被完全满足。

他不得不回归到1978年的《人生拼图版》，以便更充分地调和反虚构与虚构。除了特有的"乌力波"约束之外，这部小说还有一系列针对小说幻觉的篇章布局，而小说幻觉曾是世纪之初以来法国小说界所有批判派所批评的对象。然而，仅仅在一本书中，他便把小说的所有乐趣都发挥到了极致。

作者想要脱离摹仿小说的意愿从第一句话"是的，故事将从这里开始，就这样"[19（2）][1]就表现出来了：这句话，不属于小说，而是小说家对他即将创作的这部小说的自问自答。从第二章开始，迟疑的时刻就消失了。第二章开篇就用现在时进行描写，好像这符合对现实的回忆。但是，随后章节的开头突然出现条件式，或者将来时（"这将是"），这就让我们从作为现实的小说世界中抽离，回到小说家准备他小说的那个世界。通过改变章节开头动词时态这一形式，佩雷克重新找到了一个动摇虚构的方法，也让文本的身份在故事和记录故事起源之间摇摆不定。

而且，在一些像上文那样的例子中，记录故事起源的产物往往都是一个小说文本，在这个文本中，小说家力求仅通过词语来使他所描述的东西拥有一种虚构的现实。然而，在《人生拼图版》第五十页左右，文本的身份又以另一种方式摇摆不定。在一段描写的结尾，作者突然谜一样地提到一幅画：

---

[1]　Georges Perec, *La Vie mode d'emploi*, Le Livre de poche, 1980, p.19. [佩雷克，《人生拼图版》，袖珍丛书，1980 年。中译文出自丁雪英、连燕堂译《人生拼图版》（又译《生活使用指南》），中信出版集团，2018 年，第 2 页。]

"画上，我们看到了这个房间现在的模样" [49（23）]。文本非但不是创作的一个呈现，反而只是在描写先于它存在的一幅画。从公寓楼的一个套间到另一个套间，它描写的不仅仅是房间本身，更是画家已经画好的房间。这可能是一幅描绘一幢多楼层的公寓楼的画，人们出于习惯原本要拆除楼的外墙，以便看清楼的内部结构。文本的其他篇章里，作者还按照同样的原则描写了一个娃娃屋，它以嵌套的形式刚好与文本这另一个可能的身份形成呼应。因此，当我们发现这幅画的作者是谁时，这就给小说家单独提到这幅神秘的画提供了更充分的理由，它的作者就是一位画家，瓦莱纳，他住在以前的用人房间里，他也是故事的核心人物。不过，当我们发现这些时，对画家来说一切还只是画一幅画的"计划"——"甚至当他一想到打算画一幅画的计划" [168（127）]，这使得同样的迟疑又体现在是否要画一幅画上，作者在本书的开篇就曾迟疑是否要写一部小说。于是，瓦莱纳的画和这部小说之间，有着比简单的嵌套关系更为复杂的关系。

但是，嵌套的第一个作用就是，让读者不再出于本能相信故事中的现实，让他对像这样构思和写出的作品有更合理的认识。《人生拼图版》中，作者多次提到或暗示了拼图游戏，这让嵌套在整部小说中都有所体现。前言中，读者首先阅读了关于制作和解决拼图游戏的过程，还有制作拼图游戏的人和"玩"拼图游戏的人（也就是解决拼图游戏的人）之间复杂的关系。接着，文中的叙事以拼图游戏的方式呈现，读者需要拼好每个零碎片段。叙事是基于两个人物间的故事，一个是温克勒，负责制作拼图游戏，另一个是巴特尔布思，负责解决拼图游戏，故事的驱动因素正是两人之间的关系。而且，在小说的中间部分，读者又会一字不差地读到序言中的一个片段，它和两人之间玩的游戏有关。同一个片段在文中两次出现，这让读者几乎不会忘记自己和小说家正在玩的那个游戏。

但每当读者翻开新的篇章时，游戏总是以十分严肃的方式开始。每章的开头往往是一段描写，有时是长长的几页，甚至全章只有这段描写。至少在读者还没有进入佩雷克的想象世界中时，阅读是枯燥无味的。作者运用现在时进行描写，且尽力保持中立、客观的态度，使用专业词汇等等，以此让读者觉得作者的描写是详尽无遗的。一切都被囊括在内，布局、家具的陈设、装饰品、物件以及所有能被看到的东西：折叠的报纸上的每行字或部分内容，甚至填字方格上看得到的填好或没填好的格子。也有许多这样的描写自然而然地出现在对套间的整体描绘中，套间里的绘画作品也被描绘出来——墙上的画，盒子的盖子上装饰的各种图画——对这些画的描写属于第二层次的描写：详细描写画的内容，悬挂画的物品，还有画相对于整体而言的位置。这种约束是小说家的写作选择，但他却把它强加给读者，而读者只有"接受"

（tenir）这种约束，才能继续阅读下去。我们曾指责巴尔扎克的描写，但书中的描写要比巴尔扎克的描写更过度。巴尔扎克的描写至少让读者觉得他选择了重要的内容，而且他是通过隐喻和暗含的类比来描写，并不只是按照社会学的顺序，即按照地点和居住在这些地点的人来描写。《人生拼图版》中的描写则是要让读者在每章的开头体会不到小说的乐趣。

　　这些详尽无遗的整体描写和列举，并非只是为了考验读者的注意力和耐心；它们还故意破坏了小说的一条基本原则。为了让我们参与到小说中，小说首先必须要让我们觉得它是在构建一个同类的、独立的世界，这个世界和真实世界相对应，但只是对应而已，也就是说不会和真实世界混淆起来。小说为区别这两个世界而采用的一个方法是，避免使用一些仅仅具有参考价值的专业术语。朱利安·格拉克（Julien Gracq）指出，如果小说读者读到书中的人物在弹奏贝多芬的 op.10 钢琴奏鸣曲，他会感到不自在。《人生拼图版》选择了纯客观、详尽无遗和永恒现在时的描写，这些描写类似于扣押前执达人员非常真实的笔录，或类似于带家具的套间出租前房产代理人所介绍的房子情况，它们属于小说世界中"植入"的真实部分。从书名来看，这些描写和书中其他要素扮演的角色是相同的，其他要素比如有：引用百科全书的简介，在章节或目录结尾列举书单等。尽管所有的要素都在书中，但它们和旧书标题页上的装饰图案一样，和原样重现在书中的象棋比赛缩减

图一样，都属于现实世界（且属于同一个现实世界）。

在这种情况下就出现了有关"乌力波"所特有的约束的效果问题。无论是在出版的时代，还是出版之后的时代，《人生拼图版》的读者都不可能不知道他所阅读的是一种被严格编写的文本。当佩雷克创作这本书时，尤其当它出版时，他在读者的记忆中还是《消失》的作者，他希望让读者知道这本书采用了哪些新的形式规律，这些规律尽管没有《消失》中的规律更具有吸引力，但和它们一样都是被强制使用的。此后，几乎没有一个《人生拼图版》的版本不把佩雷克的名字和"乌力波"联系起来，这引导人们把阅读的重点放在发现约束上，以及使他们一处处地发现这种约束被巧妙遵循后所产生的乐趣上。

简单阅读时能够任由读者猜测的约束其实并没有很多，如果读者对此并不在行的话。类似作家们的姓名、书名、准确或不准确的引用、重写等内容，由于它们出现得过于频繁，因此足以表明它们的出现是成体系的。另一方面，读者在佩雷克的这本书中遇到太多明显的嵌套，所以他能注意到嵌套所在的那个段落［54（31）］，其中，有一个人物想要把五百个世界各地旅馆名字的标签进行分类，他拒绝按照收到标签的时间顺序或按字母顺序分类，最后他找到了一个分类顺序，即每个标签都通过一个不同性质的共同元素与下一个标签联系在一起。共同要素可能是标签的物质特征或细节，或是标签上的词语和旅馆名之间在所指和能指上的相近。因此，要寻找小说连续的章节之间类似的"联系"，只有一步之遥，对此密切关注的读者可以毫不费力地找到它——但是标签的分类者提前就告诉过读者，这种顺序是缺乏严密性的，因为共同要素太多了。

　　总之，随着阅读而表现出来的这些约束到底是什么呢？除了佩雷克在发表的文章或写作过程的访谈中自己揭示出来的约束，以及在他去世一年后，即 1983 年，《人生拼图版规则》[1] 的出版所证实的约束之外。我们很难像阅读《消失》这部漏字文小说那样去阅读《人生拼图版》，因为对《消失》中的约束毫不知情的读者能够自己去发现文中的漏字情况，这也是他一部分阅读乐趣的来源。《人生拼图版》中的约束，由于其数量庞大、划分精细、极其复杂，所以它们并未出现在读者的阅读体验中。一部分约束和布局有关，另一部分约束则和确定用哪些要素去布局有关。后来读者在《人生拼图版规则》中才发现佩雷克自己规定的约束图解，图解的形式是公寓楼在 10×10 的方格上的投影和 420 个要素的表矩阵，作者在横坐标上列举了 42 个可能囊括要描写的方格中所有事物

---

[1]　Georges Perec, *Cahier des charges de La Vie mode d'emploi*, CNRS Editions-Zulma, 1993.（佩雷克，《人生使用说明规则》，法国国家科学研究中心出版社和聚尔马出版社，1993 年。）

的种类，在纵坐标上列举了每个种类需要详细说明的 10 个第一层次的内容，横纵坐标交叉就得到这个矩阵表。如果读者既不是乌力波成员，又不是数学家，那么他既没有能力也没有兴趣去领悟这些为了"科学地"分布上述的要素而运用的算法细节。读者最多能想到这种分布的结果，即 99 个部分构成的整体，一个部分是一个章节，每部分都列举了要详细说明的 42 个第二层次的内容（具体的），而每个章节都会按照表矩阵将列举的 42 个内容添加进去。

　　但是所有这些要素都只出现在每章的描写片段中。要以逼真和尽可能有趣的方式将这些要素添加进去，作者必须要有丰富的想象力，但想象力却不及叙述上的创造。每章的 42 个要素中，只有当一个要素以某种态度或某个动机的形式，将被称为"原动力"的种类具象化，这个要素才是故事的开端。当对静止不动的某个拍照瞬间进行几段或几页的描写时，这个要素也是唯一一个可以利用新资源的要素，于是描写开始获得生命，也就是说时间重新处于运转的状态。然而，在清点似的描写和描写充当跳板的故事之间，存在着一道鸿沟。后者不是前者的产物，这和"讲述故事的机器"所暗示的相反。除了这种机制外，还需要其他东西来创作这部包含各种各样命运和两位主要人物的小说。

　　佩雷克对独特的事物、对各种人生（即使最简单的人生）

的奥秘很敏感，对他来说，虽然这幢公寓楼不是新建成的，但是公寓楼中几十个人住过的房间提供了一个描写各种各样人生的范围，这个范围非常广阔，似乎没有边界。每种人生都可以成为一个故事，由此所有的故事汇集到同一本小说中，只要我们给予每个故事与其分量相称的叙述长度，于是，故事之间的连贯性也有了恰当的节奏。因为每个房间差不多先后住过两个人，所以如果我们观察半个世纪以来公寓楼的情况，观察和这些居住者的人生有交叉的那些人，他们的人生也是值得我们去讲述的，那么我们创作的空间是无法估量的。通过叙述更少的悬念、更多的人性，佩雷克再次找到了一种方法，它曾使《一千零一夜》成为一种虚构叙事中的无意识模式。贝克特追求消灭故事，其他作家小心翼翼地将故事分成碎片，佩雷克却转向另一个方向，这是因为他天生对各种人生感兴趣，他对最平凡的人生感兴趣，因为这些人生是平凡的，他对其他的人生感兴趣，因为这些人生不是平凡的。他借助提示所凸显的"那些小说"，暗示且强调了书中的每个故事都可成为一部小说的题材。（同样，我们曾将一项研究称为"《捍卫无限》的小说"[1]。）但这并不是说，能扩展为一部小说的每个故事具有和《人生拼图版》相同的情感关注点、

---

[1]　Louis Aragon, *La Défense de l'infini,* Les Cahiers de la NRF, 1997.（参见阿拉贡《捍卫无限》前言，伽利玛出版社，1997 年。）

戏剧力量或凝练而连贯的曲折情节。《人生拼图版》的阅读乐趣在于从一个故事过渡到另一个故事。这种起起伏伏、交错形成的无休止过渡，是这本不是作为许多部小说、而是作为一部小说的书获得成功的因素之一。

书中描写了收藏者和偏执狂的人生。空中杂技演员将他的人生越来越多地投入到登上高秋千架，直到他不愿意从上面下来；药剂师将自己的财富用来购买孤品；考古学家坚持要找到一个消亡城市的遗址，但他的同行们没有一个人觉得他想到的那个遗址的地点是对的；人类学家要追随一个美拉尼西亚的部落，但这个部落总是迁移到更远的地方来躲避他；书库库主任收集希特勒没有死亡的证据；一个想要反驳进化论的人详细列举了人体的所有不足之处；还有许多其他的人，他们都不想被束缚在社会规则和价值观的框架之下。他们给了自己一个活着的理由，如果这个理由包含了自己的失败根源，那就更好了。其中，由于收藏给人一种囊括全部的幻象，所以它似乎是一个被优先考虑的爱好，这并不令人吃惊。

我们不会像药剂师那样，在获得出乎意料却令人生疑的帮助下去世界尽头寻找缺失的物品；我们不会像人类学家那样，去往荒无人烟、且越来越远离那个躲避我们的部落足迹的地方冒险——一般来说，我们不会给自己立下一个超出正常范围的目标，并不使自己暴露在意外、突变和危险之下。不过这就是佩雷克，当他开始讲述某个人生，尤其随后尝试用长篇连载小说的方式讲述某些人生时，他丰富的想象力从来不缺少跌宕起伏、意外干预的情节，而这些意外干预表现得越滑稽或越令人震惊，就越恰到好处。自然而然地，所有这些都会接近于不真实，甚至就是不真实，但是这种接近转瞬即逝，使读者没有时间停留在不真实上，而他们也就没有时间从故事中抽身。但在这本书中，佩雷克出于本能找到了让读者保持最低限度参与故事的节奏，即使是在内容最不真实的段落中，就好像一种余辉效应[1]。

不同于《消失》中的故事，《人生拼图版》中的每个故事都占据了好几页的篇幅。当游戏重新开始时，又会有其他的人物、其他的场景出现。其间，读者通过章节开头的描写过渡到下一个故事，而描写又会提供给读者一个全新的故事背景。这些描写使读者从一个疯狂的故事过渡到一种对现实的清点；从曲折情节聚集的时刻过渡到静止的时刻。《人生拼图版》中，故事和描写以紧张和松弛的节奏相继展开。

佩雷克找到了一种以一系列可以无限创造下去的故事来进行呈现的小说，但他对此仍不满足。故事中的大多数人物都只有些轮廓，但巴特尔布思却是主要的人物。在他身上，佩雷克倾注了一种力量，存在了四个世纪的西方小说使这种力量成为创作小说的关键：创造人物的力量；阅读时，人物

---

[1]　余辉效应，即视觉暂留现象。——译者注

身上始终有一个吸引着我们却让我们难以触摸的部分，此外，人物还保留在我们的记忆中。

巴特尔布思在书中的地位不只在于他给自己找到的奇特的人生使用说明上，这份使用说明已经包含在他的名字中，它由两个人物的名字混合而来：一个是巴纳布思，他是拉尔博（Valery Larbaud）作品中富有的业余爱好者；另一个是巴特尔比，他是梅尔维尔作品中的反英雄，他毫无需求，一旦在一个地方安定下来，他会竭尽全力使自己不从这个地方离开：这些都是和他人相反的行为，它们的出现都是因为他觉得生活很空虚。巴特尔布思从 25 岁开始就确定下来并一直坚持到 75 岁的计划如下：用十年时间学习水彩画，但他对水彩画既不感兴趣也没有特别的天赋；随后的二十年里，用水彩画的技巧绘制 500 幅世界各地的海景画，每月绘制两幅；将这些水彩画寄给一位在巴黎和他同住一幢公寓楼的工匠，这位工匠会把这些水彩画制成同等数量的拼图板游戏；回到巴黎，按照他绘制这些水彩画的顺序，再用二十年时间拼接这些拼图板来复原这些水彩画；每复原好一幅水彩画，他就把画纸从拼板上揭下来，以此保留这幅水彩画最初的画纸形式，然后在以前绘制这幅水彩画的地方用一种溶剂使它"褪色"，以此再现一张空白的纸。

这样一个精心策划的举动，只会把巴特尔布思变成一个怪人和疯子。要将他塑造成一个立体的人物，除了这个计划以外，作者还需要让我们隐约看到能打动我们的某种观点和某个逻辑。小说中，巴特尔布思从不讲话，也没有一些文字能让我们了解他的思想，除了两个简短的段落以外，从这两个段落开始，读者又要去还原一个创造这种人生使用说明的心理过程。第一个段落位于小说四分之二的开始部分，它揭示了巴特尔布思这样做的一个主要原因："计划本身毫无用处，对它最好的报偿就是得不到任何报偿。计划在实施的过程中逐步自我消灭，在循环中达到完善：一系列的事件互相关联，又互相抵消；巴特尔布思从零出发，制作出精美的产品，然后通过对这些产品的精确变换重新回到零"[157（117）]。第二个段落位于书的最后四分之一，它又回到巴特尔布思隐藏的意图上，在这个时候，看上去他的计划似乎不会再实现了："他希望他的全部计划自我循环而不留下任何痕迹，如同一个油海，在一个人跳下去淹死后，又恢复原状。他希望一无所有，除了纯净的空间，纯洁的白色，及毫无用处的、非理性的完美以外，绝对地一无所有"[481（389）]。强调这种毫无用处是第一层意义，这是相对于人们关注的赢利性而言的，在当代，对赢利性的关注甚至蔓延到艺术世界（其实，那个计划最终成为可怕且夸张的商业化意愿的目标，而这种商业化则将艺术市场和房地产混合在一起）。但是最根本的意义不在这儿。它存在于将人类生活看作虚无的基本观点中，也存在于只想完整地执行这个计划来表现这种虚无中。对于这种缺乏意义的生活而言，世界什么也不是，任何东西都没有吸引力。巴特尔布思将海景作为水彩画的主题，既不是因为海景有着波德莱尔式的诗意，也不是因为我们能从那里发现世界上各种各样的别致风景，而是因为将其他东西作为主题也是一样。对他来说，一切都只是从最初的虚无走向重新变成空白的纸的虚无。他在确定要做出一系列偏执的举动后，还必须要小心翼翼地前进，以便从第一种虚无过渡到第二种虚无，这一系列的举动只是要更好地突显这两种虚无以及生活的虚无。文中追求帕斯卡式的消遣，不是为了逃避生活是荒谬的这一感觉，而是为了一秒也不失去这种感觉。巴特尔布思身上集中体现了存在的焦虑，这种焦虑曾或多或少体现在小说中人物原型的行为举止上，只是他们并不知道它。巴特尔布思，借助他由此得出的、使其成为自己生活准则的结论，把这种焦虑对准了焦虑本身。

如此长期和僵化的计划（指巴特尔布思的海景画计划）是过分的。我们想要在他的生活中寻找意义，但他却用虚无来对抗意义的缺失，这有一层挑衅的含义。挑衅谁？希腊悲剧的英雄们有他们自己的神，可以和这些神较量，即便是徒劳。对巴特尔布思来说，一切就这样发生了，类似的过分行为，被希腊人称之为"傲慢"（hybris），这种傲慢将会在自己身上找到他的惩罚。巴特尔布思充分考虑衡量过水彩画计划，它在理论上是可以实现的。但是，他的合作者在制作拼图游戏时所表现出的意料之外的热情，对抗商业化的威胁而失去的时间，还有他为完成计划所表现出的盲目性，这些都将让虚无完成对他的某种报复，这种报复虽然没有俄狄浦斯所遭受的报复那么富有戏剧性，但却跟它一样致命。

　　小说的结尾是他在 6 月的一个晚上，快八点钟时的去世。文中只通过些许片段且没有按照时间顺序来讲述计划的实施和失败，依据叙述过程的两个原则来讲述，这个叙述过程中，有关于他的套间中一个个房间里发生的故事，也有关于民间信仰的故事，即人们希望临死之人能够转瞬间再次看到自己的整个人生。然而，这个计划是如此牵动人心，以至于从巴特尔布思出现开始，他的故事就一直在充当小说的主线，即使这个故事非常零碎。另一方面，巴特尔布思也决定（游戏越荒谬，就越需要赋予游戏一些规则）要在他刚刚搬来的这幢公寓楼中选择他所有的合作者，因为这些人已经在此居住了。同时，他的和蔼可亲、慷慨大方也让他和公寓楼中许多其他的居住者建立起联系。由此，随着读者重构巴特尔布思的故事、肯定小说的活力，巴特尔布思的存在也让居住在这幢公寓楼的许多人之间形成了某种统一性，即使其中某些人是出于偶然才来到这里的。巴特尔布思是将这部小说讲述的无数故事一点一点贯穿起来的人物，这些故事涉及公寓楼的居住者，在他们之前居住过的人，他们的上一辈，还有他们从书或报纸上读到的他人的生活。佩雷克向我们展示了这个人物相当多特别的方面，以此确保人物有一定的深度，但是能够表现这一点的方面又太少了，以至于并不能完全穷尽人物的深度。通过巴特尔布思这个人物，佩雷克将一部可能只是在拼凑故事的小说转化为一个不可分割的整体。

巴特尔布思的人生计划源于一种基本的感觉，它以一种自相矛盾、几乎无法辨认的形式存在——就是二十世纪三四十年代存在式小说创作所依据的那种情感。和存在主义者类似，他也首先感受到了对自己存在于世的震惊和无法克制的陌生感。巴特尔布思的存在处境最终使他成为一位原型人物，但作者写作的出发点是每位读者身上都有这种相同的不适感，因为对任何人来说，不论他对此怎么想，他永远都无法逃脱这种不适感。这就是为什么，当小说家设法在一个人物身上感受到这一点时，他就赋予了人物这种背景，它是让小说具有"生命"的保证。

没有什么比小说的第二个人物（真正意义上的人物）瓦莱纳所构成的反证更能证明这种感觉的同一性了。因为巴特尔布思并不是《人生拼图版》中唯一一个获得这种地位的人物。瓦莱纳没有他引人注目，却比他更有深度；瓦莱纳将自己的人生建立在一种存在的感觉上，这种感觉是积极的，并使他成为和巴特尔布思的虚无主义相对称的一个人物。在瓦莱纳身上，重要的不是他要绘制一幅公寓楼画的计划（没有实现）——这幅画是佩雷克写的这部小说中比较突出的一种嵌套，重要的是，作为这幢公寓楼中住得比较久的人，他拥有这幢公寓楼的记忆。唯独他看过小说中所描写的东西，听过小说中所讲述的每个套间中先后住过的人的人生。公寓楼中所有居住者潜在的统一性，在故事层面上由巴特尔布思负责，在信息层面上、甚至在叙述层面上则由瓦莱纳负责。但是他拥有公寓楼的记忆不只是因为他住得久。他之所以能完整地进行回忆，是因为就像巴特尔布思有着虚无的意义一样，瓦莱纳有着消亡的意义。他推动着这种消亡意义的产生，想象着作为小说故事固定框架的公寓楼终有一天会消失，这也符合"公寓楼"[1]（immeuble）这个词语所暗示的东西。当公寓楼还是完好无损的时候，如果不是一个有着这种脆弱性的人，谁会想到搬出去的人因搬家而体会到的除了家具转让之外的痛苦？还有谁会想到搬进来的人需要再一次耐心地适应这里的生活习惯？对每个人而言，这些时刻是存在不再理所当然的时刻，尽管他们以后还要存在下去。塞利纳认为旅行就是"一时的陶醉"。五十年没有离开过公寓楼的瓦莱纳，出于同情体会到了这一时的陶醉。他的作用，不是作为回忆录的作者，而是成为记忆的中心，这并非是要他"拒不搬迁"。公寓楼中各种各样人生的出现，还有预感到这座建筑的毁灭，都让瓦莱纳始终感觉到它的脆弱性，他也由此意

---

[1]　既指大楼，公寓楼，也指不动的。——译者注

识到，人类可以通过训练记忆来对抗这种感觉，但人类在这场对抗中注定失败。这让他看起来有"一点儿与众不同"[290（232）]，"似乎是一种理解，一种柔情，一种略带忧伤的欢乐"[291（232）]，不是吗?

用另一种方式去理解《人生拼图版》中的这些描写和无数的列举，也就是要想到它们是属于同一类型的某种感觉中有关佩雷克的那个部分，它们既对这一部分进行加工，又和小说的某种使命联系在一起。不热爱我们周围的世界，不热爱词语，不惊叹词语的力量，我们就不会去写小说，换句话说我们就不会选择去用词语制造假象。我们习惯看到这两种热爱将非时间的现实作为对象，比如自然世界的现实，或者我们没有亲身经历过的其他现实：贡布雷村庄和盖尔芒特公爵夫人的沙龙。

佩雷克自己大胆地提出，世界曾是昨天和前天我们的日常生活所处的那个世界。这些实用的对象，这些装饰性的要素和这些零散的新闻，曾一度成为我们沟通的素材，构成了当前最不生动的世界，最缺乏魅力的世界——确切地说是因为这个世界中，没有什么值得去想象。这些素材只是用于沟通（"交谈"）的语言。至于所有其他的，可能都曾是不合时宜或滑稽可笑的。

之所以佩雷克成功让这些事物、词语，还有那些与真实有差距的东西进入到了小说世界，是因为在他创作时，它们已经被标明了日期，尽管日期很少。《人生拼图版》中谈到的世界，除了涉及几段遥远的过去之外，主要是一个在 1936 年出生的人所处的世界，他人生的大部分时期都是在巴黎度过的。他经历的历史事件始终存在着，为他提供可以唤醒的记忆。这些关于这段或那段历史的事件，只是偶然出现在他的人生中，但总之，都差不多是如下的一些经历：1939 至 1945 年的战争，德占期，围捕犹太人，解放巴黎，这些事都是他童年时所经历的；快成年时，他去服兵役，参加阿尔及利亚战争；1968 年的五月风暴 [爱尔茨贝塔·奥尔洛弗斯卡"在这狂热和幸福的浪潮中"来到巴黎；之后的一年，画家于汀将盖·卢沙克街（la rue Gay-Lussac）的"街垒石"（Barricade）卖给一位美国收藏家]。分散在文本中的这些回忆构成了一个情节，它讲述的都是发生在二十世纪四十年代、五十年代和六十年代的"事情"（choses）。1969 至 1978 年，佩雷克明确提到他写了这本书，这些"事情"开始模糊地出现在记忆中，随之而来的还有和这些"事情"相符的词语。佩雷克将这些"事情"和词语写到小说中，因为他和瓦莱纳一样感觉到了消亡的意义——瓦莱纳曾受它启发想要绘制一幅公寓楼画。无论这些"事情"在当时多么普通，它们出现的那些时刻终将逝去。当我们再去看这些"事情"所反映的现实，我们会发现它们也在逐渐消失。因此，这些"事情"就不再在想象赋予色彩的世界中显得格格不入。当我们开始阅读时，我们就会相信对这些"事情"的描写源于某种系统的思想，这种描写其实和《人生拼图版》中的小说内容一样都属于一种基本感觉的一部分。读者只需进入这个逻辑，就可以通过某种思维训练，开始从一段段、甚至一页页的描写中获得乐趣，并最终选择一行行地去阅读这些描写。

　　所有的这些成就了《人生拼图版》中的故事。佩雷克最后在一个人物身上体现了自己对词语的关注，小说家关注词语，这是一件自然而然的事情，因为他要借助词语去创造，去描绘世界，但是佩雷克的关注达到一种极端的程度。工具、技术、游戏、计量单位，甚至货币单位都随时间而变化——指代这些的词语又变成了什么？词典的作用之一就是保存对词语的记忆，但是那些常用的词典，还有那些每年都要最先编辑出版的词典，它们并非一成不变。为了给出现的新词让位，必须要删掉那些指代已经消亡的事物的词语。事物消失后，指代它们的词语也要"消失"。这项工作由出版社那些负责编辑词典的人完成。佩雷克则将这项工作交给公寓楼里的一个住户，西诺。从他的外号"旧词杀手"就可以看出，他对那些不合理的词语很敏感。一个词只要还在词典上，它就还有生命，它就还是人们所使用的语言的一部分。西诺的这种敏感足以让他在这部小说叙述的所有故事中具有鲜明的特征。但佩雷克对此仍不满足。他第二个独特的想法就是让西

诺制订一个计划，即通过大量的阅读，编辑一本被遗忘词的
词典，选词的依据是这些词"仍然有用"，以此摆脱他因删除
词语而产生的罪恶感。对西诺而言，这样做不是要告诉人们
这些词指代什么——他的探索会让人们再次发现这些词的定
义——他也会让这些词表示的言语延续下去，而是要突出这
些词仍属于法语这门语言，通过它们的发音，通过它们的拼
写特点，还通过它们在今天法国人的脑海里仍然具有的含义，
即使法国人已经忘记了这些词的准确意义。

佩雷克将这些和《消失》中同样多的文学知识分散到文
本中，就像"小拇指"将白色小石子扔在路上那样。"巴特
尔布思"这个名字使人联想到"巴特尔比"和"巴纳布思"
两个名字，但这只是个开始。一个联想接着一个联想，它
们吸引着读者，让读者想去辨认，想找到其出处，想确认它
们是否被正确地使用，作者由此将阅读变成了一个游戏。但
是佩雷克还添加了一个新的内容。那些作家和作品既不是偶
然出现在书中的，也不是作者突然联想到的。不管读者是否
知道或猜到了这点，一旦他读完这本书，他就会在书的后记
中得到证实，后记按照字母的顺序列举了三十位作家的姓名
（其中还有佩雷克的姓名，说明文中引用了他之前的作品），
佩雷克规定自己在写作时，要让这些作家及其作品出现在
九十九章的每一章中。读者可能还会想到，列举的名单并不
是完整的，如果读者恰好读过塞利纳的作品，他会注意到小

说的开场白——"是的，故事将从这里开始，就这样以一种笨拙而舒缓的方式开始"[10（2）]，会让人想起《茫茫黑夜漫游》的开场白："事情就这样开场了"[7（2）]，也会让人想起《死缓》的开场白："这下子我们又成了孤家寡人。所有这一切都是如此迟缓，如此沉重，如此凄惶……"[13（1）]（后来，《人生拼图版规则》详细说明了小说开场白的来源和文中所致敬的作品。）

因为这些都是佩雷克非常喜欢的作家和作品，所以他为自己建立了一个私人图书馆。对一位作家来说，他喜欢这些作家和作品不只是因为兴趣。他们还给了佩雷克文学的启蒙，还激励他写作。除了有一位或两位确认小说规则的作家之外，其他的都是小说家。在每位作家身上，从梅尔维尔形而上学的思考，到格诺的文字游戏，再到福楼拜借助写作和他所描写的东西拉开的距离，佩雷克找到了一个或几个思考的方向，由此得出一个想要写的想法，并努力将这一想法变成现实。虽然所有这些作家之间未必有联系，但他们勾勒出了一个作家的形象，只有佩雷克的这部作品能够使这个形象具象化。如果读者在书中发现了这些作家的存在，或至少发现了其中某些作家的存在，那是因为读者对这些作家的作品已经有所了解，也可能是因为他对这些作品感兴趣。比如，如果读者喜欢格诺的作品，他会时刻注意到文中那些和格诺小说有关的专有名词、句子和影射。佩雷克和读者之间就这样逐渐形成了一种新的默契，它不再是玩游戏的默契，而是欣赏同一位作家的默契。

从来没有一部小说，能以一千种形式，将其作者读过的小说的回忆或幻象都囊括其中。从这层意义来看，各种小说是整个小说世界的一部分，其中的某些小说又扩大了小说世界的领地，为它增加了新的形象。当佩雷克解释他所引用的作家作品，并将其分享给读者时，他立刻让我们察觉到这个小说世界的存在，体会到小说世界的统一性，还有佩雷克自己的归属。

书中有不少游戏的标记，但仍需要很多标记以使得这本书维持在虚构的一侧，尽管佩雷克在书中堆砌了成段成段有关知识的表述，这些表述自然而然是研究的标记：词典或百科全书上的说明、页脚的注释、摘要表，还有我们只在评论类出版物或科学研究中看到的附录。

总之，为什么作者不写一部书名是"1925 至 1975 年间巴黎十二区的一幢公寓楼"的城市社会学著作呢？有谁会因为它的取样价值（选取有代表性的一群人）而去选择这个描述框架呢？一边是与现实和知识相关的表述片段，它们在第二层次上表现了虚构在构成上的模糊性，一边是无数和小说世界相关的内容，作者要去权衡这两边。

其中，附录又扮演着自己的角色。如果一部著作偏向于科学研究，那么在著作中添加附录会很有用，但在《人生拼图版》中，附录也是构成这部小说的一部分。通常而言，小说的最后一页往往和故事有关，但是《人生拼图版》中的游戏并非只出现在书中的某个部分。准确地说，文本一旦结束，就可以重新"洗牌"五次，故事也能够按照五种进程被重新阅读，这也会带给读者五次新奇感：通过阅读附言中列举的作家的姓名，通过努力回想哪位作家在哪个章节出现过，读者能够努力回忆起这种新奇感；此外还可以通过呈现的公寓楼剖面图上的一个个房间格；通过按字母顺序编排的索引的一个个词条；通过年表上的一个个年份；通过标题为"故事提示"的列举单上的一个个故事来回忆，而这个列举单也更换了小说中间第一次出现的概括列举——作者的目的在于不谈论小说目录上的内容。每种故事进程还有各自将游戏延伸到另一个层次的方式。最巧妙的游戏是，佩雷克两次概括列举前文已经讲述过的故事。第二次概括列举呈现的形式是统一重复名称"……的故事"，后面加上带有定冠词的名词，这是按照《一千零一夜》目录的模式来写的。这两次概括列举其实和"故事提示"这一标题名不副实，因为这个标题原本是需要读者来讲述的。故事的重心几乎一直在移动。要么在"……的故事"这句话中指出的人物不是读者阅读这个故事时以为是故事主角的那个人物，要么"……的故事"这句话通过某个身份来指出人物，但这个身份并不是此人物在文中最初出现时的身份。这两次概括列举原本是想提供给读者某个工具或某种便利，如果读者想再次阅读一个已经给他们留下深刻记忆的故事，或者想阅读一个从故事名开始就很吸引他们的故事的话。但是佩雷克将这个工具或这种便利转化为一个有待解决的小难题，更确切地说是转化为一个游戏，其中有两层意义：依靠我们之前读过的故事给我们留下的深刻记忆，重新找到出现在概括列举中的这个故事；依靠小说结束后列举的"……的故事"，思考它们符合我们刚刚读过的哪一个故事。

除了这种多重的、被过度设定的虚构之外，除了文中千变万化的游戏之外，还需要其他的东西才能实现佩雷克在《消失》的附言中所表现出的雄心壮志，即赋予自己"一种如今小说创作中的刺激性力量，这力量关于结构、叙述、情节及其安排"（309）。

1975 年 6 月 23 日，快晚上八点钟的时候，奄奄一息的巴特尔布思可能会在刹那间重温他整个的人生，重温公寓楼住户们的人生，此时的瓦莱纳则为完成接下来的画作而开始回忆起这些人。通过描述 1975 年 6 月 23 日所发生的事，佩雷克促使我们将《人生拼图版》和乔伊斯的《尤利西斯》相提并论，《尤利西斯》的故事全部发生在 1904 年 6 月 16 日这一天之内，比 1975 年 6 月 23 日早七十一年零一周。佩雷克这一大胆的暗示并非不合理。像《尤利西斯》那样，《人生拼图版》的价值已经超越了其自身的成功，因为它还想以自身为范例来影响当时小说发展的进程。

　　这二十五年内，法国一些作家的作品是非常有必要出现的，他们在作品中附上自己在文章和访谈中对理论或学说的评论，这些作家也曾对人物型和故事型小说抛出某种禁令，而这些受谴责的小说则被简单地称为"巴尔扎克式"小说，因为这种叫法有利于否定它们。即使有作家将排斥故事视为创作的某种缺失，他也绝不会通过恢复故事的原有形式来回归到人物型小说和故事型小说。《消失》使佩雷克长期被贴上"乌力波"的标签，这确保他能借用一些情节安排的新方式来建立起一种不会令人起疑的结构。《人生拼图版》中，情节安排不仅跌宕起伏，而且带给读者一千多个故事，这种过量的情节安排使人们不会像指责一位"巴尔扎克式"小说家那样指责佩雷克的自以为是。然而，通过这部非标准化的小说，我们重新和虚构一直带给我们的特殊乐趣建立起联系，甚至重新和虚构带来的体验建立起联系。禁令被打破了。某些小说家在一段时间内只是冒着不利自己的风险延续了虚构的传统，如今却再次完全获得了文学上的"居住权"。凭借其取得的成功，《人生拼图版》被视为一个转折点。二十世纪七十年代末出现了这样一位小说家，他重新拾起了讲述故事和塑造人物的虚构使命，他果敢地创作了《人生拼图版》，却不担心自己因此落后于时代。

结论　小说的危机和永恒

　　在近一个世纪以来的法国，小说即使不是一场斗争的对象，那么也至少是一场辩论的对象。其中一方支持继承十九世纪末的传统，另一方倾向于批判这个传统，批判者们大多殊途同归，这场斗争也在质疑这个传统的道路上越走越远。如今，论战结束了，我们可以为其做出总结。小说家为否定这个传统而强加给小说的化身，令当时的读者感到难以辨认，因为这些化身既不是没有代价的，也不是只有负面作用的。只要是从它们自身的发展逻辑来看，它们就扩充了我们对小说的理解。现在可以肯定的是，被改造后的小说，不仅不完全是虚构的，而且它既不能长时间也不能完全地离开虚构。也许我们不仅能理解这是为什么，还能隐约看见当小说家从小说里剔除虚构时，小说中新出现的东西。

　　通过一些简单的词，虚构的摹仿式乐趣带给我们生活的幻觉，尽管我们已经对这种乐趣习以为常，但它依然是一种复杂而微妙的体验。只有当读者感觉自己能在阅读某个文本时获得一种和摹仿式乐趣不同却也非常强烈的乐趣时他才能完全意识到这一点，而在这个文本中，作者以打破摹仿式幻觉或以设置阻止摹仿式幻觉形成的障碍为目标。只有在小说家小心翼翼地消除故事起源的所有痕迹时，摹仿式幻觉才会出现和持续。为了让虚构世界长久存在于读者的脑海里，小说家从最开始就必须让读者暂时远离现实世界，因为具有千百种形式的虚构世界正源于现实世界。此外还必须让读者注意不到有个人出现在了这两个世界之间，这个人也具有千百种形式，其目的是用现实世界的材料建造虚构世界。于是，读者感觉到在小说的故事中，一切都和现实世界如此相像。当一些小说家想要颠覆产生摹仿式幻觉的方式时，他们就探索出一些产生另一种阅读乐趣的途径，这些途径和产生摹仿式幻觉的方法同样多。虚构在于使读者将一些事实看作是真的，而只有这些事实开始时的"小说"迹象才会提醒读者它们是被创造的。我们并非因此要强调真相，而是要强调创造的角度。这种创造来源于现实世界的哪些要素？又依据哪些过程产生？小说家逐渐选择了哪些叙述方式？除了通过模拟因果关系来摹仿生活的虚构之外，小说家还可以按照哪种逻辑来讲述故事？又如何让读者觉察到这种逻辑？可以找到哪些方法来直接对抗在时间上展开某个虚构故事的这一条件？

在超现实主义或其他流派发表对抗小说的挑衅宣言这一背景下，像上述这样逐渐拆卸产生小说幻觉的机制可能会被认为是破坏性的。而在纪德或格诺的作品中，这种拆卸却如游戏一般。因为，这种拆卸从来都没能将小说阅读过程中固有的批判意识推进到极限，哪怕是在最天真的阅读中。即使当我们被小说牢牢"吸引"，当我们和人物一起"经历"他们故事中的波折时，我们仍保留着对正在阅读的我们所处的那个世界的意识，因此我们也意识到我们非常喜欢的那个故事所处的世界具有完全不同的本质（虚构的本质）。于是，小说家就产生了用潜意识对抗虚构的念头。一些小说家不仅敢于将这些潜意识完全阐述清楚，而且敢于将它们作为写作的对象。潜意识的形成过程，潜意识各种各样的表现形式，这些都构成了文本的诸多要素。这些要素相当之多，以至于它们最终被看作是对同一模式的共同批判。然而，小说家自己却没有从这个游戏中走出来，因为他们颠倒了游戏的规则。这类"批判"小说带给我们的乐趣并不是对虚构的最初乐趣的否定，而在于对它的肯定。

当这类小说发展到一定程度时，它也向小说家展开了小说在另一个范围上的新前景。它使自身成为探索的手段，不再只是探索小说隐藏的一面，还探索语言除了沟通以外的其他用途。在塞利纳最后几本小说中，他再次肯定文本中存在叙述者，这种再次肯定是毫无必要、甚至有时是毫无动机的，它总是同塞利纳无论如何都要讲述的故事产生冲突，而这个故事有时也不再只是这种克制不住的再次肯定的借口。贝克特更是把这种再次肯定简化为支点的角色，他越是找到这种再次肯定的实质，他就越容易简化这种再次肯定的作用。此后，语言完全可以自我构建，并发现其被隐藏起来的所有可能性，而烦恼如何有效地传达一个信息通常会让我们忘记这些可能性。

但是最全面的语言革命源于对幻觉的拒绝。幻觉的产生本身需要一定的持续时间和连续性。如果文本从一个主题太快地过渡到下一个主题，那么读者就没有时间去对前一个主题进行想象，因为他已经转向下一个主题了。当读者既关注每个零碎片段的内容，又关注零碎片段之间的过渡时，他还要去寻找幻觉的连续性，而文本是不能长时间剥夺读者对这种连续性的感知的。当读者不能依据词语的描绘直接发现词语之间的联系时，他就根据一些规律去联想词语描绘的事物来寻找这种联系，而这些规律既不是理解世界的规律，也不是理解的一致性的规律，而是记忆的规律，或是无意识的规律。这种文本揭示了语言在不合理使用中散发出的活力，这种活力极其强大，因而取代了故事所叙述的事实之间的逻辑。当小说家为革新小说而做出的探索结束时，我们至少会发现他们为改变语言的概念而做出的贡献，且这种改变曾是二十世纪的重大事件之一。

　　这份贡献和那些为小说进行的探索，足够为革新小说的合理性辩护。小说革新的错误在于它曾否定人物型小说和故事型小说，并想要作为此后唯一有可能的小说形式以取代这两类小说，而这个错误也是后来引起论战的原因。

　　人物型和故事型小说是小说的传统模式，如果我们只从这种传统模式的其中一个方面，也就是最古老、最原始的方面来思考的话，革新小说的任务就很简单。然而在线性叙事中，故事有其时间顺序，且有心理学和社会学上的因果关系。通过比较上述"巴尔扎克式"小说和线性叙事，我们很容易贬低"巴尔扎克式"小说。但是两者的界限并不在此处。界限是，"巴尔扎克式"小说肯定人物及其故事的存在，线性叙事则是否定它们。这种存在的错觉是几个世纪以来借助线性叙事和解释性因果关系来获得的，然而，这已经不那么重要了。很久以前，读者就已经学会放弃这种幻觉了。相反地，打乱叙述和重新去整理故事的顺序，今后将与我们的乐趣息息相关。我们有多久没有要求小说将心理上或社会的内容解释清楚了？叙述的素材可以时常变化，以此划定范围的每部分内容也能将故事带向不同于故事本应发展的一个角度，各部分内容仍在我们脑海里构成某个故事的完整叙事，只要小说家让我们觉得所有的内容最终总会衔接起来。因此，我们最开始只是在阅读时推测的各部分内容或各个零碎片段之间的时间顺序，最终会被证实，还有我们称之为来龙去脉的故

事体系也终会形成。至于人物，如果他们仍保留一部分的难
解之谜，那么他们将会有更多存在于我们想象中、留在我们
记忆中的机会。

除了把小说简化为已经过时的一些形式之外，为了宣布
人物和故事的概念已经过时，还有必要故意忽略：不管人们所
处的那个时代的世界观是怎样的，对人们而言，虚构一直是一
种特别的、无法替代的体验。纯粹消遣的小说、甚至消费小说
的大量增加，并没有改变这一点。我们只需再遇到一本有其他
目标且有实现这些目标的方法的小说，就足以再次发现虚构的
惊奇之处、虚构的重要性、虚构的深刻——这与简单的逃避方
式相反。巴塔耶写道："或多，或少，人都悬于故事中，悬于
小说里，由它们为之揭露生活多面的真实。"[111 (3)] [1] 如果
我们对生活的了解不仅限于我们有过的经历和我们体会过的情
感，那么我们对生活的了解又会是什么呢？通过虚构，我们得
以探索一个潜在的情感世界，而没有虚构，我们就不会了解这
个世界——也不会在自己身上去辨认这个世界。这里存在着一
个我们在日常阅读中几乎没有意识到的虚构条约。小说家在获

---

[1]　Georges Bataille, Avant-propos au *Bleu du ciel*, *Romans et Récits*, Gallimard,
Bibliothèque de la Pléiade, 2004, p.111.（巴塔耶，《天空之蓝》前言，"七星"文库丛
书，伽利玛出版社，2004 年。中译文出自施雪莹译《天空之蓝》，南京大学出版社，
2017 年，第 3 页。）

得这个条约的允许并借助词语的情况下，能够在勉强摸索到的
"未知土地"上冒险，我们跟随着他走在这些"未知土地"上，
也不会觉得不自在。在这些"未知土地"上，我们有时会触及
生活和人类思想的极限，依据我们现实生活的标准，我们认为
这些极限是虚假的、不可靠的、危险的，或是应受指责的，但
是在虚构中，我们将它们变成一种体验。在读完一本由这些小
说家创作的伟大小说后，谁还会觉得贝尔纳诺斯笔下人物的基
督教信仰或者巴塔耶笔下人物对死亡和情欲感到的眩晕是完全
陌生的呢？当我们阅读格拉克的作品时，为了感受到对生活的
感觉在扩大，我们没必要有意识地对一个可能要死的陌生人怀
有不合理的期待与渴望。

　　通过虚构且只通过虚构，另一种想象回应着我们的想象
所拥有的最私人的东西。现在有太多的小说被创作、被出版，
以至于我们并非总能意识到这点，但一个开始写小说的人，
他的行动是有胆量的。借助词语，他试图将你们内心深处告
诉自己的关于情境、经历和地点的想法转化成故事，同时打
赌这些词语也会将你们的想法告知给其他人。总之，正是通
过这种方式，一切都得以解决。除了人物、曲折的情节和描
写之外，和我们有关的就是小说家了。他将所有的赌注都押
在创造这些人物、这些曲折的情节和这些他描写的地点上。
如果我读到了小说的结尾，他就赢了。我们之间逐渐达成了
一个协议，这个协议后来转为一种默契，即当我们发现他的

某个怪癖或举动时，我们并不会为此责备他。这种默契也促使我们思考，就像在阅读大仲马（Alexandre Dumas）的小说时经常思考那样，当人物无缘无故地遭遇了许多困难时：他将如何让自己从困难中走出来，也就是如何从困难中脱身？虚构产生的乐趣和叙述特有的乐趣就在这段三角关系中汇合，在这段三角关系中，两个个体同属一个现实世界，他们通过各自在虚构的人物身上所投入的思考而进入到这段关系中。

上述协议还有最后一块"阵地"，即福楼拜在 1852 年的信件上所发表的将主题和风格对立起来的著名宣言，后来我们付出了许多努力来明确区分两者，而这些宣言可能也混淆了我们的感知。这种对立源于福楼拜对风格的根本设想，也许它是一个不成问题的问题。没有福楼拜为自己挑选的主题、人物和故事，他的风格会是什么？福楼拜每句话中标志性的冷漠和疏离是针对什么而言的？一部伟大的小说往往是一种贯穿全文的双重现实。讲述的故事和讲述故事的词语在同一层关系上，无论何时我们都能将注意力从故事转移到词语上，反之亦然，更准确地来说，无论何时我们都更能将注意力调节至故事上，而非将注意力调节至词语上。逐渐地、甚至是同时地，我们从句子所描述的（人物、人物的言语、人物的行为，等等）和它描述这些的独特方式中体会到乐趣，而事实上，如果没有这种独特方式，句子所描述的就等于零。

在我们打开的每一本新型小说中，我们都期待与小说家达成这种双重理解。在一些具体且分类明确的小说类型（侦探类、冒险类、间谍类或其他）中，没有风格，也没有个人写作。此外，这种写作只能被称为白色写作或公共写作，除非它表明是何种拒绝使其选择了这种白色，从而使其变得不再公共，而是具有了私人性质。在阅读中，我们也读过大量翻译过来的小说，这也是一种新的小说类型。然而，在我们用我们的语言读到的那些书中，有哪一本留在了我们的记忆中？在其伟大的场景中，是否真的留下了虽然沉闷却生动的口吻或回声？口吻或回声是读者与小说家达成默契的核心，随着我们深入地阅读，这种默契逐渐形成并最终出现，而那时，我们觉察到右手边还未翻页的纸张厚度在变薄，我们被迫意识到还剩下几页就读完了。于是，我们可能会后悔跳过了不重要的句子，尽管这是为了尽快看到小说的结局。所有的提示、所有的词语都很重要，因为它们来自我们长期以来快乐地跟随着的小说家笔下。每个词语都有可能延长这份始终可以神奇地存在的快乐，这份每次都相同却又有着新意的快乐，这份小说借助构成小说的词语而"持续"（tient）到底的快乐。在二十世纪，我们能够找到体现虚构这种力量的一个典型例子，是纪德对西默农取之不尽、用之不竭的小说创造能力的迷恋。乍一看，这种钦佩是出人意料的，因为纪德凭借《帕吕德》和《伪币制造者》成了最早怀疑虚构的作家之一，但是，在他的叙述中，他除了自己的经验之外，什么也没有写，相反，他必须衡量在西默农这样有效的虚构作品中，想象所需要付出的代价。在纪德向西默农表达敬意时，他承认，虚构和笑（人的本性）一样重要，尽管我们有时会认为虚构是过时的、令人生气的。

一旦我们喜欢上虚构带给我们的短暂体验，我们就很容易说服自己承认上述这点。虚构促使我们在虚构世界中生活一段时间，同时我们又生活在现实世界中。虚构也被打上连续性的烙印，无论何时，它总会和下一时刻连贯起来，但是虚构让我们有机会以另一种方式去经历这种连续性。从读第一个词开始，我们就知道虚构让我们参与到一种人生中，但我们对此毫无意识，这是一种逐步走向某个终点的人生。如同这种人生曾有一个开始那样，它也会有一个结局，一个它不停走向的结局。与这种人生有关的一切都是很重要的：各种行为、各种决定和各种曲折的情节。即便终点是死亡，但这个死亡也不同于等待着我们的那个自然死亡。

因此，最不起眼的虚构也会触及我们的本质。人生的大部分时候，我们都盲目地活着，在等待、恐惧和短暂的任务中消耗人生，受困于暂停的时间和微不足道的事情，屈服于偶然性。我们最终失去了对某种目标明确的生活的向往，这种向往从一开始就存在着，而且不管怎样都一直存在，因为虚构会按照它所创造的生活的模式，令我们重新产生向往。一边是每一刻都不确定的逝去的时间，另一边是对这时间的整体意图和意义的确定，虚构通过在想象中实现这两者几乎不可能的联合，在我们身上触及了人类存在的条件。通过虚构，小说潜在地承担起某种存在的价值。在《恶心》一书中，萨特借罗冈丹之口，表达了只想要在这个联合中看到诡计和欺骗的意愿，因为小说家从一开始就决定了他的人物将走向的终点，决定了人物的前进路线，而读者将像对待自己的人生那样，在不确定接下来会发生什么的情况下，一步一步去发现人物的前进路线。但是公正地看，这个提醒半真半假。是读者，而非小说家，单纯地去阅读小说，对读者来说，这段阅读就是去经历两段自相矛盾的时间，而这种经历会让读者去探索他存在的根本。

　　虚构也并非我们探索自己存在的根本的唯一方式。无论以哪种方式，小说总是和时间相连。探索另一种时间性使相当一部分小说以对抗虚构为创作方向。而虚构又和时间的连续性联系在一起，因此这种连续性会反过来对抗虚构本身。但是连续性只是我们经历时间的两种方式中的一种。还要将"现在"作为对抗目标，连续性使"现在"消失在过去和未来之间，但对我们来说，"现在"比连续性有更多的瞬间现实。我们知道"现在"很短暂，但我们无能为力，"此时此刻"（sur le moment）我们只能生活在"现在"，"现在"是唯一的、不可超越的、自给自足的——我们生存的绝对意义。当小说改变连续性，试图通过词语抓住这个"现在"时，小说就向自己提出了另一个挑战，这个挑战证明要求读者付出努力是合理的。二十世纪以这个新目标为方向而创作的某些小说和某些文本，也被我们视为人类这个尝试的成果，而这个尝试一直存在、一直有待重新开始，并希望通过某种艺术的方法让时间站在这些创作者这边。

西蒙在其创作后期写了两本书，它们都取材自他的经历且都是小说：第一本是《刺槐树》，它极其自然、毫无挑衅地讲述了一个有序展开的故事；第二本是《植物园》，像他之前的作品那样，故事不连续、无序，甚至还有形式上的新探索。二十一世纪初的小说读者们，像这样两种形式不同的小说创作也将是我们未来的创作。今后，我们既会费力地去阅读一本叙事不连贯的小说的前几页，也会平和地去阅读一本叙事过于连贯的小说的前几页——然而，前提是：在第一种情况下，出现了一种使用虚构的新方式，一种能在语言中遵循另一种不同于自愿和有意识的意义线索的能力。而在第二种情况下，无论书的主题是什么，我们都能从中找到工作和日子总让我们失去的一些感受：人生的复杂，我们对价值的需要，我们在寻找价值的过程中体会到的不确定性，还有最根本的，对我们存在于世的震惊。

让小说家们来说。

附录1： 人名、作品名法中对照

A

ALLÉGRET, Marc 阿勒格莱
ANTELME, Robert 昂泰尔姆
    L'Espèce humaine《人类》
APOLLINAIRE 阿波利奈尔
ARAGON, Louis 阿拉贡
    Les Beaux Quartiers《上等街区》
    Le Cahier noir《黑色笔记本》
    Les Cloches de Bâle《巴塞尔的钟声》
    Le Con d'Irène《伊蕾娜的私处》
    La Défense de l'infini《捍卫无限》
    Je n'ai jamais appris à écrire ou les incipit《我从未学习写作，或卷头言》
    Le Libertinage《放纵》
    La Mise à mort《处死》
    Le Monde réel《现实世界》
    Le Paysan de Paris《巴黎的乡人》

CÉLINE, Louis-Ferdinand　塞利纳

    Casse-pipe《打仗》

    D'un château l'autre《一座城堡到另一座城堡》

    Féerie pour une autre fois《别有奇景》

    Guignol's band《丑帮》

    Mort à crédit《死缓》

    Nord《北方》

    Rigodon《轻快舞》

    Semmelweis《赞梅尔韦斯传》

    Voyage au bout de la nuit《茫茫黑夜漫游》

CERVANTES, Miguel de　塞万提斯

COCTEAU, Jean　科克托

COHEN, Albert　科恩

CORNEILLE, Pierre　高乃依

    Polyeucte《波利厄克特》

D

DANTE　但丁

    La Divine Comédie《神曲》

DELTEIL, Joseph　德尔泰伊

    Choléra《肖莱拉》

    Sur le fleuve Amour《在爱河上》

DES FORÊTS, Louis-René　德福雷

    Le Bavard《絮叨者》

    Ostinato《循环旋律》

DIAGHILEV, Serge Pavlovitch　佳吉列夫

DIDEROT, Denis　狄德罗

    Jacques le Fataliste et son maître《宿命论者雅克和他的主人》

DOS PASSOS, John　多斯·帕索斯

Journal du Voleur 《小偷日记》

Miracle de la rose 《玫瑰奇迹》

Notre-Dame-des-Fleurs 《鲜花圣母》

Pompes funèbres 《葬礼仪式》

Querelle de Brest 《雾港水手》

GIDE, André　纪德

Les Caves du Vatican 《梵蒂冈地窖》

Les Faux-Monnayeurs 《伪币制造者》

L'Immoraliste 《背德者》

Journal 《日记》

Journal des Faux-Monnayeurs 《伪币制造者日记》

Les Nourritures terrestres 《人间食粮》

Paludes 《帕吕德》

La Porte étroite 《窄门》

Le Prométhée mal enchaîné 《锁不住的普罗米修斯》

La Symphonie pastorale 《田园交响曲》

GIONO, Jean　吉奥诺

Les Âmes fortes 《坚强的灵魂》

Le Grand Troupeau 《人群》

Jean le Bleu 《蓝色的让》

Noé 《挪亚》

Que ma joie demeure 《愿我的欢乐长存》

Regain 《再生草》

Un roi sans divertissement 《郁郁寡欢的国王》

GIRAUDOUX, Jean　季洛杜

GRACQ, Julien　格拉克

GREEN, Julien　格林

GUILLOUX, Louis　吉尤

Le Jeu de patience 《耐心的游戏》

Le Sang noir 《黑血》

H

I

J

K

L

LAUTRÉAMONT　洛特雷阿蒙
LEIRIS, Michel　莱里斯
　　L'Age d'homme《人的年龄》
　　Biffures《删除》
　　La Règle du jeu《游戏规则》

M

MAC ORLAN, Pierre　马克·奥兰
MALLARME, Stéphane　马拉美
MALRAUX, André　马尔罗
　　Antimémoires《反回忆录》
　　La Condition humaine《人的境遇》
　　Les Conquérants《征服者》
　　Le Miroir des limbes《生死界上的镜子》
MARTIN DU GARD, Roger　马丁·杜·加尔
　　Journal《日记》
　　Les Thibault《蒂博一家》
MAUPASSANT, Guy de　莫泊桑
MAURIAC, François　莫里亚克
　　La Pharisienne《法利赛人》
MELVILLE, Herman　梅尔维尔
MIRO, Joan　胡安·米罗
　　Assassinat de la peinture《谋杀绘画》
MONTHERLANT, Henri de　蒙泰朗
MORAND, Paul　莫朗
MUSIL, Robert　穆齐尔

Saint Glinglin《圣格兰格兰》
Technique du roman《小说技巧》
Zazie dans le métro《地铁姑娘扎姬》

R

RACINE, Jean 拉辛

    Britannicus《勃里塔尼古斯》

RAMUZ, Charles-Ferdinand 拉缪兹

RIMBAUD, Arthur 兰波

RIVIÈRES, Jacques 里维埃

ROBBE-GRILLET, Alain 罗伯 – 格里耶

    La Jalousie《嫉妒》

    Projet pour une révolution à New York《纽约革命计划》

    Romanesques《传奇故事》三部曲

    Romanesques I. Le Miroir qui revient《重现的镜子》

    Romanesques II. Angélique ou l'Enchantement《昂热丽克或迷醉》

    Romanesques III. Les Derniers Jours du Corinthe《科兰特的最后
    日子》

ROMMEL, Erwin 隆美尔

    Carnets《笔记》

ROUSSEAU, Jean-Jacques 卢梭

ROUSSEL, Raymond 鲁塞尔

    Comment j'ai écrit certains de mes livres《我的有些书是如何写出
    来的》

    Impressions d'Afrique《非洲印象》

ROUSSET, David 鲁塞

    Les Jours de notre mort《我们死亡的日子》

S

SOUPAULT, Philippe　苏波
　　À la dérive《失控》
　　Le Bon Apôtre《伪君子》
　　En joue !　《瞄准！》
　　Le Nègre《黑奴》
STENDHAL　司汤达
STEVENSON, Robert Louis　斯蒂文森
　　L'Étrange cas du Dr Jekyll et de Mr Hyde《化身博士》

T

TOLSTOÏ, León　托尔斯泰
　　Guerre et Paix《战争与和平》
TRIOLET, Elsa　特丽奥莱

V

VALÉRY, Paul　瓦莱里
VERNE, Jules　凡尔纳

W

WOOLF, Virginia　伍尔夫
　　L'Art du roman《小说的艺术》
　　Mr Bennett et Mrs Brown《本涅特先生和布朗夫人》

Z

ZÉNON d'Élée　芝诺
ZOLA, Emile　左拉

附录 2： 参考作品信息法中对照

Alain Robbe-Grillet, *Romanesques I, Le Miroir qui revient*, Le Seuil, 1985.（罗伯－格里耶，《重现的镜子》，瑟伊出版社，1985 年）

Alain Robbe-Grillet, *Romanesques II, Angélique et l'Enchantement*, Le Seuil, 1987.（罗伯－格里耶，《昂热丽克或迷醉》，瑟伊出版社，1987 年）

Alain Robbe-Grillet, *Romanesques III, Les Derniers Jours de Corinthe*, Le Seuil, 1994.（罗伯－格里耶，《科兰特的最后日子》，瑟伊出版社，1994 年）

André Breton, *Manifeste du surréalisme(1924), Oeuvres complètes*, Gallimard, Bibliothèque de la Pléiade, t. I, 1988. [布勒东，《超现实主义宣言（1924 年）》，《全集》第一卷，伽利玛出版社，1988 年]

André Breton, *Œuvres complètes*, Gallimard, Bibliothèque de la Pléiade, 1999.（布勒东，《布勒东全集》，伽利玛出版社，1999 年）

André Gide, *Les Faux-Monnayeurs*, Gallimard, Folio, 1972.（纪德，《伪币制造者》，伽利玛出版社，1972 年）

André Gide, *Paludes*, Gallimard, Folio, 1973.（纪德，《帕吕德》，伽利玛出版社，1973 年）

André Malraux, *La Condition humaine, La Critique sociale*,

novembre 1933, repris dans *Oeuvres complètes*, Gallimard, t.I. （马尔罗，《人的境遇》，《社会批评》，1933 年 11 月，收录于《全集》第一卷，伽利玛出版社）

André Malraux, *Les Conquérants*, Le Livre de poche, 1976.（马尔罗，《征服者》，袖珍书出版社，1976 年）

Claude Simon, *Discours de Stockholm*, Éditions de Minuit, 1986. （西蒙，《在斯德哥尔摩的演讲》，午夜出版社，1986 年）

Claude Simon, *La Route des Flandres*, Éditions de Minuit, Double, 1960.（西蒙，《弗兰德公路》，午夜出版社，1960 年）

Claude Simon, *Le Jardin des Plantes*, Éditions de Minuit, 1997. （西蒙，《植物园》，午夜出版社，1997 年）

Claude Simon, *Le Vent*, Éditions de Minuit, 1957.（西蒙，《风》，午夜出版社，1960 年）

David Rousset, *Les Jours de notre mort*（*1947*）, rééd. Hachette, Pluriel, 1993.[鲁塞，《我们死亡的日子（1947）》，阿歇特出版社再版，1993 年]

Édouard Dujardin, *Les lauriers sont coupés*, Les éditions 10/18, 1968. （杜雅尔丹，《月桂树被砍倒了》，10/18 出版社，1968 年）

Georges Bataille, Avant-propos au *Bleu du ciel*, *Romans et Récits*, Gallimard, Bibliothèque de la Pléiade, 2004. （巴塔耶，《天空之蓝》前言，伽利玛出版社，2004 年）

Georges Bataille, *Romans et récits*, Gallimard, Bibliothèque de la Pléiade, 2004. （巴塔耶，《小说和叙事》，伽利玛出版社，2004 年）

Georges Perec, *La Disparition*, Gallimard, L'Imaginaire, 1989. （佩雷克，《消失》，伽利玛出版社，1989 年）

Georges Perec, *La Vie mode d'emploi*, Le Livre de poche, 1980. （佩雷克，《人生拼图版》，袖珍书出版社，1980 年）

Henri Calet, *La Belle Lurette*, Gallimard, L'Imaginaire, 1979. （卡莱，《很久以前》，伽利玛出版社，1979 年）

Honoré de Balzac, *Le Père Goriot*, Gallimard, Folio, 1999. （巴尔扎

克，《高老头》，伽利玛出版社，1999年）

Jean-Paul Sartre, *Critiques littéraires*, Gallimard, Folio essais, 1993. （萨特，《文学批评》，伽利玛出版社，1993年）

Jean-Paul Sartre, *La Nausée*, Gallimard, Folio, 1972.（萨特，《恶心》，伽利玛出版社，1972年）

Jean-Paul Sartre, *Qu'est-ce que la littérature ?*, Gallimard, Folio essais, 1985. （萨特，《什么是文学？》，伽利玛出版社，1985年）

Jean Giono, *Les Âmes fortes*, Gallimard, Folio, 1972. （吉奥诺，《坚强的灵魂》，伽利玛出版社，1972年）

Jean Giono, *Noé*, Gallimard, Folio, 1973. （吉奥诺，《挪亚》，伽利玛出版社，1973年）

Jean Genet, *Notre-Dame-des-Fleurs*, Gallimard, Folio, 1976. （热内，《鲜花圣母》，伽利玛出版社，1976年）

Joseph Delteil, *Choléra*, Grasset, Les Cahiers rouge, 1983. （德尔泰伊，《肖莱拉》，格拉塞出版社，1983年）

Louis Aragon, *Je n'ai jamais appris à écrire ou les incipit*, Flammarion, Champs, 1999. （阿拉贡，《我从未学习写作，或卷头言》，弗拉马利翁出版社，1999年）

Louis Aragon, *La Défense de l'infini,* édition renouvelée et augmentée par Lionel Follet, Gallimard, Les Cahiers de la NRF, 1997. （阿拉贡，《捍卫无限》，Lionel Follet 增订版，伽利玛出版社，1997年）

Louis Aragon, *La Mise à mort*, Gallimard, Folio, 1973.（阿拉贡，《处死》，伽利玛出版社，1973年）

Louis Aragon, *Le Con d'Irène*, dans *La Défense de l'infini*, Les Cahiers de la NRF, Gallimard, 1997. （阿拉贡，《伊蕾娜的私处》，收录于《捍卫无限》，伽利玛出版社，1997年）

Louis Aragon, *Le Libertinage*, Gallimard, L'Imaginaire, 1977. （阿拉贡，《放纵》，伽利玛出版社，1977年）

Louis Aragon, *Le paysan de Paris*, Gallimard, Folio, 1972. （阿拉贡，《巴黎的乡人》，伽利玛出版社，1972年）

Louis-Ferdinand Céline, *Céline et l'actualité littéraire*（1932—1957）,Cahiers Céline n°1, Gallimard, 1976, repris dans Les Cahiers de la NRF, 1993. （塞利纳，《塞利纳与文坛时事（1932—1957）》，塞利纳第一卷，伽利玛出版社，1976 年；收录于 NRF 系列丛书，1993 年）

Louis-Ferdinand Céline, *Céline et l'actualité littéraire*（1957—1961）, Gallimard, Cahiers Céline（n°2）, 1976. （塞利纳，《塞利纳与文坛时事（1957—1961）》，伽利玛出版社，1976 年）

Louis-Ferdinand Céline, *Mort à crédit*, Gallimard, Folio, 1985. （塞利纳，《死缓》，伽利玛出版社，1985 年）

Louis-Ferdinand Céline, *Romans*, tome.II, Gallimard, Bibliothèque de la Pléiade, 1974. （塞利纳，《小说》（塞利纳全集第二册），伽利玛出版社，1974 年）

Louis-Ferdinand Céline, *Voyage au bout de la nuit*, *La Critique sociale,* janvier 1933, repris dans *Oeuvres complètes*, Gallimard, t.I. （塞利纳，《茫茫黑夜漫游》，《社会批评》，1993 年 1 月，收录于《全集》第一卷，伽利玛出版社）

Louis-Ferdinand Céline, *Voyage au bout de la nuit*, Gallimard, Folio, 1972. （塞利纳，《茫茫黑夜漫游》，伽利玛出版社，1972 年）

Louis-René des Forêts, *Le Bavard*, Gallimard, L' imaginaire, 1978. （德福雷，《絮叨者》，伽利玛出版社，1978 年）

Louis-René des Forêts, *Ostinato*, Gallimard, L' imaginaire, 2000, （德福雷，《循环旋律》，伽利玛出版社，2000 年）

Marcel Proust, *À l'ombre des jeunes filles en fleurs,* Gallimard, Folio, 1988. （普鲁斯特，《在少女们身旁》，伽利玛出版社，1988 年）

Marcel Proust, *Du côté de chez Swann,* Gallimard, Folio, 1988. （普鲁斯特，《在斯万家那边》，伽利玛出版社，1988 年）

Marcel Proust, *Le temps retrouvé*, Gallimard, Folio, 1990. （普鲁斯特，《重现的时光》，伽利玛出版社，1990 年）

Marguerite Duras, *L'Amant*, Éditions de Minuit, 1984. （杜拉斯，《情人》，午夜出版社，1984 年）

Nathalie Sarraute, *Œuvres complètes*, Gallimard, Bibliothèque de la Pléiade, 1996.（萨洛特，《萨洛特全集》，伽利玛出版社，1996 年）

Nathalie Sarraute, *Portrait d'un inconnu*, Gallimard, Folio, 1977.（萨洛特，《一个陌生人的画像》，伽利玛出版社，1977 年）

Nathalie Sarraute, *Tropismes*, Éditions de Minuit, 1957.（萨洛特，《向性》，午夜出版社，1957 年）

Paul Claudel, André Gide, *Correspondance*（1899—1926），Gallimard, 1949.［克洛岱尔、纪德，《书信集（1899—1926)》，伽利玛出版社，1949 年］

Philippe Soupault, *Le Bon Apôtre*, Éditions du Sagittaire, 1923.（苏波，《伪君子》，萨基泰尔出版社，1923 年）

Raymond Queneau, *Le Chiendent*, Gallimard, Folio, 1974.（格诺，《麻烦事》，伽利玛出版社，1974 年）

Raymond Queneau, *Les Fleurs bleues*, Gallimard, Folio, 1978.（格诺，《蓝花》，伽利玛出版社，1978 年）

Raymond Queneau,《 Technique du roman》, *Oeuvres complètes*, Gallimard, Bibliothèque de la Pléiade, t.II, 2002.（格诺，《小说技巧》，《全集》第二卷，伽利玛出版社，2002 年）

Raymond Roussel, *Comment j'ai écrit certains de mes livres*, Gallimard, L'imaginaire, 1995.（鲁塞尔，《我的有些书是如何写出来的》，让－雅克·珀维尔出版，1995 年）

Raymond Roussel, *Impressions d'Afrique*, Jean-Jacques Pauvert, 1977.（鲁塞尔，《非洲印象》，让－雅克·珀维尔出版，1977 年）

Robert Antelme, *Essais et témoignages*, Gallimard, 1996.（昂泰尔姆，《评论和见证》，伽利玛出版社，1996 年）

Robert Antelme, *L'Espèce humaine*, Gallimard, Tel, 1978.（昂泰尔姆，《人类》，伽利玛出版社，1978 年）

Samuel Beckett, *Bande et sarabande*, Éditions de Minuit, 1995.（贝克特，《徒劳无益》，午夜出版社，1995 年）

Samuel Beckett, *L'Innommable*, Éditions de Minuit, 1953.（贝克特，

《无法称呼的人》，午夜出版社，1953 年）

Samuel Beckett, *Murphy*, Éditions de Minuit, 1954. （贝克特，《莫菲》，午夜出版社，1954 年）

Samuel Beckett, *Soubresauts*, Éditions de Minuit, 1989. （贝克特，《静止的微动》，午夜出版社，1989 年）

Sei Shônagon, *Notes de chevet*, Gallimard-Unesco, Connaissance de l'Orient, 1966. （清少纳言，《枕草子》，伽利玛 – 联合国教科文组织出版社，1966 年）

Virginia Woolf, *Mr Bennett et Mrs Brown*, *L'Art du roman*, Le Seuil, 1962. （伍尔夫，《本涅特先生和布朗夫人》，收录于《小说的艺术》，瑟伊出版社，1962 年）

Walter Benjamin, *Le conteur. Réflexions sur l'oeuvre de Nicolas Leskov*, Oeuvres, t. II, Gallimard, Folio essais, 2000. （参见本雅明，《讲故事的人：论尼古拉·列斯克夫》，《作品》第二卷，伽利玛出版社，2000 年）